魅丽文化

公子成双 ②

溪畔茶 著

百花洲文艺出版社
BAIHUAZHOU LITERATURE AND ART PUBLISHING HOUSE

图书在版编目（CIP）数据

公子成双．2 / 溪畔茶著．-- 南昌 : 百花洲文艺出版社，2018.12
ISBN 978-7-5500-3086-2

Ⅰ．①公… Ⅱ．①溪… Ⅲ．①长篇小说－中国－当代 Ⅳ．①I247.5

中国版本图书馆 CIP 数据核字（2018）第 247969 号

公子成双．2

溪畔茶 著

出 版 人	姚雪雪
责任编辑	郝玮刚
特约编辑	余竹青 江秀英杰
封面设计	黄 梅
出版发行	百花洲文艺出版社
社 址	南昌市红谷滩新区世贸路 898 号博能中心 A 座 20 楼
邮 编	330038
经 销	全国新华书店
印 刷	湖南凌宇纸品有限公司
开 本	880mm×1230mm 1/32 印张 10
版 次	2019 年 2 月第 1 版第 1 次印刷
字 数	287 千字
书 号	ISBN 978-7-5500-3086-2
定 价	39.80 元

赣版权登字 :05-2018-469

网址 http：//www.bhzwy.com
图书若有印装错误，影响阅读，可向承印厂联系调换。

公子成双
目录

公子成双
目录

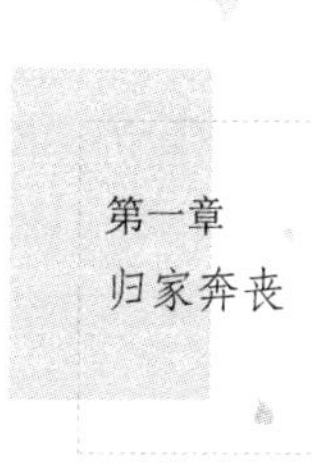

第一章 归家奔丧

沐元瑜来到乾清宫的时候，被拦在宫外等了一刻，因为锦衣卫指挥使先她一步进去，正在向皇帝禀报自己手上的一摊子事。

“……贼子口风极紧，臣等费半月之功，仅查问出他来自前朝余孽旧部，至于究竟是哪一支旧部，还有哪些同伙，那日朝中给他警示的是谁，他熬遍酷刑只字不吐。今日寅初时分，看守他的番子不慎睡着片刻，他把塞的口嚼硬往喉下咽，生生堵住了自己的气管，噎死了。”

皇帝听得默然不语。

汪怀忠都悚然道：“这是个狠人。”

口嚼多是木块一类，防的是犯人咬舌自尽，正常情况根本咽不下去，此人却另辟蹊径，咽不下去，就使其堵塞喉头，死志之坚，令人胆寒。

郝连英跪下道：“臣手下失察，是臣管束不严之过，请皇爷责罚。”

皇帝摇了摇头：“罢了，便没有这一出，熬了半个月下来，活的时候也不长了。”

话虽这么说，他到底心情不太好，知道正旦宴上试图搞事的是这么个狠角色，暗地里还不知隐藏了多少他的同党，总不是件令人愉快的事。

郝连英继续禀道：“他虽然招得不多，但臣想，应当是当年逃入南疆的那一支，若是漠北那边的，不该与暹罗扯上关系才对。南疆那一支原是分支，势力不盛，皇爷不必过多忧心。”

这一点皇帝早已有所预料，并不意外，眉目间却不见轻松之色，拍了拍案上的一封奏折，道：“这可好，事都赶一起去了。”

郝连英微有不解，但皇帝不说，他也不便追问，仍旧说自己的："请皇爷允准臣派人往南疆去追查，臣一定给皇爷一个交代。"

"暂且不急。"皇帝沉吟着道，"朕再想想，若真涉及那一块地方，有人的行事比你便宜些。"

"皇爷可是指沐王爷？恕臣直言，论行军打仗，臣不及沐王爷，论查案追索，臣以为还是锦衣卫更胜一筹，能为皇爷效力。"

底下人愿意争先做事，不是件坏事，皇帝面色缓和了些，道："你先去吧，朕这里还有急事，回头再说。"

郝连英方退了出去。

他出殿时见到沐元瑜，因才提到她父亲，不免多看了一眼，不过终究没什么交集，很快下阶去了。

沐元瑜更没留意他，内侍出来传话，她终于能进去了。

"朕也才收到了显道的信，倒是比刀家的还早了些。"

进到大殿里，沐元瑜禀报过，就听到皇帝说出这一句话来，她的心不由得一沉又一落。

沉的是滇宁王的丧信报得这么急，乃至胜过了丧主本家，显然是在跟滇宁王妃抢时间，她外祖父刀家循正常程序上奏报信，反倒不会这么快。

落的是，不论如何，她第一步是走对了，这一局逼到眼前，她总算没自乱阵脚，令自己雪上加霜。

皇帝叹息道："朕以为刀老将精神健旺，老当益壮，能为朕再守十年边疆，不想天有不测风云，竟去得这样突然。"

听得此言，沐元瑜两行眼泪就落了下来。

她现在的模样实在憔悴，皇帝见此，止住了话头，道："罢了，你外祖这个年纪，膝下已经成群，又是这样去的，不曾受病痛折磨，虽走得突然，也算得是喜丧了，你们做晚辈的，不要太难过了。"

沐元瑜声音沙哑地应道："是，多谢皇爷抚慰。"

"显道奏报里说，刀老将生前很疼爱你这个外孙，希望朕能准你回去送他最后一程，你意下如何呢？"

沐元瑜拂袍跪下，道："臣来求见皇爷，也为此事，求皇爷恩准。"

皇帝点头："既如此，奔丧要紧，朕也不耽搁你了，你这就去吧。"

沐元瑜磕了个头，道：“臣谢皇爷隆恩。”

她就退出去，算起来陛见的时间比等候的时间还短些，因外祖丧事当前，多余的话，她都不适合说。

她走之后，宝座上，皇帝望着面前的奏章重新开了腔。

“沐显道倒是个好女婿。”

不涉及皇子的事务，汪怀忠作为司礼监掌印是可以说两句话供皇帝参考的：“老奴也纳罕。出了这事，刀家的丧信没来，沐王爷先行动起来了，可是对岳父一片情切。”

他们没有讨论刀土司突然去世后，是否会对南疆形势造成影响，因为那片地方上父死子继，土司政权的稳固性并不下于皇权。刀土司长子正是壮年，有能力把控住父亲留下的偌大权势，只要他自己不起心乱来，他手下就乱不了。

与此相比，倒是滇宁王的情况更值得注意。

汪怀忠一边说着，一边揣测着皇帝的心意：“皇爷可是觉得，就这样放沐世子回去有些可惜？”

“可惜又有何用？”皇帝叹息了一声，“刀老将去得太急，仓促之间，没个防备，朕还能硬拦住人不许奔丧不成？”

“沐王爷这行事也有些叫人摸不着头脑。当初是他主动将人送了来，如今又急吼吼召了回去。照理说，沐世子一个外孙，就在京里遥祭，旁人也挑不出什么不是来。”

汪怀忠说着，又安慰皇帝道：“皇爷不必过于操心，想来沐世子奔丧过后，应该会回来的。她到京不过三个来月，就这样一去不返，也太儿戏了，习的什么学呢？”

“你说‘应该’，实则未必。世上的事，可不是应该发生，就一定会发生的。”皇帝想了想，再次问他，“褚有生那里呢，最近可有信过来？”

汪怀忠躬身摇头：“没有。他接到的命令只是盯着滇宁王府，刀家的事不与他相干，他们夷族，本就排外，他不好往里插手。据他上回所报，滇宁王府一切正常。只是一点，沐王爷十分宠爱小妾生的那个庶子，恐怕沐世子都不能及。”

“你倒小心，何必还说什么‘恐怕’？”皇帝摇了摇头，“都说小儿子是命根子，放在沐显道身上真是一点不错。沐元瑜小时候，据说外人都舍不得叫他见，怕他人小惊散了魂。如今小儿子一来，旧日的心头宝就成地上草了，你听听他给小儿子取的那个名字，偏心也没有那样偏的。沐元瑜但凡有一分气性，以后跟这个弟弟都处不来。”

汪怀忠道：“说起来，沐世子弟弟的消息，他必是知道的，面上倒看不出什么，天天还是一样进学。”

“是个沉得住气的。”皇帝点评道，“沐显道没白宠他那些年，只是把儿子养得这样，如今却想叫他靠边，哪有这么容易？只怕要砸了自己的脚。”

汪怀忠并不一味顺从皇帝，道：“老奴觉得难说，做老子的想整治儿子，法子可多了去了，一个孝字压下去，就足够儿子翻不了身了。”

“是吗？”皇帝哼了一声，“朕也是做爹的，怎么就没法整治儿子，还成天叫儿子气得不轻？也不知是不是上辈子做了什么错事，这辈子才得了这么几个讨债的。”

汪怀忠赔笑道：“皇爷是仁慈宽宏，沐王爷哪里比得上皇爷万一，他那样行事，终有一日要生出乱子来。”

皇帝却摇头：“你也不必安慰朕，朕这一摊子，没比沐显道好到哪里去。都说清官难断家务事，一点不错，朕是天子，一般束手无策。”

汪怀忠劝道：“从前是殿下们小，难免有些由着性子，往后一天比一天大了，自然就稳重起来了。才过去的元宵宴上，二殿下不是才给皇爷挣了回脸？”

“这个正是最叫朕头痛的。”皇帝把急报合起放去了一边，说道，“二郎那个性子，朕可不敢信他，谁知哪天会不会又要犯起毛病来。起码得再看两年，这么早就高兴起来，只怕也是白高兴。”

他随口说了两句闲话，又想起来正事，叮嘱道：“叫褚有生盯紧点，现在不是闹事的时候，沐氏自家闹一闹还罢了，别把南疆牵扯进去了。沐显道偏心太过，刀家也不是吃素的，不可能坐视他把那妾生子扶上了马。他两家一旦闹起来，南疆那块地方势力太过芜杂，再有什么人往里伸手起乱就难说了——比如前朝那些余孽，朕以为当年叫太祖杀的杀，赶的赶，早已留不下几个，不想竟还有死灰复燃的。这几年风调雨顺，户部报上来的数字刚刚好看点，刀兵一起，再要调兵镇压，又全扔进去了，闹来闹去，败的都是朕的家当。”

汪怀忠应着：“皇爷深谋远虑，说得极是。依老奴的一点见识，沐世子在京正是最好的安排。待刀土司的丧仪过后，还该想个法子将沐世子召回京来。”

皇帝颔首：“去内阁值房请沈卿来。”

正经国事，还该找大臣商议。

内阁值房就在午门之内，离此很近，但沈首辅还没来，朱谨深先来了。

内侍进来报：“二殿下求见。”

皇帝转头往角落里的金钟看了一眼，说道：“这个时辰，二郎下学了？叫他进来吧。”

朱谨深进来行了礼，道：“皇爷，儿臣听说刀土司去世了。”

皇帝“嗯”了一声：“你要说什么？”

朱谨深道：“刀土司多年来与沐王爷、云南都指挥使互为守望，平衡镇守南疆局势，于朝廷有大功，如今骤然离世，儿臣以为，此时若派使臣前去吊唁，一可彰皇爷仁德，二可安继任土司之心，三来，也可借机一观刀家是否忠心不改，能继续为皇爷镇守地方。”

皇帝压下心头的讶异，以玩味的眼神望着他：“你在向朕谏言？”

这种正经事，可不像这个儿子会干的。

朱谨深这样说话，其实自己也有点别扭，但一见皇帝那古怪的眼神，他立刻坦然了——这种微妙情绪很难为外人道，大概是“看你也不习惯，那就对了”。

“是。”

他未入朝领差，但他是皇子，天然有向皇父进谏的权利，只是听不听就在皇帝了。而是否会因此引起皇帝的厌怒，也皆由他自己承担。

这儿子还是不行。

听他这话语硬邦邦的，连句“儿臣不敢”的客套话也不肯说，皇帝有点噎住，顺了顺气，道：“好，你说得有几分道理。不过，朕要听实话，这是沐元瑜同你说了什么，还是你自己突发奇想？”

朱谨深道：“他急着回去奔丧，哪里有时间同儿臣多话。不过儿臣看他可怜，也确有一点私心。”

皇帝道："嗯？"

"他从前说过，沐王爷极心爱一个侧室，他在家中日子并不如面上的好过。这回刀土司去了，恐怕他又少了些襄助。若能派个使臣与他同去，总是与他的脸面，届时同去同归，免得倒叫一个奶娃娃压了一头。"

皇帝听得心里十分不是滋味——瞧瞧这份体贴心思，从前门都懒得出，如今好了，手伸那么长，都管到人云南家里去了。

他脸色微沉，道："朕看你是课业太少了，有闲工夫管这么宽，人家父子兄弟间的事，跟你有多大关系？"

朱谨深道："我并没想管，不过是两得其便之事，皇爷何乐不为呢？"

"两得其便？"皇帝听到这一句，不动声色地道，"恐怕不见得吧？你又怎知道沐元瑜还想回来？他父王偏心，依朕看，他留在云南还稳妥些。"

朱谨深默然片刻。他如何不知这个道理。

沐元瑜回来与否，各有利弊。他回来可以亲近皇家，稳固世子地位，但要丧失与部将接触的机会，如孤岛悬于海外；他不回来，则滇宁王将如一座搬不开的山般压在他头上。但不论滇宁王如何偏心，给小儿子起的名字多么引人遐思，那终究是个还在吃奶的娃娃，至少十年之内，他什么也做不了。

而滇宁王不可能按住沐元瑜十年不与部将结交，并且，他认为，滇宁王妃与刀家也不可能容忍。

这两种选择持续到最后，其实博的就是沐元瑜是要靠皇家扶持接位，还是凭自己的能力迫得滇宁王不得不传位于他。

从沐元瑜本人的长远利益看，他应该会选第二种。如此才能维系住沐氏不可取代的超然地位。

靠上位者扶持才能得来的利益，终究要付出相应的代价。

朱谨深没接触过实际政务，但这种程度的心术权谋，他闲来无事看的那么多的书中已足够告诉他答案，所以他语气淡淡地反问："对他稳不稳妥不重要，敢问皇爷的愿望，是想他留云南还是留京呢？"

当然是留京。

没有哪一位帝王喜欢治下有这么一片土地，别人比他的掌控能力更强。

而想剥离掉沐家对云南影响力的前提是，南疆不能乱。

那么，这一步就必须缓缓图之。

从下一任滇宁王留京入手，就是个很好的开始。

皇帝神色复杂，朱谨深这一句反问不算回答他，却差不多等于是回答了他。

沐显道当初送子入京，所图为何，到如今皇帝也不能确定知晓，但不妨碍他在当下就准了他的奏请。因为沐显道不管有什么心思，在皇帝看来都不过是小节，他是至尊，从纷繁的局势里找准他要的那一点，牵引住局势跟着他走，才是他要做的。

世情复杂，就算他手握锦衣卫，许多事情也未必当下就有答案，但决策必须当下就做了，因为机会不等人，等你慢慢弄清楚每一个疑问再出手的时候，那一个时机不一定还在。

朱谨深问他的这一句，与他当日的所为正是如出一辙。

“朕问你，你倒把朕堵回来了。”皇帝干咳了一声，道，“行了，去吧，你还没下学吧？好好念你的书去。”

“是。”

朱谨深没有纠缠，躬身退出。

皇帝看他退出殿外后，头也不回地离开，忍不住向汪怀忠道：“他这是笃定朕就会听他的了？”谁上谏言就是个两句半，劝都不多劝一下。

汪怀忠笑道：“二殿下一向不多话，皇爷是知道的。”

汪怀忠心里，朱谨深能跑这一趟多这两句嘴都很奇怪了，再要长篇大论，恐怕得把他这个老奴才连着皇帝都吓着。

皇帝心里不大爽快，他倒是想多探探这个儿子的底，怎奈人家不接茬。

汪怀忠道：“皇爷，沈阁老在外面等了有一会儿了，可要召他进来？”

皇帝回神点头：“叫他进来。”

沈首辅入殿后，皇帝和他就几件国事商议了一下。要紧的几桩都说完了，皇帝缓缓道：“沈卿，干崖宣抚使离世，二郎进言，认为当派使臣前去对刀家进行抚慰，你觉得可有必要？”

沈首辅愣了一下，忖度片刻后道：“臣以为可行，派个使臣不是多麻烦的事，却可向彼等夷人彰示皇上的恩典，令他们感沐皇恩，以后更加忠心为皇上效力，此举惠而不费，二殿下想得周到。”

那接下来就该商议使臣的人选了。

沈首辅提出了一个人选："翰林院里有个新进的庶吉士，去年春猎上很出彩的，皇上记得吗？他又年轻，又经得住辛苦，可以派他去。"

皇帝点了头："可。"

时间比较紧迫，沈首辅当即开始草拟抚慰刀家的文书。皇帝则派人去叫沈首辅推荐的那庶吉士过来，交代他差事。

这一通忙下来，不知不觉一天就过去了，到晚间时，皇帝方想起还有乐工那一档子事。

他想了一会儿，道："叫赫连英过来。"

郝连英很快应召而来。

"在南疆查前朝余孽根底的事，还是交由显道去做吧。"皇帝道。

沐显道再在云南如何经营，还不至于跟前朝的那帮丧家之犬勾结在一起，这一点皇帝还是信得过的。

见郝连英面露失望之色，他跟着道："你有别的差事，朝里到底是谁与那个贼子有勾连，你给朕好好地往下查清楚，务必把这个人挖出来。"

郝连英精神一振："是！"

皇帝跟着却又给他泼了盆冷水："你要详查，细查，同时要暗查。朕并不想兴起太祖时那样的大狱，这也是保全你自身，你可明白了？"

锦衣卫草创自太祖，那也是锦衣卫最风光的一段时间，当年单是牵连万人以上的大案就有好几起，奠定了锦衣卫可止小儿夜啼的赫赫名声。但善泳者常溺，当时的锦衣卫指挥使也因犯了众怒，最终被牵连下去一并砍了脑袋。

郝连英的声气就低了点，但仍然恭敬地道："是，臣明白，一定不负皇爷所望。"

等他退了出去，皇帝方伸了个懒腰，带点感叹地向汪怀忠道："别人看朕高高在上，却不知这位置有多么难坐。待朕百年之后，也不知该交给谁，才对得起这祖宗基业，天下万民。"

汪怀忠赔笑道："皇爷正值壮年，膝下又儿女成群，四位殿下各有各的好处，有什么可忧虑的呢。天色这样晚了，皇爷也该歇息一下了。这么晚了皇爷还在为国事劳心，皇后和贤妃娘娘关心皇爷，都着人来问过了。"

皇帝想了想，道："去贤妃那里吧。皇后那里，大约有点别扭，给她两日工夫，叫她转转弯。"

汪怀忠应了：“是。”然后出去吩咐人摆驾前往永和宫。

他的小徒弟跟出来悄悄问他：“爷爷，皇后娘娘怎么就别扭了？我怎么听不明白？”

汪怀忠白他一眼：“不明白？不明白是你悟性不够，自己想去。明日我再问你，答不出来，仔细你的屁股。”

小徒弟苦巴着脸：“明日我只怕也想不出来，我哪里比得爷爷的万一呢，皇爷说什么，爷爷都能心领神会，我要有这份本事，我就成爷爷了。”

“嘿，你这小狗崽子，你还蠢出道理来了！”汪怀忠照他脑袋就拍了一记，但小徒弟这一记马屁拍得到位，他心里舒畅，就还是趁着皇帝没出殿，匆匆低声告诉了他，“二殿下来谏了言，皇爷还采纳了，这不是瞒人的事，皇后现在一定知道了，心里能舒服？她指不定要绕着弯子问皇爷些话，皇爷累了一天，哪有兴趣再跟她打这个哑谜。贤妃就省事多了，没这个位份，也不敢明着讨这个嫌——这都要人告诉你，蠢货！”

小徒弟恍然大悟地“哦”了一声。

沈皇后岂止是别扭，她是快被刺激死了。

这一步一步的，眼看着就上去了！

早知如此，就不该与他一点机会！

“看这人情做得，又得了皇上的意，又在沐家小子那里卖了好，好一个两面光！”沈皇后说着话，冷笑不已。

孙姑姑也觉有点可惜：“我们想慢了一步，早知叫我们四殿下去说了，才是一个头彩。”

朱瑾洵还小，若能进这个言，意义又不一样，一个早慧的名声妥妥地博到手里了，再造造势，顺风就起了。

这样的机会，可不是那么好找，一般外官死了是没有皇帝亲派使臣前往这个荣耀的。

沈皇后自打听到信起就满心不自在，好不容易挨到晚上，把那份情绪都压住了，打算着等皇帝来了好好婉转相问。

皇帝不甚好女色，没什么特别心爱的嫔妃，她作为六宫之主，主动派人去乾清宫问了，就是个暗示的意思，皇帝一向都给面子，多半会来。

不想她左等右等，这一日皇帝却迟迟不来，精心准备的膳食也冷透了，再打听时，听到的回信是皇帝总算忙完了国事，却是往永和宫去了。

沈皇后："……"

贤妃这个狐媚子！

就没一件顺心的事！

沈皇后自恃身份，一般不拿器具出气，这一晚却气得摔了一整套官窑茶具。

沈皇后的心思再如何，都只是她自己的心思。

沐元瑜是什么也管不了了，二月初一，她与使臣并护卫清早出发，一路以最快的速度驰往云南府。

二月十八日。

京城犹是春寒料峭，云南已然风和日暖，春花烂漫。

跟沐元瑜一道赶来的使臣阮云平是北直隶下大名府人，今年不过二十有五，正宗青年才俊一枚。他虽对弓马还算在行，打个猎什么的没有压力，但平生没有出过这么远的门，一下奔驰近万里，且几乎是以驿传的速度，等终于进入云南府的时候，原来一个好生端正俊朗的翰林公，疲惫颓唐得堪与歪在路边晒太阳的叫花子有一比。

饶是如此，他也没有叫过一声苦。

不是他作为一个文官性格有多么坚毅，而是随行的除了护卫，还有沐元瑜的两个丫头，观棋和临画。

临出发前，阮云平一见队伍里还带了两个丫头心里直犯嘀咕，心道这沐世子不愧是能和李国舅齐名的土霸王，奔丧这么紧急还不忘带丫头，真是不怕拖后腿。

结果一路疾奔下来，两个丫头英姿飒爽，不但自己一点纰漏没出，还有余力把沐元瑜照管得妥妥当当。就说沐元瑜自己，还未完全长成，却也如长在马背上一般不知疲倦。

跟这么一拨人同行，他还有什么脸叫苦，只有默默自己咬牙忍受着。等进入古朴的城门，又行了小半个时辰后终于见到滇宁王府那座广阔门第时，他一激动，心情一放松，险些从马上摔下来。

旁边的刀三捞了他一把，熟门熟路地向门房上的小厮喝道："还不快进去禀报，世子回来了，哦，还有钦差！"

他们一行本就是以最快的速度过来的，赶不上再让人提前来报信，小厮并不知有这一出，直瞪着眼："啊？世子？钦差？哦！"

他连滚带爬地进去了。

剩下的回了神，不管那钦差是打哪儿冒出来的，自家的世子总错不了，都匆忙上来围拥牵马，七嘴八舌地问候。

进了府门，护卫们散去，沐元瑜领着丫头和阮云平往里走，一路不由得左右打量。算算走了已有大半年，这时间不长不短，府里基本没有什么变化，可能是她心境上的差别，满眼明明是熟悉的风物，心中却无端生出了些说不出的陌生感，似是隔了一层。

她没有走多远，滇宁王便自正道迎面而来。

沐元瑜说不出心里是什么滋味，相逢的这一刻，她忽然发现自己的陌生感是从何而来了。

去年之前，无论她与滇宁王生出过多少芥蒂，父女总是同住一府，便是滇宁王回避着她，也不能全然不与她相见。滇宁王偶尔也有待她好的时候，情分消去五分，又增回来两分。她无论心冷过多少回，总无法将这亲情彻底剪断，再淡薄，她还是留恋的。

然而她离开了滇宁王府，从此只有消，没有增。

滇宁王也在看着她。

这个孩子离开这么长时间，瘦了，但是也高了，人看着明显往上抽了一小截，看来在外面生活得不错。

将这么个假儿子丢到皇帝眼皮子底下，他真是日日提心吊胆，有了真儿子后，这种不安感更加剧起来，万一一个不慎，她在京里露了馅，他苦心经营的这份基业全要化为乌有，再得十个儿子也抵不过这一个假的破坏力强。

所以他逢着机会，赶紧要把她弄回来。

然而，这孩子似乎成心要和他作对到底。

她回是回来了，居然是一搭一。

滇宁王不知她怎么有本事说动皇帝的——他绝不相信只是巧合，这么短的时间，钦差那么容易得的吗？这也把皇帝看得太不值钱了。

阮云平小心地收敛着眼神，只把眼珠往左右不停地转动——这父子俩什么情况？久别重逢，居然是相顾无言？

他心里默记下一条：沐王爷父子关系不佳。

他跑这么远做这个使臣，大腿皮都磨破了两层，不能念完一篇悼文就回去吧。

那他也太亏了。

沐元瑜没有无言多久，很快跪下行礼。

当着使臣，滇宁王便想质问也不好出口，只能叫她起来："好了，去见你母妃吧。这一身尘土，也该洗一洗，不用急着到前头来。"

顿了顿，他补了一句："你还没见过你弟弟，他就养在荣正堂里。"

沐元瑜低低应了一句："是。"

滇宁王干站片刻自觉无味，遂安排人领阮云平洗尘休息。

沐元瑜则往后院走。

应付完了滇宁王，她的脚步一下变得匆忙轻快起来，浑身颠簸到快散架的骨头都不觉得酸痛了，刚才的消极情绪也不见了，归心似箭地往荣正堂跑。

滇宁王妃人在后院，接信迟了些，但也没按捺住在屋里等她，直迎到了穿堂门外，见着她的瞬间泪光点点，喊着："瑜儿！"

滇宁王妃性情刚硬，一向少见泪滴，沐元瑜当即眼圈也红了："母妃，我回来了。"

她在这里终于找回了家的感觉，游子还家，她抢上去要行礼，滇宁王妃拽着她的胳膊不许。许嬷嬷年纪大了，腿脚不大利落，有点喘气地从后面撵上来，劝道："世子别挣了，看你这一张小脸累得，都黄黄的了，快进去歇息歇息。这风口上，也不是说话的地方。"

这样方解劝住。

滇宁王妃有许多话想说，要埋怨女儿怎么还是回来了，看她的奔波模样，又没舍得，着人赶紧抬水去恒星院，安排她先沐浴换衣。

一通忙活完，沐元瑜收拾干净，重新回到了荣正堂。

滇宁王妃那一句话终于问出来了："瑜儿，我让人送了信与你，你怎么回来了？”

沐元瑜解释了一下，听得滇宁王妃冷笑连连：“这个老杀才！”

亲娘骂亲爹，沐元瑜不好接茬，只当没听到，挨着她道：“母妃，没事，皇上派了钦差与我同来，我祭拜过外祖父后，就与他一同回去，父王当着钦差的面，总不能硬把我扣着。对了，外祖父那边怎么样？等阮翰林好好休息一番，我就跟他过去可以吗？”

滇宁王妃知道有钦差来的事，口气方缓了些：“你外祖已经进了神山，今日天色晚了，山里路不好走，等明日吧，我带着你们去。”

刀家一族的葬仪与汉族不一样，如刀土司这样的头人，去世后不入土，而是送入深山里火葬，所谓“神山”就是类似于他们一族的圣地，历代土司最终都归于山中。

沐元瑜点点头。她其实很累了，眼皮都不大睁得开，坚持着咕哝道：“母妃，你不要难过，你还有我呢。”

滇宁王妃道：“我知道。”她的声音放得柔软，“瑜儿，你困了？再撑一会儿，我叫厨房做了你爱吃的菜，你吃两口填一填肚子再睡。”

她又引着她说话，问道：“你怎么这么有本事，哄了个钦差来？”

沐元瑜歪在她肩上，半眯着眼笑了：“不是我有本事，是二殿下帮的我。我和他说我还想回京里去，可是父王可能不会叫我去了，他就去找了他爹，我也不知他怎么就把钦差哄给我了。”

“是皇帝的二儿子？你跟他处得好？”

沐元瑜“嗯”了一声，道：“二殿下面上看着冷一点，其实人很好，又非常聪明，就是身体差了点，可惜了。”

滇宁王妃微笑着道：“你看谁都好，不过，倒是不大听你夸人聪明。”

“他是真的厉害，看了非常多的书，还下得一手好棋。”沐元瑜随口扯着，“我跟他下过一回，再不敢下第二回了，丢人得很。”

她口里说着“丢人”，但语气轻松，显然并没有觉得被拂了面子的意思，滇宁王妃心里闪过一丝异样——她跟滇宁王现在闹得不可开交，但当年也有过情热的时候，有些微妙不可说的情绪，她懂。

恰此时许嬷嬷进来，笑道：“世子有了喜事，怎么都瞒着，还是我跟观棋那丫头说了几句才知道的。”

沐元瑜一怔，略略坐直了身子，失笑道："这算什么喜事，人人都有的嘛。"

滇宁王妃也明白过来了，她细细打量着沐元瑜，原只觉得她瘦了些，令她心疼，此时再看，却从她轮廓柔和的侧脸线条看出了分明的少女秀色。

她心中陡然多出了一层不安，挥手令许嬷嬷出去，压低了声音问道："瑜儿，你说那个二殿下，为什么待你很好？"

"因为我们脾气相投吧。他人太聪明，难免傲气，加上他家里也复杂得很，母妃知道的，四兄弟四个娘，这样的人家里过活都不容易，就把他性子磨得更孤冷了。他也没两个亲近的人，难得看我不烦，我们就常在一处。"

沐元瑜想起朱谨深的言行来又觉得他挺好玩的，忍不住笑道："他脑子比别人都好使，但为人处事上没个合适的人教着，由着自己长，不喜欢的人他真的是一下都不肯搭理的，对了他脾气的人，那就怎么都好。他有点任性，连他皇帝爹有时候都叫他弄得头痛。"

滇宁王妃听得更不安了，沐元瑜觉得自己是客观评价，听到滇宁王妃耳朵里可不是这么回事，她的口气可不是嫌人家皇子任性难伺候的意思，分明觉得他很有意思，以至于她说起来都停不住。

一个聪明又有趣的人……

她作为母亲的警钟瞬间敲响了。

滇宁王妃心下觉得不对，又探问了几句，沐元瑜困倦着，没觉出来异样。她离家刚回，做娘的问一问她在外面过得怎么样，结交了什么人，有没有遇着什么难处是难免的，她尽量都回答了。她在京中来往最多的就是朱谨深，既要说，那就绕不过他。

滇宁王妃仔细听着，总算渐渐略放了一点心下来——好歹听上去，那个二皇子不像堪破了女儿的秘密，要打什么歪主意的样子。

那问题就只在女儿身上了。

"母妃知道我打小有多用功，就是学不成他那样，唉，都说勤能补拙，我看补得很有限，天赋这回事，真是强求不来。"沐元瑜有点感叹地说着。

她是真的羡慕，朱谨深的身体条件摆在那里，他看的书多，也无非是看，他的身体其实支撑不住他下工夫苦读，但他仍是博学强记到如信手拈来，这份自如，只能归功于天分了。

滇宁王妃注视着她，小心地隐藏着眼中的忧虑，这个小女儿从来自律自强，功课都胜旁人，她本身也是有傲气在的，从没有这么推崇过一个人。

她现在正是含苞待放的好年华。

她知道自己可能不太对劲吗？

沐元瑜是累得想不了那么多了，她在滇宁王妃面前向来放松，想什么说什么。说完一通，后厨房刚做的膳食呈上来，山珍水鲜爽嫩可口，又是好一阵没吃到的家乡风味，她胃口很好地吃了不少，然后在丫头的服侍下蒙头就睡了。

滇宁王妃见她这样能吃能睡，心下松了口气，大概是她想多了，她的瑜儿当男孩养大，应当并不太懂这些关窍。她又觉安慰，女儿身上背了这么重的担子，还能这样挺住不倒，吃睡无忧，那不管外面有多少狂风大雨，都没什么可畏惧的。

沐元瑜这一觉直睡到次日清早，穿戴整齐了往荣正堂去，还未进房门时，便听到婴儿的咿咿呜呜声。

那声音嫩嫩的。

她脚步顿一顿，方重新往里走去。

西次间的罗汉床上，放着一个青罗襁褓，沐元瑜走近了，只见襁褓里裹着个肉团子，胖手胖脚，眼睛原是要睁不睁，察觉到有个不熟悉的人过来，两颗葡萄一样的黑眼珠转了过来，跟着她动。

须臾，他的小嘴巴里吐出一个口水泡泡。

“世子，这是您的弟弟，乳名叫珍哥儿。”

出声说话的是站在旁边看顾的奶娘，沐元瑜认得她，原也是滇宁王妃身边的丫头，叫秋枫，与外院一个小管事成了亲，不怎么进来服侍了，现在应该是赶巧合适，她也才生了孩子，便重新来领了差事。

沐元瑜俯视了那肉团子片刻，道：“嗯。”

秋枫小心地问道：“世子，您要抱一抱吗？珍哥儿很乖，不大哭闹的。”

“不了。”沐元瑜拒绝了。

她当然不至于迁怒到这么个肉团子身上，但她现今的处境又确与他有分不开的关系，这让她心里总有点怪怪的，无法以普通平常的心态看待这个肉

团子。

她也不大想再看他，就站远了点。

肉团子珍哥儿大概是觉得她是个新鲜的人，没有见过，咿咿呀呀着把胖手从襁褓里挣脱出来，向她挥舞了两下。

见她没有回应，他小嘴往下撇了撇，要哭不哭的样子。

沐元瑜余光瞄见，怕他真的哭出来，向秋枫道："你哄哄他。"

秋枫答应着，把珍哥儿抱了起来，柔声细气地哄着。

滇宁王妃一身素服从卧房出来，道："行了，抱回去吧，好生伺候着。我今日不在家，有什么事，去和王爷那边说。"

她又向沐元瑜道："我想着总跟你有点关系，所以抱过来让你见一见，见过了就罢了，你不用多想。"

沐元瑜道："我知道，母妃不用担心我。"

滇宁王妃点点头，又道："昨晚上你父王过来了，要见你，我说你睡了，拦着没让见，现在你去前面书房请个安吧。别怕他，一刻若还不回，我就找你去。"

母妃总是护在她前面。沐元瑜笑道："好。"

她转身出去。

滇宁王正在等她。

说实话，滇宁王是很想显得慈父一点的，沐元瑜从来没离开过王府这么长时间，他提着心，固然更多的是担心和恐惧，里面也未尝没有两分挂念，但真等见了面，他说不上来哪里不对。孩子还是那个孩子，看上去礼数也没有什么缺失处，还比先前更恭谨了，但他就是觉得浑身不得劲。

他想说两句亲近的话，说不出来。

他想发个火责怪她为什么把钦差招来了，也发不出来。

最终他只能口气平淡地道："瑜儿，你越大，是越有自己的主意了。我这个做父王的，再也管不了你了。"

沐元瑜低了头："父王言重了。"

滇宁王一口气更憋着了——他的感觉里，沐元瑜应当回他"父王有珍哥儿这个心肝宝贝了，自然不大有空管别人了"之类的话。他从前觉得这样的话带刺，如今才发现没有刺了，他也并没有觉得舒服。

他忍不住心里的不快，冷笑了一下，道："我言重？是你太敢干了！你如今是怎么想的，真把你老子当作寇仇了？"

"父王言重了。"沐元瑜抬了点头，说道，"孩儿没有这个意思。皇上派下的阮翰林，孩儿总不能拒绝啊。"

"你不必跟我打这个马虎眼。"滇宁王冷冷地看着她，"平白无故的，没个人提出来，皇上就算能想起这事，也不会动作这么快。我听说，你和二皇子走得特别近，到了满京城都知道你们好的地步，这回你是不是走了他的门路？"

沐元瑜不是会抵赖到底的性子，索性也就点头道："二殿下看孩儿可怜，帮了一把。"

"你可怜？"滇宁王倏然变色，"他知道了什么？！"

"父王不必忧心，孩儿知道轻重，并没对任何人泄露过口风。"沐元瑜平静地道，"二殿下只是知道孩儿在家不大讨父王的喜欢。"

朱谨深现阶段看她再顺眼，再肯帮她，毕竟本身是一位皇子，翻手为云覆手雨的上位者，皇家正统之承继，她从未天真到想将自己的秘密对他和盘托出，以求取他的帮助。

这太幼稚了，将自己推入万劫不复的境地可能性更大。

滇宁王脸色这才缓了缓，但仍旧质问她道："那你跟皇子走那么近做什么？沐氏不需要行扶持皇子这样的险招。你如此行事，将来登位的若不是二皇子，你要置王府于何地？"

沐元瑜心道，沐氏不需要，可是她需要。

她觉得滇宁王有点可笑，居然现在还看不穿这一点。

他都把小儿子取出这个名字来了，还想着她将王府的利益看得高于一切，拿整个王府的前途来质问她。

"我与二殿下走得近些又如何呢？父王不表态就是了。"她随口道，"若登位的不是二殿下，父王以此为由废了我，另立珍哥儿为世子，不是现成的一个向新帝投诚的好法子吗？新帝不会反对，又正中了父王的意，省得父王另外想法子折腾我。"

滇宁王不由得一怔。

这是很天马行空的一条新思路，但它很有实施的可能性。

虽然与他的原定计划不符，但计划从来赶不上变化，能在不断发展的局势当中多添一条备选方案并不是件坏事，也许到时候就用上了。

“倘若登位的是二殿下，就更好了。父王以为滇宁王府能永世相传吗？这毕竟是朱家的天下，不是我沐家的。”沐元瑜道，“能提前得到新帝的好感，有什么不好？”

确实没有。

滇宁王发现自己无话可说了。

他自己已经不知多少次遗憾这为什么不是个儿子。

他憋着的怒气都化成了头痛，他当年拿女儿当儿子养，绝没有想到会养出今天这个结果。

“你……看过珍哥儿了没有？”

沐元瑜点头：“看过了，母妃让抱来给我看了看，养得挺好的。”

“你心里不要有芥蒂，”滇宁王向她道，“你也看到了，珍哥儿从出生就养在你母妃那里，将来只会亲近你母妃，同你母妃亲生的孩儿是一样的。”

沐元瑜道：“是。”

她默默心里补充——是个鬼。

滇宁王这样的男人，已然是老谋深算很能动心眼的了，却也逃不脱男人的通病，总以为他一视同仁对待膝下所有的孩子，正妻也该如此，就不想想，这些孩子确实都跟他血脉相连，可跟她母妃又不是。

丈夫跟别的女人生下来的这孩子，还不如从外面抱养的都没血缘的呢，就算不如亲生的贴心，好歹也不戳心。

该说的几句话都说完了，滇宁王想想也找不出什么事来了，挥手道：“行了，你去祭拜你外祖吧。”

沐元瑜更不多话，利落地退了出去。

滇宁王负手站在门前，看着她的背影渐渐消失在青石主道上，开口叫道：“许三。”

一个衣着朴实，面目平常如庄稼汉子的男子从隔壁过来，打着灰扑扑的行缠，脚步悄无声息，躬身抱拳道：“王爷。”

“人准备好了吗？”

“回王爷，准备好了，听王爷号令。”

滇宁王面色森冷，低声道：“去围神山下，待世子一行祭拜下山后，就动手。记着，本王只要令世子受些伤，不要伤到她和王妃的性命，这个分寸，你务必拿捏好——至于其他的，可以不必顾忌。”

许三微有迟疑，问道：“……那阮钦差呢？”

“能不伤，就不要伤到他。”滇宁王道，“如若不能，那就算他命不好了。”

他错养了的这个女儿，是太聪敏也太有机变了，令他甚至有点恐惧。

她自己的主意太大，再放任她在京里，不知将会做出什么事来。

这次回来了就不能再让她走，只有将她留在身边，他才能安心。

这个女儿还是天真了些，以为一个翰林官就能令他投鼠忌器。

到底是个姑娘，心再大，还是慈软幼稚，不知道“天高皇帝远”到底是个什么意思。

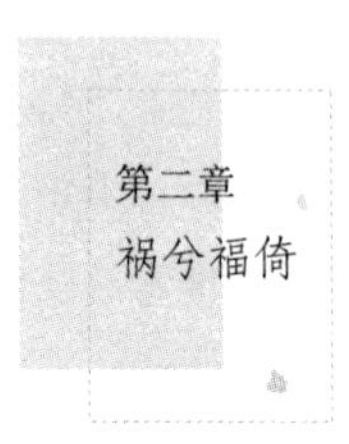

第二章 祸兮福倚

神山一整座山都属于刀家。

二月里，草木生发，越往深处走，参天绿树渐多起来，树梢上清脆的各色鸟鸣远远近近地回荡着，奏出一曲青山曲。

车马行不进去，众人都换坐了滑竿。

阮云平没坐过这个，开始上去时很是新鲜，山里空气也好，一路绿树繁花，他恍惚间觉得自己不像来做使臣，倒似踏青来了。

“王妃娘娘，沐世子，这座神山真是圣地，令人心旷神怡。”他忍不住转头说道。

他揣着圣旨，官大一级，所以行在第一个。

滇宁王妃道：“阮翰林若喜欢，可以多留两日。只是需由我娘家的人引着，这山里规矩多，若独自乱逛，易生危险。”

沐元瑜则在后面没有说话。

阮云平不过是感叹一句，他有皇命在身，奉旨吊唁，岂敢真搞得似游乐一般，就道：“不敢叨扰刀土司的清净，只是有感而发。”

他转回头去，继续一颠一颠地前行了。

滇宁王妃却觉有些不对，她不是个心思细腻的人，对别人留意不到这份上，对着自己的孩子却是感知十分敏锐，她觉得以沐元瑜向来的为人周到，被阮云平点着名了，不该一语不发才对。

她向跟在旁边的一个大丫头低声吩咐了一句，大丫头就放慢了脚步，等到了后面沐元瑜的滑竿旁，低声问道：“世子，娘娘问您，可是还没歇过来，有哪里不适？”

沐元瑜摇摇头：“你回母妃，无事。”

大丫头加快了步子到前面告诉了滇宁王妃，滇宁王妃仍是不放心地看了看。沐元瑜回了她一个笑容，她方有点迟疑地转回头去了。

后面的沐元瑜扶着身侧的竹竿，心下其实不安。

她忍不住在心里把自己跟滇宁王的对话又过了一遍。

当时不觉得有什么，如今回想，却是越想越觉得滇宁王的反应有些过于平静。

她这趟拐个钦差回来，其性质是比不上那回假造上书严重，但就她的作为来说，是呈递进式的，看在滇宁王的眼里应该是变本加厉，亮明招牌跟他作对到底才对。

她不觉得滇宁王有这个度量，就这么接受了她的挑衅。

沐元瑜转着头，把自己这列长长的队伍打量了一遍，目光最终定在最前面的阮云平身上。

然后，她才略微找回了一点安全感。

她很想留下来多陪伴母妃一段时间，但她无法忽视内心的警报，不管这警报到底是不是她草木皆兵，沐元瑜都决定祭拜过后，还是尽快返回京城去。

她想保全滇宁王妃，首先必须保全住自己，有短暂的分离，才有长久的相聚。

渐行渐深，前方忽隐约传来些人声。

有人声不奇怪，山里本住的有人家，奇的是这人声虽隔好一段距离，但听得出极熙攘，竟好似有一个市集。

鸟鸣山更幽的深山里忽然出现这动静，又瞧不见有什么山寨的影踪，这就有点瘆人了。

阮云平心里发毛，转头要问，却见身后的队伍停下了，滇宁王妃和沐元瑜都正从滑竿上下来。

沐元瑜见他望过来，知道他心有疑惑，不等他问，主动解释了一句：“是我外祖父的送葬队伍。”

阮云平仿佛恍然大悟，心中仍夹杂了几分糊涂，“哦”了一声，也自觉地忙跟着下了滑竿。

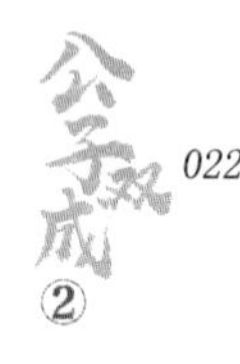

一行人步行了一段山路，阮云平终于明白为何会那么热闹了——前方竟真的好像出现了一个市集，只见摩肩接踵的人群中，两旁都是挑着货担的货郎，服饰是鲜明的百夷风格，中间则是一列拉着长绳的队伍，长绳有许多根，都系在正中的一辆架子车上，高高的车上放着一口长方棺木，四周环绕着白布灵幡。

拉车的队伍称得上浩浩荡荡，有青壮，有老幼，还有僧侣，虽说车行山中不易，但这么多人拉一辆车，照理说应该不那么费力才对。

就阮云平所见，这辆车的速度却是跟蜗牛差不了多少。

等走到近前一点，他仔细一观察，直接无语了。

因为拉车的人居然并不是一心向前的，有的人往前，有的人往左右，还有的人往后，使力方向随心所欲。

这车要能走得快就见鬼了。

他不好打搅已经走到前面去的滇宁王妃和沐元瑜，悄悄问其中一个随行的护卫："怎么是这样拉法？这哪天才能到？"

他先就奇怪昨日滇宁王见了他，明明告诉他刀土司已经进了神山，只等举行葬仪了，怎么今日还能在半路上遇见刀土司的送葬队伍？原来是这么个送法，这送上个三五日都不稀奇！

护卫低声告诉他："我们族里尊贵的大人去世就是这样的。前面就是龙林了，用不了多久时间，大概半日就到了。"

听说夷人风俗本就如此，阮云平识趣地闭了嘴。

护卫的预估很准确，不长的一段山路，他们当真又行了小半日。午后时分，阮云平肚子饿得咕咕叫，此时才知为什么两边跟了货郎，有的货郎卖干饼之类，有的则直接停下来就地埋锅造饭。

拉车的人轮换着跑去买东西吃。

阮云平倒是没吃货郎卖的食物，下一任刀土司、沐元瑜的大舅舅原在龙林里布置丧仪，接到钦差将来的消息，走出来将他迎到了附近的寨子里，命人上了寨里的茶饭。

刀大舅身长八尺半，是个极威武雄壮的大汉，额上勒着白布条，手掌伸出来好比一个蒲扇，拍到沐元瑜肩上时，把她拍得如被狂风扫过的叶子般直晃。他嗓音粗豪地说道："好外甥，难为你赶回来，这一路上辛苦了吧？"

沐元瑜晃悠着道："见过大舅舅，我不辛苦，应该的。"

滇宁王妃看着心疼，忙把她拉扯到了自己身边。她向刀大舅道："大哥，你忙你的去吧，钦差这里我们陪着，也不为失礼。"

刀大舅是丧主，确实没工夫一直陪着他们，就点了头，匆匆走开去接刀土司的灵柩了。

他们这里简单用了些茶饭，在沐元瑜一个刀家表哥的引领下朝龙林走去。

所谓龙林就是刀家历任土司最后的归地，这片林子的树木从不许人砍伐，所以有许多参天大树，是神山中的精华之地，林中有一片空地，此时搭起了高高的台子，刀土司就将在这里火化归于尘土。

沐元瑜走进去的时候，刀土司的灵柩还未拉到，高台旁却已先绑了一个人。

那人满面尘土，花白的头发和胡子脏得打成了结，是个年纪挺大的老人家。

老人不知被绑了多久，头歪斜着，眼睛闭着，没有神采，仍可明显看出他还活着。

沐元瑜看着不妙，拉了引路的刀家表哥道："绑个人在这里干什么？"

那台子四周都堆着树枝干草香料之类的易燃物，丧仪开始后是直接点燃尸体的，没听说她外祖家有拿活人陪祭的传统呀？

刀表哥向那老人瞪了一眼，道："表弟，你不知道，这老头见死不救。他擅闯神山，正赶上阿公摔了，我阿爹知道他是大夫，就饶了他一命，叫他去看一看阿公，谁知这老头到床前，翻翻阿公的眼珠一看，就说他没救了，阿爹叫他开药也不肯开，说白浪费药材。你听听这话可气不可气！硬把我阿公拖断了气，阿爹气死了，说把他绑这里，等下叫他一起下去给阿公赔罪去。"

沐元瑜朝老人打量一眼，原来是个大夫。

"外祖父受伤，不可能就找了他一个大夫吧？别的大夫怎么说呢？"

"别的大夫很卖力的，"刀表哥愤愤地道，"使出了浑身解数抢救我阿公，所以就算没救过来，阿爹也没跟他们计较，放他们回去了。我们家是讲道理的人家。"

沐元瑜沉默了下，道："就是说，别的大夫最终的结果也是不治？那这

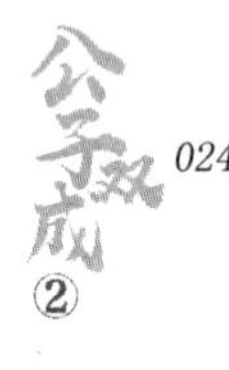

老大夫虽然嘴不好，医术其实不错？”

他居然看一眼就断了人的生死。

刀表哥道：“谁知道，他治都没治。不过好像名气挺大的，阿爹知道他的身份后很开心，说原来还以为他死了，没想到还活着，这下阿公的病有救了——哼，害我阿爹空欢喜一场。”

滇宁王妃在旁道：“瑜儿，你年纪小，可能没听说过。这大夫名声确实是极大，就是人难寻，你父王当年受伤时都找过，一直没有找到，也以为他死了。这回他出现在神山里采药，被族人抓了，扭送到你舅舅面前，才知道他还活着。”

沐元瑜瞪大了眼，不，她可能是听说过的，就在不久前还听人说起。真是踏破铁鞋无觅处，得来全不费功夫！

这时候虽然通信极不发达，但好大夫罕有，一旦出现一个，民间口耳相传，传话的过程中不免会有夸大，三分本事能传成七分，七分传成十分。真正妙手仁心的大夫，很难被埋没，不被官方发掘，也会在民间成神。

她嗓子有点紧涩地问道：“母妃，他是不是姓李？”

滇宁王妃道：“是。”她知道这个女儿一向心软，恐怕她要求情，就道，“你想救他？”

沐元瑜连忙点头不迭。

嘴再坏的神医，也是神医好吗！烧死是暴殄天物啊！

滇宁王妃道：“我也觉得不至于要他以命相抵，不过是你舅舅下的命令，等他过来，你跟他说两句好话，求一求他吧。他若不同意，再想别的法子。”

沐元瑜哪里还等得及，这老人能一眼就判定别的大夫抢救半天的病人没救，就凭这份眼力，他的身份也假不了，她可有寻着他帮忙的地方。

如此想着，她就飞跑去找刀大舅。

刀大舅正站在最前面拉着架子车，听了不太乐意，说道：“外甥，你要这老头有什么用？他就算名气大，心眼可坏，都不肯伸手救你外祖。”

沐元瑜不跟他辩有时候人力无法回天的话，就撒娇道：“舅舅，我不在乎他心眼坏，你把人给了我，他要不听我的，我有法子治他，当给外祖父出气。”

她自京城飞驰回来奔丧，还带了个钦差来代表皇帝吊唁，刀大舅心里安慰，觉得这个外甥很给外家颜面，加上这么多天过去，当时的愤怒也消解了一些。他想了想，就同意了：“好吧，那你带走，以后可别叫我再看见他，不然我还生气。”

沐元瑜忙应了：“好，我带到京里去，可远了，保证舅舅以后见不着他。”

她又跑回去跟刀表哥说了，刀表哥虽然不喜欢李神医，但也不执着非要把他烧死，听说刀大舅同意放人，就招呼了两个族人上前去解绳索。

滇宁王妃把沐元瑜往旁边拉了拉，低声道：“刀家这边的事，你父王都不知道，你要把这大夫带走，瞒好你父王，不然恐怕生变。”

沐元瑜：“……好。”

她明白过来，滇宁王妃也是绝，知道滇宁王找过这神医，恐怕现在还有需要，就是把他蒙在鼓里。

夫妻做到这份上，也是无话可说了。

当然，他们父女也是。

神医李百草被从台子上解下来，刀表哥别的是不愿意管了，沐元瑜便安排自己的护卫来把他扶到树底下，给他洗了头脸，拿饭食来与他吃。

李百草一概不拒绝，给水喝水，给饭吃饭，吃完了就仰靠在树下闭眼休息。

沐元瑜对这位神医很是尊敬。据传说他该比刀土司还大两岁，这把年纪还不颐养天年，跑到云南这块的深山里采药，差点又送一次命，可见何等痴迷医道，医术一定不错。

她把他带回京里去，朱谨深那纸糊般的身子骨就有救了。

朱谨深身体一旦好了，她什么推波助澜的事都不用干，以他那个脾气，再叫他被压在别的兄弟底下，受沈皇后之流的气……呵呵。

她这声“呵呵”不是自己呵的，是替朱谨深呵来着。

沐元瑜心里算盘拨了一圈，把自己想得精神抖擞起来，可见天无绝人之路，否极就该泰来。她现在想到滇宁王都不那么心寒了，滇宁王不把她弄回来，她还捡不到这个神医呢。

她正琢磨着，只见树底下的李百草睁开眼来，站起身拂了拂衣摆，转身往林子外走。

沐元瑜以为他是内急方便之类的事情，就礼貌地没有管他，谁知过一会儿后，一个刀家汉子粗鲁地把人拎了回来，向沐元瑜叫道："世子，你要的这老头想跑！"

这可不行。

沐元瑜立刻过去，只见李百草被人拎着后衣领，态度倒是镇定："既然不杀我了，我如何还走不得？"

沐元瑜道："我有个友人生了病，想请老先生妙手看一看。"

"你那友人，想来身份也是不凡？"

沐元瑜迟疑了一下，点头。

"那不用了。"李百草扫了她一眼，道，"你们这样的贵人，生了病并不听大夫的，又何必要找大夫，既然觉得自己的想法更有道理，听自己的就是了。"

看来是多年行医过程中，被权贵们伤害得不轻。

沐元瑜无奈，这一点上她辩不出什么来——她舅家才要把人烧死，这关口也没时间辩了，刀土司灵柩将至，她只能示意护卫："把老先生扶到那边去歇着，好生守着。"

她又向李百草道："老先生，这座山里有许多禁忌，你一个人，最好还是不要乱走，再被人抓着扭到我舅舅面前去，那时我也救不了你了。"

李百草知道跑不掉，仰脸哼了一声，倒也不多话，转头走了，护卫紧紧跟在身侧。

熙攘的人群拉着车极缓慢地过来了，刀土司的遗体自棺木里由刀家儿郎们抬出，放到高台上。

阮云平理了衣冠，取出圣旨。

在场人等陆续跪倒。

"奉天承运，皇帝诏曰……"

阮云平声气肃穆洪亮，缓缓将一篇悼文念完。这悼文出自当今首辅之手，文理章法自然无可挑剔，十分真挚感人。

不过在场能完全听懂的，可能也就沐元瑜一人。

这一道程序走完，阮云平向高台上深鞠躬后退开。

僧侣们上前，围着高台跏趺坐一圈，合掌闭目念着"嗡嘛呢叭咪吽"之类的经文。

刀大舅原是跪在最前列第一个，表情哀伤地听着僧侣念经，忽然有个大汉从龙林外进来，一路膝行着爬到他面前，递给他一根布条，道："大人，您看。"

这要紧关头被打扰，刀大舅皱了眉，接过布条，眼一扫，怒气勃发："哪家不要命的王八蛋们，敢在这时候给老子添堵？！"

他这一声断喝音量太大，把僧侣们都喝得身子一颤。

刀大舅也不管，铁塔般的身子一下站起来，捏着布条大步往外走。

滇宁王妃追上去，问道："大哥，出什么事了？你别冲动，这时候你可不能离开，有什么事，我替你料理了吧。"

"你管不了。"刀大舅忍下怒气，道，"有人报信，山底下有人要趁着阿爹下葬的时候来闹事，削我们刀家的面子，不知是不是高家那帮专会使阴招的小人王八蛋——对了，你这布条是从哪里得来的？"

他冷静下来后才想起来这点，把布条向来报信的大汉晃了晃，问他。

沐元瑜此时也赶了过来，就势凑上去望了一眼，只见写的是百夷文，大意是说发现山下有一拨人形迹可疑，隐藏在某处布局些什么，不像安好心的样子，请刀家人留意。

这字迹不很好看——沐元瑜分辨得出来，此人多半是左手所书。

那大汉道："不知道是谁，我在外面值守，忽然一支箭射在我旁边的树干上，箭上就绑着这布条。我怕真有这事，惊了老土司的英灵，所以赶着来报大人了。"

原来，消息并未查实。

滇宁王妃就又劝了劝刀大舅，把他劝得暂时和缓下来，同意先派两个儿子领兵下去看看情况。

刀大和刀二就结伴走了。

日头移转，龙林里僧侣们长长的经文念到了尽头的时候，两兄弟气喘吁吁地回来了，身上的孝衣都有些乱糟糟的，看上去像战过了一场。

等到刀大舅问起，两人却都扫兴地摇了摇头："真的有一些鬼鬼祟祟的人，但生着一副鼠胆，我们的人才搜到了冲过去，那些人就一哄而散了，都没来得及逮一个回来审审。"

刀大舅疑问道："难道弄错了，只是些想进山来偷采药的采药人？"

神山数百年都为刀家所有，禁止外人随意进入，因此蕴养出一山的珍宝，药材就是其中一项。有些采药人明知危险，也偏要偷偷进入，刀家每年都要惩罚一批。

两兄弟仍旧一齐摇头，刀大发言："肯定不是，采药人身手也算灵活，但没有那个雷厉风行的做派，而且那些人看着跑得乱，其实有章法的。"

刀二补充道："不是临时聚起来的，像训练过战阵的兵士，不过似乎又要更厉害一些，不然我和大哥也不会一个都抓不住。"

刀大舅听了，把两兄弟轮番瞪了一遍，道："自家没用，就推到别人厉害上！打都没打就晓得长别人威风，抓个人也抓不住！"

滇宁王妃劝道："罢了，大郎二郎去，又不是为了打仗去的，别搅了阿爹最后一程才要紧。现在人既然已经撵跑了，就别再管了。"

刀大舅余怒未消，不过滇宁王妃说的也是正理，就又向儿子们一瞪："你们两个，分头领了人，给老子下山巡查去，再有这样的鼠辈，可不许放过了。"

刀大刀二齐声应了，转身跑走。

滇宁王妃欲走回自己的位置上，见沐元瑜还愣着，轻轻拉了她一把："瑜儿？"

"嗯？"沐元瑜回过神来，跟在她后面走，心神仍旧十分不定。

她觉得不对。

这些人已经排除了普通百姓的可能，那么藏在山下，用意定然叵测。

山上目前只有两方势力。

一方是刀家。如果对方真是冲着刀家来捣乱的，不该一触即退。

一方是她。不是冲着刀家，那就是……

高台上燃起了熊熊的烈火，沐元瑜周身冒出了薄薄的冷汗，山风一吹，彻骨冰凉。

她掐了一把手心，竭力定神从头想，那个报信的人是谁？为什么报这个信？他是有意报错了信，还是确实以为针对的是刀家？

他若是有意报错了信，又为的什么？

沐家也有护卫留在外围，他为什么不直接报给她的护卫们？

疑问太多了，没一条有头绪的，满天乱飞的问号快把沐元瑜的脑袋塞满了。但她从这杂乱无章的形势里认定了一点：她要回京城去。

越快越好。

只有京城才是安全的，滇宁王的手绝对伸不过去，也不敢伸。

高台上，刀土司的遗骸被烈火所吞噬，冲天的火光照亮了黄昏的天空。

这一夜刀家本家儿郎们，进山送葬拉车的百姓、小头人、僧侣等都不会休息，只有阮云平一个外人不需遵守本地的礼仪，被领到寨子的吊脚楼里睡了一宿。

次日清早。

阮云平爬起来，山里的温度比山下要低些，他出来被晨风一吹，不由得哆嗦了一下，等刀家派人来给他安排了早饭，热乎乎的汤食吃下去，他身上才回暖了。

他去找滇宁王妃，询问什么时候可以下山。

滇宁王妃还守在龙林里，帮着刀大舅处理一些事宜，闻言道："大约明日吧，我这里还有些事，再者，今日下山人多，有些乱。"

滇宁王妃说的乱是指来送葬的那些人，这些人的寨落归属刀家管辖，但不是刀家嫡系人脉，只是依风俗前来拉车，刀土司火葬过后，他们就可以回家了。此刻，他们三两成群地陆续往龙林外走，拖了老长的一列队伍，把山路都占满了，看上去确实乱哄哄的。

阮云平就应了，不敢乱走，他昨日见过刀大舅发威——亲爹躺在高台上他就要出去砍人。他只在龙林边上晃悠，晃悠了一会儿想起沐元瑜来，他在这神山里，也就能跟沐元瑜聊几句天了。

他找了一会儿，却没找见，问遇到的刀家人也不知道，只好再去问滇宁王妃。

滇宁王妃倒是知道的，道："瑜儿有事，已经提前下山去了。你要找她，回王府再见吧。"

阮云平很有些意外，只好应了一声。

沐元瑜其实没有提前多久。

嘈杂的下山人群里，她换了百夷族装束，拉着李百草，前后不远不近地各跟了一个护卫，混在其中。

当然，护卫和李百草的服色也都换过了。沐元瑜搀扶着须发花白的李百草，就像一对寻常的夷人祖孙。

只是李百草并不这么认为。

“你们这些贵人，搞什么鬼？”

沐元瑜笑道：“爷爷，哪里有贵人？”她压低了嗓音道，“老先生，你不用多想，已经跟我走了，那就只得一直跟着了，我保你的平安。”

李百草冷着脸，以他多年走南闯北几度生死交关的阅历，知道自己这回又卷进了某种不可知的危险，其中不知涉及了什么要命的隐秘，问是问不出来，逃也逃不掉，只能就这么被挟持着。

他在心里下了一个老辣的结论：贵人，没一个好东西。

又一日后，滇宁王妃的车驾缓缓回到王府。

算来滇宁王妃这一趟出门总共不过三日，滇宁王却心烦意乱，十分不安——他布下的人马被刀家惊走后，不敢再靠得太近，乔装了守在进出神山必经道路的两三里外，守了整整两天两夜，终于守到目标队列出现，滇宁王妃和钦差都在，却缺失了那一个最重要的人。

带队的首领心觉不对，不敢怠慢，一面继续守着，一面紧急让人回来报信。

滇宁王当时就心下一沉。

究竟哪里出了错？

他决心命人下手的时候没有犹豫，但心底深处未尝没有一两分挣扎，一怕万一暗卫失了手，重伤了沐元瑜；二怕沐元瑜太灵透，受伤后猜出来是他在幕后指使。

但他没想到，比这更可怕的一种情形出现了：沐元瑜可能识破了他的安排，提前脱了身。

她脚程够快的话，这么长时间够她奔出几百里，那便要跑出南疆范围了。若果如此，他已然不可能再派人长途追袭，追不追得到是一回事，一旦走漏了风声，完全无法解释。

倘若果真如此，他等于既在跟女儿已有裂缝的情分上又伤了一层，同时还没有达到目的。

那简直是偷鸡不成蚀把米。

滇宁王在这种忐忑里煎熬了将近两个时辰，终于等到滇宁王妃回来的消息，立即去了荣正堂。

“瑜儿呢？怎么没有回来？”

滇宁王妃坐在妆台前由丫头卸着头面，闻言并不看他，只向铜镜中讥讽一笑：“回来做什么？难得王爷记挂着我娘家，让瑜儿奔波这一趟，如今我阿爹的事已了，瑜儿自然是回京里去了。”

滇宁王不料预想成真，僵了片刻，有些心虚，脸上带着全然不被放在眼里的愤怒，张口道：“你……这是什么意思！”

滇宁王妃头发半散，目光冷冷地转过头来，猛然一巴掌拍在妆台上，愤怒起身冲向他：“你还有脸问我是什么意思？沐显道，你若必要老娘跟你拼了这条命才肯罢休，今日就明说了！”

她这一下如母狮爆发，许嬷嬷多年不见她发这样大的火气，愣了片刻才跌撞着要上来拦，滇宁王妃一把甩开她，说道：“把人都带出去，离远点！”

许嬷嬷把旁人都撵了出去，但自己不敢出去，恐怕他们夫妻俩打出个好歹来，劝又不敢再劝，急得只是张着手，唉声叹气。

滇宁王抓住了滇宁王妃的手腕，有点狼狈地喝道：“你发什么疯，有话不能好好说！”

“呸，你自己干的事，自己清楚，还装什么！”滇宁王妃打从前夜听到沐元瑜跟她的分析以后，一口气就一直憋着，憋到如今再也忍受不了，全冲着滇宁王发泄了出来，她眼睛通红地瞪着他，“沐显道，你不用狡辩，我也不同你说那么多，你若没想对付瑜儿，根本就没必要绕过我把她召回来！”

这一句是问在了滇宁王的七寸处，刀土司是滇宁王妃的亲爹，她都不觉得需要女儿亲身祭拜，难道他这个女婿会对岳父有什么更浓的深情不成？

“我……”他到底心虚，就说不出话来。

滇宁王妃有话说：“瑜儿有一句话叫我带给你。”

滇宁王听她的口气平缓了一点，不似先前疯狂，以为她气发泄得差不多了，心下暗暗松了口气，但仍不敢放开她的手，道：“什么？”

滇宁王妃道：“瑜儿说，倘若王爷一定不想复她县主的身份，可以。”

她盯着滇宁王的眼睛，一字一顿地说出了下一句：“世子这个敕封，她觉得更好。”

滇宁王脑中嗡地一响，脱口道：“胡闹！”

当年不过权宜之计，她一个姑娘家怎会真有这样的野心！

“瑜儿胡闹不胡闹，不在她，”滇宁王妃冷声道，“在王爷。”

滇宁王自然懂这句话的意思。

这就是在威胁他，不给沐元瑜县主身份，她就要直接出手抢世子之位了。

不，算不上抢，她现在本来就是。

若是别的女儿跟他放这个话，他全然不会放在心上，恐怕还要嗤笑出声，一个丫头，想夺滇宁王府的正统，如同痴人说梦。

但他现在一点也笑不出来，沐元瑜站在跟他对抗的位置上，已然如同一个合格的对手。她要霸住世子之位不退，那就真的能给他制造障碍。他当然不至于怕，但他会很头疼。

滇宁王沉默良久，终于道：“我知道了。”

他放下滇宁王妃的手，转身要走。

滇宁王妃忽然叫住了他，道：“还有一事，瑜儿是跟她替二殿下找的一个大夫一起走的，王爷最好去跟阮钦差解释一下，王爷知道瑜儿找到了大夫，十分替二殿下关切，所以赶紧催着瑜儿上京去了。”

滇宁王：“……我还得替她圆这个谎？！”

滇宁王妃冷笑着道：“王爷不想说可以，那就随便阮钦差猜测去吧。横竖我是无所谓的。”

滇宁王的心虚全化成了怒火，也没心思问哪儿弄来的大夫，他终究不靠皇子立身，那病秧子殿下的贵体跟他没多大关系，冷着一张脸走了。

滇宁王还是想错了，沐元瑜留给他的那句话其实不是单纯的威胁。

她已经真的打算这样干了。

她以前心里就隐约浮现过这个念头，但态度不算坚定，因为她不确定自己可以扮一辈子男装而不被人看穿，随着年纪增长，她的身体发育，会生出来各种各样的不便。

就她本人来说，她对权势也并没有多大的渴望。

但现在她不得不生出这个野心来，因为滇宁王太靠不住，她只能靠自己。

沐元瑜不惮于将这一点坦白给滇宁王——虽然她知道他一定不会真的相信。她是个女儿，在滇宁王心里，那就是不可能，他有了儿子，她就该让位，她自己本身怎会有这样不切实际的念头？

所以她敢直说出来，要挟他消停一点。

沐元瑜乔装离开的十日后，才放缓了脚步，走一走停一停，在一座大城里等到了她后续追上来的护卫和丫头们，恢复了正常的上京速度。

先头一时快一时慢，她跟护卫们是习惯了，但李百草一个老神医着实有点吃力，现在人齐了，沐元瑜真心实意地去跟他赔罪："老先生，你有什么要求，都只管提，我这里有人做事了。"

李百草道："放我离开。"

沐元瑜面不改色地道："除了这一点。"

李百草就白了她一眼："小小年纪，牙尖皮厚。"

沐元瑜被他骂了也无所谓，她对于自己的错向来很肯承认，心情一点没受影响地走开了，拨了两个护卫来专门照管他。

这么过了小半个月后，不知是不是李百草气消了，一日中午他们在官道旁一条小溪边停下来，吃点干粮时，他主动走到了沐元瑜身边。

此时护卫们三三两两散在马车周围，沐元瑜蹲在小溪边，见那溪水十分清澈，正欠起身要去洗一洗手。

"少年人，当注意些保养，手不要胡乱往冷水里伸。"

沐元瑜的动作一顿。

她转回头来，对上了李百草若有深意的眼神。

他不是那样养尊处优的老人家，多年风餐露宿，令他的眼角生着深深的皱纹，眼皮耷拉下来，但掩不住其中的神光湛然。

沐元瑜若无其事地笑了笑："多谢老先生关心，我没有这样娇惯。"

李百草摇了摇头，道："你们这些人，有时将我当作了神，我真说了医嘱，又不当回事。"

他不再管沐元瑜，背起手往护卫们相反的方向慢慢走开。

沐元瑜心猛跳，站起身追上去，低声道："老先生，何出此言？"

都说出"医嘱"来了，她很难说服自己再装糊涂，她昨晚刚来了月事——她不知道这神医是怎么看出来的，但通过他的口气，他显然已经确定了这

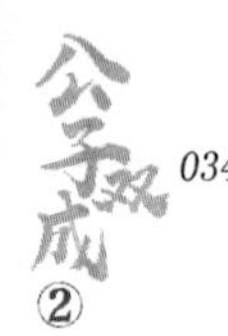

件事。

李百草笑了笑：“世子，你有这桩要命的秘密，就该躲着我走才对。我见你第一眼时，就觉得有些奇怪，不过没想到沐氏敢这样行险，所以还以为是老头子年纪大了，糊涂了。”

他踩在松软的草地上走着，慢腾腾地接着道：“直到今日早上才嗅到些气息。你大概不知道，老头子虽然老了，但鼻子还算灵，你身上飘出的血味，对老头子来说，就像一头受了伤的羚羊躺在老虎面前一样明显。”

沐元瑜：“……”

这扎心的比喻。

李百草接着道：“你一路藏在马车里，躲避着你的护卫，怎么不知道躲一躲老头子呢？”

沐元瑜郁闷地想，她躲了啊，她都没跟这老头坐一辆车，但没想到擦肩而过这样的距离也能叫他觉出来，这真的没法儿了，今天不露馅，明天也得露。

不光如此，他看出来还敢就这么明着说出来。

她只能叹了口气道：“老先生好大的胆量，就不惜一惜命吗？”

李百草淡然道：“比不上世子的胆量。”他转头看着她，“世子不用多想，老头子这把年纪了，不好管闲事，多活两年，少活两年，也实在没有什么差别。只是不论余生还有多少，老头子都不愿意被圈在一个笼子里，从此只能给贵人们看些头疼脑热的小毛病。”

这是在提出交换条件了。

李百草这样的身价，他到京城，进太医院是一定的。

但他不稀罕。

他要自己自由行走天下，看自己想看的病的自由如果没有，他不在乎此刻就被杀掉。

这是一个对生死已经没有执着，但固执坚持自己生存法则的老人。

说实话，沐元瑜很佩服他，这个承诺她也很愿意给。

但李百草对她缺乏信任，他选择用这样一种要挟的方式说出来，反而令她无法轻易出口，而被迫要面临一个复杂的难题。

她要在自己的秘密与朱谨深的痊愈间做出选择。

沐元瑜以为这应该很难选。

因为两者各有利弊，利弊还都十分明显。

杀李百草，好处在保留住她绝不能示人的秘密，得到眼下的安枕无忧；坏处在首先她将一生逃不过良心的谴责。其次神医难再得，朱谨深没有痊愈的机会，她已经理顺的前路将全部推翻重来。

不杀李百草，冒着风险带他进京，朱谨深被治好，好处在可能的长久的安稳，乍一看，似乎值得冒险，但坏处是，她可能等不到这个长久，在此之前就泄露了秘密，被推去菜市口了。

非常奇怪的是，面对这种艰难的局面，她发现自己居然没有想象中剧烈的挣扎。

可能是李百草押上性命的赌注太有力量，可能是她想不出另外还可以选择什么道路，也可能是，她想到被她甩在后面的阮云平，心就软了下来。

虽然他并没有派上多少用场，但朱谨深对她提供的帮助，并不会因此就在她心里打了折扣。

要她亲手掐灭给他寻来的一线生机，她不太做得到。

“老先生，我答应你。”沐元瑜呼出一口气来，最终道，“只要老先生尽力医治了二殿下，不论结果如何，我会保老先生平安离开京城。”

李百草并不领她的情，还撇了撇嘴，傲然道：“世子，什么叫作‘尽力’？老头子脾气乖张，到底是个大夫，还不至于跟病人玩花样。你小小年纪，未免想得太多了些。”

沐元瑜抽了抽嘴角，道：“老先生对自己的认识很深刻啊。”

这神医之神，她算是全方位地见识到了。

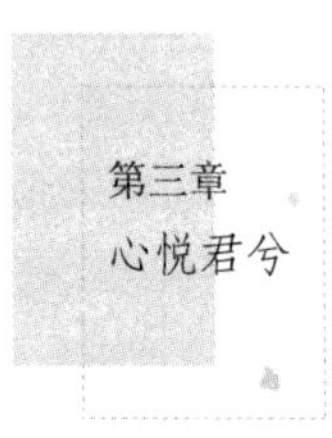

第三章 心悦君兮

三月下旬，暮春一场细雨中，沐元瑜返回了京城。

她算了算时辰，掀起车帘向外吩咐："先不回家，去十王府。"

马车在雨丝中往十王府驶去。

车轮滚滚，驶到十王府那片建筑群那里时，天色已近黄昏，而细雨仍没有停，淅淅沥沥还稍微下大了一点。

刀三从车旁马上跳下来去通报了名姓，不多时，林安举着把青色油纸伞满面笑容地迎了出来："世子爷，您终于回来了。哟，您这是还没回家，直接过来了？"

马车旁还跟着两列风尘仆仆的精悍护卫，这一看就不是在京中随便出个门会有的安排。

沐元瑜抓着把伞探身下车，撑开后笑了笑："有点急事想找殿下，殿下从宫里回来了吗？"

林安点头："回来了，世子爷快请进。"

沐元瑜暂时没有应答，转头道："请老先生下来。"

林安就有点困惑地看到，从后面的第二辆马车上下来了一个庄稼汉般的老头。

"世子爷，这是……"

"刀三哥，你们先回去休息吧，留两个人等我就行了。"

沐元瑜跟自己的护卫说完话后，转回头来回他："给殿下的回礼。好了，我们进去吧，别让殿下久等。"

林安应声，只是心中仍纳闷着，一路走一路不停地瞄那老头，只见他虽其貌不扬，但架子还不小，居然旁边还有个美貌丫头专门给撑着伞，老头只管自己甩着手，悠闲地走着。

这算怎么一回事啊？

这位世子爷，有时行事总和别人不同，随随便便带个乡野老汉来，也不怕惹殿下生气。

朱谨深好洁净，他从宫里回来，虽则一路有人打伞，雨丝随风斜飘，终究有些沾染到了身上，他换了一身墨青暗纹玉绸袍子，腰束着乌角带，站在廊下看着沐元瑜一行人走近。

沐元瑜感觉到了有人在看她，把伞举高了些，抬头看过去，眼一弯，露出个笑容来："殿下，我回来了。"

朱谨深还是那副清冷高不可攀的样子，她心里却感觉有点温暖，也有点亲切。他这样的人，是不会无聊看什么雨的，出来就是等她了。

朱谨深没太注意到她说了什么。

他只看到缠绵春雨中，伞下露出的那一张明媚笑脸。

他心中一颤——这是种很难形容的感觉，心脏似乎一沉，又一飘。

他觉得沐元瑜离开一段时日是件好事，他可以把自己不慎走偏的心思理一理正。近两个月里，他没有再做那个荒诞的梦，他以为自己恢复正常了。

但再见沐元瑜的第一眼，他建立起的信心顿时就垮了一半。

他很不高兴地、上下十分挑剔地，打量着沐元瑜。

他怎么又瘦了，还一下瘦了许多，瘦得原来的圆脸都变成了瓜子脸。

他还冲他傻笑。

他更不高兴了，因为他感觉到了心里那种飞扬而上控制不住的愉悦，盘旋乱窜如这躲不掉的恼人雨丝，不讲道理地往他五脏六腑里钻。

沐元瑜上了台阶，收起伞跟他行礼："殿下，我这个时辰来，打搅啦。"

大概是旅途上讲究不到那么多，她额上有几根碎碎的短发没有束上去，浸了一点雨珠，半贴在光洁的脑门上。

朱谨深不由得被吸引去多看了两眼，他下意识间手都要伸出去了，总算及时反应过来，顿住，隔着一点距离微微点了点："头发。"

沐元瑜"哦"了一声，自己胡乱往额头抹了一把。

那几根短发被抹得竖了起来，傻傻地杵在那里。

朱谨深一下被惹笑了，索性也不想那么多了，重新伸手往她额上压了一把，把那几根不听话的头发压了上去，方转了身道："下着雨，别虚客套了，有事进来再说吧。"

李百草跟着要往里走。

林安把他拦住："嘿，没叫到你，你不能进去，懂点规矩不懂。"

朱谨深转头看了眼——不是看李百草，是看他旁边正收伞的丫头观棋。

林安回来跟他满心羡慕地形容过沐元瑜那一院子娇艳美人，只从这一个看，果然不假。

李百草倒是一直在看他，治病救人他从不含糊，再者，早点治好这个据说是胎里弱的病秧子他才好脱身。

林安作为近侍，有自己的职责，他要拦李百草也没有错。沐元瑜没打算一直把关子卖下去，就顺势介绍了一下："殿下，这是我在云南寻到的大夫，一直给殿下看病的那位王太医的师兄，李老先生。"

这个介绍非常简洁而明了，连人物关系都说明了，再不会弄错。

林安当即就蹦了起来，还险些左脚绊到了右脚，结结巴巴道："李、李百草？他不是死了吗？！"

他又激动又难以置信，他这样的皇子近侍，说话是不需顾虑一般人的，直接就向沐元瑜道："世子爷，您不是被这老头蒙骗了吧？"

沐元瑜笑着摇头："没有，真的是李老先生。他没有死，当年的消息弄错了。"

人可能假，医术假不了。

林安晕晕乎乎的，他很想相信又不敢相信，以求助的眼神去看朱谨深："殿下，您说这、这……"

这要是真的该多好啊！

可惊喜来得太突然，他只怕是一场空欢喜。

他跟着朱谨深，这些年希望又失望多少回了，每个太医都说快了，快了，坚持下去就会好的，坚持了十几年也没见真好，终于把朱谨深的耐心耗尽了，他药都不愿意喝了。

朱谨深立在原地。

他少见地露出了一个有些茫然的表情，愣了一会儿，道："哦，那就进来吧。"

希望一直落空的滋味，总是缠绵病榻的无力，灌下多少汤药都仿佛无用功的不甘，他当然比林安品尝得更为彻底。

他为此挣扎，也为此暴戾，然而仍旧都没有用，他对不对这命运妥协，都不得不接受自己一生就将这样度过。

他以为自己将不知终结于哪一场袭来的疾病中，也许几年后，也许几日后，他对人生的规划都困于这身体而只能争一争朝夕，做个藩王罢了。

他没想到，事情居然还能出现转机。

朱谨深直接认证了，林安也反应过来了——李百草可是有个师弟在太医院，是不是真的，把王太医招来一认就知。沐元瑜既是替他家殿下找的大夫，这一点不会不告诉他，这李百草还敢来，多半是假不了。

他这一下激动得，简直热泪盈眶，语无伦次："世子爷，不知怎么谢您，您打哪儿找来的李神医？哎呀，神医别怪我刚才胡说八道，我一个奴才，没见识，不会说话。"

他毕恭毕敬地要去搀扶李百草，李百草拍开他的手，道："老头子自己会走。"

李百草很不拿自己当外人地先朱谨深一步进去了，林安这下一声也不出了，原地乱转着只是安排人上茶上点心，又着人去叫王太医。

朱谨深冷静了点，阻止了他："这么晚了，还下着雨，别到处惊动人了，李先生人在这里，也不在乎这一时半会儿的工夫。"

林安有点不舍，他是恨不得王太医立刻出现，百分百确定李百草的身份后，李百草妙手仁心，他家殿下药到病除。

但朱谨深发了话，他也只能点头道："是。"他又不忘拍了记马屁，"殿下真是大将风度。"

这样还能冷静自若，一丝不乱。

沐元瑜却是看出来了朱谨深的真实情绪，忍不住笑了，往他身边站了站，低声道："殿下可是近乡情怯？"

长久以来悬在虚空中的那根救命稻草落下，他反而不敢轻易去捡起了，恐怕并不如心中以为的灵验，巨大的希望过后，迎来巨大的失望。

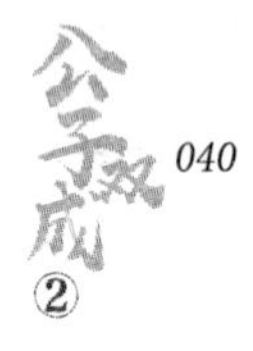

朱谨深确实有这个感觉，但又不单纯只是这个感觉。

他注视着沐元瑜，她的目光中含着温和的理解，浅淡的怜惜，前者是对他的情绪，后者是对他的身体。

她就是没有一点邀功，似乎根本没觉得有这件事。

她不以为自己给他找来了李百草是多大的功劳，也一字未说其中的难处，所有的反应，只是围绕他。

倘若这是依附，她也依附得太真心了些。她是王世子，不是林安，生存都仰他鼻息，其实不需要对他这样贴心。

“沐元瑜，”他眼神奇异地望着她，“你对我这样好做什么？”

“没有吧？”沐元瑜有点糊涂地道，“殿下对我才好啊。”

朱谨深给她的使臣可是特意设法去找皇帝求来的，她还礼的李百草不过是正好撞上抓了来。嗯，她为此赔上了自己的秘密，不过这一点朱谨深又不可能知道，从他的立场讲，总是他的付出多一点。

“殿下，”她催道，“我们快进去吧？让老先生先给您把个脉看看，王太医那么推崇他，我觉得他应该是很有本事。”

朱谨深道：“那不一定，王太医只是说未必没有希望。”

沐元瑜想了想，鼓励他道：“老先生这么多年都在天下游历行医，王太医知道的只是好些年前的他的医术。俗话说，大夫越老越值钱，老先生的医术如今肯定更精进了，这‘未必没有希望’应当变成了大有希望。”

朱谨深：“……你哪来那么多俗话。”又问她一句，“你刚才问我，是不是近乡情怯？”

怎么又绕回去了？沐元瑜心里其实可着急，很想知道李百草到底能不能治好他。但她理解朱谨深，事关身体未来，他应该是紧张，所以有点没话找话，就只好点头。

朱谨深道：“是。又不只是。”

他近李百草情怯。

近她，一样。

他觉得麻烦了。

身体能不能好不知道，他的脑子，是先要坏掉了。

朱谨深微微低了头，他要藏事的时候，其实很能藏得住，不论心里转过哪些连他自己都觉得离谱非常的念头，面上一丝声色不露，转身走进屋里。

林安很急切，已经把一个垫手腕用的石青祥云纹长方小迎枕摆到了炕桌上，候到朱谨深坐下，就忙望向李百草，期盼着他能不负神医名头，一展神通。

李百草顺着他的意，并不耽搁，在炕前替他设下的椅子上坐下，就替朱谨深把起脉来。

这一把足有一盏茶工夫，旁边的林安与沐元瑜都大气不敢出，目光只盯在他搭在朱谨深手腕上的两根手指上，仿佛那手指真有起死回生的魔力。

终于，李百草将两边腕脉都把过，移开了手，凝目关注朱谨深的面相。

一时他又叫朱谨深吐出舌头来，看一看舌苔。

朱谨深眼神往沐元瑜处一扫，说道："你转过去。"

他不说沐元瑜没觉得什么，一说她不由得憋了笑："哦。"

他还挺要面子，不肯被她看着这样形容。

她转了身，嘴上忍不住调侃了句："殿下，其实我也不算外人了。"

身后先没有动静，过一会儿后，方传回一句话："啰唆。"

沐元瑜算着他应该是被看过舌苔了，笑道："殿下，我能转过来了吗？"

朱谨深若有似无地"嗯"了一声。

沐元瑜就转了身，此时李百草也开了口："殿下这病，可是逢着季节交替或冬日天寒时就易发作？发作之时不拘某一种单一病症，可能在心肺，也可能在脾胃。便安然无事时，也总觉无力，不能如常人一般随意跑跳？"

林安连忙点头："对，都对，就是这样！"

沐元瑜有点意外，因为到李百草这个层级的大夫，说话还这样浅显易懂是比较少见的。不过也不奇怪，他多年只在民间乡野行走，看的病人许多大字不识，若不把话说白了，病人根本就听不懂。

朱谨深也点了点头："先生所言皆是。"顿了顿，又问道，"先生可有教我处？"

一屋目光都汇聚过来，李百草习惯了这场面，也不在意面前的是皇子还是老农，反正在他眼里没有什么区别，他平静地道："殿下，你这是先天里带出的毛病，落地早，元气没来得及长足，因此比常人身子弱。对别人来说感知不到的一点小问题，到了殿下身上，殿下扛不过去，就往往激成了病。这是多年沉疴，治起来可非一日之功，老头子需要好好想一想。”

朱谨深眼神一动，闪出光来：他没有直接说治不了，那就是有一试的希望！

再是看淡生死，日夜与这病体相伴，他也是受够了。

李百草道：“草民听世子说，之前一直主治殿下的是草民的师弟，他开过的那些方子呢？都拿过来——最好把他本人找来，殿下这样的贵人，他手里一定保存了这些年详细的脉案，草民都需要看一看。然后草民才能给殿下一个确切一点的回话。”

朱谨深点头：“今日天色晚了，明日王太医就过来。先生远道而来，今晚先歇一歇吧。”

李百草却道：“草民多年走南闯北，早习惯了在路上奔波，跟世子前来一路都坐着车，吃喝都是现成，比草民自己赶路舒服多了，没什么歇不歇的。草民师弟开的药方殿下这里总有一份吧？先把这个拿来我看。”

他这一刻都不耽误的行事风格很投林安的脾气，他不等朱谨深说话，忙道：“老神医跟我来，这些药方都放在专门的一间屋子里，连着殿下日常用的药一起，老神医都可以看。”

李百草就起身跟他出去了。

沐元瑜很开心，走到朱谨深面前道：“殿下，我听老先生的口气，您痊愈是很有希望的。”

朱谨深心里也有点激动，但他似乎更习惯长久以来的失望，就道：“似乎有一点吧。”

“不，殿下不知道老先生的脾气。”沐元瑜就把李百草怎么不肯给刀土司看病那一节说了，笑道，“他如果觉得看不了殿下的病，是会明说的，要不是因为这个，也不会被我舅舅扣下，我也遇不到他了。”

她觉得朱谨深现在的心态不怎么利于治疗，就算万一注定仍是失望，那也在努力过后，如果在努力的过程中就总是觉得自己不会好了，一直沉浸在消极里，那对治疗恐怕没有帮助。

于是，她又给他鼓劲：“殿下，您想想以后好了的日子，就什么都不怕了。那时想干什么干什么，再也不用有顾虑。骑马打猎这样的消遣，殿下都可以做了，不用只是闷着下棋看书。”

朱谨深道：“我不会骑马，也不会射箭。”

“我教殿下呀！”沐元瑜笑道，“殿下见过的，我投壶不错，射箭也算凑合，打个兔子之类没有问题，说不准今年秋猎时，我就能跟殿下一起去了。”

“哪有这样快，李神医才说了非一日之功。”朱谨深摇摇头，道，“好了，我知道你的意思。”

他从小就活在这样的安慰里，岂能不懂？这少年实在一片赤诚心肠，愈衬得他心底的妄想是多么污秽。

他就算动这样的念头，也不该动到她身上去。

然而要说别人，他不是没有试过，其间的差别太明显了，骗什么也骗不了自己的心。

朱谨深很头痛，他发现两个月的分别一点用都没有，他以为可以拨乱反正，结果反而好似催化剂。

比如此刻，他理智上分明知道应该叫沐元瑜回去了，但就是说不出口，她在这里，其实有些叫他心烦意乱，但他竟荒谬地觉得自己有些享受这乱七八糟的感觉，就不想叫她走。

他只能一边唾弃自己，一边指望着沐元瑜自己提出来要告辞。

他一定至少控制住自己不要留她。

但看上去，沐元瑜没有这个意思。

她一路领着李百草近似逃亡地回来，既怕滇宁王派人追上，也怕李百草出了什么问题溜走，精神上一直处在一个比较紧绷的状态。如今到了朱谨深这里，既无须再惧怕，人也好好地交给他了，她满满的安全感涌了上来，一时就想不到要走的事。

她觉得也才进门没多久，还没和朱谨深说两句话呢，再说都这个时辰了，蹭顿晚饭再走也很正常嘛。

不过她也察觉出来朱谨深好像不太有精神了，说道：“殿下，是不是我话太多，吵着您了？殿下别见怪，我是替殿下开心，再者，好一阵不见，我也挺想殿下的，不知不觉就多说了几句。呀！”

她发出一声惊呼，因为朱谨深不知怎么的一失手，打翻了手边的茶盅。

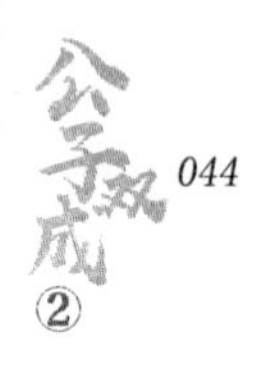

淡黄的茶水倾泻出来，湿了朱谨深的手掌及小半张炕桌。

沐元瑜不知那茶水热度，忙道：“殿下，没烫着您吧？”

朱谨深摇头，嗓音微紧：“无事，是温茶。”

他心里还在恍惚着——什么叫“挺想他”，怎么说话的。

他头更痛了，心也更躁了。

他无心管炕桌，也不大想管自己的手，就垂在炕边，由着水往下滴。

林安不在，屋里再没有别的下人，沐元瑜知道他好洁净，但他不动，只能她动。她左右张望，去找了条布巾来，递给朱谨深道：“殿下，您擦一擦。”

朱谨深心不在焉地接过来：“哦。”

他包住湿手抹了两下，忽然反应过来，甩手不迭，抬头瞪她：“这是擦桌子的布！”

他的眼神嫌弃又不满，沐元瑜扑哧笑了：“殿下，对不住，我不知道。”

她把被丢到地上的布巾捡起来抖开看了看，笑道：“也很干净啊。”

朱谨深不肯擦手，她就勤快地又拿了去擦炕桌。

朱谨深简直要扶额：“都丢地上了，你真是，那怎么还能用？你不要管了，坐着吧，等林安回来弄。”

沐元瑜对于自己总帮倒忙也很无奈，她不是故意的，但她没洁癖，生活习惯不一样就没办法。

她只好听话地把布巾丢过一边，说道：“殿下，我去叫人打盆水来给你洗洗手？”

朱谨深不想指使她，但看看自己被抹布擦过的手，实在感觉很难忍耐，点头：“嗯。”

一时内侍捧进一盆水来，朱谨深净过了手，顺口吩咐道：“再去打一盆，给沐世子洗一洗，他要留下用饭。”

看沐元瑜这个样子，肯定是不会很快就走了，那不备饭就是他失礼了。

“不用重新打，茶水又不脏。”

沐元瑜凑过来就把自己的双手放到了盆里。

朱谨深看看温水盆里浸着的那双手指修长如葱管、看不出什么骨节的手，又抬头看看沐元瑜的脸：“……”

不，不要乱想，这很正常，少年比起姑娘家当然活得糙一点，同一盆水里洗个手什么问题也没有。

但他不知为什么干咳了一声，还莫名找了句话：“你的手怎么也秀气成这样？”

他话出口又有点后悔：说这干什么，真无聊！

沐元瑜洗好手，在内侍递上的布巾上随意擦了擦，把手掌摊开到他面前，说道：“殿下是没有看清，我手上有茧子的，其实粗得很。”

她常年文武课轮着来，手心的茧既有握笔留下的，也有射箭留下的，跟娇养的姑娘家比起来，确实有差别。

朱谨深望着她粉红的掌心，他觉得他提出来摸一下，她应该也不会反对。

他用尽力气控制自己移开了目光，简短地应道：“哦。”

沐元瑜把手收了回去，坐到了炕桌的另一边，等开饭。

朱谨深心头涌上了后悔：为什么错过这个机会？

就摸一下手，也不能算他内心龌龊吧。

蹭过了晚饭，天也黑了，沐元瑜终于提出来了告辞，朱谨深说不清心头是松了口气还是隐隐有一点点失落，站起身送她出门。

临到门前，沐元瑜想起一件要紧的事，忙又转头，朱谨深本有些心不在焉，没收住步子，险些跟她撞上。

他忙着倒退的同时警惕地看她：还想干吗？

不会是索性不想走了吧？

那人家才给他找了神医来，他好像也不便硬撵人，何况天上还落着雨。

“殿下，”沐元瑜全然不知他在想什么，伸手虚扶了他一把，说道，“我跟老先生说好了，他这些年闲云野鹤惯了，不想被困在一处。他会尽力给殿下医治，但不论成果如何，希望之后殿下可以放他离开京城。”

朱谨深回了神，道：“是吗？”

他没多考虑，短短一面，李百草已经差不多证明了他的医德，这样眼里只有病症的人，不会为脱身而虚言敷衍什么。

“可以。”他点了头，“你找的人，你答应了他，自然作数。有朝一日他要走时，不会有人为难他。”

沐元瑜就笑了：“那我走啦。我明天要先去宫里陛见一下，我把阮翰林甩在了后面，总得给皇爷一个解释。皇爷知道我给殿下找着了好大夫，说不准还得赏我点什么，这趟不去可是亏了。”

朱谨深知道沐元瑜这不过是玩笑话，然而这种讨赏的话由她这么说出来就好似猫爪在他心上抓了一下，他一面觉得自己脑子坏得更厉害，一面又禁不住道：“哦？你就不要我赏你点什么？”

沐元瑜笑着摆手：“殿下能病愈，就是最好的奖赏了，我不要别的。”

朱谨深：“……”

他感觉自己简直猝不及防中了一箭，他一点调笑之意须得隐秘再隐秘，说完就后悔。沐元瑜却是毫无顾忌，什么话戳人说什么，劈头盖脸就糊他一身。

他只能面瘫着脸想：他真的想跟沐元瑜保持一点距离，可是这个样子，到底谁更像不太正常的那个？

沐元瑜继续道：“等见过了皇爷，我再来殿下这里，看看老先生怎么说，我觉得一定是好消息。对了，殿下，您明日应该不去学堂了吧？要我顺路帮您告个假吗？”

朱谨深有点无力地道：“嗯，你去跟先生说一声。”

沐元瑜就点了头，想一想应该再没有什么遗漏的了，掀了帘子心情轻松地走了。

…………

终于走了。

朱谨深抬手揉了下额头。

他在原地看着落下来的杏红撒花帘子静了一会儿，那帘子角还在微微地晃动着，幅度由大转小，好一会儿才完全平复下来。

但他的心并没有跟着平静，好似仍有什么在里面撩动着，轻晃着停不下来。

有的富贵人家喜欢养猫狗，他从前不懂为什么，这类玩意儿只会吃睡，乱窜撒欢，还到处掉毛，完全不知有什么可爱处，但他现在忽然懂了。

沐元瑜这一通闹得，跟猫狗撒欢差不了多少。

她还跟猫狗一般全然不管善后，把他的心闹成一团乱麻，然后没心没肺就跑别处去了。

而他一点也生不起气，被闹得无奈又甘愿。

“殿下，您站在这里做什么？”林安正掀帘进来，跟他一下站了个对脸，吓一跳后，才想起来道，“沐世子走了吗？我来告诉殿下一声，汤池那边的热水放好了，殿下可以去洗了。”

“嗯。”

朱谨深抬脚出去。

林安跟在他旁边，倒是有点失落：“真走了？我看这个时辰了，还特意叫人收拾了一间上好的客房出来，殿下怎么不留一留沐世子，这回沐世子可是帮了大忙。”

朱谨深拿眼角斜瞪他一眼。

还想留他干什么？

留了才不好呢。

沐元瑜回到老宅后，留京的丫头们如何一番热烈欢迎自不必说，个个围着她心疼地嚷“瘦了”，饶是她说吃过了晚饭，挨不住丫头们期盼的眼神，硬又灌了一碗燕窝下去。

“其实我不是不想养胖一点。”

洗过了澡，沐元瑜舒适地躺在床上，和坐在床边的鸣琴闲聊：“可是我又怕胖到不该胖的地方去。”

她说着有点发愁地低头看了一眼——这么平躺着看不出来，但她胸前确实已经有弧度出来了，现在穿着夹衣还不显，等到了夏日换单衣时，恐怕就不得不勒上布条了。

做女人虽然麻烦，可做个假男人，一样也没有简单到哪儿去。

鸣琴服侍她洗的澡，最清楚她的身体状况，闻言温柔安抚道：“没事，我给世子多做几个厚点的兜肚，挡着些就好了。”

富贵人家的小少爷养得精细，穿兜肚护着胸腹不是稀奇事。

“权宜之计罢了。”沐元瑜想了想，道，“长痛不如短痛，还是给我裁些布条备用吧，不然真的胖起来可麻烦了。”

“这不是胖。”鸣琴又好笑又心疼，“唉，世子能恢复本身就好了，以世子这样的品貌，好好嫁个夫郎，再也不必担这些心，只叫人捧在手心里疼

就是了。”

“我可不要。”沐元瑜听她这么说，寒毛一竖，忙回绝了。

做男人太久，现在再说什么嫁不嫁人的事，她已经觉得怪怪的了，就算如鸣琴所说，她能恢复女儿身，也无法想象自己娇柔起来是个什么模样。

鸣琴不解地道：“为什么？娘娘最希望如此了。”

“男人，也就那么回事吧。”沐元瑜以一副很沧桑的语气跟她说道，“你看我们遇见过的这些人，他们会的，我学一学，也不比他们差，有的笨些的还不如我，拿什么疼我？叫我被他们关在后院，从此相夫教子，我既不甘心，也不愿意。叫你嫁个比你差的夫君，你意平吗？”

鸣琴想了一下，吐了实话：“我，不太愿意。”

她很快理解了沐元瑜，说道：“世子说得是，你当男儿养大，又聪慧向学，远胜那些人，怨不得你看不上他们。”

听丫头这样吹捧，沐元瑜又有点不好意思起来，干咳一声道：“也没有啦，胜过我的人还是有的，二殿下就比我聪明多了。”

鸣琴是生苗女儿，虽然很小就到了滇宁王妃身边，但天性里带着对情事的直截了当，听了就道：“那世子想嫁他吗？他是皇帝的儿子，可能有点麻烦。不过世子一向有办法，真想嫁他，也是可以做到的。”

沐元瑜：“……”

她没第一时间打断鸣琴实在是惊住了，等她说完了才笑道：“这怎么可能？”

她觉得太荒诞，忍不住又笑了一会儿，方正经起来道：“想谁也想不到他呀。除非我不要命了。”

龙凤胎丢失这样的故事做得再周密，骗骗别人还罢，骗到朱谨深面前去，别说她跟他太熟悉了，就是不熟，以他的智商要套出她的底子也不难，她还想嫁给他朝夕相处？那真是自寻死路。

鸣琴的关注点与她不同，道：“不管那些，世子总是瞧得起他的了？那我们努力着帮一帮，未必不行的。”

她实在心疼沐元瑜，觉得这个小主子打小就没有过过正常姑娘的日子，被亲爹坑到这样步步悬刀，将来还不知是个什么结果。

她想她能有点快活的事。

“不是这样说，我真的没想过。”沐元瑜懒洋洋地换了个姿势躺着，说道，“我以后不会嫁人了，嫁给谁，也不如我现在的身份自由。”

除非滇宁王敢上书皇帝说她是个假儿子，不然，她对比沐元瑱占有的就是绝对优势，在京里把大腿抱好，敕封稳固，将来接位顺理成章，滇宁王也别想把她换下来。

只是她也要面临一个继承人的问题。

最好的自然是自己生一个，可十月怀胎非常麻烦，而且也不能保证一次就能得到个儿子，若是女儿，她实在舍不得让她承受跟自己一般的命运。

再者，不论生男生女，她总得先找个男人。

“我找谁呢？”

大概是窗外雨声淅沥，很容易让人心情宁静，胡思乱想一些没逻辑没营养平时不会想的事，沐元瑜跷着腿，眯着眼，侧脸望向鸣琴道：“我嫁是不可能嫁二殿下，不过我要是只问他借个种呢？你说，会不会容易一点？”

朱谨深脑子太好使了，她现在想起来他在元宵灯宴上随手吊打兄弟们的场景还羡慕得紧，真要借种，有这么个优质参照摆着，她再想想别的笨瓜就兴趣索然。

因为她一向靠谱，丫头们对她的决定是盲从的，鸣琴就点头道：“容易，让刀三带几个人悄悄绑了他，关几天，再叫观棋配个方子就行了。”

她的主意出得太具体了，以至于沐元瑜忍不住真顺着想了一下，她脑中就浮现了朱谨深那张苍白英俊的脸，消瘦挺拔的身段，然后他被一个小黑屋关起来……

她的脸顿时热了一下，忙掐断了接下来的画面，把脸埋到枕头里笑着道：“别，我就是顺口胡扯，你连招都替我想好了。还关几天？天子脚下，那可是皇子，失踪半天就要满城大搜索了，怎么关得住？”

鸣琴沉思道：“那我和观棋她们再商量商量，看有什么办法可以一试。”

沐元瑜直摇头：“可别告诉她们，我真就是胡说。”

到时候一群丫头围着她七嘴八舌出主意怎么把朱谨深绑来，那场景，也太荒唐了。

话题已经脱缰，再扯下去不知要跑到哪里去，她推推鸣琴，说道：“好了，不说了，我要睡了，明天还要进宫，你也休息去吧。”

鸣琴应着声，站起身来替她掖好了被角，吹熄了灯，走到窗下的炕边摸索着躺下了。

次日早上，沐元瑜先去学堂替朱谨深告了假，跟朱谨渊等客套了几句，就往乾清宫去求见皇上。

今日没有大朝，皇帝听说她回来，很快叫她进去。

沐元瑜行了礼问过安，不等皇帝问，主动把自己为何丢下阮云平提前回来的理由说了，皇帝一听见找到了李百草，失态地直接站起了身问道："当真？！"

沐元瑜道："臣岂敢欺君，李老先生此刻已经在二殿下府邸。"

"如此甚好，甚好！"

皇帝连说了两句，他这份掩饰不住的喜悦倒是有点出乎沐元瑜意料。她至今还搞不太懂皇帝和朱谨深这对父子间的关系，说好当然不算好，可说坏，似乎又没有那么坏，至少没有坏到她和滇宁王那样。

大概只能说，多子女还多娘的家庭就是太麻烦了，事多，理不清。

"二郎这个身子，真是朕的一块心病，"皇帝叹气，又笑，"如今有痊愈的希望，朕真是太高兴了。元瑜，你解了朕这样大的一个忧烦，想要什么赏赐？这回可不要再谦逊推辞。"

"臣本人真没有什么想要的，皇爷才派了钦差陪臣一道回去，给了臣外祖显荣，臣很感激圣恩了。"沐元瑜拱手道，"不过，皇爷一定要赏，臣也不敢推辞，确有一点小心思。"

皇帝只怕她不开口，赏臣子总赏不出去，皇帝其实也未必开心，就笑道："你只管说。"

"臣的母妃久居南疆，臣长到这么大，还不曾有过什么还报，如今还远游在外，不能承欢膝下。臣想求皇爷，不拘衣裳首饰，赏臣母妃一套，比臣自己买的体面许多。再者，母妃知道臣在京里不讨皇爷的烦，也安心些。"

这是沐元瑜早就想好的，滇宁王妃当然不缺什么首饰衣裳，她这么干要的是敲打敲打滇宁王，免得他因为不能留下她，再给滇宁王妃脸色看。

这点赏赐惠而不费，皇帝一口答应："准。"

皇帝还有公务，再问了她两句后，外面沈首辅求见，沐元瑜没多的要紧话说，就识相地告退了。

她今日才回来，不用再去学堂，看看时辰还早，李百草那边还要跟王太医就着以往的脉案商议，诊断结果没这么快出来，于是就先绕去国子监找了沐元茂。

她这趟走得太急，沐元茂平常住在国子监里，她都没来得及当面告诉他，是让下人带的话，现在回来，应当去跟他打个招呼。

沐元茂得了口信，匆匆跑出来，一把抱住她："瑜弟，你可回来了！"

两个人找了附近的茶馆坐下，沐元茂知道她没了外祖，没像以前一样滔滔不绝地说自己的事，只是很兄长范地安慰她。

"瑜弟，一阵不见，你看你瘦的，唉。逝者已矣，人在这世上过，最终都有这一遭，你不要太难过了。"

沐元瑜点着头："三哥，我知道。"

这个堂兄积极向上，脾性里天真的成分又多一些，沐元瑜和他在一起没有压力，心情放松，东扯西绕不知不觉就过去了小半个时辰。沐元茂还要回去上课，两个人方分开了。

沐元瑜坐了车，往十王府去。

她到的时候，巧又不巧，正赶上李百草在喷火。

王太医满头汗地拉着他道："师兄，你快别说了，这不是你以前看的那些病家，你收着些……"

"你还有脸拉我！"李百草掉转枪口就喷他，"你开的药，别人吃没吃都看不出来！你在太医院这些年在干什么，医术无寸进，光顾着跟人钩心斗角，把脑子斗傻了是不是！"

他这把年岁，老而弥辣，无欲则刚，想说什么说什么，王太医也无法，只能连连苦笑："是，是，是我学艺不精，师兄骂得对。"

李百草并没有就此消气，接着训斥："你要早点发现，何至于拖到如今人还不好，带累得我被抓来给你收拾这烂摊子！"

王太医简直恨不得捂他的嘴："师兄，你骂我就好，可别……"

那"烂摊子"可是当朝的皇子殿下，能让人这么数落吗？

他都不敢去看坐在一旁的朱谨深的脸色，只是拉着李百草苦劝。

沐元瑜的脚步放轻了，绕过了拉拉扯扯的这两人，走到朱谨深旁边，悄声道："殿下，您不吃药的事让看出来了？"

朱谨深面无表情地点了下头。

沐元瑜好奇地道："怎么看出来的？"

"他拿着王太医的脉案研究了一下，"朱谨深动了动嘴唇，"就看出来了。"

沐元瑜就小小地"哇"了一声。

朱谨深知道她"哇"什么，没有说话。

沐元瑜扯扯他的胳膊，略激动地跟他道："殿下，真是盛名之下无虚士啊！王太医主治您到今日，他亲手诊的脉开的方子，他不知道您没吃药，李老先生居然看脉案就看出来了！"

该吃的药没有吃，在身体上多少会表现出来一些迹象，该恢复到哪个程度了，可是没有，那就不对劲。但这种本事不是谁都有，具体到朱谨深身上，他是沉疴，常年处于一个病恹恹的状态，更难看出来，所以王太医都不知道。

但李百草就有这份眼力，同时有这份自信，不怀疑自己，而怀疑病家没遵医嘱。

朱谨深还是不说话。

他才被李百草毫不留情地训了一顿，连皇帝都没这么数落过他，偏偏这事确实是他理亏，反驳不出什么。

"殿下，您别跟他生气嘛。"沐元瑜知道他被人当面揭穿，大概有点下不来台，劝道，"本事大的人，脾气大些也寻常，他医术这样神妙，肯定能治好您。"

她说着不禁笑道："我可高兴啦。"

她之前对李百草有再多期望，毕竟没落到实处，如今才算是定了心了，李百草还有心思和师弟吵架而不是甩手就走，显然是有办法的。

朱谨深被她毫不作伪的喜悦感染到，表情终于舒缓了一点下来。

"我没生气，"他道，"你过去坐下吧。"

她站在他面前，那双亮晶晶的笑眼晃得他眼晕。

她就这么高兴？比他还激动似的。

"哦。"

沐元瑜到炕桌的另一边坐下，见李百草和王太医那对师兄弟还在争吵，出声道："老先生，都是过去的事了，别计较了，你再抓着不放，浪费的可都是你的时间，还是早些斟酌个方子出来，治好了殿下，你就可以照旧云游天下去了。”

“你说得轻巧。”李百草扭头冷哼了一声，“世子，你可知道二殿下不遵医嘱，吃药不定时，有一顿没一顿，给我现在添了多少麻烦？”

“我知道。”沐元瑜道，“不过老先生行医多年，见过无数病人，当知道一个人顽疾不愈的绝望，老先生不要以为这是殿下任性，实则这也是病的一种，只是其症不在体表，在心而已。”

守在旁边的林安瞪大了眼看向她——妈呀，这种话是怎么扯出来的！

他旁观这一会儿工夫可纠结死了，既不想让他家殿下挨训，又不敢狠拦李百草，这老头脾气太坏，只怕他记恨了以后不用心给他家殿下治病，急得心里要冒烟。

结果沐元瑜一来，听听她扯的这一番话，护殿下护得多妥当，一对比他简直不称职。

此时没有明确的心理疾病的概念，但“心病”是有的——所谓心病还须心药医，又或者相思成疾一类也是心病的一种。

沐元瑜的话听到李百草耳里不是如林安以为的胡扯，而是确有其医理所在，因此他的火气就熄灭了一点。

他又有点意外，道：“世子倒是会想，这么说也不错。”

他脾气虽坏，在道理上并不固执，终于放开了王太医，走过来道：“过去的事不提也罢，但需请殿下答应，一旦草民接手了殿下的诊治，殿下再不能像糊弄草民师弟一样糊弄草民。草民虽已老眼昏花，心却还不盲，假使殿下自作主张，仍旧不肯吃药，那草民留下也不过是浪费时间，不如现在就告辞了。”

朱谨深没有迟疑，点头道：“我听先生的。”

他比任何人都想要一个健康的身体，只是一直求而不得良医，才心灰意懒了而已，如今希望又放在了眼前，他怎么可能放过？

见他说得这样干脆，众人都松了口气。

眼看拨云见日，屋里气氛重新和乐起来，忽然，帘外传来一个沉沉的话音。

“不肯吃药？”

这声音不大，然而极压抑极震怒，好似一个闷雷隔帘炸了进来。

沐元瑜心里一突，顿时变了颜色，惊慌失措地站了起来。

这声音她很耳熟，因为早上才刚刚听过。

软帘掀开，露出了皇帝那一张森冷的面容。

龙颜盛怒。

屋里的人不论什么心情，第一时间都跪伏在地。

皇帝并不理别人，他望着朱谨深，从牙关里挤出声音来："二郎，你抬起头来。"

朱谨深顿了一下，抬起了头。

父子俩的目光一高一低，对上。

皇帝眼中闪着非常复杂的光芒，是愤怒，但又不只是愤怒，有痛心，但又不止于此。他道："二郎，你恨朕是不是？"

朱谨深淡色的嘴唇轻动了一下，没有说出话来，默然不语。

"你恨朕是不是？！"皇帝的情绪却已经控制不住，这第二遍几乎是咆哮出来，"你不吃药，你瞒着朕，你拿自己的命报复朕是不是？！"

屋里的人没有一个敢出声，王太医和林安哆哆嗦嗦地埋着头，恨不得连气都不要出，直接从这屋子里消失。

沐元瑜还没见过皇帝发怒，也有点抖颤，只有李百草置身事外，还算淡定。

朱谨深终于回答了一句："没有。"

但皇帝已经听不进去，他垂在身侧的手都气得颤抖着，要握拳都握不成，蜷起又无力地松开，伸指指向他，叫了他的全名："朱谨深，朕今日才知你是个没有心肝的人，你太叫朕失望了，朕……"

他闭了下眼，觉得再说什么都没意思了，音量一下降了下来，慢慢道："罢了，朕管不了你，你好自为之吧。既然你活都不想活了，再叫你做别的，不过是为难你。朕成全你，从今往后，你哪儿都不必再去了，也不会再有人来烦扰你。"

他始终没有进来，转身就往外走，一句话飘进屋里："汪怀忠，叫郝连英调人来，封门。"

沐元瑜脸色大变——这是要圈禁？！

事情怎么就急转直下成了这个样子！

她跪在朱谨深侧后方的位置上，焦急地跳起来拉他朱红的衣袖，劝道："殿下，您快追上去。"

虽然不知道朱谨深跟皇帝间到底发生过什么，但明显朱谨深不是愚蠢到会拿自己的命去报复什么的人，他懒得吃药更多的是因为在这漫无止境的抗病征途中看不到亮光。

朱谨深由她拉扯，只是不动，一张脸孔无悲无喜，如同工匠雕出的精妙雕塑。

他这副样子令沐元瑜有点恐惧，她不由得停下了手。

片刻后，朱谨深终于有动静了，他不耐久跪，这一会儿工夫，他起来时膝盖已经有点打战。但他拒绝了沐元瑜的搀扶，自己慢慢站了起来，启唇道："都出去。"

李百草最先走了，王太医跟在后面，林安顶着一副如丧考妣的表情，磨蹭着，走到门前还回头看，跟朱谨深冰冷的眼神对上，一缩头，吓走了。

沐元瑜没动。

朱谨深看着她，重复了一句："出去。"

"我不走。"

沐元瑜说出这句话的时候很犹豫，她觉得这个关口不能让朱谨深独处，但也怕自己判断失误，真的惹烦了他。她小心翼翼地补充道："我不劝殿下了，我就陪殿下坐一会儿。"

朱谨深不说话了，走了两步，坐了下来。

沐元瑜松了口气，也坐回自己的位置上。皇帝出现得太突然了，她真有点吓着了，紧张过后就觉得口干舌燥，自己提了小茶壶倒了两盅茶，一盅轻轻推到朱谨深那边。

然后，她咕咚咕咚把自己的那一盅喝了，喝完顺手又加满了。

朱谨深："……"

他很难说清心头是什么感觉，那种无语无奈，令他忍不住主动问了一句："你还喝得下茶？"

沐元瑜眨了下眼："我渴了呀。"

朱谨深又无话了。他很费解，她的神经是什么做的，怎么就坚韧粗大成这样？

“殿下，您也喝嘛。别想那么多，门封了就封了，封起来正好治病，什么也耽误不了，呃，”沐元瑜及时打住，自己竖手指往唇边嘘了一下，“我不劝，我不说话了。”

她闭了嘴，朱谨深叫她闹的，不知怎么反而愿意说两句了，他伸手拿了白瓷茶盅，并不喝茶，只是摩挲着，道：“你是不是一肚子纳闷，奇怪为什么皇爷说我恨他？”

他现在的情绪是非常态，沐元瑜摸不太准，头迟疑着要点不点，说道：“有，不过也没有那么纳闷。”

她保证道：“殿下，我真不劝的，也不问，我站在殿下这边，殿下想做什么就是什么。”

劝也不是现在，情绪都在顶端上，何必跟他对着来呢？

朱谨深瞥她一眼：“那我要说，你听不听？”

沐元瑜：“听。”

第四章
龙颜震怒

“我身体为什么这样，你是知道的。”

沐元瑜点头。

早产嘛——难道这里面有什么隐秘不成？

朱谨深望向手里的茶盅，茶水碧清，随着他的动作晃出轻微的涟漪。他有点出神，但话语没有停：“皇爷妻宫有克，许多年前，刚刚登基就没了元后，之后继娶了我母后。”

沐元瑜安静地听着。这一段也是众人皆知的。

“我母后进宫时，大哥刚满周岁，皇爷登基不久，国事缠身，无暇照顾一个幼儿，大哥自然是放在了我母后宫中抚养。”

朱谨深说话非常有重点，这一句话，已将当年宫闱中的那段隐秘揭开了最重要的一块图景。沐元瑜微微睁大眼，她不知道朱谨治还在先继后手里养过，她听到的，是皇帝非常宠爱自己的第一个孩子，一直都是亲自带在身边。

她当即猜测到了什么，朱谨治脑有疾，而在他最有可能被发现的那段时间……

朱谨深接下来的话证实了她的猜测：“我母后初进宫时不过十六岁，既没有养育孩子的经验，也不大懂宫里的规矩，大哥说是让她养着，其实主要由皇爷指派的奶娘宫人照顾，我母后不过是尽一个督导的职责。大哥渐渐长大，显出了与一般孩童的不寻常之处，他的奶娘觉得不对劲，悄悄告诉了我母后。”

“母后当时已经有孕，她很害怕，怕她自己说不清楚。”

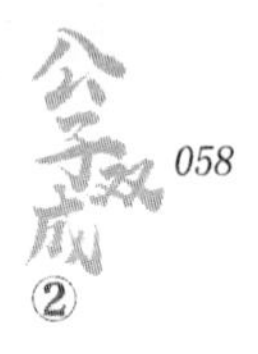

沐元瑜很是理解而同情地点头。

先继后太倒霉了，嫡长子在她宫里养着，给养成了傻子，她自己这时候还有了孕，天底下的后娘传说实在太多了，瓜田李下，她焉能不怕？

朱谨深抬了眼，望向她：“你觉得可是我母妃做了什么？”

沐元瑜毫不犹豫地摇头：“不。我见过小孩子，如果智力上有什么不对，周岁左右学说话时必定可以看出来了。殿下说，那时候先后刚进宫，就是说大殿下到了先皇后膝下没多久就显露出来了。若说先后这么快就能将大殿下养傻，是不可能的。”

这道理太浅显：一则先继后来不及培养出这个势力，二则她自己作为一个小家碧玉，从哪里获知这个知识，这可不是将成人引诱养废之类，幼儿他该是什么样，就是什么样，想培养成神童难，养出智力残缺一样难。

朱谨深点了点头：“我母后若是有你这份镇定——”他止住，这种话终究早已无用，又何必再说。他素未谋面的母亲就是一个胆怯柔弱的小女人，既没有过人的胆识，也不懂得保护自己，最终糊里糊涂葬送了自己。

“我母后害怕之下，做出了一个逃避的决定。她没有马上去告诉皇爷，而是试图拖一段时间，想着也许大哥只是晚慧，再大一点，他的智慧也许能慢慢跟上来。”

这是一个很不聪明的做法，在民间也许说得过去，因为说话晚的孩子确实有，男孩子一般又比女孩子更晚一些。从朱谨治现在的相貌及言行看，他不是那种严重到脸都不对称一眼就能看出来是傻的样子，他出问题的只是智力上的迟缓，小时候他应该还是个挺可爱的幼儿。所以，先继后有这个天真的期盼。

但他是皇帝的嫡长子，哪怕不过一岁多，他的身份也贵重无比，他身上的任何问题都是拖不得的。

“大哥的奶娘们也很害怕，大哥在她们手里养成这样，她们比我母后所要承担的责任更重，没有人能逃得过皇爷盛怒之下的惩罚。她们配合了我母后，先把这件事隐瞒了下来。”

“但这时间不长，因为所要承受的压力太大了。就算皇爷初为人父，不懂这些，定期来请平安脉的太医就是压在头顶的一块大石，所以不过三个多月后，就有一个奶娘承受不住，跟皇爷首告了一切。”

沐元瑜心内叹息。这可糟了，若发现的第一时刻就禀告皇帝，或者即使拖延了，也不要把这一段告诉皇帝，那皇帝或许只是震惊愤怒，不至于多想。

但这个奶娘被压垮了，居然全招了。

这就完了。

先继后其实等于是被朱谨治身边的这些人坑了，拖一拖这个主意到底是先继后本人出的，还是她被诱导之后说出来的，恐怕都是未知数，她要不拖，朱谨治的事根本怪不到她头上。服侍朱谨治的这些人不敢跟皇帝坦白，欺负先继后才进宫，摸不清宫内情况，推出了她顶缸。

屋里十分安静，只有朱谨深没什么情绪的清冷声音响着："皇爷不能接受自己寄予厚望的嫡长子居然可能是个傻子，跟母后大吵了一架，把母后宫里的人全部提走审问，母后因此受了惊吓——"

沐元瑜不忍地打断了他，道："殿下，别说了，我都明白了。"

先继后因此惊悸难产而亡，留下一个先天体弱的孩子。

这是一笔很难确切算清楚谁对谁错的账。

先继后处事不够明白果断，皇帝过于冲动莽撞。

但要说大错，两人又都算不上。先继后只是胆怯，而皇帝再愤怒疑心，也不至于到要害死怀孕妻子的地步，他只是怒火上头，没考虑到那么多。

只是对朱谨深来说，他是全然无辜的，他的体弱，他母亲的逝世，全拜皇帝所赐。所以，皇帝会觉得儿子恨他。

沐元瑜现在再回想起来朱谨深为什么总和皇帝憋着一股劲，就觉恍然了。

朱谨深看她的表情已知她在想什么，道："我确实恨过皇爷，不仅皇爷，连大哥我还恨过。我母后宫中的人在那一场动荡中几乎损失殆尽，查成这样，也没查出我母后的问题。当时的太医令同时日夜守了大哥一个月，最终确定他不是为人所害，就是在娘胎里憋久了，才憋出了问题。"

所以，先继后就是倒霉受冤屈了。

沐元瑜不知该对这段往事说什么好。这不是三两句安慰的话能带过去的伤痛，这种痛，只有当事人自己感受最深刻。而朱谨深悲剧的是，他身上还有着当年的遗毒，每病倒一次，就是在提醒他一次。

或者，同时也是在提醒皇帝。所以，他刚才的反应会那么大，乃至认为朱谨深是在报复他。

朱谨深正好也不需要她的安慰，她不出声，不把气氛往伤感里带，他才有兴致继续说下去。

他甚至还勾了下嘴角，露出个有点嘲讽的笑容："我小时候和大哥一处养，皇爷很要面子，既不能忍受外界知道大哥是个傻子，也怕我知道他为此坑了我和我母后，所以很长一段时间里，我能见到的人很少。"

"但我仍然很早就知道了皇爷不愿意我知道的事，你猜我是怎么知道的？"

沐元瑜道："是沈皇后的手笔？"

皇帝五年换三个皇后，再拿朱谨深长到能听闲话能知事的年纪做个参照，她那时肯定已经入主坤宁宫了。

"不知道。"朱谨深却道，"我午睡时，听两个人在我窗子外面说的。后来因为我打了大哥，事情爆出来，那两个人都被处置了，没审出来主使，不知是无意，还是受了人指使。"

沐元瑜的关注点顿时变了："殿下打了大殿下？"

朱谨深道："怎么？你觉得我不该打他？"

"不是，"沐元瑜的心情怪怪的，有点想笑，问道，"殿下小时候的身子应该更弱吧？怎么打得过大殿下？"

朱谨治脑子有问题，身体可健康，一般傻子因为不懂轻重，打人时的力道还特别大，病歪歪的小朱谨深居然去打他……

咳，朱谨深现在一副不染尘俗的样子，不想居然也有跟兄弟打成一团的时候。

"当然是想法子打的。"朱谨深奇怪地瞥她一眼，道，"我那时候听了闲话，很不想相信，可是又忍不住一直琢磨，越琢磨越觉得真。我不敢去问皇爷，怕他哄骗我，心里闷着，就看大哥很不顺眼。他小时候是真的傻得什么都不懂，我说跟他玩游戏，输了就要挨打，他怎么可能赢我。结果他一直输，就一直挨打了。"

沐元瑜："……"

"打了一阵，我自己觉得没意思了，欺负个什么都不知道的傻子算什么。我打他，他还笑嘻嘻的，我图什么呢。"

朱谨深说了这一会儿的话，有些口渴了，喝了口茶，才继续道："我就不想理他了，但是他不愿意了。”他的脸色变得不太好看起来，接着道，“他去跟皇爷告状，说我不和他玩了，皇爷问他玩什么，他学给了皇爷看。”

沐元瑜：“……”

她努力憋着笑，傻子坑起人来真是别有一套。

“皇爷当然知道实则是什么意思，很生气，来质问我，我也不想再忍了，全部说了出来。”

朱谨深轻轻皱着眉头，这一段当然是很不太平的，他不想细说，直接跳过去，接下去道：“最后的结果是，我从此和大哥隔开住了。而皇爷之前原本准备将我和大哥送到皇后那里抚养，也不提了，单独给我分了宫。”

沐元瑜忽然注意到一点她此前一直忽视的事情，问道：“殿下，您小时候也是在皇爷那里养着的？”

朱谨深颔首：“大约是对我愧疚吧。另外，可能是因为先前出过一回岔子，他也不放心将我和大哥交到别人那里。”

沐元瑜懂，两个娃娃一个傻一个弱，尤其是朱谨深，照顾稍微疏忽一点，恐怕就夭折了，都不用怎么刻意下手。

皇帝吃过一回亏，自然就很谨慎了，把两个嫡子交到嫔妃那里养不太像样，但他是一国之君，没有精力一直带孩子，于是不得不很快再续娶。沈皇后进宫后，应该是又观察了她一段时间，觉得她能撑起来，才决定将孩子交给她。

结果在这当口，就出了朱谨深听到闲言的事，哪怕说的全是真话，这也毫无疑问是在挑拨朱谨深和父子长兄的感情。

朱谨深先前说“不知道”谁动了手脚，但从这后续情况看，就算没抓到切实的把柄，皇帝心里一定多少是有怀疑，乃至打消了将孩子交出去的念头。

朱谨深望着她，脸上露出一丝意味不明的笑意：“我还可以告诉你，沈皇后，当时有孕。”

沐元瑜悚然一惊——这简直是跟前面发生的如出一辙！

皇帝手握锦衣卫，真兴起大狱，将所有的相关人等拉去拷打，未必查不出什么来，可是他手软了，他不敢往下查。他怕牵涉沈皇后，沈皇后变成又一个先继后。

皇帝也是人，也有情感的极限。

已经冤死一个皇后了，他承受不了再冤死第二个。

“我懂了。”沐元瑜点头。她这回是真的全懂了，懂朱谨深为何是这样的性情，他压抑的暴戾都从何而来。

“皇爷对不起先皇后，可是他这份情，照顾殿下的同时，也移了一些在沈皇后身上，殿下觉得不公平，对吗？”

“对。”朱谨深字句清晰地道，“我觉得，她不配。”

“如果要说我恨皇爷，在这一点上，我确实恨他。”

他目光深深地凝视沐元瑜，这样隐秘而扭曲的心思，他从未和任何人说过，也不觉得别人能理解，可是沐元瑜这么断断续续地听着，居然都能明白。

这少年哪来的阅历这样理解别人——或者，只是理解他？

“皇爷说我没有心肝，是说错了。我不是没有，只是生歪了，越大，可能还越不对了。”朱谨深放任了自己目光中的炽烈，说道，“你总是离我太近，恐怕有一日要后悔的。”

对沐元瑜来说，面前这位殿下虽然身份尊贵，然而身世称得上畸零，他才从家庭关系里受到了伤害，现在说这种话，咳，简直和撒娇差不多好吗？

这时候不表忠心什么时候表？

她当即就接了话：“谁说的！我看殿下是最好的人了，只怕哪日我不留神得罪了殿下，殿下不理我，我才后悔。”

朱谨深垂下了眼，慢腾腾地道：“哦。”

他果然是歪了。

这样哄出来两句好听话，他也觉得很有意思。

林安在帘子外探头探脑。

朱谨深背对着他，顺着沐元瑜的目光转头看到，斥了一句：“在外面鬼鬼祟祟的干什么。”

林安听他口气不像先前那样冰冷，才小心掀开半边帘子，把脑袋探进来赔笑道：“殿下坐了这半日，不知饿了没有？午膳已经好了，我先前来，见殿下说着话，没敢问。”

朱谨深毫无胃口，但因沐元瑜在，还是说道：“摆过来吧。”他又想起李百草，问，“李先生那边呢？不要怠慢了。”

林安忙道："殿下放心，这就着人送去。那位李神医做事可真靠谱，王太医跟他过去，原来还有些惶然的，让李神医敲着脑袋又训了一通，然后压着研究脉案去了。他老人家真是一刻工夫都不耽误。"

冲这态度，再大的脾气他也愿意伺候着。

丰盛的午膳很快摆了上来，碧玉箸摆在一边，朱谨深只是看着，都懒得拿起来。

过一会儿，他觉得不对，抬眼问道："怎么不吃？你也没有胃口？"

"我有。"沐元瑜含蓄地看他，说道，"可是殿下不动，我一个做客的怎么好先动呢？"

"又没别人，谁还说你不成。"

说是这么说，毕竟礼仪所在，朱谨深还是拿起了碧玉箸，随意吃了一点。

沐元瑜挺想表现得忧他之忧，但饭桌上一共就两个人，相对而坐都不吃饭，那气氛也太悲惨了。

朱谨深大概并不需要一个人来和他比惨。

她这么想着，就正常吃自己的了。

朱谨深这里的膳食因为他身体的原因，口味都偏淡，沐元瑜其实吃不太惯，但饿起来就顾不上挑了，她头也不抬，一口接一口吃得香甜。

朱谨深再不动筷子，她也不劝了。

他一个皇子，想吃厨房那边随时预备着，饿不着他，不用现在没胃口还硬劝他往肚子里塞，吃下去存在胃里也不舒服。

倒是朱谨深自己，见她吃得这么起劲，不知不觉也跟着动了几筷子。

沐元瑜的筷子偶尔能跟他的搭在同一盘菜里，有两回后，她低着头闷声笑了起来。

朱谨深真是觉得有些奇了——他们餐桌礼仪都好，吃饭时都不说话，这样他也能一个人乐起来?

他忍不住开了口："你笑什么？"

"我笑殿下用饭像个大家姑娘，"沐元瑜捂着嘴，怕喷饭，说道，"一点一点地往嘴里送，可矜贵了。"

对比之下，她感觉自己倒像个真汉子。

朱谨深嘴角抽了抽，自己回想了下，好像也无可辩驳，只好瞪她一眼：

“惯的你，什么都敢说。”

沐元瑜只是笑，一时停不下来。

朱谨深无奈得很，这么个人，跟他怎么生得起气来？

他反嘲了一句：“你生得那样，好意思说别人像姑娘。”

沐元瑜摸了摸脸，道：“我父王给我的，我也没有办法。我倒是愿意像我母妃。”

她要像滇宁王妃那样艳丽，早早就能展露出风情来，滇宁王也不敢让她一直冒充着了，早想法把她换了下来。嗯，那也不见得是件好事，她可能又该为别的事烦恼了。人生这条路，大概就是没有坦途的吧。

朱谨深没见过滇宁王，没法评价，只道：“你还想像你母妃？岂不是更女气了，别人只怕要以为你投错了胎。”

他又不由得心中一动，若真的是个姑娘……

他望一眼沐元瑜的脸，很快掐断了这个奇怪的想法。想这些有什么用，无非害自己越陷越深。

现在想来，他都不知怎么就到了这一步，不过是起初时不经意踏错了一步，他都没有很当回事，然而一脚居然真摔进坑里去了。

沐元瑜这个身份，她就算长得秀气，敢当面嘲笑她的人也不多，不过她应付这种场面仍然很自如：“我要投胎成了个姑娘，别的倒没什么，只怕没机会来到京里，认识殿下了。”

朱谨深：“……”

他幸亏吃得少，此时也停下了筷子，不然得把自己噎着。

他向来高傲，不但对人，也对己，他若是那等只图享乐的浪荡公子哥，早倚仗身份强取豪夺了，什么性别身份，都不在顾忌范围之内。

但饶是他绝不屑于干此等下流事体，此时也觉得自己心中那层属于君子贵德的束缚越来越弱了。他甚至忍不住想，哪天他要真干出点什么，一定不能全怪他。

他勉强掩饰着去端茶盅，强行转移了话题：“你讨人喜欢的本事这样强，怎么在你父王那里，倒是跟我在皇上面前一个样？”

“偏心没药医呗。”沐元瑜提起这事已经看得淡了，说道，“我跟我父王的父子缘分就这么多吧，不如他跟他的宝贝小儿子强。人力不可扭转的事，也不必强求了。”

她回答完了觉得朱谨深的话有异，登时兴致勃勃地问他：“殿下觉得我讨人喜欢吗？”

朱谨深板着脸道：“食不言。”

沐元瑜忍不住又笑了，她觉得朱谨深这么堵她一句比直接回答她“是”或“不是”都更有趣，不过她从来懂得适可而止，也就老老实实低头吃饭了。

一时用完饭，沐元瑜今日不去学堂，回去老宅也无非和丫头们待着，见朱谨深不撵她，她就继续留了下来。

朱谨深精神弱，晚上有时候睡不到整觉，他因此养成了白日午睡的习惯。沐元瑜在自家时睡不睡都无所谓，在别人府邸是一定不会睡的，就溜达到隔壁去看李百草和王太医研究医理。

王太医医术及不上李百草，但这么多年毕竟是他给朱谨深主治，李百草要接手少不了他的辅助，两人之间紧张的气氛已经渐渐平和下来，只是就着脉案分析商量，不再争吵了。

沐元瑜认真安静地旁听着，听了半个多时辰，什么头绪都没听出来。两个专业人士在一起，说的全是术语，她平常从观棋的念叨里也知道一些，但不足以应付这种高难度对话，实在坚持不下去，不好打扰两个大夫，只得又默默走了出来。

林安苦着脸从门前路过，沐元瑜无聊，顺手拉住他问道：“怎么了？”

“锦衣卫真来把门封了，人都不许出去了。”林安垂头丧气地回答她，“我还以为皇爷只是气话。这下可怎么办啊，殿下要生气死了，我也不知是个什么下场。”

朱谨深不吃药，他这些身边的人瞒而不报，都有罪责，皇帝先前是愤怒过头没想起来，等怒气下去了，会不会找他们算账就难说了。

沐元瑜皱起了眉，她原来觉得不必劝朱谨深，可现在看来，真的一句都不提好像不成，皇帝下一步若直接让锦衣卫破门进来拿人，那时再应对可就被动了。

“我们去跟殿下说一声吧。”

“算了，殿下现在心情一定很糟，何必再去烦他呢。”

“你被抓走了，殿下心情就好了？”沐元瑜驳他一句，推他往隔壁去，

道，“你去看看殿下睡醒了没。”

林安自己当然也惜命，让一劝，就果然过去了，偷偷一看，扭头掩唇小声道：“殿下起来了，在写字。”

朱谨深实则就没睡着，他心里存了太多事，合眼静了一会儿，静不下来，索性打起腹稿来，想得差不多了，就趿拉着鞋起来落笔。

沐元瑜进来的时候，他已经快写到尾声了。

沐元瑜礼貌地在几步外停下，但又心生好奇，忍不住隔着点距离望去——因为朱谨深用的不是普通的笺纸，蜀锦作底，一卷摊开，边饰锦纹，是奏本的用式。

朱谨深写完，搁下了笔，自己捏了捏手腕叫林安：“过来用印。”

林安答应着忙上前，从桌角的玉盒里拿出朱谨深的印章，沾了朱砂印泥，小心翼翼地盖下去。

朱谨深又望向沐元瑜：“锦衣卫封了门，我这里的人应该都不许出去了，你等会儿走的时候，替我跑个腿，把这奏本交给皇爷。”

沐元瑜微微有些发愣，回过神来谨慎地问道：“殿下这是……”

以朱谨深的脾气，不会越想越生气，赶在被皇帝气死之前，在这奏本里先把皇帝怼一顿吧？这可真是火上浇油了！

“我还能做什么，”朱谨深坐下去穿鞋，低着头道，“认个错罢了。”

沐元瑜：“……”

她不太敢相信自己的耳朵！

“咚”的一声，是那边林安把印章掉玉盒里了，幸亏章已经盖完，倒是无妨。他手忙脚乱地收拾好，转头已然眼泪汪汪：“殿下，奴才一条贱命，不值得殿下如此，呜呜——”

他家殿下是怕被关的人吗，去年被关到庆寿寺去也没服过软，还是皇帝先低了头，现在……呜呜。

“你是不大值钱，”朱谨深皱眉道，“不过还算忠心，把你们这一拨人弄走了，再给我派来的谁知道是哪路的魑魅魍魉，我懒得跟他们打交道。行了，别哭了，丑死了。”

他不说还好，一说林安听见自己被下了个“忠心”的评语，顿时觉得自己所有的付出都有了回报，“呜呜呜”地更停不下来了，又怕朱谨深烦，直接掩面泪奔出门了。

沐元瑜也是感叹，她知道她为什么抱朱谨深的大腿抱得毫无障碍，而对别人就不行了，在该靠谱的时候，朱谨深从来不掉链子。轻重二字，他拿捏得恰到好处。

朱谨深穿好了鞋，直起身看向她：“这回我不知要被关多久，管不了你了，你自己在外面老实些，别惹事。但是别人欺负了你，也不要一味委屈，该和皇爷说的，就去说，看在你父王的份上，皇爷也不会坐视不理。”

他三两句话，不知怎么弄的，居然把气氛搞出了一种依依惜别的意味。沐元瑜的心情也有点低落了，说道：“我都没什么，平白也没人敢欺负我。倒是殿下，你这回一定要好好吃药呀。”

朱谨深“嗯”了一声。

屋里静了一会儿，沐元瑜想想，又安慰他：“没事的，皇爷只是一时气急，现在殿下都认了错，还能真把殿下再关下去不成。”

“那可难说。”朱谨深吐槽了一句，“你没听过君心难测吗？”

沐元瑜当然也不敢跟他打这个保票，又随意闲扯了两句，候到奏本上的字迹干了，沐元瑜也着急想早点替他把这递上去，就过去抱起来跟他告了辞，走了。

到了大门前，正中朱门和两边角门都关了，她要开门，开不开，外面反有人断喝：“皇上有命，擅出此门者杀无赦！里面的是谁，不要命了吗？！”

沐元瑜提高点声音报了名姓，她以为她又不是二皇子府上的人，不过凑巧被关了进来，一说他们就该放她出去了。

不料外面沉默片刻，似乎有人在商量的窃窃私语声过后，一个声音粗声道：“圣命已下，我等不敢擅自开门，世子爷等等，待我先命人去禀报了皇上。”

沐元瑜无奈，知道再争争不出个结果，她也不是会耍横的性子，就退到了旁边的门房里等。

十王府距离皇城不远，去禀报的人最多半个时辰就该回来了，沐元瑜就这么等着，结果她先等到了朱谨深。

朱谨深是接到了林安传话过来的，皱着眉问她：“连你也不许出去？”

沐元瑜摊一摊手，道：“说要去禀报皇爷才行。去了有一些工夫了，应

该快回来了。”

朱谨深道：“先回去吧，既不许出去，在这里傻坐什么。”

沐元瑜也等得快打哈欠了，就跟他回去了正堂，随意找了本书看。时间一点点过去，又是将近大半个时辰，眼看天色都快近黄昏了，林安来回跑着催了几遍，又一回过来，叹着气道：“世子爷，还是没信，据说是皇爷那边召集了阁老们在议事，锦衣卫不好为小事进去打扰。我刚才又去问过，门口的大爷们直接说就请您住一晚吧，今天是肯定来不及禀报了。”

沐元瑜傻了眼：住……住下？

朱谨深坐在那边打棋谱，一颗棋子捏在指间，也是顿住了。

他是该头疼，还是该感谢一下皇帝？

林安倒是没什么心理障碍，叹完气后就主动安排屋子去了，还跟沐元瑜道：“昨天就以为世子爷要住下的，客房都收拾好了，不想世子爷又走了。这可好，今日又派上了用场，我再去看看有什么不妥当的，世子爷别见外，您和我们殿下这么好，就多住两天有什么呢。”

沐元瑜在心中叫苦，岂止是有什么？是有大问题才对！

但这时候坚持要走反而显得她不对劲了，她只得很是纠结地继续坐着。她手里还拿着书，却是一个字也看不进去，脑子里只在想着怎么能出去。

窗外日头渐沉下去，绚丽的彩霞映照了半边天，晚春时节天色黑得还快，不多一会儿工夫，连晚霞也没了，只剩一片暮色。

前面仍是没有信儿报过来，显见得她是真的走不脱了。

沐元瑜终于死了心，既然已经到了这步，横竖没有出去的可能，她不得不放开了心怀。她心想：总是独自住的客房，寻个借口把伺候的人推掉，再警醒些，想来也出不了什么岔子。

然后她方注意到，朱谨深坐在窗下，也是小半天没有说话了。

他面前黑白棋子错杂，摆布出一幅无声厮杀图景——虽然她看不太懂，但就是觉得似乎很厉害的样子。

她不由得回想了一下，从认识至今，好像就没看他有过别的消遣的娱乐活动，不是看书就是下棋，这脑子能不越用越灵光吗？他的时间都用在了哪儿，可是太明确了。

炕桌边上已点起了宫灯，但比起白日这灯光自然是不如，沐元瑜放下了只是装样子的书，走过去道："殿下，歇一会儿吧？晚上还总看书对眼睛不太好。"

朱谨深正对着手里的棋谱出神，让她一说，微微惊醒过来，伸手就拂乱了棋盘。

沐元瑜没当回事，以为是他的习惯，坐下来帮他往棋罐里收拾棋子。

朱谨深见她面色如常，悄悄在心内松了口气——幸亏沐元瑜不通棋艺，看不出他这小半天完全是随手乱放，根本没跟着棋谱走。

他又有点诧异地多看了沐元瑜两眼，他一直知道她生得清秀，不想晚间灯下看来，她半垂着的脸庞五官更显柔和，居然还透出两分秀美来。

"你接下来一阵自己在学堂进学，离老三远些。"

沐元瑜不知他为何突然冒出这句话来，愣了下，道："啊？"

她旋即自以为反应过来了，说道："我都投靠了殿下，还理他干吗呀，无非保持个点头之谊。不用殿下说，我也不会挨近他的。"

虽然这跟他说的并不是一层意思，但这爽直不带拐弯的表态一下让他心中舒展开来。朱谨深信手拈了一颗棋子往棋罐里放，嘴上道："哦？你几时投靠的我，我怎么不知道？"

"殿下不承认也不行，"沐元瑜笑道，"我父王在云南都听说了，我和殿下好满京城都知道，我要出了什么事，只怕都得第一个来问殿下，殿下现在想撇清可是晚了。"

朱谨深翘了嘴角，道："惹不得你，你还真打算赖上我了，出事都要来找我。"

他多少清楚皇帝的性情，锦衣卫都调了来，恐怕这回是动真格的了，但不知是他已经习惯了和皇帝闹翻，还是一直有个人在这里打着岔，他居然并不觉得值得为此大惊失色，除了起初内心的闷痛之外，心情很快恢复到了一个较为从容的点上。

关就关吧，从最坏的打算出发，皇上也不能为这点事关他一辈子，总有放他出去封王就藩的一天。

他不能出去没什么，只是到底对沐元瑜有些不放心。

沐元瑜傻乎乎的，朱谨渊真对她动了什么歪心眼，恐怕她没个防备，着了道儿就糟了。朱谨渊毕竟是皇子，沐元瑜一个人在京里，势单力薄，吃了这种见不得人的亏也是有苦没处说。

朱谨深为此沉吟了一会儿，到底还是把话给她点明了："我不是那个意思。老三看你，有些不对头，不管他找什么理由，你别和他单独到什么陌生地方去。"

沐元瑜："……"

话到这个份上，她有什么听不出的，不可思议地伸手指了自己，道："不会吧？我可是……三殿下好男色？！"

"不知道。"朱谨深倒也不是会污蔑别人的人，照实道，"总之他看你不对劲，你年纪还小些，不懂这些，看不出来。"

沐元瑜很觉荒诞，她有感觉朱谨渊在凑近她，但只以为他是看中了她背后滇宁王府的势力。

但她相信朱谨深不会信口开河，遂郑重地点了点头："好，多谢殿下提醒。"

宁信其有，不信其无，一旦真让人算计了什么，她能损失的可不只是贞洁，届时只有弄死朱谨渊才能自保了，这善后就太麻烦了。

朱谨深并不知她心里已经生出了什么凶残的念头，他其实也有点心虚，因为他看沐元瑜，也并不怎么对头。

在这种情况下还告别人黑状，总显得他不够光明磊落。

不过这种情绪很快就过去了，朱谨深对自己仍抱有一丝乐观的想法，他觉得沐元瑜不会总是这个模样，等她再大两岁，再长开些，脸庞的棱角分明些，长成跟许泰嘉那样，分明地是个男子了，他就能渐渐把自己拉回来了，他对许泰嘉可绝对生不出来什么……呕。

他光是想一想都浑身发毛。

朱谨深自己心里闪过了数个念头，沐元瑜是毫无所觉，在她看来，这位殿下就是高洁的代名词，几乎快餐风饮露了，他跟这些凡俗的浓腻念头都不搭边的。

他最有烟火气的时候，就是年前跟许泰嘉讨论成人那一回了，但之后既没见他身边多出什么人来，也没对别的姑娘表示过什么特别的态度。

他就一直是这个孤傲禁欲的样子。

不过再一个时辰之后，她略微改变了一下看法。

这时候他们已经用过了晚饭，拨给她的内侍要给她备水沐浴，沐元瑜坚决推辞了："我昨晚才洗的澡，今日不洗没事，我也没带换洗的衣衫。给我打盆水泡个脚就行了。"

内侍劝了一句："殿下这里有以前的衣裳，殿下应当不介意借两件，不如世子爷凑合一下穿。"

沐元瑜只是摇头，内侍便也不勉强了，心道他们这样的贵族小公子，长这么大肯定从未穿过别人的旧衣裳，不愿意也是寻常。

他就让人打水去了。沐元瑜此时人在客房，想起她忘了把朱谨深的奏本拿过来，这奏本最好是明日一早就递上去，头低得越快，才越有助于消弭皇帝的怒气。若忘了，就耽误工夫了。

她就趁这空当走回了正堂那边。林安刚伺候着朱谨深从汤池沐浴完毕出来，朱谨深衣衫没怎么穿好，中衣的带子松松地扣着，身上残留着一层刚出浴后的薄薄水气。

沐元瑜："……"

她望着朱谨深露出的小半边胸膛有点直眼，他的胸膛很白，且单薄，如一片白玉，她忽然发现，高雅跟欲望是毫不冲突的。

并且因为这反差，那种视觉上的冲击力还特别强，明明他也没露什么，该遮的都严严实实遮着，但就这一点衣衫不整的随意，居然令她不敢直视。

她就望了一眼，居然有点脸红。

她可不是没见过世面的人，夏日里她的护卫们打赤膊的时候多着呢，那肌肉虬结，可比朱谨深的厉害多了，但她也许是司空见惯，什么感觉都没有。

朱谨深没想到她会过来，有点愣住了。

"殿下，我、我来拿那个奏本。"

沐元瑜真是不好意思看他，感觉自己占了他便宜似的，摸到奏本就逃也似的跑了。

朱谨深莫名地看她来去匆匆，转头问林安："他怎么回事？"

林安更莫名其妙："不知道啊。"

这点事，也犯不着把人拎回来问，朱谨深只得罢了。

他仍在控制自己离她远些，知道人留下来的那一刻，他心中是有许多妄念，但也不过是妄念罢了，埋藏挣扎在他的心底，至少目前为止，他还管得住。

沐元瑜以怕吵为由拒绝了内侍的贴身服侍，自己独个在客房待了一夜。她心里一根弦绷着，没敢睡得很熟，总算没发生什么意外，熬到天亮后爬起来去跟朱谨深告辞。

她没要内侍服侍，早早自己起身，把发髻衣饰都弄好了，但到底在家时被丫头们照管惯了，她的圆袍领口稍微理得有一点歪，自己对着镜子看不出来，落在朱谨深这等讲究的人眼里就很醒目了。

白日里人的自持力总是强些，朱谨深也不回避她了，叫她过来，伸手替她把领口捋平了。

"好了，去吧。"

沐元瑜有点犯困地揉着眼："殿下，你等我的好消息……嗯？"

她脸颊被捏了一把。

朱谨深是被她睡眼惺忪的模样招得没忍住，淡淡地开口道："给你醒醒神。"

"哦。"

沐元瑜转而揉着脸颊应了，别说，痛了一下，她还真清醒了一点，抱着奏本转头走了。

门前的锦衣卫已经得到了圣谕，这回总算没有拦她，她顺利地直奔皇城而去。

一大早，皇帝已经在跟臣子议事。

宫殿里外都有人，沐元瑜在台阶前等了一会儿，听他们小声议论，才知殿里议的好像是大皇子的婚事。

事太多，她刚回京，一时还没想起这一茬，两个多月过去了，算来是该出结果了。

她竖起耳朵听了听，人选似乎已经定下了，他们说话隐晦，她听不出具体定了谁，但应该不是韦二姑娘。

这倒也不稀奇，韦二姑娘只是人选之一，没被选上很正常。

沐元瑜没多想，韦瑶当日自己就很迟疑不决，现在落选，大概也算合了她的意吧。

殿里又商议了大约半个时辰，不知商量出个什么结果，只见大臣们鱼贯而出。

然后皇帝宣沐元瑜进去。

沐元瑜心里有了点数，她是加塞在了好几个先来的臣子前面，看来皇帝震怒过后，对朱谨深那边也不是真的就撂开手不管了。

沐元瑜进到殿里，没二话，直接把朱谨深的奏本递了上去。

皇帝很意外地接到了手里。

等看完了，他就更意外了。

他往下看了看沐元瑜，几乎要怀疑是有人代笔。

这居然是封很诚恳的认错书。

皇帝忍不住又看了一遍，才确定里面没有暗暗讥讽他的话。

“朕知道了，你下去吧。”

沐元瑜一肚子话顿时都憋住了——她还没说朱谨深的情况，也没来得及敲敲边鼓求个情，这就叫她走了？

但皇帝发了话，她也不能赖着，只好磨磨蹭蹭地行了礼倒退着出去，还在指望着皇帝能忽然改了主意再叫住她。

她没等到皇帝发话，先等到了外面内侍的传报声：“启禀皇爷，皇后娘娘求见。”

沐元瑜是头一回见到这位中宫皇后，她虽已是第三任皇后，但因前两任走得都急，所以她的年纪与皇帝相差并不大，只是保养得好，皇帝看上去已是个中年人的模样，她却既贵气逼人，又明艳动人。

沐元瑜一瞥之后，就垂下眼行礼，沈皇后来了，她就更不适合在殿里待着了，拱手后就要继续往外退。

沈皇后脚步一顿，却启唇叫住了她：“沐世子？你略站一站，本宫正有话问你。”

沐元瑜心里有数，肯定跟二皇子府被封的事脱不了干系，她就应声站住。

沈皇后径自向前，到金阶下福了身，道：“妾身打搅皇上了。只是听说二郎出了事，那孩子身子一向弱，妾身心里着急，所以不得不来一趟。”

皇帝淡淡道：“没有什么事，皇后不必多想。”

沈皇后道："皇上还要瞒着我，我听说把二郎的门都封了，这还叫作没事？二郎那个性子，皇上一向知道的，多包容他一些就是了，何必跟他生气。他心又细，皇上这么把他关着，他面子上下不来，别出什么事，叫人担心。"

皇帝就冷哼了一声："他还有脸要面子？这些年几乎要把朕磨死！往后由他去吧，朕是管不起了，皇后也不要替他说话，说也是白说，他哪里记得人的好。"

这话真是非常之重了，完全出乎了沈皇后的意料，她一时都滞住了。二皇子府外围了一圈鲜衣挎刀的锦衣卫，大门也被人在外面用铁链缠了起来，这么大动静再瞒不了人，她人在后宫也很快听说了，按捺着心情硬忍了一夜，撒了钱出去买了大略确实的消息回来，自觉做好了准备才过来了。

在她的想法里，皇帝当然是该很生气的，不然不会就地把二皇子府封了，这一封人人都看得见，对朱谨深的名声大大不利。

但她仍没想到会生这么大气。

沈皇后压抑着心中的激动，果然，就朱谨深那个脾性，迟早自己就能把自己送进坑里，她先前实在不该操之过急，轻举妄动。

"皇上不要说这样的气话，传到二郎耳朵里，他岂不伤心。"沈皇后微嗔着劝了一句，转而望向沐元瑜，"我恍惚听说，是为什么吃药的事？这也不是大事，沐世子，你当时在场，也该帮着劝两句。"

沐元瑜微笑道："回娘娘话，当时那个情景，实在没有臣插话的份。"

沈皇后实则想听一听细节，知道从皇帝那里未必问得出来，才把她留下来，以为她年纪小，总能套出两句来，不想这一句回话出来，徒自把她的心思撩了起来，却是一点干货都没有。

那个情景，到底是什么情景？

皇帝在上面坐着，她不好追着问下去，只得暂且放弃了沐元瑜这边，继续按照自己的原定计划，向皇帝道："依臣妾说，这都是底下人伺候不周全的缘故，二郎这孩子本是好的，只是早早搬了出去，他身边那些奴才缺人管束，不知道规劝主子，都只由着二郎的性子来，才动不动酿出事来，把二郎照管坏了。如今该都好好敲打一番，该罚的罚，该撵的撵，才能叫他们日后有个惧怕。"

沐元瑜听着，在心里给朱谨深点了个赞——真是运筹帷幄，料事如神。

皇帝想不起来为难他身边的人不要紧，有的是人提醒，慢一慢，就受制于人了。

现在不管皇帝如何决定，起码朱谨深先把认错的态度摆在了前头，显得是诚心诚意，而不是被压迫之后才服软。

她现在也才好出声辩解：“皇后娘娘，臣刚自十王府过来，倒不以为是二殿下身边人的错。二殿下向来坚持己见，他拿定的主意，岂是几个下人可以动摇的？再者，也是许久前的事了，二殿下一时任性，确实有错，如今已经改过了。再去动他身边的人，臣以为似乎没有这个必要。”

沈皇后正色道：“这可是孩子话了，二郎犯了糊涂，下人们正该规劝才是，劝不了，也该来告诉皇上，怎可不知轻重就一味帮着隐瞒？你们这样的少年人，都以为只管捧着顺着你们的奴才才是好奴才，这可是大谬。”

“臣如果有错，错在臣自己身上，不会推下人顶缸。”沐元瑜拱了拱手，说道，“二殿下比臣大了些，心性该更为成熟稳重，他还犯糊涂，伤皇爷的心，要罚，更该罚他。只罚到下人身上，二殿下又怎会有惧怕呢？再换一批，仍旧是这个样子罢了。”

这个场面看上去是有点搞笑的，沈皇后似乎在为朱谨深说话，替他转圜，错都在下人身上，沐元瑜反倒坚持该罚朱谨深本人，要保没什么分量的下人，乍一看，她倒像是要搞倒朱谨深的那一派。

但两人心里当然都非常明白：朱谨深被封门，已经受了重罚，里子面子都没了，再要罚他，实在也罚不出什么，总不能传顿板子把他打一顿吧；而下人们身上可做的文章就多了。

沈皇后听到的时候其实心中有些悚然，因为这是有点可怕的驭下能力，朱谨深能管得下人们把这样的事都替他隐瞒下来，他身边那些人等于都是提着脑袋在跟他混了，难怪二皇子府多年如铁饼一块，她总伸不进手去。

她心里非常遗憾朱谨深这么任性妄为，拿自己身体当儿戏，居然还病恹恹地撑了下来，他要是把自己坑到病重不治，那得省了她多少工夫！

想这些就有点太远了，沈皇后迅速拉回了自己的思绪。她现在的目的就是把朱谨深身边的下人都换走，能借机安插进自己的人手最好，安不进去，只要能换掉几个，对于朱谨深一样是很大的打击。

他保不住自己人，从此他身边的人再跟着他，就得掂量掂量了。

而那边人心一旦散了，她再想往里伸手也就容易多了。

这是很顺理成章的，看上去完成难度也不高，如果没有人一直跟她顶着来的话。

沈皇后再出口的话变得不那么客气起来："依你说，难道就此轻轻放过了不成？这也太便宜那些奴才了！下回再出事，这责任谁担着？你吗？！"

她最末一句声色俱厉，沐元瑜并不考虑，直接就回："二殿下担。"

沈皇后："……"

要不是很确定这小子跟朱谨深几乎混成了一个人，她真要怀疑他到底是哪边的。

沐元瑜可坦然了，她本来就是这样想的，上位者不光享福，也该担责，光想好事坏事就推别人身上去，这福气得来也不会长久。

沈皇后堵得只能挤出来一句："你这样说话，不怕二郎知道了怪罪你吗？"

沐元瑜诚恳地道："二殿下不同意，臣也不敢在外胡说呀。"

她没有和朱谨深就此事商量到这么细，因为也不需要，朱谨深的认错给得这么快，劝都没要她劝一句，本身就是很明确的表态。

林安等人必须保下来，哪怕拗不过皇帝的天威，实在不能如愿，也得尽了最大的努力再说。这么轻轻就把人推了出去，明面看几个奴才是不值什么，但无形中损失掉的威信很难再弥补回来。

皇帝终于在御座上发了话："都别争了。这件事，既然二郎还知道错的是他自己，在给朕的奏本里也一力承担了，那朕就成全了他，让他在十王府里好好反省去。"

他转目看向一旁侍立的汪怀忠，道："他府里那些人，每人二十大板——轮换着打，别一下全打趴下了，还得挑人进去填补。朕是懒得再费这个神了。"

沐元瑜松了口气，二十板子的惩罚不轻也不重，府里有个神医在，完全不需畏惧。受点皮肉苦，总比撵出去好得多了。

沈皇后却是噎着气——以为十拿九稳满占情理的事，居然都没如愿，她心里很是气不过。

好在似乎要安慰她似的，沐元瑜接下来就势试探着要给朱谨深求情的时候，被皇帝一口拒绝了："此事休提，朕现在不想看到他，叫他老实待着，免得成日跟朕斗气。”

沐元瑜只得罢了，皇帝关朱谨深一阵的心看来很坚决，但听他的口气，倒不似先前那么直接把人圈禁一般的吓人了，看来朱谨深的认错奏本还是起到了一些作用。这样她再纠缠也没用，反容易招皇帝的厌烦。

朱谨深目前只是个闲人，出不出门都那么回事。他在学堂都是混日子，他兄弟们根本跟不上他的进度，他就在自己府邸里待着，静心养一段时间的病，也不见得是件坏事。

她就识趣地提出了告退，末了说了一句：“臣知道皇爷是一片爱子之心，请皇爷放心，二殿下真的知错了，往后会用心听李老先生的医嘱，不会再犯糊涂了。”

沈皇后不由得看向她，心里嘀咕着：李老先生是什么人？一直给朱谨深主治的不是个姓王的太医吗？

只这一个眼神，沐元瑜意会到了沈皇后打听到的消息不全，李百草到京当日就被她直接送到了十王府，禀报给皇帝也才是昨日的事，所以沈皇后还没来得及知晓。

所以，她还有闲心来跟朱谨深的下人较劲。

沐元瑜忍下了笑意，低头出去。

沈皇后顾不得理她，有点迫不及待地问皇帝：“皇上，沐世子说的李老先生是谁？”

“李百草。”皇帝淡淡地跟她道，“皇后，朕这里还有许多国事。二郎这孩子很难管教，朕许多时候都拿他没有办法，皇后也不要替他操无谓的心了，往后，就好好照管着洵儿吧。”

李百草？

人的名，树的影，李百草都活到了传说的程度，不知道他的人实在没有几个。

沈皇后头脑都是嗡嗡的，站在原地没动。

汪怀忠下来赔笑催促了一句：“娘娘？老奴送娘娘出去，皇爷这里忙着，娘娘有什么不解的，老奴给娘娘解惑。”

沈皇后真是用尽了平生最大的自制力，才面带着很为朱谨深开心的惊喜笑容从口中挤出了一个“好”字。

沐元瑜往外走，她出宫的路上，不时能看见一排排装束齐整格外精神的卫士，其间也有锦衣卫，他们的服饰更为光鲜闪耀，十分醒目。

沐元瑜与一队锦衣卫迎面而过之际，忽然觉得其中一人有些眼熟，她转头盯着他的侧面望了一眼。

韦启峰？！

这韦家长兄可真是有本事，不知是抱上了谁的粗腿，不但能带着妹妹出入新乐长公主的宴席，更直接混到了锦衣卫队伍里。

韦启峰也发现了她，他人在队列里，不能擅动出声，就阴阴地拿眼角刮了她一眼。

这大混混除非是混成了锦衣卫指挥使，否则沐元瑜还不会把他放在眼里，她看也不再看他，按下心中的诧异，就继续往外走了。

她心里还琢磨着过多久再来给朱谨深求个情比较合适，皇帝也是需要颜面和台阶的，为颜面，不能这么刚大动干戈地把二皇子府封了又撤掉命令；而台阶，就得别人有眼色地主动递上去了。

估计再过一个来月应该差不多吧，或者至多两个月。

沐元瑜没有想到的是，这一天的到来，居然是在过了两年之后。

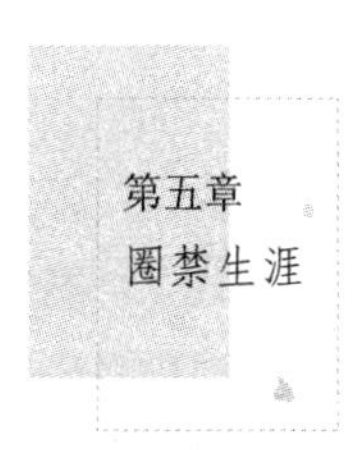

第五章 圈禁生涯

二皇子府刚被封的时候，谁都没想到会封很久。

这位皇子殿下虽然很少与人来往，但在朝中的存在感一直不弱，既因为他仅次于元嫡子的身份，也因为他时不时地要和皇帝闹一场不愉快，臣子们拱佐皇帝，对能牵动皇帝心绪的人事物自然也忽视不了。

这回又闹上了，没听说有什么事，朱谨深性子是乖僻，但他门都少出，想惹祸也难，无非是在什么问题上逆了君父的意，要不了几日，等皇帝气消了，就该放他出来了。

这几日很快变成了十几日。

渐渐地有人按捺不住，就去关注打听，有关系硬的打听到一点的，也有一点没打听着的。其实两者差别不大，因为不管打没打听到，总之是分析不出皇帝怎么就直接把朱谨深圈禁起来了。

事情到这个份上，怎么也得惹出点天怒人怨的民愤来吧。

真出了这种事，京城地面上不可能一点风声没有，早该传得沸沸扬扬了。

所以，这到底是为什么啊？

这所有的疑问，最终汇聚到了沐元瑜那里，让她迎来了一大波各式各样的打探，堪称是她来到京城以后最热闹的一段日子。

二皇子府已经被封了，一般人没这个脸面问到皇帝面前去，听说她当时正好在场，众人可不就找上她了。

平白无故不会有人去查她的行踪，皇帝也没必要泄露她当时在场的事，沐元瑜很怀疑是沈皇后记恨她，把她推出来填坑了。

她当然没对任何人透露，但心里渐渐有些沉不住气。

因为在她顶着层出不穷的被打探的压力，终于撑到一个月去跟皇帝求情的时候，皇帝没有应她。

她退一步，请求进去看望一下朱谨深，皇帝同样没有答应她。

这就令人淡定不起来了。

她一个月没见到朱谨深，都不知道他的病现在治得怎么样了。

沐元瑜无奈又无力，她可算体会到“君心难测”是什么意思了，她倒没觉得皇帝真有这么大的怨气，能跟儿子往死里较劲。皇帝要是真的对朱谨深厌烦到了无以复加的地步，看都不想看他，给他封个王弄块封地踢出去得了，何必圈在京里，还得浪费锦衣卫看守？

没叫他远远走开，那就是还有戏。

而沐元瑜觉得，她怎么也跟朱谨深混了这么久，不怕脸红地说，在朱谨深那边混得堪称是独一份的脸面，都这样近乎了，在皇帝那里也不算过关，还是跟路人一个待遇。

她当初不去抱皇帝大腿真是十分正确的决定，这样一个完全成熟理智的男人根本是无法轻易打动的，再怎么努力也是白费劲。

相比之下，朱谨深可好多了，就是现在见都见不到了。

据沐元瑜所知，不只她一人去求情，脑袋不太灵光的朱谨治，纨绔国舅李飞章这对岁数差不多的甥舅俩还联袂去了，一样铩羽而归。

很快又是一个月过去。

皇帝虽然不许她进二皇子府，对她的赏赐倒还记得，给滇宁王妃的首饰衣裳已经赏了下去。滇宁王妃接到，十分欣慰女儿的用心。此时正逢第一批早熟荔枝上市，沐元瑜在家时挺爱吃，如今到了京里，荔枝鲜甜而易腐败，很难运输，北方市面上是见不到这样水果的，不过豪贵人家不惜物力，真要运送也有办法。

云南物产丰富，竹子多，滇宁王妃想起女儿独自在京心疼，就命人劈了粗大毛竹的竹节，将荔枝封藏其中，再用黄泥密密封起，外面再用冰镇着，命人快马飞驰送了两篓来与她。

沐元瑜不意享受了一把杨贵妃的待遇，她从学堂回来时，丫头们把荔枝从竹节里挖出来，正挨个清洗，洗好了放到两个蝶绕海棠大盘子里，她对着还冒着寒气的荔枝跟丫头们感叹："世上只有亲娘好。"

总见不到朱谨深，她并不会把他忘掉，反而因为不知他的近况，而时不时地惦记着，这时又想起来了，就指了其中一盘荔枝道："我们分一盘，另外这个不动，找个食盒装起来，明天正好不进学，我带给二殿下去。"

鸣琴道："世子不是见不着吗？"

"不许我进去，没说不让捎东西。不过……"沐元瑜想了想，道，"那些锦衣卫是难打交道，又得要去禀报皇爷，又未必马上能见着，来回折腾着把我的荔枝耽搁坏了就白搭了。这样吧，让刀三哥去削根长竹竿，明日找个没人看守的地方，连盒子一起挑进去。"

二皇子府被封的主要是前后两处出入门道，两侧高耸的府墙有人来回巡视，并不固定看守，想找个短暂的空当还是可以的。

就是要跟里面的人联络上，必得制造出点动静，那就很难不被发现了。不过也无妨，只要她人不进去，便不算违旨，就算报到皇帝那里，无非训她两句罢了。

沐元瑜想着，继续把这主意完善了一下，说道："再让人去买点书，时间紧，不要挑了，问掌柜要尽量新出的，凑个五六十本，明天就一本本往里砸，砸到人来，就可以把荔枝送进去了。"

此时出去买书还来得及，鸣琴答应着，匆忙出去安排了。

竹竿和书本都易得，隔日一早，沐元瑜带着齐全的装备出发了。

马车目标大，停在了远一点的地方，沐元瑜先去探路，寻着了一个巡视的空当，就回头打手势，两个护卫抱着书飞奔过来。

"啪、啪、啪……"

一本本丢进去，护卫们手劲大，尽量往院墙进去远一点的地方飞，落在草地上的声响弱些，落到条石板道上的就响亮许多，扔到第二十本时，巡视的一队锦衣卫过来了。

这些人眼神都尖利，人也灵醒，都认得沐元瑜，为首的小旗过来行礼："世子爷，您在这里做什么？您知道的，二殿下府邸已封，没有圣命，任何人不得出入。"

沐元瑜一边示意护卫们继续扔不要停，一边笑道："我知道，我不进去，就是想着二殿下关两个月了，哪儿都去不了，在里面岂不无聊？我买点书和

水果，送进去给二殿下打发打发时间。”

小旗有点迟疑，道：“这，可能也不行的……”

他要示意人把护卫拦住，刀三先一把揽了他的肩膀，从怀里掏出本书塞给他：“哥，我们世子爷没坏心，就是让二殿下多看点书，看书是坏事吗？这可是天下最正的理！来，给你一本，你闲了也看看，人要好学，才能上进。”

他手粗，掏书的动作莽莽撞撞的，书页在小旗面前不经意似的闪过，露出里面的金光。

小旗在心里不着痕迹地倒吸了口凉气。

都说云南来的土霸王世子豪奢，果然如此！

这么粗略一扫，塞到他手里的这本书里夹的金叶子少说也有二三十张，这手笔真是让人很难不被打动。

人也没要进去，就丢两本书进去，通融一下，也是可以的吧。

小旗便干咳了一声，道：“世子爷，末将倒想为您行这个方便，可，不能不报到皇爷面前去。”

“你报。”沐元瑜爽快地道，“皇爷骂我，我受着就是了。”

小旗在心里竖了大拇指，不吭气了，领着人往后退了退，隔远一点假装为难地看着。

又不买他封口，只是现场拖延一会儿，有什么不行，他的时间还没有这么值钱过。

护卫就继续往里扔，手边的扔完了回马车上抱来继续扔。

又扔了十来本时，里面终于传来了一个小内侍疑问的声音：“什么人？”

沐元瑜精神一振，凑到墙边报了身份，道：“林安现在闲着吗？去叫他来。”

她是少有的在二皇子府出入无忌的人，小内侍自然知道她，忙答应一声跑走了。

沐元瑜数数自己这边还剩了二十来本书，就叫人继续往里扔，扔完了方安静下来，又等了一刻，里面传来了脚踩过草地的窸窣声。

脚步声在墙边停下，沐元瑜拍拍墙壁：“林安吗？我来给殿下送点东西。殿下现在怎么样了？老先生的药起效没有？”

“又不是仙丹，哪会这么快。”

里面传来了清冷平静的声音。

“殿下？”

沐元瑜一下激动起来，跳了两下。可是墙太高了，她跳起来看见的还是青灰的长砖。

里面听到了她蹦跶的动静，再传出的声音中带了一丝笑意：“别跳了，跳不进来。”

沐元瑜自然也知道，冷静了一点，趴到墙上道：“殿下，皇爷不许我进去，您现在怎么样啊？都还好吗？”

“就那样。”

府墙里面，朱谨深从身边的草地上捡起了一本书，随手翻了翻，道：“不许你来，你不来就是了，胡闹什么。仔细回头挨板子。”

站在一边没出声的林安撇嘴，心说：殿下，不带这么口是心非的，才刚人去报了，是谁站起来就走了，他都险些没撵上。

不过外头这位世子爷也是太会暖人的心，来这么一招，他都觉得心里暖乎乎的，怨不得他家殿下高兴。

“没事，我就给殿下送点书，皇爷知道了也不至于怎么罚我。对了，还有水果，我母妃才从云南让人捎来的。殿下，您往旁边站站，我这里用竹竿挑进去，别打着您。”

朱谨深应了一声，走开了点，林安仰起脖子看着，预备着要接。

刀三拿了竹竿，竹竿梢头上挂着紫檀三层圆食盒，他踩到另一个护卫的肩上，但还是摸不到府墙顶上，只能摸索着把竹竿往里送。

那锦衣卫小旗得了厚赏，见底下的护卫有点晃悠，很有眼色地过来扶了一把。

一通忙活后，终于顺利地把食盒送了进去。

朱谨深揭开最上层一看，有点诧异：“荔枝？”

这东西他见得也少，皇家挑选贡品也是有限制的，不能想什么就要什么，像荔枝这样的水果，运输起来劳民伤财，途中损耗也大，若定为常例，很容易招惹御史上谏。

沐元瑜在墙外道：“荔枝本身味甘性平，不过外面用冰镇着送过来，寒性可能进去了一点。我不大懂这些，殿下，您吃之前问一问老先生，我不知跟您的药性冲不冲突。”

朱谨深：“……”

他十分烦恼，关都关不住人来招他。

“这东西难得，你母妃运来不容易，你自己留着就是了，我又不是小孩子，还馋嘴不成。”

沐元瑜笑道：“我家还有呢，这不值什么，我就是想来看一看殿下，没个由头，我不好来呀。”

“这就算由头了？”朱谨深拿她没办法，说道，“皇爷可不一定认。”

怕沐元瑜回头挨罚，他抑住了心里的留恋，催道：“好了，东西我收到了，你快走吧。下回没皇爷允准，可别就这么来了，惹怒了皇爷，我也救不得你。”

沐元瑜听他说话口气没多大变化，不像被关得阴郁暴躁的样子，也放了点心，她在这里确实不能停留太久，动静大了总是麻烦。

于是，她说道：“那我走啦，殿下，您安心养病，有机会了我再来。”

朱谨深听着外面的声响渐渐消失远去，在里面站着没有动弹，目光从府墙落到手里的书上，纸页上漾着微光。

林安去找了两个内侍过来捡书，回来一看朱谨深还站着，他弯腰把食盒提起来，有点好奇地道：“殿下，这书这样好看？还是回去看吧，这里站久了腿酸。”

朱谨深垂着眼应了一声，跟他慢慢走回了石道上。

沐元瑜往二皇子府里砸书和送荔枝的事很快报到了皇帝案头。

皇帝很是发怔了一会儿，摇着头道：“沐显道这儿子怎么养的，他再这么下去，快把朕的儿子拐跑了。”

汪怀忠在一旁笑道：“二殿下要是个姑娘，还真保不准。”

皇帝失笑：“唉，倒是。”

汪怀忠道：“皇爷，这事怎么办呢？要不要把沐世子叫来诫饬一下？”

皇帝想了想，道：“算了吧，不是什么大事。少年人心性不定，想一出是一出，这会儿和二郎好，再过一阵，总是见不着面，也就淡了。由他去吧。”

汪怀忠应道：“是。沐世子脾性好，老奴瞧着，他人缘挺不错的，肯跟他一处的人不少，就是他倒谨慎，不大在外面跟人混闹。”

他又有点迟疑地道：“二殿下那边，仍旧封着吗？其实也过去不少时候了。”

皇帝道：“封着。他清净，朕也清净。”

对身边人，他到底又还是多解释了一句：“出来难免又要生事，他自己心不静，旁人也不会叫他静，事太多了。在里面待着，只怕还好一些。”

皇帝主意已经拿定，汪怀忠是不会反驳的，就闭口不言了。

沐元瑜送完东西后提着心过了两天，发现风平浪静，什么事也没有。

可能皇帝国事缠身，没空理会她这样的小花招？

她就渐渐宽下心来，照常每日往学堂去。

只是见不到朱谨深的日子有些无聊，朱谨深在，她有个明确的目标，只管往他身上刷好感，跟他凑一起本身也是件有意思的事；他不在，她对着剩下的一屋子人，都不大提得起劲说话，听着那念经般的十遍又十遍，时常神游天外。

大概是她站队站得太明确了，朱谨洵知道她争取不过来，现在基本也不跟她说话，朱谨渊不知出于什么目的，倒是还常常同她聊两句。沐元瑜记得朱谨深的话，维持客气有礼的分寸，既不有意得罪他，也绝不释放出任何示好的信息。

朱谨渊好似没有感觉，仍旧态度亲善地对她，这沐元瑜就管不着了，由他去了。

时间往前走，没过多久出来了一桩喜事。

那便是大皇子朱谨治大婚。

满朝文武盼这一天可盼了好几年了，总算如了愿。大皇子妃是礼部一个员外郎之女，听说品貌端庄，贤良淑德。皇子成亲礼仪烦琐，但朱谨治本身年纪不小了，于是从选定人选起，到实际成礼经过了半年多的时间。

沐元瑜听说后，心里有了谱，不再着急去找皇帝给朱谨深求情了——兄长大婚，总不能还不放他出来吧？

她就数着日子往前过，怕自己行事高调让皇帝不悦。中间这段时日她也没敢再去找朱谨深，眼瞧着时令从夏到秋，朱谨治大婚的吉日一天天逼近，皇帝那边竟就是没有一点动静。

不是没有人提过该把朱谨深放出来，连沈首辅都去求过情了，好好的儿子，又没犯大错，总关着算怎么回事呢？

皇帝的态度坚决："朕心里有数。二郎现在养着病，需要静养，等病好了，朕会放他出来的。"

这病好是哪一天啊？

说实话，沈首辅对此是不抱持多乐观的态度的，朱谨深病秧子的形象太深入人心了，他每年都要病几场，臣子们都习惯了，若有哪年病得少了一点，臣子们反觉奇怪了。

要不是为他这个身体，太子之位也不会至今悬而不决。

不管立哪个，总该吵嚷出个结果了。

话到这个份上，沈首辅无法再追下去，总不能说他觉得朱谨深好不了吧。他转了个弯，委婉地从另一个角度问道："皇上，大殿下展眼就将大婚，二殿下的年纪也不小了，这选妃之事，是否也该准备起来了？"

朱谨治大婚，说到底用不着朱谨深干什么，他不出来就不出来吧，可给他本人选妃，总不能还把他关着吧？

沈首辅这一问，也算用心良苦了，既不会因急迫触怒皇帝，也让皇帝无法回避掉这个问题。

皇帝却仍旧摇头："沈卿，你是朕身边的老臣了，朕也就与你明说，二郎现在那个身体，朕连宫女都不敢往他身边派，哪里挨得住娶妻？只怕是催他的命。再说，他那样古怪，朕也不知该给他选个什么样的，不中他的意了，将来有的是官司打。"

沈首辅听了，顿时无语。他是老臣不错，多年在皇帝与百官之间找平衡，上要哄下要压，可他也搞不太懂皇帝与朱谨深这对父子间的关系。他是正统儒家出身，在他心中，君君臣臣，父父子子，天经地义，中间哪有这么多弯弯绕绕？

他终是忍不住道："皇上，难道为着怕二殿下不中意，就不给他娶妻了不成？"

皇帝道："并不是。只是二郎年岁也不算大，大郎弱冠才选的妃，他再等两年也无妨。"

沈首辅心好累，皇帝这话听上去不错，可那是朱谨治本身就有问题好吗？

寻常百姓有几个婚姻拖到这么晚的，拿一个有问题的跟另一个有问题的比，这比出来的结果怎么会正常？

“皇上——”

他试图努力再劝，皇帝摆了摆手，道：“沈卿，不必说了。”他的话音慢了下来，有点意味深长地道，“这操之过急的苦，朕是已经吃过了。如今宁可缓些，慢些，总比错了的好。朕如今还算壮年，等得起，你们，也不要着急。”

沈首辅愣了一下，他不知皇家秘事，但多少明白皇帝为何会出此言。两个居长的皇子一个傻一个弱，这是比较罕见的现象，里面若有什么不可言说的事，实在也是常情。

他只好把话题绕了回去：“不提选妃的事，二殿下也是不能长久关着，皇上就不怕他心里生怨吗？下面的臣子们也难免要有疑虑。”

皇帝不以为然：“爱卿这就多虑了，二郎脾性不佳，脑子还是够使的，朕能为这点小事关他一辈子不成？迟早总要放出来的，这一点他都想不通，也太傻了。”

沈首辅：“……”

把儿子关了还要人自动领会他的深意，领会不了就是自己傻，这什么乱七八糟的逻辑？

这父子关系好不了，真是该。

沈首辅在心里大逆不道地吐槽了一句，退了一步，道：“那皇上能给老臣一个期限吗？可是两年以后？”

天子家事就是国事，他作为首辅，是有资格过问到这个程度的。

皇帝想了想，道：“说不准，看二郎身体养得怎样吧。”

沈首辅心中一动，说道：“皇上的意思，可是太子之位——”

“这个话还是早了。”皇帝摇头，“社稷最重，朕需对天下臣民负责，必得慎之又慎。”

“可储位一日不定，臣心一日不安。”

“等二郎出来后，各自给他们派了差试试。”皇帝终于松了口，“看过几件事，再说。”

虽然又被皇帝一下子推了好几年后，但总算不能说是全无收获，沈首辅

得了这个话音，多少能给底下的人交代，遂带着几分无奈离去了。

沐元瑜失望地迎过了朱谨治的大婚，再接下去也没闲多久，因为皇帝的四十圣寿跟着来了。

她心中便又升起希望来，老实窝着，然而最终只是又等来了一次失望。

连着两次大事，朱谨深都未能露面，普通人的忘性是很大的，他在冠礼及元宵宴上的出彩渐渐在人们的记忆中消失，而人心向背，此消彼长，朱谨渊却是更进入了大众视野。他的名声本来也不错，底下的朱瑾洵毕竟年岁还小，一段时间内，他甚至呈现出了一枝独秀的态势。

原来不看好他的人也不禁把目光投了一些过去。

随着又一年的元宵宴过去，沈首辅回想去年，连他这样的近臣心中都生出了疑惑来：皇帝预料到了这个局势吗？朱谨深不知哪天才能出来，等他出来，面对这个后来者居上的劣势，他还能翻盘？

众意滔滔中，沐元瑜算是逆潮而行的那个。

既然亲爹大寿这样的日子朱谨深都出不来，显见得不关到皇帝满意，他就是出不来了。她也没必要缩着了，隔一阵子，就去二皇子府墙外找朱谨深说话，给他带些书本或别的小玩意儿。

她心里其实不服气，朱谨渊那样的货，怎么比得上她择定的大腿？朱谨深是被关着而已，她就不信，他一旦出来，还能有朱谨渊出头的份！

沐元瑜头回去找朱谨深没人知道，但后来渐渐就传开了，但是皇帝一直不管，别人也管不着，只是对她有些厌烦。

这土霸王世子是真不懂事，还是明知而为之？

当然不是所有人都倒到朱谨渊那边去了，有嫡子存在的情况下，他庶出的身份是极大劣势，大部分人还是处于一个观望的状态。其他三位皇子也仍然各有拥护者。

但别人即便支持朱谨深，也不会在圣意未明的情况下去跟圈禁中的朱谨深来往，这样太招摇且孤注一掷了，等于把自己跟这位二殿下死死捆在了一起，绝了投奔别人的路。

沐元瑜为此甚至收到了一封滇宁王寄来的告诫信。

她看完就撕了，她觉得滇宁王才是傻，都知道她选择投靠朱谨深了，还警告她形势不好，不要跟朱谨深走太近。

雪中不送炭，等到成锦再添花，那时哪里还缺了她这一朵？

她虽然见不着朱谨深，但她始终对他抱持信心，因为他在圈禁中并没有显出任何崩溃的迹象。她去找他聊天，想安慰他，他一句说自己不好的话也没有，反而越来越关心她，担心她在外面受没受了谁欺负。

说真的，沐元瑜感觉就这么下去，不出意外的话，等到朱谨深有一天登位，她做个奸臣都会得到朱谨深的纵容了，她哪怕是暴露了自己最深层的秘密，恐怕也能从他那里换一条命回来。

春去秋来，又是一年过去。

沐元瑜已经习惯了以两个月为限，保持着这个不长不短，皇帝似乎能容忍的频率去看望朱谨深——隔着墙。

滇宁王妃又给她送了荔枝来，一年就这一回，给她解个馋。

沐元瑜照例分了一半，装在食盒里抱了去，她现在不需要扔书了，绕到早已熟悉的府墙外，那里面会有人守着，知道她来就去通知朱谨深。

结果正碰上巡视的锦衣卫收队，她跟换班来巡视的这两队锦衣卫都很熟悉了，还笑着打了个招呼。

那小旗很遗憾地跟她道："世子爷，您怎么还过来这边呢？前面府门开啦，皇爷才下了令，二殿下的封禁，解了。我们以后也不用来了。"

唉，好大一条财路以后就没有了。不过这位世子爷实在是够意思，所以他没有糊弄，马上就告诉了沐元瑜。

沐元瑜："……"

她没从府门前过，不知道这事，听完掉头就跑。

正门上的锁链确实已经取走了。

沐元瑜飞一般进去，两旁准备撤走的锦衣卫没有人拦她，有人望着她的背影还生出了点敬意来——疾风知劲草，板荡识诚臣啊。

二殿下被封禁的日子着实算不上短了，敢不避嫌疑冒着风险一直过来的也就这一位了，脸虽长得娘们儿了点，这秉性可坚毅，不愧是战王沐氏的继承人。

正堂里，朱谨深也才得知这个消息。

外面的人撤走得无声无息，并没个人进来给他宣读个圣旨什么的，还是例行去门前取菜蔬的厨房下人发现了，这才赶紧飞奔回来语无伦次地禀报。

朱谨深端着药碗，愣了一下。

他一时找不到真实感。

旁边的李百草催促了一句："殿下，发什么愣，这药的冷热对药性可都是有影响的。"

朱谨深心里忽然有点羡慕他，这称得上一位医痴了，外界的风云变幻完全影响不到他的心绪，他满心里专注的只有自己热爱的这一件事。

人能这样活一辈子，也算不枉了。

而他终究是没办法，生在这个位置，许多事不能随心所欲，这道大门一开，从此那些纷繁芜杂的事情又要缠上身了。

当然，并不全部惹他厌烦。

朱谨深放下药碗时，就见到了风一般卷过来的苍青色身影。

自然而然地，他的眼底漾出了微笑。

那笑意从眼底如涟漪般扩散，到沐元瑜进门时，已飞扬至他整张脸，恍若被什么点亮般闪耀。

"殿下！"

正门到这里的距离不算短，沐元瑜又是从府墙那边绕过来的，跑出了一头汗，脸颊红通通的。她扶着门框，一边喘气，一边打量了一下朱谨深。

第一感觉是有点陌生。

不过两年多一点的工夫，朱谨深不至于形容大改，最主要的原因，是他气质上的不同。

别人都是越圈越废，中二少年果然与众不同，居然圈得内敛温和起来——不对，现在不是少年了。朱谨深站在堂中，此时正值夏日，他穿着单衣，虽被关着不见人，襟口周身和从前一样打理得一丝不乱，但有一个很明显的区别，他如今没那么单薄了。

他不再是个清瘦少年的模样，举步走过来的时候，分明蕴含了一点属于男人的力量。

至于身高倒是没大的变化，他关起来的时候已经十八，变的是沐元瑜，她比朱谨深要小一点，这段时间个子又往上抽了一点。她现在看朱谨深，仍然需要抬一点下巴，但不需要把脸仰出很大的幅度了。

这可能也是她感觉陌生的原因之一。

朱谨深微笑着越走越近，沐元瑜向他伸了手，他迟疑了一下，也伸出一只手来，两手相握。

沐元瑜用力一拉一甩。

朱谨深目中的笑意变成愕然，他踉跄了一下，险些被甩到门外去，所幸及时伸出只手撑住了门框，才稳住了身形。

“殿下，你真的好多啦。”

沐元瑜表情很开心地望一眼他的胸膛，说道：“没有被我撂倒，可见药没有白吃，肉也没有白长。”

朱谨深：“……”

他现在的姿势等于是将沐元瑜圈在了他的手臂和门框之间。

沐元瑜的眼睛还笑得弯弯的，好像随时可能伸出手摸一把他的胸口，以验证是不是货真价实的结实。

朱谨深用力闭了一下眼，努力克制着自己收回了手。

门口看守的锦衣卫都知道沐元瑜不离不弃的可贵，他又如何不知道。假如原来他还有点放任妄念的意思的话，这两年下来，他已决定将这念头藏到心底最深处，永不拿出来亵渎她。

人生得一知交，可遇而不可求，他愿将这份深情厚谊一直延续下去，而不是因私欲毁掉。

他往后退去。

沐元瑜也松了口气。

大门解禁的消息来得太突然，她是一时高兴过头才玩了这手，真把人扯过来，他修长结实的身躯笼罩下来，她瞬间感受到了这是个成年的男人，那种男女有别的感觉分外明显。

她只能发挥一把演技，假装若无其事。但她也只敢望着他襟前的部位，不敢抬头。

李百草走过来瞪了她一眼，开口打破了这略微妙的气氛：“世子，你可手下留点情，老头子把人治到今天不容易。”

沐元瑜恢复了心神，笑道：“我心里有数，不会真摔着殿下的。我在外面时问殿下，殿下总是说好，我心里没有底，所以才想试一试。”

她又躬身向他作揖："这两年多劳老先生了，您真是圣手。"

李百草捋了捋整齐的花白胡子，说道："也还好，我从前倒是没机会这样专心地治胎里弱的病症，如今也得了些心得，不算白耽误我的工夫——你看什么？"

沐元瑜疑惑地盯着他的胡子，问道："老先生，这胡子不是你自己打理的吧？"

她当初跟李百草从云南一路到京，相处过好一段时日，也不是没有拨护卫照顾他，可从来没见他的胡子整齐成这样，好似精心修剪梳理过一般。

这实在不像是李百草本人的风格，以至于她一见之下很觉违和。

"你这位殿下的杰作。"李百草闻言悻悻地道，"从来没见病家管到大夫头上的，真是的。"

"哈！"

沐元瑜忍俊不禁，一下笑了出来，她转目看朱谨深，瞧这洁癖厉害的，连大夫的装扮都管！

她那种熟悉感顿时回来了不少，适才的尴尬也没了，低头看看自己，笑着向朱谨深道："殿下，我没有什么有碍尊目的地方吧？"

朱谨深笑了笑："没有。"

他心里却叹息着吐了实话：有，全身都是。

两年的时光除了让沐元瑜长高了不少，别的也没什么大变化，只是因为一直在往上长，她显得更瘦了一些，五官的清秀更为明显，眼睛明亮有神，同他想象的几乎没有差别。他希望沐元瑜长得更像男人一些，但隔着墙在心里想象的时候，却又总是将她按照记忆中延伸了。

当他现在发现想象成真，她这样言笑晏晏的时候，向李百草姿态优美地一弯腰的时候，以及刚才将他拉近，她几乎将他压倒的时候，每一刻都像她的魔咒，将他缠绕，在他心底留下微甜微涩微疼的刻痕。

罢了，就这样也很好。

他放弃挣扎，就在坑里，如此只需控制自己不要将她拉下来就是。

"进来坐吧，一头一脸的汗，还只是胡闹。"朱谨深转身边往里走，边吩咐林安，"叫个人去打盆水来。"

林安响亮地应了一声，笑呵呵地道："世子一来，整个府上都热闹起来了。”

他正要往外走，沐元瑜叫住他：“我还带了荔枝，在车上没来得及取来，你顺便去跟我的护卫拿一下。”

林安应着走了，沐元瑜则跟着朱谨深进到里间，打量了一下，诸般陈设跟两年前几乎没有差别。她在炕边坐下，摸了一把坐褥，说道：“颜色都旧了，该换新的了。”

皇帝也是够狠的，说关人真的关得一只蚊子都飞不进来，只在衣食上没有苛刻儿子，别的就都不管了。

她抬头问朱谨深：“对了，殿下，您该进宫一趟吧？”她一想，眉眼就飞扬起来，“这一出去，可该吓到一片人了。”

朱谨深却没什么将要打某些人脸的痛快神情，只是简单应道：“嗯。”

沐元瑜望他一眼，觉得他的气度好像是真的平和下来了，这一点隔墙的时候还不明显，她只觉得他在那样的境况下，没有出口过什么抱怨之语，算是学会了忍耐，而如今真见了面，这种沉静具象化了在她面前，这感觉就很明确了。

这倒也不奇怪，他原来的尖锐很大程度上是因多病的缘故，而如今他的好转是肉眼可见的事，身体好了，吃饭睡觉都香了，自然看什么都顺眼多了。

就是她不由自主变得有点缩手缩脚的。

她原来跟朱谨深没有顾忌，想扯他袖子就扯他袖子，想给他暖手就给他暖手，是压根没把他当个凡俗的少年看，他现在那种高洁磊落的气度仍在，但确实已是个男子气息明显的青年了。

她有点找不准新形势下的定位。

好在不多一会儿，奉命去打水的内侍来了，沐元瑜就着水洗了把脸，而等她洗过，林安也回来了，还带了个客人——朱谨渊。

他同住十王府，离着二皇子府最近，很快知道了这里的动静，今日是学堂休沐，他也不上学，所以一知道就急忙来了。

林安闷坏了，路上被问时，有意不说朱谨深的真实情况，只是苦着脸。朱谨渊一看他这样，心里安定了不少，还安慰了他两句，结果等帘子一掀，他见到兄长时，眼珠子刹那瞪圆了。

沐元瑜虽然同样见不到面，但会时常隔墙说个话，对朱谨深在心境上的

变化还是有些感知的，他就确确实实地与朱谨深隔离开了，这一下被冲击得，愣在门口连招呼都想不起来打。

林安鼓腮憋笑，抱着食盒从他身边溜了进去。

沐元瑜站起了身行礼："三殿下。"

此时，朱谨渊方如梦初醒，然后就觉心中如被一桶滚油浇下。

火烧火燎的痛。

病秧子居然还真有转好的一天！

朱谨渊对自己真的不能说没有信心，不然他也不敢在这两年里极力表现，跳那么高。可他从前总被贤妃推着来拿兄长衬托自己，他那时年纪小，心理素质不够，往往被毒舌打击得胆寒，这份阴影藏在他心里，令他在重见成年版朱谨深的第一眼，那阴影立时加重加深卷土重来了。

"三弟来了。"朱谨深扫他一眼，吩咐林安看座上茶。

朱谨渊于嫉痛中又生出一丝战战兢兢——朱谨深从来没对他这么温和地说过话，他进来时的表情恐怕并没有掩饰好，他还这样，一副宽厚包容的样子，真真像个兄长。

可他这个弟弟，并不觉得受宠若惊。

他们兄弟两个久别说话，沐元瑜没什么兴趣插嘴，就在一旁听着。朱谨渊三句不离兄长的身体，朱谨深一句句不疾不徐地回着他。

两人对答过了十句后，居然还客客气气的，朱谨深也没有露出不耐烦的样子。

但沐元瑜看出来了，风平浪静下，其实还是熟悉的配方熟悉的味道——朱谨深根本用不着刻意讽刺朱谨渊，他只要如实将自己病愈的消息告知于他，就足够把弟弟的心扎成个筛子了。

偏偏朱谨渊当局者迷，没有察觉。他的心在往外哗哗淌血：这个古怪二哥两大劣势，一个体弱，一个性戾，如今都好了，他往后要怎么办？！

朱谨深病愈后还没有往外正式亮一回相，已经压得他有点喘不过气来了。

他从前觉得总挨朱谨深的讥刺很郁闷，现在才发现，一旦他不如此了，才是真的可怕。

他终于懂了贤妃的用心良苦。

沐元瑜渐渐地觉得无聊起来，朱谨渊来，她让了位，坐到了旁边的椅子上，此时摸到林安搁在桌上的食盒，偷偷掀开来，从里面摸了两个荔枝出来剥着吃。

她觉得自己动作很小，但朱谨深仍是很快一眼扫了过来。

沐元瑜就把剥好的一颗递过去：“殿下，给你？”

朱谨深摇摇头，温和地道：“我才吃了药。你自己吃吧。”

沐元瑜又意思意思地让了下朱谨渊，朱谨渊伸手要接，朱谨深忽然起身，把那颗晶莹雪白的荔枝拦回了她手里，微微责怪道：“你以为三弟是我，这样不讲究，不怕人家嫌弃你。”

食盒共有三层，他把最上面一层取下来，摆到了朱谨渊面前道：“不要客气，吃吧。”

朱谨渊：“……”

他不嫌弃好吗？不然他也不会想接。

然而拦都被拦回去了，他也不好说什么，只好捏了一颗荔枝在手里滚着，没什么心情剥，倒是想起来先前听见的话。

“二哥，你如今还在吃药？”

朱谨深道：“一些补益元气的药，还要再吃一阵子。”

“原来如此。”朱谨渊勉强笑着打趣道，“我瞧二哥的脸色这样好，说不准今年秋猎上都能大展身手了。”

他这是暗藏机锋了，离着秋猎不过两三个月了，朱谨深从前不参加武课，箭都没摸过的一个病秧子，有什么身手可大展的？

“三弟取笑我了，我哪有这个本事。”朱谨深悠悠道，“不过，倒是可以去看个热闹。三弟，兄弟里唯你骑射最佳，到时候你可要好好表现。”

这还真是一点不错，再上面一个傻子大哥，再下面一个短腿嫡弟，都不足为虑。朱谨渊待要自傲地应下，忽又觉得不对。什么叫“看个热闹”？他是演杂耍的吗？

但他又不能说不对，每年的秋猎是君臣同乐的重要仪式之一，自然是极热闹的。

憋着气轻声说了个是，朱谨渊预备好的一腔炫耀心思全没有了。

他脑子里转了一圈，另换了个话题：“二哥，你这回出来，要忙的事可多了。这两年间，大臣们有不少去找过皇爷，急着要替二哥选妃了。二哥自

己，也该着急了吧？”

在大多臣子心中，圈禁也好，治病也罢，跟娶妻都是不冲突的，正因为有病，才该早日娶个妻子来好好照顾不是？朱谨治的婚事终于尘埃落定后，大臣们很快又操心上了朱谨深的，只是沈首辅因跟皇帝达成了一点共识，在臣子和皇帝间做了一点转圜压制，所以这些声音虽然一直不绝，但还不算迫切，只是断断续续地一直有人提起。

朱谨深定期跟沐元瑜有联络，举凡外面的一些大事，沐元瑜都有留心告诉他，这桩她也打趣着说过，所以朱谨深听见并不觉意外。

他垂下了眼，道：“急的是三弟吧？我被这身体所困，拖累得你也至今打着光棍。说起来，倒是我对不住你了。”

朱谨渊心里不禁打了个寒战——他还更和气了！

他真的不习惯这样的朱谨深。

“二、二哥说哪里话，长幼有序，我自然该等着的。”朱谨渊定了定神，道，“我告诉给二哥听，二哥有个准备，若有什么心仪的姑娘，可不要错过了。”

他心里则是阴暗地想：这病秧子二哥，长这么大身边连个像样的女人都没有过，还不知道行不行呢？傻子大哥都选过妃了，顺理成章接下来就该轮着他，结果皇爷不知怎么想的，却只是往后压。

朱谨深一日不成亲，他就只好也跟着单身，他的母妃贤妃其实有点替他着急起来了，朱谨渊自己倒不觉得。他不便跟母妃讨论这种男人间的事，心里却渐渐生出了这个猜测，并且很盼望这猜测成真，他即使再跟着打几年光棍也乐意。

祖制在那里放着，因防着外戚侵政，就正经选妃选来的不过是个小门小户人家的女儿，帮不上他什么，早一日晚一日，都无所谓，横竖他又不缺女人。

不但女人，就是男人……

朱谨渊这样想着，禁不住瞥了一眼坐在那边桌旁的沐元瑜，见她微微低着头，纤长的手指灵活地剥着荔枝，半边脸颊圆鼓鼓的，显见得里面还塞了一颗，嘴唇红润，沾着一点荔枝晶莹的汁水。

他不知怎么的，觉得那颗荔枝一定很甜。

他心下燥热着生出了遗憾来，可惜世子身份有些高了，他以皇子之尊也不敢勉强哄骗，恐怕闹出事来收不了场，不然的话……

“我没有心仪的姑娘，暂时也不打算选妃。”

朱谨渊一下回过神来——被冻的，朱谨深的语气一下子低了八十度，说话的同时简直像在往下掉冰碴子。

他心脏一边被冻得收缩，一边又生出了惊喜来：这么生气，难道是被戳中痛处了？！

朱谨深现在外面看着是好了，里面还是虚得不行？

他忙试探着问道：“为什么？二哥如今能出门了，这事眼瞧着就要到面前了。二哥害臊也回避不掉的。”

朱谨深冷冷道：“我自然有话与皇爷交代。你还有别的事吗？若没有，改日再叙吧，我也该收拾一下，进宫去了。”

这逐客令下得很明确了，朱谨渊就是十分想再打探打探，也无法再留下来，只好站起来道：“是，正该如此，是愚弟听说二哥这里解封了，一时激动，多说了两句，打搅二哥的正事了。”

他起身告辞离去。

人一走，朱谨深就问沐元瑜：“这两年里，他当真没对你做什么？”

沐元瑜含糊又莫名其妙地道：“什么做什么？”

她咽下了嘴里残余的荔枝肉，反应过来，带点好奇道：“没有。殿下，您真觉得他对我有奇怪的心思啊？我没感觉出来。”

朱谨深无语地瞥过去一眼——他是不相信她在这方面的所谓感觉的，这傻子，连自己的这份都毫无所觉，觉不出来别人的太正常了。

沐元瑜见他这样，她对朱谨深的智商还是有很大信任的，遂道：“我记着殿下的话呢，他有时找我出去玩，我都说有事回绝掉了。”

朱谨深立时皱了眉：“他找你去哪里？”

“我不大记得了，什么谁家的宴席，又是什么消暑的荷花荡之类，反正我不会去，所以听过就忘了。”

朱谨深的脸色这才好了点，说道：“不要理他就对了。他从小从根子上就歪了，正途不走，总琢磨些歪门邪道。”

沐元瑜懂他为何这么说，朱谨渊要表现自己没有什么，却总来找着朱谨深做个衬托，朱谨深又不傻，怎么看不出他那点小心思，自然对他没好脸色。

要说朱谨渊这小心思也不算无理，可实在找错了人，她曾说过李百草“本事大的人，脾气可以大一点”，这话换到朱谨深身上一样成立。他秉性再不亲和，一旦出手，就是能轻易压得朱谨渊动弹不得，算是另一种层次上的一力降十会，朱谨渊不服也不行。

“好啦。不说不愉快的事了，殿下还是快进宫吧。”沐元瑜站起身来，把手里的一个荔枝壳放下，她此时才发现，因为朱谨渊逗留的时间有点长，人又无趣，她懒得听他说话，原只打算吃两颗荔枝的，不知不觉在面前剥出了一小堆荔枝壳。

她有点不好意思地道：“殿下，原是给您带的，我没留神，吃多了。”

“你就是都吃了又有什么。”朱谨深不在意地道。

他心里记得刚才朱谨渊的眼神，心里还是十分硌硬，不过也不想再提起来坏了心情。

他现在出来了，以后有他看着，更不可能给朱谨渊机会，总算是可以放心了。

朱谨深换大衣裳预备进宫，朱谨渊按捺不住，出了二皇子府后，先一步奔去了永和宫。

贤妃体态略丰，有些惧热，殿里角落已经摆上了冰鉴。

朱谨渊走得一头汗，进去就站到冰鉴前，再喊个宫女来给他打扇子。

贤妃不赞同地道：“三郎，那冰寒性太重，取一点凉意也就罢了，你不能一直站在那里，对身子不好。”

“我又不是二哥，连点冰都受不住。”

说是这么说，朱谨渊站了一会儿后，还是走了回来，到贤妃面前坐下道：“母妃，二哥放出来了，您知道吗？”

贤妃身处后宫，又不比沈皇后执掌凤印，对宫外的事没有这么快听闻，闻言很是讶异，但很快又平复下来，道：“也该差不多了，能关这么久，给你腾出这么多的时间来，已算是我们的运气了。”

朱谨渊左右望了望，把宫女们都撵远了，压低了声音道：“母妃，我才去看了二哥，拿选妃的事与他说了，二哥居然说他还没有这个打算。他可都二十了，您说古怪不古怪？”

他从前没有和贤妃说起过这件事，是觉得不好说，可如今他心里的好奇实在是压不住了，朱谨深若真的有暗疾，那他简直是不战而屈人之兵！

贤妃眉头一动，领会了他的意思，但也不便与儿子深入探讨，就含蓄地道："这确实不同寻常，你可有什么证据吗？"

朱谨渊摇头："这哪里有，二哥关到现在才放出来，他身边又插不进人手，谁能知道。不过他说，他不选妃，自有理由跟皇爷交代。什么理由，能令皇爷同意他如此？依我看，皇爷再拿他没有办法，至多允他挑一个自己中意的罢了，不选是万万不可能的。"

贤妃沉思着点了点头："我儿说得有理。"

朱谨深为什么拒绝选妃？

他又以何说服皇帝？

这两者凑在一起，理由似乎呼之欲出。

饶是贤妃向来沉稳有度，心都不禁猛地跳了跳，努力压住想了想，道："三郎，若真的如此，必定秘而不宣，恐怕不是你我可以打听出来的。先不要管二郎，他闹着不选，正是你的机会来了，你可不能再陪着他拖下去了，母妃这里，已替你择定了一个不错的人选……"

第六章
白刃相见

贤妃想错了。

朱谨深延续了他从来不与世人同的言行。

他进宫的时候，正逢着午门内大朝散去，百官三三两两地自文武两门分道而出，见到他忽然出现，都大吃了一惊。

朱谨深并不管一下子聚焦到他身上的各色目光，跟走在最前面上来问候的九卿重臣说了两句话后，就继续往里走。

官员们望着他熟悉又陌生的背影，都有些回不过神来。

左都御史宋总宪摇了摇头，意味深长地说了一句："这风向，该变了。"

他旁边的大理寺卿顺口接了句："往哪儿变？"

"或东或西，或南或北。"

宋总宪说罢甩着袖子往前走，大理寺卿追上他，道："你这是废话！"

"你才是明知故问吧。黯星缺的那一角已经补齐，光芒还能为人所夺？"宋总宪头也不回道，"只怕要不了多久，满朝文武的这块心病，就该跟着痊愈了。"

"我看不见得。你说的这颗星，他自己的风向才真是让人捉摸不透，其间变数如何，难说得很……"

朱谨深来到了乾清宫。

夏日烈阳照在身上，庞大宫殿上的明黄琉璃瓦反射出金灿灿的亮光，几乎能刺伤人的眼睛。

这是天下至尊之居所的威严。

朱谨深眯起眼看了一下，很快垂下了眼睫，沿着汉白玉栏杆缓步上去。

大朝会结束，皇帝会着内阁的几位阁臣移驾到了这边殿里，继续开着小朝，商量陕甘报上来有旱灾的事情。

听说朱谨深求见，他停了一停，道："叫他进来。"

汪怀忠答应一声，亲自出去传话。

一见到朱衣玉冠的朱谨深，汪怀忠混浊的眼睛亮了一瞬，喜眉笑眼道："二殿下，您这是大好了！"

朱谨深笑了笑："汪公公。"

"殿下快请进去，皇爷等着呢。哎哟，瞧瞧您如今这精气神，老奴真是……皇爷见到一定安慰极了。"

汪怀忠极亲热地小声和他絮叨着，在旁引着他进入殿内，走过金砖漫铺的地面，到达金漆木质的台座下，朱谨深拂衣下跪行礼。

皇帝长久地打量着他，顿了好一会儿，才道："起来吧。"

他没有问朱谨深的身体养得怎么样了，封禁的这两年里，别人不知道朱谨深的近况，他自然是时常得着回报的，为着有了明显的起色，才将人放出来了。

分立两旁的阁臣们细细地将朱谨深望着，心中各有思量，嘴上都纷纷恭贺着。

朱谨深没有说话。

他和皇帝原来关系就一般，一下两年未见，更不知可以说什么，等到阁臣们的声音停下来时，殿里就忽然静了一刻。

还是皇帝打破了沉默，几个儿子里，若说形貌，朱谨深是最出色的，他病恹恹的时候都够在兄弟间脱颖而出了，而今面色健康，目光湛然，更是不用提了。

皇帝看着这样的儿子，面上不大显，心里极舒畅，和颜悦色道："看着是长进了些，不那么毛毛躁躁的了。"

沈首辅记得两年前的约定，趁热打铁地当即就道："皇上，二殿下病体大愈，选妃的事宜，正该操办起来了。"

自打朱谨治大婚后，皇帝就一直被这样的声音烦扰着，如今再无障碍，便也意动，笑着点了点头：“准，拟旨，先叫京畿地区将婚嫁停下来吧——”

“皇爷，儿臣现今不便成亲。”

皇帝话被打断，愣了一愣，问道：“为何？”

“儿臣问过李先生，据他所说，儿臣外面看着是好了，但天生缺损的元气不会这么快养回来，此时娶妻无妨，可若生子的话，子嗣很可能将如我过去一般体弱。”

阁臣们面面相觑，神色都转为凝重。

在这些催婚的臣子心中，娶妻为的是什么，就是绵延子嗣，后者远重于前者，因为这很可能关系到国祚的延续。

朱谨深一个病秧子都够搅和得君意臣心至今不定了，后代再来一个，这刺激谁受得了？

他这句“不便”，分量可是太重了，重到根本不该当着臣子的面说出来。

可以这么说，他连皇帝都不该告知，因为这于他而言实在是一个很大的减分项。

皇帝都控制不住变了一点颜色，他没有过问到这么细，并不知道此事。

“你……”他伸指指了下朱谨深，说不出话来。

侍立在旁的汪怀忠心下直叹气，这位殿下真是，这样的隐秘，要说也该私下告诉皇帝才是，居然当着阁臣们就透露出来了，这要怎么收场！

沈首辅勉强笑道：“只是可能而已。”

“我冒不起这个风险。”朱谨深向他微微点头致意，说道，“我缠绵病榻多年，最是清楚个中苦楚，决不希望我的子嗣遭受与我一样的困苦，也不忍令皇爷再为我操心另一个二十年。”

这话还算中听。

汪怀忠悄悄松了口气，语气虽然浅淡，但能从朱谨深嘴里说得出这种话来，捎带着体谅了一下皇帝的苦心，也算极难得了。

沈首辅却是为难，说道：“殿下，莫怪老臣直言，殿下总不能为此就不娶妻不要子嗣吧？”

“五年。”朱谨深给了他一个期限，“李先生说，我并不是不会好了，只是仍需要时间，缓缓养之，才能避免将这体质遗传给子嗣。”

皇帝的眉间终于松动了一点，说道：“他可敢确实这么说？”

朱谨深摇头："五年以后的事，便是神医也不能预测那么准。但儿臣由他诊治至今，很钦服他的医术，也相信他的判断。"

这倒是真的。

朱谨深站在殿中，他的变化有目共睹，说一句神医妙手回春，实在一点也不为过。

一旁的杨阁老试图再劝一劝，但是皇帝阻止了他，道："先生们先下去，将陕甘赈灾的事拟旨下发吧。二郎的话，暂时不要外传。"

阁臣们知道皇帝此刻心情必定不好，便不在这关口再争执了，都诺诺应了，依次退出。

汪怀忠很有眼色地把殿里的内侍们也叫走，带到殿外去小声给他们下了封口令，勒令刚才的事一字不许外传。

殿里，皇帝揉着额头道："二郎，你到底在想什么？朕坐的这个位置，你是一点也不稀罕是吗？"

他实在无法理解，眼看着这个儿子痊愈了，还没来得及高兴过一刻钟，他反手给自己唰地又扣了分。

从前他古怪归古怪，可不曾干过这样的蠢事啊。

以至于他只能将这最直白最戳心的一句问出来了。

朱谨深并不觉得自己说了什么了不得的事，不答反问："难道皇爷还愿意接受一个病弱的孙儿吗？"

皇帝喝道："你别和朕打马虎眼！朕什么意思，你知道！"

说当然是该说的，可难道不能私下告诉他，何必当着阁臣的面。

这幸亏是小朝上召见了他，要是大朝，他是不是也会这么直言不讳！

朱谨深垂下了眼，道："儿臣不说，皇爷打算如何应对朝臣们的催促呢？没个说得过去的理由，迟迟不给儿臣娶亲，下臣焉得不生疑惧？千言万言，不如据实以告。"

皇帝刚生出的怒气下去了一点。

朱谨深此举看似鲁莽，实则是以自曝其短的方式，将压力承受到了自己身上。

皇帝的耳根子要清净不少，明知朱谨深现在生育出来的子嗣可能有问题，还敢紧逼着催促的臣子没有多少，谁也承担不起这个后果。

但朱谨深自己的脸面就不大好看了。皇帝有点深思地打量着他，这个儿子是不是不懂得要男人在这方面的颜面？

普通男人有这种问题，真是藏着掖着都来不及，他倒好，公告天下都无所谓，一点不见异色。

皇帝觉得有必要给他点明一下，免得他不懂，过后受不了别人眼色，又要闹出事来，遂道："难为你有这点孝心。可若旁人讥讽你，你当如何应对呢？世人的白眼，可不是那么好受的。"

朱谨深："嗤。"

皇帝："……"

他懂了，这儿子不是不明白自己将要面对什么，他是根本不在乎！

准确地说，在世人看不起他之前，他早早将世人鄙视了一遍，这天底下，恐怕就没几个入得了他眼的！

猛虎不会在意蝼蚁的心思。

皇帝有些头痛，虽早知他傲，但不知竟傲到了这种程度。

但他是天子血脉，天下至贵，这份尊贵骄傲，他本也正配拥有。

从另一个角度看，这样的心如磐石，不受外物所扰，也是难得的品质。

"你坚持要如此？"皇帝跟他确认，"朕替你烦心了这么多年，再多烦几年，也不是多要紧。"

他有此问，其实也等于同意朱谨深暂缓选妃，拉扯着一个傻儿子一个弱儿子到如今，苦在谁身谁最清楚，便是臣子们再劝，他也不敢去赌这个可能性。

他将长子拖到弱冠，实在拖不下去才替他选了妃，内心深处何尝不是怕朱谨治的智弱再遗传了下去，如今他心都悬着，再替朱谨深这里操心，实在也有点不堪重负了。

朱谨深给了他肯定的回应："是。皇爷不必多虑。"

皇帝深深地看了他一眼，道："好，那朕就如你所愿。"

空口说的未必作数，这份压力他到底能不能扛得起，试一试才知道。

若是扛得过去，他就确实不必多虑了。

皇帝解除了阁臣们的封口令，这个消息便如野火般迅速传了开来。

沐元瑜吓了一大跳，二皇子府大门才开，府里有不少事务需要处理，朱谨深没这么快重新到学堂来，她在外面听说了此事后，急忙跑了过来。

“殿下，您就这么跟皇爷说啦？”

朱谨深坐在廊下，动作机械地挥着把折扇，轻声道：“嗯。”

他这样的姿态是十分好看的，天生自带一股风流意态，沐元瑜禁不住多看了两眼，才想起自己要说什么：“这、这不大妥当吧？”

她虽然是个假男人，但也知道男人在这上面的自尊极为强烈，就算只是子嗣可能孱弱，没到本人不行那么严重吧，一般人也是断断不愿提起的。

“有什么不妥。我不说，他们不会消停，不是去烦皇爷，就是来烦我，烦一次，我要想起一次，不如直说了，总不会有哪个没眼色的敢当着我的面再提起来。”

这听上去似乎也有些道理。五年的时间实在过久了，沐元瑜都想不出除了实话实说，还有什么别的能蒙过去的理由。

但她仍是很纠结，因为她当然是该安慰一下朱谨深的，可这个话，真的很难开口。

怎么说才能只是鼓励他而不刺伤他呢？

李百草端着个放着草药的竹筛从阶前路过，“呵呵”冷笑了一声。

沐元瑜茫然地看着他。

这老先生除了脾气大，几时又添了桩阴阳怪气的毛病？

李百草的目光在她和朱谨深的面上扫过，含着看穿一切的神医之蔑视。

天家居然还能出这种情种，呵。

他竟被个西贝货迷得正经娶亲都不想了，三分毛病要吹出七分去，把世人都哄了一遍。

什么五年才能好？是五年之后，令他着迷的这西贝货世子怎么也该返回南疆去了吧！

揭穿吗？

他当然不会。三分毛病也是毛病，做大夫的，最忌说满话，不然真生出个小病秧子来，他得把自己害惨。

朱谨深已经允了他，今年年底就放他走，为着这个承诺，他也知道该闭好嘴。

这些乱七八糟的贵人，他一个也招惹不起，还是离远些才能保得平安。

朱谨深主意拿定，就不再理会此事了，皇帝那里则迎来了后宫的一波小动荡。

沈皇后都傻了。

她现在彻底糊涂了，完全搞不懂自己面对的到底是什么样的对手。

朱谨深病愈出关，对她来说是个绝顶糟糕的消息，好在她也不是全无准备，打起了全副精神，准备迎战。

然而一招还没来得及出，对手竟似乎不战而溃。

她把脑袋想破了也没想明白这是怎么回事，只能去问皇帝。

皇帝的口气很轻描淡写："二郎的身体不算全然大好，所以还需再养一阵罢了。"

沈皇后微微埋怨道："二郎这孩子有些不知轻重，这样的事当着人就说出来了，对他自己的名声不好，皇上该拦一拦才是。"

"他要说，朕还能让人堵他的嘴不成？"皇帝案牍劳形一整日，有些懒懒地歪在炕上，道，"他自己做的事，自己受着，这样大了，朕总不能管他一辈子，以后怎么样，看他自己罢了。"

看他自己？是怎么个看法？

沈皇后心里思绪翻腾，她很想问，只是不好问。皇帝看上去对朱谨深就那么回事，被惹怒时什么重话都说得出来，别的儿子也没有挨过那样的训斥，可她心里仍是不安。

大概是因为，这几年来，她越来越不了解皇帝了。

她不知道为什么会这样。她一直在努力做好一个端庄大方的皇后，皇帝看上去也愿意维护她的颜面，后宫里没有哪个妃子能僭越在她之前，可她就是越来越觉得，她没有真正地接近过皇帝。

有一条无形的界限，不知从哪年哪月起，横亘在他们之间。

她是小户出身，念的书不多，记得有一句至亲至疏夫妻，不知谁写的，也忘了从哪儿看来的，唯独这一句话记得清清楚楚。

沈皇后不想承认，但内心深处又总隐隐有一个声音告诉她，这正是她与皇帝的写照，所以她会回想起来，并久久不能忘。

而有点悲哀的是，她都想不起他们什么时候“至亲”过，似乎只有在她的儿子出生的那一段时日，他们才亲近一些。

想到那时候的情景，沈皇后的心里渐渐热起来，她对自己的容色还是很有信心的，皇帝好些年没选过秀了，她年纪虽上来了一些，但并不比那几个年轻一点的妃子逊色。

“皇上，天色已晚。”

“皇爷，贤妃娘娘求见。”

沈皇后登时一窒，这贱人，她的宫人都留在乾清宫外等候，贤妃过来时肯定看见了，明知她在里面，还要坚持进来，不知避走！

她不禁在心里冷笑，前后三个嫡子围拥着，贤妃养个庶玩意儿，正经当自己是个人物了。连着朱谨渊一起，若不是还指望着这对母子顶在前面去硌硬朱谨深，她好坐山观虎斗，就凭朱谨渊蹦跶的这两年，她早已出手将他按下去了。

皇帝半闭着眼道：“问她有事没有，若无事，朕这里累了，想歇一歇。”

内侍很快回来传话：“贤妃娘娘说，有一桩事想求皇爷开恩，但既然皇爷累了，她不敢打搅，明日再来求见。”

皇帝睁开眼，他猜着了一点，道：“罢了，让她进来，总是要说的，明日朕也未必闲着。”

内侍应声出去，叫住了已经领着宫人往回走的贤妃。

“早知皇爷今日这样劳累，妾身实不该来。”

贤妃进入西次间，盈盈下拜，又向皇后致歉：“打扰皇后娘娘了，是妾的不是。”

沈皇后扯了扯嘴角，叫她免礼。

不出皇帝所料，贤妃所提的也是关于朱谨深的事，不过她识趣得多，没有深劝什么，只是表达了一下惋惜，然后就为自己的儿子恳求了。

“皇爷，按理二殿下未娶，臣妾不该出此妄言。但皇爷知道，三郎这孩子性情不比二殿下稳重，挨得住冷清，他好热闹一些。臣妾在深宫，也不知他在外面结交些什么人，虽则他一向还算省心，但臣妾怕他年轻一岁长似一岁，万一叫谁引诱了去，移了性情，就不好了。若能娶个妻子管束着，臣妾总是安心一些。”

她是极谨言慎行了，一字不抱怨朱谨深五年不娶，朱谨渊没道理陪着再拖五年，只是把问题都归到朱谨渊自己身上去，其实从过往行迹看，朱谨深冷清是真的，但若说稳重，他真不大挨得上边。

沈皇后就扫了她一眼，微笑道："贤妃太谦了，三郎和煦知礼，朝野谁人不夸，他若还不稳重，本宫的四郎就是只活猴子了。"

贤妃连道不敢："四殿下聪慧纯孝，三郎多有不及。"

两人互捧着，看上去气氛一片和谐。

只有皇帝大概着实是累了，仍旧意兴阑珊，道："贤妃说得是，朕也正想着这事。三郎没病没灾的，叫他跟着再打五年光棍，没有这个道理。"

贤妃心中一喜，相比之下，沈皇后的面色就有点不那么好看了。但她也不可能拦着，贤妃即使不来求情，朱谨渊还一如既往地跟在朱谨深后面的可能性也不大。

皇帝接着道："这阵子陕甘有旱，朕这里不消停，等那边灾情过去，朕就下旨与三郎选妃。"

贤妃忙道："多谢皇上。"

她欲言又止，皇帝扫了她一眼，问道："怎么？还有话？"

贤妃低了头，道："启禀皇爷，臣妾以为，二殿下暂时不便娶妻，三郎提前于他已是有些不恭了，若再大张旗鼓地选秀，二殿下看在眼里，心里如何会好过呢？"

她停了停，看了下皇帝的脸色，才道："皇爷记得先前长公主为大殿下举办的那一次宴席吗？长公主当时看好了几个人选，最终择定了其中之一为大皇子妃，但当时的另外几个人选，也是不错的……"

朱谨渊最终择定了韦瑶为皇子妃。

这个人选算是搭了朱谨治的东风，若不是朱谨治情形特殊，皇帝扛着压力硬是把大皇子妃的出身往上提了提，此时轮到朱谨渊，不会是韦瑶这样的官家姑娘。

朱谨渊对此甚为满意，这种难得的机会可不是容易得来的，他的母妃着实替他费了心了。朱谨渊再想一想朱谨深，他要五年之后才能娶妻，到时这股东风早已过去，他多半只能循祖制娶个平民女儿，大字不知认得几个，出来见人缩手缩脚，没个几年调教拿不出手，若秉性再弱一些，连宫人都未必压服得住。

朱谨渊这么一想，差点乐出声来。

沐元瑜听说这个消息以后，有点吃惊，她没想到韦瑶没做成大皇子妃，却成了三皇子妃。

她不清楚里面有什么文章，不过她对朱谨渊本也不关心，天气炎热以后，她有了自己的烦恼。

端午过后，时令转入盛夏，衣裳越穿越薄，她却不敢松懈，胸前愈要包裹得严严实实，每日回家，里面都湿透了几层。若不是伺候她的人手足够，衣裳换得勤，还配了清凉的草药粉涂着，她得捂出痱子来。

丫头们心疼极了，却也没办法。

沐元瑜很发愁，说道："我这幸亏还裹得早，若再迟些，恐怕更麻烦了。要不明天再给我裹紧点？"

鸣琴吓了一跳，忙道："不行，再紧，世子不要喘气了？"

观棋凑过来劝她："没事的，世子这样正好，您总是个女儿家，真裹成像男人那样的平板，多难看啊。"

"平板保命。"

观棋忍不住笑出来："现在也没人怀疑您，怕的什么，再熬一阵子，天气凉下来就好了。"

她更凑近到她耳边悄悄笑道："世子现在这样最好看了，玲珑可爱，嘻嘻。"

沐元瑜哭笑不得，推她一把："大胆，你敢调戏我。"

"哎哟，世子饶命。"

观棋笑倒在薄被上，信手抓起床角的扇子替她扇了几下，说道："您这个身份，除了几个皇子，等闲也没人敢太靠近您，真不必过虑。"

沐元瑜被她劝得渐渐松懈了下来，道："这话也是，就是几个皇子里，我也只和二殿下走得近，他极爱洁净，一般不和人拉扯。"

鸣琴温柔地道："所以世子只管安心吧，可别想着再绑紧的事了，观棋都说过了，那对您的身子大是不好。"

沐元瑜却又有点遗憾，道："二殿下如今学骑马呢，我原想教他的，可

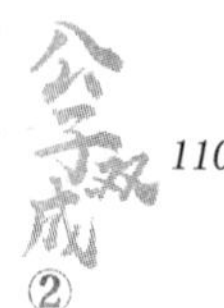

赶上这时候，我实在不敢凑他太近，只好看他由侍卫教了。”

她从前还给朱谨深许诺过，现在只好装不记得，好在骑马不是什么高深的技能，他身边能教的侍卫多得是，他也没跟她提起来，估计当时并没有当回事，听过就算了。

鸣琴安慰她：“别急，夏日过去就好了。”

沐元瑜打了个哈欠，点点头：“嗯。”

在沐元瑜的殷切期盼中，烈阳又肆虐了一段时间，威力终于渐渐下去了。

金秋时节，天高气爽。

朱谨深自从出府后再没病倒过，朱谨渊的亲事也定了，皇帝一下子少了两桩心事，腾出空来，心情舒畅地下令预备秋猎事宜。

此时朱谨深的马术已初见成效，他天生聪颖，学什么都快，只是射箭还不行。他准头倒有，力不够，教他的侍卫怕他初学伤了筋骨，十分谨慎，只肯给他较轻的两斗弓用。朱谨深十分珍惜如今的身体，并不逞强，就拿轻弓练着玩。

很快到了秋猎这一日，旗帜猎猎，马鸣萧萧，君臣一行队伍浩浩荡荡地往城郊的猎场而去。

这是山脚下一大片围起来的场地，皇帝御驾到来之前，锦衣卫已经如最细密的筛子一般将这片围场筛过了好几遍，确保帝驾的安全。

这日天气很好，凉风宜人，皇帝此来主要是舒展一下筋骨，也散散心，他在锦衣卫的密切环绕中当先开了弓，射中一头健壮的鹿。

臣子们立刻发出一片喝彩声。

这鹿当然是锦衣卫悄悄驱赶了来的，不过皇帝能一箭即中，可见龙体康泰，臣子们自然安心了。

“都不要闲站着，”皇帝在马上转目笑道，“朕这里准备好了赏赐，就看哪位勇士能拔得头筹了。”

“皇爷看臣的！”

一嗓子响亮地应和道。

群臣循声看去，却是立时发出了一阵高高低低的笑声。

这第一个喊出声的是国舅爷李飞章。

他大眼一瞪："笑什么？瞧不起本国舅？！"

秋猎年年都有，他这样好玩的人，年年也都不会错过，手底下是个什么水平，臣子们尽知，大概发他个"勇于参与"奖还行，头筹是怎么也轮不上他的，所以才都笑了。

小舅子不惹事的时候，皇帝待他还行，有点调侃地笑道："飞章，那就看你的了，可不要让朕失望。"

李飞章挺了挺胸脯，道："是！"

旁边的朱谨渊撇了撇嘴——因为前两年他才是得了头筹的那个，他要维持住自己谦和的人设便没有立即说话，不想叫草包舅舅抢了先。

他就不是那么沉得住气了，策马上前道："皇爷，且看儿臣的。"

皇帝笑着点头："好，好，都去吧。"

众人渐渐散开，李飞章骑着马跟在朱谨深旁边嘀嘀咕咕："看他什么呀，真以为是自己的本事。二殿下，您从前不来，别的下臣又不敢占皇子的先，他还带了那么些护卫，把自己射的都算成主子的了，这么几下凑到一起，才将将就就凑出了一个'头筹'，不知道有什么可得意的。"

"咳！"沐元瑜用力咳了一声。

李飞章这点眼色还是有的，立时住了嘴。果然片刻后朱谨渊的声音就从旁边响起来："二哥。"

朱谨深微微侧头："嗯？"

朱谨渊控马靠近了过来，笑道："二哥身体才刚痊愈，胜负小事，就不要太放在心上了。若是怕猎物不够，面子上不好看，待会儿可以来找我，我分二哥一些。"

朱谨深道："嗯，多谢三弟。不过我只是出来放松一下，有没有猎物，想来皇爷也不会苛求。你是要拔头筹的人，别耽搁了，快去吧。"

旁边路过的官员诧异地悄悄回头望了一眼：都说二殿下身体好了脾气也好了，看来是真的？倒是三殿下，这么暗地里嘲讽兄长，可不厚道啊。

朱谨渊："……"

他注意到了那官员的目光，心里顿时生出一股冤屈——朱谨深从前整天排挤他，大家好像都习以为常了，他不过说了这一回，怎么欺负人的就好似变成了他一样！

这让他那点才生出的上风感立即又没了，想勉强挤出个笑容来收场，硬是挤不出来，只好憋着策马跑开了，下决心要在猎物上扳回一城。

“三殿下还想分猎物呢，嘿，他自己那猎物都是东拼西凑来的。”

李飞章叽叽呱呱又开始说起来了。

他也感觉到了朱谨深的脾气变好，对他的容忍度有所增加，以为是自己锲而不舍地跟随终于打动了他，就更起劲地要表现。想着朱谨深头回来猎场，对这里都不熟悉，吐槽完朱谨渊之后，他又很起劲地给他介绍起来。

“殿下放心，这里安全着呢。皇爷来了，那些凶猛一点的野兽肯定都被锦衣卫赶跑了，我们也就能碰见兔子獐子之类，好些还是放养在此的，不是纯的野物，所以这片地方尽可以随意奔跑，那林子里也可以去，再不会有事的。”

朱谨深忍了忍，又忍了忍。

他心胸舒展了一些不错，可不代表他愿意听李飞章没完没了地在耳朵边上叨叨，他虽然也会说些有用的，但总的来说仍是废话居多。

再者，话都让他说去了，跟在另一侧的沐元瑜基本就不出声了。

就算要听废话，也是沐元瑜的少年嗓音比他的大嗓门好听多了啊。

“舅舅，你刚才不是跟皇爷保证，让皇爷看你的？三弟已经开始去捕猎了，你再不去，就要落后了。”

李飞章大大咧咧地道：“我那不过是凑个趣，就撇掉三殿下不算，那些武将比我厉害的也多了，和他们争去，可不是瞎子点蜡白费劲。不如就陪着殿下逛逛。”

朱谨深可懒得让他陪着，道：“多少也猎几只，空手回去岂不难看？舅舅若实在不稀罕，就当替我猎两只来，去皇爷面前应个差。”

听他这么说，李飞章的精神一下就抖擞起来。朱谨深不肯要朱谨渊的，却主动向他讨，可不是把他当自己人了？

他马上道：“成，殿下看我的！”

镶着块硕大红宝石的鞭子甩在马屁股上，马儿呼啸着就出去了。

周围耳目顿时一空。

沐元瑜失笑：“这位国舅爷也够痴心的了，殿下关了他两年，出来他还跟着殿下。”

以李飞章那个纨绔脾性，他没对朱谨深失去信心改投别人着实不容易。

朱谨深淡淡道："是吗？我记得来看我的只有一个人。"

他并不对别人求全责备，但凡事既有对照，那就难免要有个高下了。

沐元瑜闻言笑眯眯地转头问道："是谁呀？"

朱谨深勾勾嘴角，笑而不语。

身后的几个侍卫不远不近地跟着，他们在广阔的围场上晃悠了一阵，时不时能碰见射猎的人。猎物在前面逃，人在后面追，马蹄翻飞处，尘土飞扬，在阳光下闪烁一片尘雾。

这是无论如何没办法避免的，总不能把围场都铺成一大片砖道吧。

朱谨深的表情渐渐有些发僵，别人恭敬地不来冲撞他，但不至于要对他退避三舍，都不打他身边过。

沐元瑜见他皱着眉拍打自己的衣裳下摆，一副不堪忍受的样子，有点好笑地提议道："殿下，不如我们到林子里面去吧？那里有树有草，总是要好一些。"

朱谨深点头："走。"

进了位于山脚下的林子果然好上不少，林子里捕猎没有围场容易，对骑术的要求较高，因此选择进来的人也不多。

朱谨深这一趟出来真是纯散心，就他的箭法连只兔子也射不着，除非侍卫把猎物按到他面前来。他这样骄傲的人，又哪里愿意这么哄自己玩，所以索性箭筒都没有打开，就挂在马边，信马由缰到处逛。

见沐元瑜一直跟在旁边，也慢腾腾的，虽不想让她离开，却还是道："你的箭法不是很好吗？去玩一玩吧，我自己逛着就好。"

沐元瑜觉得不好空手回去，就点头道："好，殿下等我一会儿，我去射两只兔子就回来。"

她双腿一夹马腹，马儿轻快地向前方跑远了。

他们这时已经晃悠进林子比较深的地方了，人更少，猎物却多，沐元瑜轻易寻见了一只趴在草丛里的灰扑扑的肥兔子。

她张弓搭箭，眯眼射去。

忽听破空之声起，她骤然坠身向下，侧身藏到了马腹之下！

"叮！"

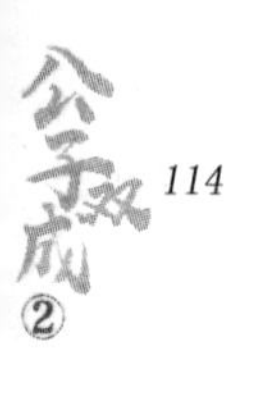

一声锐响，一支利箭射进了她前方的一棵树上，尾羽剧烈地颤动着。

是谁不留神射偏了箭，还是有刺客？

沐元瑜惊疑不定地矮身趴回了马背上，她先前的那支箭因为千钧一发的躲避，没有射出去，直接掉在了地上。

为防误会，也为了把林子里别的行猎的人招来，惊走这可能的刺客，她一边从箭筒里摸箭，一边打量着四周扬声喝道："是谁射的箭！"

没有回音，只有树叶在秋风中发出飒飒的轻响。

很快，破空之声又起。

这就不可能是误会了，沐元瑜脑中的弦瞬时绷紧，躲避的同时，她向着利箭来的方向还了一箭。

两箭都落了空。

但沐元瑜在明，对方在暗，终究是她吃亏，那边下一箭射出的时候，射中了她身下的马腹。

骏马发出一声响亮的痛嘶，不辨方向地乱窜了出去。

为方便行猎，林子里的树木都是高大的树种，枝叶也有人修剪，但她惊了马，马往山里窜就没有这种便利了，时不时有丛生的枝叶或是乱长的灌木一类刮过她的头脸。人在惊马上，还要于极度紧张中分出一丝精力防备冷箭，她顾不上再护着这些，不多时就感觉头脸都火辣辣地疼，还有一道湿意在往下流，肯定是见血了。

好在冷箭没再袭来，可能那刺客也无法抓准她的方位了，但后方持续有马蹄声响起，不知是那刺客，还是听到动静赶来救护的侍卫。

沐元瑜的思绪到此为止，身下的骏马忍受不住加剧的疼痛，将她甩了出去。她努力想控制着身形，那马将她甩出去的方向却是一个山坡，这山下就是皇家猎场，为安全计，山里是不许普通百姓进来的，因此地下都是沉积多年的烂叶软泥，少有几棵嫩苗都长得不牢，她拽握不住，一路骨碌碌滚了下去，"砰"的一声脑袋撞到了山坡下的一棵大树上，顿时没了知觉。

朱谨深是最先赶来的。

他离得本也最近，听到里面动静不对就忙循声奔了进去，侍卫们要拦，拦不住，也不敢硬拽他，忙都紧跟着往里快马飞奔。

他们来得快，山里面的道路少有人走，沐元瑜一路撞进来留下的痕迹都新鲜着，断枝残叶都是线索，朱谨深很快发现了她躺在山坡下。

他心中瞬时揪紧，不太熟练地下了马就往下跑，脑中还清明着，厉喝道：“别都下来，分人去外面叫人，再留一半在上面守着！”

侍卫们胡乱应着，听令各行其是，便只剩了两个跟着他下来。

这山坡看着不起眼，着实难走，沐元瑜起先都只能滚下来，朱谨深更是跌跌撞撞，走到一半时脚被隐藏在积叶里的一截老树根一绊，还直接滑了下去。

两个侍卫赶着要拉他，等终于把他拉住时，人也已经到山坡底下了。

“殿下，您的腿！”

因为一路下滑，朱谨深的左腿裤管捋到了膝盖上，露出里面被荆棘所划出的长长的一条血痕。

朱谨深没有理他，爬起来扑到那棵树下。

树底下的少年歪着头躺着，他颤抖着手将她的头轻轻转过来，就见到了她已被鲜血染湿半边的脸庞。

他脑中刹那空白了一瞬。

就在一刻钟之前，他还是好好的，还笑着跟他打趣，可现在……

一个侍卫蹲下身来，伸手到沐元瑜鼻间试了试呼吸，松了口气，说道：“殿下，您别慌，沐世子应该只是在树上撞晕了。这脑袋上的伤看着吓人，没什么大事，您请让开些，我看看他身上有没有别的伤。”

朱谨深勉强定了神，推开了他的手道：“我来。”

他先将沐元瑜周身打量一遍，见十分凌乱，但似乎未见血痕之类，心下又安定了一点，但仍恐怕她身体有什么暗疾，未能第一时间查知，耽误了治疗，就伸手去摸索她的四肢骨骼及胸腹等要害处。

他自己久病，医书看了不少，虽不到“成医”的地步吧，基本的外伤探测手法是知道的。

“殿下？”侍卫小心翼翼地叫他。

怎么又愣住了？比先前愣得还厉害，整个人跟凝固住了一样。

难道沐世子身上有什么不好？侍卫胡乱猜测着。

他看看朱谨深手停留的位置，说道：“殿下，不会是沐世子的肋骨断了吧？他这么摔下来，可能也是难免……”

“你，你们，走开。”

朱谨深艰涩地挤出了一句话来，他简直要佩服自己，面对这梦一样荒谬的局面，居然还能找得出理由来打发侍卫：“他好像是碰见了刺客，你们站到两边去，守好了，别让那刺客卷土重来。”

这是正理，两个侍卫忙应了，都站起身来，走开了些，各守了一个方位，手搭着刀，警惕地向外观望着。

朱谨深扭头看了一眼，又把身体移动了一下，单膝跪到了地上——脏不脏什么的，他再也注意不到了，只是确定能遮挡住自己的动作不被人看见。

然后他将地上少年的衣襟扯松了些，手掌颤抖着探了进去，越过层层束裹，掌心的温软几乎要将他的手心烫出伤痕。

沐元瑜从昏沉中睁开眼来。

她猝不及防跟朱谨深的目光对上，立时僵住了。

这局面对朱谨深来说荒谬，对她来说何尝不是。

极端的恐惧在瞬间攫住了她的心脏。

而她的心脏，此时正在朱谨深的手上跳动。

她的命，也捏在了他的手里。

还有母妃……

她不知道自己是怎么想的，可能什么也没想，对于要命秘密誓死保护的本能主宰了她全部的理智，她手掌一翻，袖中滑出把匕首来，与此同时将朱谨深压下，锋利的刃尖就抵在了他的喉间。

刺眼的刀光在秋阳下一晃，闪耀在朱谨深的瞳孔里。

第七章
何须用刀

这刹那的动静惊动了两个正对着两边警戒的侍卫，两人下意识要转身，朱谨深厉声道：“别动！”

两个侍卫不知所以，但听闻过朱谨深以前在坊间的流言，知道这位殿下不好惹，不敢违抗他的命令，转到一半的身子只好又转回去了。

沐元瑜终于醒觉过来。

因为朱谨深这一句话，喉间滚动，多少有一点动作，碰触到了她的刃尖。她这把匕首是保命用的，锋利非常，登时就将他的颈部皮肤点破，渗了一滴血珠出来。

鲜艳的红色召唤回了她的理智，她终于意识到自己做了什么。

她血流满面，半边视线受了遮挡，此时也才发现不远处还有侍卫在。侍卫险些就目睹了她对皇子持刃行凶的画面。

沐元瑜僵直着手腕，抓着匕首慢慢收回来。

“殿下……”

事出太过突然，朱谨深人是被压倒了，手仍探在她的衣襟里，她的心脏剧烈跳动，然而与羞涩无关，只是因为无法抑制的恐惧又袭了上来，当此关头，她兴不起任何风月心思。

朱谨深也没有，匕首移开后，他沉默着把手收了回来。

然后他望向了沐元瑜，目光淡漠。

“你知道是我，是吗？”

沐元瑜答不出话来。

她应当否认，但她否认不了。

以朱谨深的敏锐，她的嘴硬只是给自己更添一层罪责。

“殿下，对不起……”

她只能道歉，如果刚才那一刻她头脑清楚，如果局面不是毫无转圜，如果她有时间权衡……

这么多如果，掩盖不了她第一刻的本能反应，她就是要杀他灭口，过往看上去再亲密无间的情谊，未能压制她这一刻的冷酷念头。

“怪不得。”

朱谨深简短地说了三个字，勾了勾嘴角。

他从来不大笑，笑起来时差不多是这样，带一点笑意，但这一回，一样的动作，他连这一点笑意都没有了。

沐元瑜失措地只能叫他：“殿下……”

朱谨深不再看她，伸手推她要爬起来。

沐元瑜不敢继续压着他，只好让开。她额上的伤流血过多，带得她头有些发晕，她一只手去捂额头，试图再去解释：“殿下，您听我说。”

朱谨深站起身来，给了她冷冷的两个字：“骗子。”

他就要向侍卫那边走去，沐元瑜急了，她理智回来，看得懂现在这个情势，明显就是在等后续救援的人马来，说不定皇帝都会被引来。她摸不准朱谨深现在的心思，他若是把她的秘密暴露出去，她就全完了！

“殿下，我求求您，我只跟您说两句话，您跟我来。”

她额头也顾不上捂了，两只手拖着朱谨深就往另一边去。

朱谨深被她拖得一个踉跄，两边的侍卫再也忍耐不住，齐齐扭了头，茫然地看过来，不知是个什么情况。

沐元瑜心快沉到脚底下去了，实在顾不得许多，生拉硬拽把朱谨深拖去一棵大树后面，匕首重新亮出塞到他手里：“殿下，我不对，要杀要剐随便您，只求您不要说出去，放我母妃一条生路，她是迫不得已。”

朱谨深沉默了一会儿，沐元瑜如等候秋决的犯人一般望着他。

朱谨深终于开了口：“你哪里不对？”

沐元瑜忙道：“我不该对殿下白刃相向，我真的糊涂了，全是我的错。”

“只是如此吗？”

“我不该隐瞒殿下我是个、是个……”

朱谨深对这些却似毫无兴趣，目光都不曾波动一下，表情仍是淡漠非常，好似变回了曾经那个不愿喝药对生存都没什么渴望的少年。

“没了？”他道，“需要我问？那好。沐元瑜，你到底，是为了什么接近我？”

沐元瑜失语。

她恐惧的就是这个。

她怕朱谨深追本溯源，追究到她最根本的动机上去。

朱谨深对皇位没有执着，他对自己的人生规划是就藩，他不需要拉拢她背后滇宁王府的势力，他对她无所图，与她相处，是凭一颗最本真的心。

可她不是，她指望着抱他的大腿，留在京中，对抗滇宁王。她与朱谨深结交的过程中再付与真心，也掩盖不了她的别有目的。

她无法辩解，只看朱谨深的眼神，便知他于这极短的时间之内，已经想透了一切。

所以他说“怪不得”。

“我……”

她失去了向来的能言善辩，过往不曾有过的口拙忽然出现在她身上。

朱谨深低头看了一眼被塞到手里的匕首，心如这匕身一般冰凉坚硬。

他这半生很不顺遂，坎坷自出生便如影随形，但无论历经多少挫折，他也不曾受到过这样大的愚弄。

他以为遇到她是上天赐予他的一道亮光，却不知这亮光背后隐藏了这么庞大的黑影。

这令他觉得自己所有的动情与忍耐都是笑话。

有什么意义呢？

他那些挣扎压抑酸苦甜涩……

“你，”他手一松，匕首掉在了地上，落叶被激得发出一阵簌簌轻响。朱谨深抬起了头，目光里有幽光一闪而逝，冷冷道，“你要杀我，何需用刀？”

说完这句，他再不看她，转身头也不回地离去。

沐元瑜僵在原地，不敢再追上去纠缠他。她不知道朱谨深为什么会说那句话，但那一瞬他身上锋锐的拒人于千里之外的气场告诉她，纠缠无用，他拒绝跟她谈判，无论她可以开出什么条件，他也将视而不见。

她只能等待他的宣判。

她没有等多久，很快山坡上起了喧扰之声，一大队锦衣卫自野林里冒出来，疾奔而下。

沐元瑜抖着手捡起了匕首，她的头已经很昏沉了，但她不能放任自己再晕过去，只能以匕尖戳了手指，靠这十指连心的更为尖锐的痛楚维持住神智。

朱谨深的余光瞄见她袖中有血滴下来。

他很快猜到了怎么回事。

从前他居然一直以为她娇生惯养——呵，他真是从来没有了解过她。

颈间微痒微痛，他抬手，拂去了那一滴半凝结的血珠。

沐元瑜遭遇刺客的事引起了极大的骚动。

若不是她本人弓马都算娴熟，只怕当场就送命了。

那时皇帝对南疆都不好交代。

而即使撇开她的身份不算，这猎场上有皇帝和三位皇子——朱谨治没来，朱瑾洵人小，一直跟在皇帝身边，这危险能落到沐元瑜头上，就同样能落到皇帝和皇子们身上。

皇帝当即传令下去行猎停止，把还在围场上的朱谨渊召回了身边。朱谨渊听说有刺客，心下一寒，忙丢下一堆猎物老老实实跑了回来。

进了大帐，他急切地道："皇爷，怎么会有刺客，您的安危要紧，我们还是快回宫去吧！"

皇帝摇了摇头，说道："你没见到大帐周围的锦衣卫吗？这里不会有事，轻举妄动，才易给人可乘之机。"

朱谨渊当然看见了，这座大帐外围着密密匝匝的锦衣卫，连只蚊子都别想飞进来。但他仍是有些害怕，他见到角落里正接受随行太医包扎的沐元瑜了，她脚边还放着一盆血水，看上去可怖极了。

等太医让开来，他发现她脸上还有一道不知怎么弄出来的血痕，在她白得像纸一样的脸庞上，对比分外鲜明。

"世子，您确定没有别的伤处吗？"太医问道。

除了对沐元瑜的额头进行包扎，他没有做别的，沐元瑜被救回来的时候很清醒，只跟他描述了额头的撞伤。

“没有。”沐元瑜轻声道，“二殿下来得及时，那刺客并没有伤到我。”

听她提到朱谨深，朱谨渊才忽然发现了一点不对劲之处——他那二哥居然站在好几步之外，脸色也很平淡，他的小跟班受了伤，他都不着急?

不过也不奇怪，他一向就是这个冷心冷情的性子。

锦衣卫指挥使郝连英束着手站在旁边，此时上前道：“世子爷，我要问几句话，您可以撑住吗？”

沐元瑜点头。

郝连英就问：“敢问世子可曾见到刺客的真容？”

沐元瑜道：“没有。他始终隐在暗处。”

“他有出过声音吗？”

“没有，我们交锋时间很短。”

“世子有怀疑的对象吗？”

“没有。我在京里可能得罪过一些人，但绝不足以使这些人冒着绝大风险选择在围场刺杀我。”

“所以世子认为，这刺客不一定是冲您而来的？”

沐元瑜掐了一把指尖的伤处，努力维持着清明想了想，说道：“我不确定。但我以为，至少不是冲二殿下而来。他当时的位置也有些偏僻，刺客如果冲他，是同样有机会的。”

“世子可以领人到实地去认一下位置吗？那刺客最早的方位在哪儿，如果是围场外面的人，可能从什么地方潜来……”

这沐元瑜就折腾不起了，她清楚自己的身体状况，只能摇头：“事发突然，我没有办法注意到这么多，去了恐怕也认不出什么来。”

皇帝忽然出了声：“好了，郝连英，这是你的职责，你自己查去。”

郝连英便不敢再追问了，过来下跪请罪。围场上出现刺客，不管是哪一方势力，总是他这个指挥使的护卫不力。

事情未明，皇帝暂时没有责怪他，只是叫他出去加紧搜查追捕。

沐元瑜伤成这样，皇帝没有再留她，不用她说，主动叫了人护送她先行回家。

朱谨深也跟了出来。众人都知道他和沐元瑜好，没人觉得奇怪，皇帝也

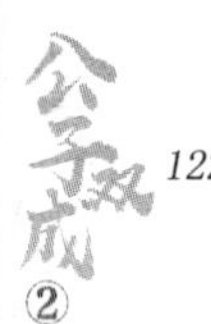

没有说什么。

两人出了大帐，沐元瑜低了头，她想谢谢朱谨深，不管他打算怎么对待她，起码在皇帝面前他没有说出刚才那一幕，暂时替她隐瞒了下来。

但她说不出口，她觉得朱谨深一点也不需要她的感谢。

沉默中，朱谨深面无表情地向她站近了一点，嘴唇轻动，冷冷地说了句话。

沐元瑜不由得睁大了眼。

沐元瑜回到了老宅。

她额上绑着布条，微微渗出血色，丫头们吓坏了，围拥着七嘴八舌地问她是怎么回事。

沐元瑜撑到现在已是极限，无力地摆了摆手，道："先不说，我想睡一会儿。"

她衣裳也不脱，倒到床上蒙头就睡。

丫头们忧虑地互相交换着眼神，不敢再出声，轻手轻脚地出去外间等候。

沐元瑜是失血过多引发的困倦，其实她并不想睡，这一倒下，不多时就开始做梦。

一个梦连着一个，被人追赶得筋疲力尽，她在梦里累得快要昏过去，仍是被追上了，一只手搭上来，冰凉的声音响在她耳边。

"你敢跑，试试！"

凌晨的时候，沐元瑜醒了过来。

她是被自己的梦惊醒的，一只手曲在枕边，下意识拍打了一下，发出了动静。

天地间万籁俱静，帘子外透着一点微光，轮值守夜的鸣琴听到了，忙持着烛台走了进来，喊道："世子。"

沐元瑜一时没有说话，她睁着眼望着天青色的帐顶，还沉浸在那种疲惫和惊悸之中，过好一会儿，才揉了揉眼，慢慢坐起身来。

鸣琴见她脖子里起了一层薄汗，伸手去摸摸她后背，见也透着层湿意，暖热渗了出来，便温柔地道："世子做噩梦了？厨房还备着水，我叫人抬了来，世子先洗一洗，换身干爽衣裳可好？对了，世子一回来就睡了，晚饭也没有用，还是先用饭吧？”

沐元瑜觉得身上黏黏的不舒服，肚子里倒是没什么感觉，她摊上了事，这时候就算是面对山珍海味也没有胃口，遂道：“我不饿。先弄水来吧。”

鸣琴答应一声，放下烛台便去了。

一时备好了浴桶，沐元瑜浸在温热的水中，整理了一下思绪，把自己露馅的事跟服侍她沐浴的鸣琴和观棋说了。

观棋愣了片刻，道：“世子别怕，我这就收拾东西去，天下之大，得条活命还是不难！”

沐元瑜苦笑着摇了摇头：“唉，我走容易，我母妃呢？我舅家呢？还有三哥，他就在京里，还是被我拐了来的，他什么也不知道，我这一跑，他可怎么办？”

她的牵挂太多了，绝不是一逃能够了之。

朱谨深便不说那句话，她也不会在这种情形下跑路。

观棋就无法了，说道：“那怎么办？那个二殿下说出去就糟了。”

鸣琴深深皱起了眉：“是谁要刺杀世子？我们在京里惹不下这么大的仇怨，难道王爷……”

“不，是谁也不会是父王。”沐元瑜摇头道，“他真要动手，绝不会选择围场。我今番虽然倒霉，算来其实也是不幸中的大幸了。发现我的是二殿下，我跟他现在虽然闹翻了，从前总是还有交情，若换了别的任何人，此刻我该在北镇抚司的诏狱里了，哪还能多拖这一点时间。”

观棋眨巴了下眼，道：“他怪世子骗他，生世子的气了？”

沐元瑜无奈地道：“气死了。”

他话都不要听她说了。

“不至于吧？”观棋不大懂，说道，“就算世子在女儿身的事情上骗了他，但自始至终没有伤害过他，他生气一下罢了，哪至于这么大气性。对了，世子知道他平日里喜欢什么？金银珠宝？我们多多备上，买他封口。”

“买不了。唉，你不懂他那个人。”沐元瑜有点不知该如何解释，但她心里清明，道，“我要敢拿钱去收买他，他更加要气死。”

“这也太难伺候了。”观棋不由得嘀咕道，“世子从前跟他一起，还不

知受了多少委屈呢。”

“没有，我们本来是很好的。”沐元瑜说着有些失落，“不过以后大概是难了，他看我，可能跟看国舅爷一样了。”

朱谨深的心里，估计一直以为她清纯不做作，没想到她藏了这么大的秘密，说不定她连李飞章的地位都比不上了。

“唉。”她忍不住又叹了口气，既为自己命运的叵测，也为朱谨深的冷漠。

鸣琴往浴桶里缓缓添了一勺热水，抓回了重点说道：“那有任何办法可以让他替世子隐瞒下去吗？”

沐元瑜想了一会儿，有些头痛地道：“不知道。天亮以后我去跟他道歉吧，顺便问问他再说。”

“世子才受了伤，不如歇两天再去？”鸣琴很心疼她，说道，“横竖已经这样了，二殿下今日未说，应该不会这么快又改变主意。再说，依世子的说法，他现在正在气头上，世子去了不免受气。”

“这事哪里拖得？”沐元瑜抬手摸了摸脸，她脸上这道被刮出来的伤痕很浅，只浅浅涂了一层药膏，不需包扎，也不影响说话，只是因已经开始收口结疤，有微微的刺痒感。

观棋忙把她的手拿开，说道：“世子别抓，留下疤痕就麻烦了。”

沐元瑜“嗯”了一声，继续道：“他肯定生气，但我去了，他有气冲我发出来，此事还有救，我要拖着不去，他全自己闷着，那越闷越糟，等我再去时，恐怕就真的再也不会搭理我了。”

观棋道：“我跟世子一起去吧，他要发怒打人，就打我好了。”

“不会的。”沐元瑜有些感动又有些好笑，“这也不是你替得了的，他要真能敲我几板子就消气，那倒好了。”

沐元瑜跟两个丫头说了一通，靠谱的主意是没想出来，但心情总归是放松了一点。沐浴过后，她在丫头们的劝哄下，吃了大半碗鸡汤下的面，倒回床上继续歇息，养精蓄锐，预备着明日去迎接跟朱谨深的一场硬仗。

翌日，十王府。

“世子爷，您怎么这会儿来了？我们殿下去学堂了啊。”

听了林安的话，沐元瑜站在府门前愣住了。

她想起来了，她受了伤，皇帝特许她这阵子不用上学，等完全养好了再去，朱谨深并没这个优待，他自然照例去了。

林安慰问她："世子爷，听说您遇到刺客了？这不长眼的刺客，怎么偏偏就冲您去了呢，看您这伤的……唉，您该在家歇着才是。"

沐元瑜犹豫片刻，朱谨深不在，对她来说也算件好事，他要是在，说不定连门都不叫她进，就直接把她撵走了。

她说道："我找二殿下有件急事想说，忘了他要去学堂了。"

林安如今跟她挺熟，就热情地邀请道："世子爷要没别的事，不如就进来等等？"

沐元瑜从善如流地进去了。

二皇子府原来对她几乎全然不设防，她想去哪儿都没人拦她，但她现在自己心虚，不敢乱走。林安把她引进了正院的西次间，她就老老实实地待着。

等到午后，朱谨深回来了。

他今日回来得算早，因为讲官们知道昨日行猎，皇子们都受了累，所以下午的课停了半天，没上。

他一回府就知道沐元瑜来了，脚步一顿，周身气息一冷。

他没有跟林安说过什么，但林安作为贴身侍从，一见他这样，再联想他昨日回来时身上那冷凝成冰的气势，顿时就猜出了点什么。

看来是沐世子惹出来的，这倒是罕见。

不过也没什么，那位世子爷那么能哄人，都这么殷勤地主动来了，想来他家殿下消气也就是个时间问题。

他抱着朱谨深的书一路跟着，还假装不知地代说了句好话："世子爷一早上就来了，不知是有什么急事。"

朱谨深冷笑了一声。

林安："……"

这气性可真大，他多这句嘴对沐世子没帮助不说，好像还坑了他一把。

他就不敢再说什么了，恐怕自己不明情况，再把朱谨深的火气越撩越旺。

沐世子惹出来的事，他总知道为什么，他闯的祸，还是自己收拾吧。

林安跟着进到屋里，将书放到桌上，就蹑手蹑脚地出去了。

沐元瑜昨晚睡得多了，但睡眠质量并不好，等到这会儿，已快等睡着了，

但朱谨深一进来，她立刻醒了神，睡意全不翼而飞，束着手站了起来。

“殿下。”

朱谨深虽然冷，总算没把她当成透明的，扫她一眼道：“你来干什么？”

沐元瑜小声道：“我来跟殿下道歉。”

她还没有这么愧对过谁，也没处于这么弱势的地位上过，这道歉说来容易，其实真面临这个局面，心内尴尬得不行，脸上发热，肯定都红了。

“不需要。”

“我需要的。”沐元瑜低着头道，“道不道歉在我，原不原谅我在殿下。”

朱谨深没说话，在炕边坐下，理了一下衣摆，才道：“你抬起头来。”

沐元瑜慢慢抬头。

她额上包着一圈布条，左侧脸上有一道划痕，朱谨深的眼神很好，仔细看，还能看到她脸上别的一些细小伤痕。

她这个模样当然是很狼狈的。

但这狼狈未曾丝毫消减她的清秀，反而因她神色上的颓然憔悴，别添了一份楚楚可怜之意。

朱谨深想，他真是没有见识，别人跟她不亲近，不那么清楚她的各种面貌，所以看不出来这是个西贝货，他居然也被蒙在鼓里至今。

他不止一次觉得她生得不像男人，但居然从来没朝那个方向怀疑过。

该说他蠢，还是该说她伪装的功力太高了？

这个骗子。

沐元瑜耐不住这长久的沉默，小心翼翼地开口道：“我现在说多的话，殿下只怕也听不进去。总之，我任凭殿下处置，只要殿下能略微消一点气，要我做什么都可以。”

她当然有许多理由可以辩解，感叹她的人生多么多么艰难，可这不关朱谨深的事，他不需要为此负责，而隐瞒欺骗对他举刀相向则是她确确实实做出的事。

朱谨深的眼神变深了。

他一夜不曾安枕，至今心内沸如滚汤，要说报复，他当然想到过，他想做很多伤害她的事，让她也体会一下他的痛恨，但具体怎么实施，他并没有主意。

或者说，他不是没有主意，只是刻意压抑住努力使自己不向那个方向去想。

但此时听到她这句话，他忽然不想再压抑，既然过去那么长久的自控忍耐都是笑话，他又何必继续犯傻。

“把衣裳脱了。”

沐元瑜：“……”

她十分怀疑自己出现了幻听。

她之前一直不太敢看朱谨深，即便抬起了头，目光也是游移着的，此时却顾不得那么多了，深感不可思议地直视着他。

朱谨深的眼神如一口深潭，幽深不见底，什么也看不出来。

沐元瑜只有震惊着糊涂着，这……什么意思啊？

朱谨深难道气疯了想羞辱她？

还是他原来就……她原来可一直是个男人的模样，他从没有怀疑过！

他要原来就有这心思，莫非是好男风？

这更不可能了啊。

沐元瑜来之前想好了各种可能，可能直接被撵走，可能挨顿板子，可能被冷嘲热讽得生无可恋，独独没有料想到这一种情景。

她脚下生了根般动弹不了，也说不出一个字来。

朱谨深冷冷地吐出了第二句话：“不愿意，就走。”

沐元瑜：“……”

她还是无法缓过神来，朱谨深要是露出一点着急的表情来她还能理解——不，她不理解，还是很荒谬啊！

他是这样高洁孤傲的人，她根本无法想象他会像个普通男人那样。

这个形势下，不容许她再继续分析下去，事实上朱谨深即使不催她，再给她半个时辰她也是想不出个所以然来，她的脑子里就是一团糨糊。

她只能确定，朱谨深提出这个要求来，如果是想要羞辱她，那大概是办不到的——因为她并没有这个感觉，她现在只是觉得十分羞耻。

这两者看似相同，但其实是有细微区别的。

羞辱是感受到了来自别人的侮辱，羞耻则更多是个人的感受。

沐元瑜埋了头，往里间的卧房走去。

朱谨深道："——你干什么？"

沐元瑜含糊地回道："殿下给我留点颜面吧。"

朱谨深心剧烈一跳，他失态地站起来，眼瞧着沐元瑜掀帘子进去，愣在原地好一会儿，终于抬步跟了进去。

里间就是卧房，他进去，没见到人，只见床帐晃动，脚踏上一东一西倒着两只鞋。

朱谨深感觉自己心都快要跳出来了，虽然他什么都没看见。

他分辨不出如今是什么情绪，只觉心跳得真的太乱了。他说出那句话，大半还是为了出气，根本没想过她会答应，并且还答应得这么痛快！

她就这么……

朱谨深想说她"随便"，终究说不出来。

他在自己的床前呆站了半晌，心中几度天人交战，最终咬咬牙挤出一句："你出来，出去。"

帐子抖了两下，沐元瑜一张伤脸钻了出来。

"殿下，您消气啦？"

她就觉得朱谨深不像是会干出这种事的人。

她身上的衣着仍然完好，朱谨深看在眼里，松了口气，压制住自心底瞬间蔓延开来的遗憾，冷声道："你走吧。我若真以此相胁于你，对不起的不是你，是我自己。"

他无所谓世人眼中的面子，但他内心有对自己的一套操守，倘若连这也毁掉，他才是真的可悲。

沐元瑜望着站在床前的高冷青年，感觉自己的脑子又不太够用了。

什么叫相胁于她？他难道还真的想……

不够用归不够用，她现在是不可能走的，该澄清的就还是要澄清一下："我没有觉得受殿下胁迫，如果我不愿意，我刚才就走了。"

朱谨深："……"

他说不出话来了，心潮翻涌，这骗子，还不收手，想骗他到几时才罢休？

朱谨深目光变幻，忽然倾身向前。

他一下凑得太近，沐元瑜几乎快跟他碰上额头，吓了一跳，忙向后一仰。

朱谨深一只手撑在了床边，眼底闪过一丝了然，讥讽道："果然。沐世子，你真是聪慧过人，到了这个时候，还在跟我玩心眼。"

"……"沐元瑜尴尬地咽了口口水。

她敢这么痛快地爬到朱谨深的床上来，一方面是真的不觉得贞洁于她是多了不起的事，她绝不会为此哭天抢地，另一方面，也是更重要的，是她认为朱谨深不会这么画风突变。

他在气头上，说得出这种话，不表示就真的能干出这种事。

她置之死地地配合一下，算是给之前她说的"做什么都可以"加点诚意。

但如朱谨深所说，已经到了这个时候，她难道还能再往回缩不成？

她只能硬着头皮道："我确实不觉得殿下真的要这样。但如果是，我也是真的可以。"

朱谨深垂在身边的那只手抬起伸过来，沐元瑜嘴硬，心里还是怂，不知他要干吗，下意识地又往后缩。

朱谨深的声音低沉了点："过来。还是你想我上去？"

"我……我过来。"

沐元瑜老实又战战兢兢地往外挪了挪。

朱谨深修长的手指捏住了她的下巴，眼神莫测地落在她脸上，说道："沐世子，你这么能忍辱负重吗？你这个假世子，做得可比我这个真皇子卖力多了。"

他手劲使得有些大，沐元瑜被他捏得不舒服，还是勉强忍着道："殿下都知道了，何必还取笑我？什么卖力，我不过保命而已。"

"是吗？"朱谨深语气淡淡地反问，"你徘徊京城不去，我看你的心，可不只有保命这么大。"

沐元瑜想叹气，跟这位殿下做队友的时候，他高人一等的才智非常让人有安全感，可被打到对立面的时候，这就不是件让人愉快的事了。

她轻声道："殿下，您力气轻一些。"

朱谨深眉心蹙起，眼神冷上两分。她还有脸跟他撒娇？就这样有恃无恐，以为他如过去一般好糊弄？

他更加了点劲，冷冷道："疼？活该。"

"不是，"沐元瑜说话更吃力了，很辛苦地跟他道，"殿下，您这么捏着，

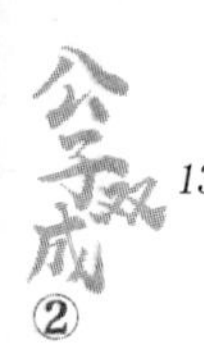

我、我口水快流出来了。”

到时候口水滴到这个有洁癖的人的手上，那岂不是火上浇油？

朱谨深脸色变了变，快速收回了手。

沐元瑜揉了揉被捏得酸疼的下巴，又咳了两声，然后往床边蹭，想下来。

朱谨深虽然口气很不好，好歹不再发惊人之语了，是个可以谈话的态度了，她再待在他床上就很不自在也没必要。

她伸了腿下去要去勾自己的鞋子，朱谨深站过了一边只是看着，并没有阻止。

穿好鞋，她从脚踏上下来，想起朱谨深之前的问题，道：“我与殿下坦白，我确实不只有保命之心。我没有选择的时候，我父王强行将这个世子位塞给了我，如今他用不上我了，就要收回去，连我沐氏的身份都要剥夺，凭什么？我不曾做错任何事，不愿意就这样任人摆布，哪怕是我父王也不行。”

这中间的过往关节，不用她说明朱谨深也早已想通，他嘲讽道：“你一个……还想跟你的弟弟争王位？”

沐元瑜心平气和地道：“为什么不行？只要我在京里，父王鞭长莫及，找不着我的碴，就废不了我，无非耗着罢了。我觉得这条路，还容易一些。”

“你能耗多久？”朱谨深凉凉地道，“三年？五年？”

沐元瑜哑然了，是的，她在京已经三年，倘若滇宁王现在要召她回去，皇帝不好拒绝，她也很难找出正当理由不回家尽孝。

不，等等，现在她有了。

她没忍住，眼神发亮地望了一眼朱谨深。朱谨深瞬时会意，气笑了，真想揍她，手都抬起来了，看看她一颗破脑袋又无处下手，只能冲她指了指：“你好！”

现在她还想着利用他！

他简直不敢相信，以前到底是把她惯成什么样了，才养出她现在这样丝毫不知收敛自省、十分敢于得寸进尺的脾性来。

沐元瑜小心翼翼地跟他赔笑：“殿下，我也只是实话实说。”

朱谨深昨天说了不准她跑，她正可以以此与滇宁王谈判。假如滇宁王敢召她回去，那勘破她秘密的朱谨深就要把此事抖搂出来，以他的身份，足可以挟制住滇宁王使他退缩了。

“你这么大的能耐，何必还拿我做幌子？”朱谨深训斥道，“昨日那话，你当我没说吧。我现在也不想再看见你了，你最好早点回云南去，你不走，我写信给你父王，叫他把你要回去。”

“我回去，就是死路一条了。”沐元瑜可怜兮兮地跟他道，“我给父王找了这么多事，原来他或许还不想拿我怎样，现在就不同了，他不会饶了我的。”

她现在对滇宁王来说，跟一把悬在眉心的刀一样，风险太大了，她自己设身处地想一想，都觉得不能由这把刀继续存在，必得折之而后快。

朱谨深不为所动，继续对她嘲讽道：“你父王选你顶这个坑，才是他倒霉，换你任何一个姐妹，我看都不至于这么麻烦。”

沐元瑜摸摸额头上包扎的布条，把这当作赞美收了下来。

朱谨深无语，他此刻是深深意识到了他面对的不是一个普通姑娘，几乎没有任何事任何话语可以击倒她，所有的软糯都是伪装，内里包裹的，是一副谁也伤害不了的铁石心肠。

她要伤害他却很容易。

“你走吧。”

沐元瑜抬头道：“啊？殿下，那你不生我的气了？”

“我生不生气，对你有影响吗？”朱谨深冷冷道，“你不过是怕我卖了你。你大可以放心，这么做对我没有好处，我也不爱管不相干人的闲事。”

她被归类到“不相干人”里去了——果然连李飞章的地位都不如了，他好歹还是个便宜舅舅呢。

沐元瑜垮了脸：“殿下，不是这样嘛，我保命要紧，殿下一样重要啊。”

骗子。

朱谨深扫她一眼，他再相信她就见鬼了。

他毫不留情地继续撵人：“出去，你还等着我动手不成？”

沐元瑜心里有点不好受，她感觉到她是真的失去了朱谨深的信任，然而这怪不得他，全是她自己作的。

这么僵持下去不见得能有个结果，只怕会把他越惹越烦，沐元瑜只好低了头：“殿下，那我先回去了。”

她拖着沉重的步子往外走。

朱谨深望了眼她的背影，心内漠然想，听到他说不会说出去就这样走了，她所谓的“重要”，不过如此。

沐元瑜没精打采地回到家，丫头们关心地围拢过来，问道：“世子，谈得怎么样？二殿下那边怎么说？”

“他说不会说出去。”

“啊，太好了！”

丫头们齐齐松了口气。

但见沐元瑜不像开心的样子，鸣琴就问：“世子怎么了？可是觉得他的话不可信？”

沐元瑜摇头：“不，只是他还生气得很。”

鸣琴和观棋对望一眼，观棋嘴快道：“生气生去吧，不过这样的话可信吗，他真的靠得住吗？哪天反悔又说出来就糟了。我看，还是我们想法子也拿住他个把柄才好。”

沐元瑜抖了下，道：“可别，这就难哄了，我再去算计他，他真该恨死我了。”

朱谨深目前只是不搭理她，她再往老虎嘴边去拔虎须，把他撩得反击过来，真结下仇敌，她可承受不住。

丫头们向来相信她的判断，就再不提了。鸣琴转而打量着她：“那位殿下脾气这样大，世子可曾挨了惩罚？”

实际的惩罚倒是没有，不过，沐元瑜心中确有疑惑，之前形势紧张她没空细想，此时回到了家，对着丫头们没什么可讳言的，就直接道：“他叫我脱衣裳。”

丫头们：“……”

鸣琴的眼神很快转为震惊心疼，几乎在哽咽：“世子受苦了……”

世上还有哪个女儿家，过得像她这样艰难。

“没没没，”沐元瑜忙摆手道，“他就是说的气话，没真要我怎么样，我也没脱。”

鸣琴眼中的震惊没有消失，忙问道：“气话？”

“是啊，他对我说‘不听话就走’，我那时才见到他，肯定不能走嘛，我就进去里间了，假装一下。结果他又不愿意了，还叫我走。”

沐元瑜现在回想起来仍有些糊涂，接着道：“我不知他怎么想的，他倒是看出来我是假装的了，又气了一层。所以我说，不能再算计他。”

“我也不太懂世子怎么想的，”观棋迷茫地道，“他敢提这样的要求，世子为什么不打破他的头？”

她们家世子可绝不是个软柿子，外柔而已，内里刚得很，不然，也不会反抗亲爹到京里来了。

沐元瑜偏了脸道：“用不着这么狠吧？我就是觉得他不会的。他确实也没有，唉，他是个好人，总是我不好。”

“世子不是不好，”鸣琴若有深意地道，“是太好了。”

沐元瑜失笑，这可真是她的好丫头，这时候了还要夸她。

“那是你们觉得，二殿下现在看我，可不是这样了。”

“不，”鸣琴罕见地否决了她，说道，“二殿下眼中的世子，一定比我们还要好。不然，他怎么会在明知不可能的时候，恋慕上世子呢？”

沐元瑜感觉她耳边好像响起了一记惊雷——好吧，没有那么夸张，她是还糊涂着，但没有糊涂到这个地步。

她对情事不解，但她对朱谨深的了解，当然远远超越只是听她转诉的鸣琴。

鸣琴没有给她多少反应的空间，紧跟着问：“世子对此感觉如何？”

沐元瑜抓了抓脸，下意识说了实话：“有点飘飘然。”

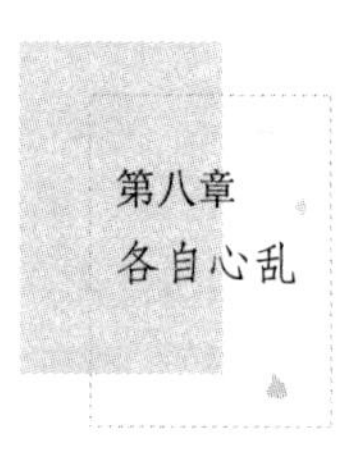

第八章 各自心乱

观棋恍然大悟道："怪不得世子没揍他。"

未必真做出什么来才算非礼，一个男人敢对一个清白姑娘说出这种话来，本身就值得暴打一顿了。

沐元瑜想了想，老实承认："我没想过要动手。"

她就只是震惊，但从头至尾没有愤怒。

两个丫头都暧昧地看着她。

沐元瑜本来还很坦然，叫她们看得渐渐脸热起来，撇嘴道："你们什么眼神……干什么？"

"世子向来聪明远胜婢子们，哪里还用问呢？"观棋眼神发亮，挨过来嘻嘻笑道，"我跟世子从云南回来，送李神医去十王府时见过那位殿下一回，感觉确实十分出众。世子若和他都有意，岂不是正好。我看他勉勉强强也配得上世子，世子把他拿下了，正好也有了他的把柄，他再想把世子的秘密抖搂出去，就得掂量掂量自己会不会跟着遭殃了。"

她一贯是个使力不使心的，能这么有理有据地说出这番话来，也是比较难得。

鸣琴想了想，赞同道："不错。"

在生苗女儿的心里，未婚男女你情我愿就是天经地义的，至于别的，随后考虑并不着急。

"怎么就不错了？"沐元瑜有些头疼，抚额道，"我没有觉得，他也未必真有这个意思。"

两个丫头对视一下，又齐刷刷地移回目光看向她，嘴边含笑，目光更暧昧了。

观棋还双掌合十感叹了一句："唉，我们世子长大了，知道慕少年了。"

"什么慕少年，那是慕少艾。"沐元瑜无奈纠正。

观棋捧了脸道："哇，世子承认啦。"

"没有，没有，我承认什么了？"

主仆正笑闹着，临画进来传话："世子，一队锦衣卫堵在门前，说要查刺客，叫把我们宅子的人都叫出去。"

沐元瑜止了笑意，微微愕然："查刺客，怎么查到我这里来了？"

观棋不满地帮腔："就是，这些没用的，白有那么大名气，连个围场也看不好，害得世子受伤，现在不赶紧去抓刺客，跑来我们家干什么！"

临画摇着头，说道："为首的那个百户很不客气，要不是刀三哥他们拦着，直接就要闯进来了。所以我赶着来告诉世子一声，还没来得及问他们为何这样。"

沐元瑜奇道："怎么，他们抓不到刺客，还打算着栽到我头上来不成？"

她站起来往外走。

到了前院，隔着影壁，她已听到大门外熙攘的吵闹声。

刀三响亮的嗓门吆喝着："锦衣卫怎么了？锦衣卫就能私闯民宅啊。不对，是官宅！小兔崽子们，横什么横，爷爷打遍全山无敌手的时候，你们还不知道在哪儿吃奶呢！"

另一个有两三分熟悉的声音阴恻恻地道："本官当的是皇差，你敢阻拦不听从，诏狱有的是刑罚等着你。来人，给本官把他拿下！"

"慢着。"

沐元瑜加快脚步走了出去，一见为首那穿着长身盔甲的人是谁，就了然了。

"韦百户？"

韦启峰眉梢动了动，皮笑肉不笑地转目看向了她："沐世子。本官奉旨查案，你的护卫横加阻拦，本官现要以抗旨罪捕他，得罪了。"

沐元瑜冷笑了一声，命令与锦衣卫僵持住的护卫们："都进去。"

包括刀三在内的护卫们想也不想，俱听命后退进了大门。

沐元瑜接着喝道："封门！"

韦启峰脸色一冷，道："沐世子，你也敢抗旨不成？！"

"不敢。不过，韦百户，抗不抗旨可不是你说了算。"沐元瑜说着就向外走，"我自去向皇爷请罪，倘若皇爷也认为我是抗旨，我自然认罚。"

这土霸王好大的脾气，一言不合就要面圣！

韦启峰身后的锦衣卫们有微微的骚动，查刺客查到苦主家里还这么横，到皇帝面前哪能有好，要领罚的还不知是谁呢！

锦衣卫再是天家鹰奴，多少还是要看人下菜碟的。滇宁王府这样的门户，明显不是他们可以随意拿捏的。

这时就有个总旗上前低声劝道："百户，这小子性愣，您别和他一般见识。"

韦启峰脸色阴晴不定，他难得逮着这个机会能过来耍耍威风，这要半途而废，他甚不甘心，况又当着下属，这份面子跌了又还怎么找补回来？

总旗无奈，跟着这么个半途出家不知傍上了谁空降下来的上司也是辛苦。看韦启峰只是不动弹，但也不说话，显然也是后悔了，只是放不下面子服软。

他只好自己上前追上了沐元瑜好生解释。

"世子爷，您别见怪，我们百户人严厉了些，心是好的。昨日世子遇刺，皇爷下令严查，我们确是奉了指挥使之令，前来府上查探，并非无故叨扰。"

沐元瑜也不是硬要拿捏人的性子，就停下了脚步，问道："刺客没抓着？"

总旗摇摇头："那刺客是从山那边来的，我们指挥使查到了他路上留下的痕迹，领着人翻山疾追。本已追到了他，还射中了他一箭，可惜功亏一篑，当时已到了山脚，那刺客在山脚下拴了匹好马，骑着马飞逃而去，结果还是让他跑掉了。"

郝连英他们在山里追人，不可能骑马，两条腿跑不过四条腿，只有望马兴叹了。

沐元瑜明白了，问道："那又为何到我这里来？可是有什么证据显示那刺客逃了过来吗？"

总旗仍旧摇头，解释道："昨日世子说，在京里不大可能结下这样的死仇，我们指挥使就想着，那有没有可能是世子身边的人，这刺客手臂中了一箭，此刻身上挂了伤，要找他容易许多。不但世子这里，我们别的兄弟此刻也散在城里的各处医馆等处查探着，看有没有可疑的人前去就医或者买药。”

他解释得很有条理，沐元瑜就点头道：“既然这样，我就把人召齐了给你们看看。”

她往回走，总旗跟在旁边松了口气——人家明明很通情达理嘛，百户不知吃错了什么药，好好的一件差事非往砸了办。

沐元瑜忽又想起什么，问他：“是哪条手臂？”

总旗忙道：“左手，上臂处。”

这容易。

沐元瑜走回门里，让人把老宅里所有的男丁召出来。

下人们陆陆续续地从府里各处跑了来，经过沐元瑜才进京时那回清理，这些人如今已经没有多少，但连着护卫一起，在门前一个挨着一个，仍然站了一大片。

沐元瑜对自己府里的人都有数，点过了数目不错，就下令众人捋起袖子，露出左手整条手臂来。

此时天气不冷不热，大家穿得都不多，很快听令行事，一个在厨房帮佣的胖大厨手臂太粗，衣服捋不上去，只好把整件上衣都脱了，露出肉乎乎的一个大肚子来。

站他旁边的一个门房小子手贱，“啪”一巴掌拍上去，激起一阵哄笑。

气氛并不紧张，结果也很寻常。

每个人的手臂都是完好的，唯一一个有伤的是被老婆抓的，抓伤跟箭伤只要不是瞎子都分辨得出来，并没有任何疑窦。

沐元瑜心内松了口气，她也怕万一真是自己府里出了内鬼。

她便道：“可以了吧？刺客与我这里没有关系。”

总旗点头道：“打扰世子了。”

“等等。”韦启峰忽然出了声，他的目光从面前乌压压的人群上扫过，表情阴沉开了口，“这里只是男人，还有女人呢？世子这里难道没有一个奴婢不成？”

总旗惊讶地道：“女人？这……不太可能吧？”

韦启峰道：“怎么不可能，有人见过那刺客的面孔吗？”

没有。

来行刺，连个蒙面巾都不覆也太不敬业了。

总旗道："可是以那刺客的身手，指挥使大人都没有拿下他，怎可能是个女人？再说了，他的身形总是暴露了的，怎么也不像个女人啊。"

"本官奉旨查案，那就要宁枉勿纵！"韦启峰加重语气打断了他，"不然放跑了这个刺客，你担当得起吗？"

他又转向沐元瑜，尖刻地道："世子，你也不想发生这种事吧？"

沐元瑜心里生了怒气，冷冷一笑："韦百户言之有理。不过，内宅的事，我自己来查就好，不劳各位大人。"

"圣旨已下，可从没听说哪家有这样大的脸面，能自己查了就算数的。"韦启峰针锋相对，"沐世子，我劝你还是遵旨的好，否则夜半熟睡时，叫身边人割了脑袋去就……"

"查就查，怕你不成！"

一声娇喝打断了他，原来是不放心主子跟着出了二门、躲在影壁后的观棋跑了出来。她"唰"地把自己的左臂袖子向上直捋到肩膀，将白得晃眼的一条手臂竖到韦启峰面前，手指都快戳到他眼睛里："看清楚了，姑奶奶们清清白白，怕什么也不怕你看！"

韦启峰并锦衣卫们："……"

好……好辣的丫头！

真不愧是土霸王身边的，简直一般的霸道！

韦启峰这样的大混混都惊得结巴了："你、你无礼！"

"我哪里无礼了？不是你要看的吗？给你看清楚些，省得回头再诬赖人！"

观棋保持着自己的姿态回头道："世子不用担心，看个手臂有什么？鸣琴回去召人了，一会儿就都过来，让他们看个够，我们还能少块肉不成？"

沐元瑜扫一眼锦衣卫们，只见他们大半举头望天，少数两三个想看的也只偷偷瞄着观棋，没一个敢吭声的。

他们居然真被观棋吓住了。

人有时候就是这样奇怪。沐元瑜失笑，什么也不在乎了，道："好吧，那就都看看，把嫌疑去彻底了。"

很快，鸣琴领着丫头及分散在各处当差的仆妇过来了，一共二十来个人，在影壁前排了两排。

观棋也走了过去，八个大丫头地位高，自然排在前列。

八条玉臂亮出来，丫头们都满不在乎，互相还交头接耳。

“这就是锦衣卫，不是说都穿飞鱼服吗？怎么他们身上看不见鱼？”

“你真没见识，白跟在世子身边这么久。那是正官才能穿的，还能人人一身呀，那多不值钱。”

“我听说锦衣卫对相貌也有要求的，怎么他们挺一般的？”

“我也觉得。不过左边，你看最左边那个，他还算英俊，就是脸红得像块红布，不是喝了酒才来当值的吧？”

…………

最左边那个锦衣卫的脸岂止像块红布，简直快滴血了。

“我……我没喝酒。”

他小声辩解。

丫头们就嘻嘻哈哈一阵笑。

那个锦衣卫头都抬不起来了，他旁边的人还嫉妒地望了他一眼。

长得好点了不起啊，他明明也不差嘛！

这、这是什么场面，成何体统，成何体统！

韦启峰感觉自己要气傻了，他没想过有一天自己心里会冒出“体统”这种正经词汇来。

但是叫他发怒，他也发不出来。

他胡乱把众人都扫过一遍，目光在观棋面上停了片刻，观棋挑衅地看回去：“百户大人还要看什么？我们奉陪到底。”

韦启峰满脸羞愤道：“走，收队！”

他领着一队锦衣卫几乎是落荒而逃。

锦衣卫走后，沐元瑜把下人们遣散，领着丫头们回屋，猜了一回刺客，不得其果。

“算了，一点线索没有，猜也白猜。”沐元瑜放弃了漫无边际的猜测，往书房走去，边走边道，“我写信去问问父王，也许是他惹下的仇敌，报复到我头上来了。”

她跟滇宁王的关系虽然已经僵到极点，但就这件事来说，滇宁王是毫无嫌疑的，他可是等着把王位传给他的小儿子，得了失心疯也不敢在京里让她出事。

否则大家被一网打尽，什么也白搭。

鸣琴劝道："世子还伤着，不如歇两天再写。"

"我不累，这几天不上学，在家里干待着也无聊。"

说是这么说，不过真动起笔来，沐元瑜还是有点头晕。她这封信不但要询问滇宁王关于刺客的事，还要用暗语将朱谨深已经知道她秘密的事写进去，以免滇宁王再跟两年前一样，直接求到皇帝面前去，打她个措手不及，那时她再想法子就晚了。

这当然是很耗脑力的，即便她是用自己的护卫送，也需考虑到万一信落入别人手中的可能，所以她需要极尽隐晦，并连文字都换成了百夷那边的。

这封信断断续续写了三天才写好。

沐元瑜找来了刀三，商量好了送信的护卫及出发的时间，以及要捎回去的一些礼物，然后，就又闲着没事干了。

用过午饭，她先在屋里来回踱步，鸣琴问她："世子不要歇一下？"

她摇头："不要，晚上没事睡多了，白日不想睡。"

屋里逛半天也没个头绪，过一会儿就无聊了，她又到外面院子去。

几圈绕下来，丫头们都看出她心神不宁了。

观棋一针见血道："世子想到十王府去？去嘛。"

沐元瑜在京的交际圈子很窄，以她的身份，抱了一个朱谨深的大腿够醒目了，不适合再到处交游。皇帝从未对她跟朱谨深的交往表示过意见，跟她的低调应该有分不开的关系，以至于朱谨深被关了禁闭，她时常去看都被容忍了。

所以她假如想出府消遣，丫头们也想不到别的地方，默认她就该往十王府去。

沐元瑜有点窘："我去了不知该怎么办。"

她要怎么处理跟朱谨深的关系，假如他还撵她，她又要怎么办？随便想一想都觉得很麻烦。

但是不去，她心里翻腾着，又安定不下来。

她知道她其实想去，就是一想到朱谨深的冷脸又头皮发麻。

“随机应变就是了，世子怕什么。”观棋鼓励她，“世子以往什么大场面没见过？他又没长三头六臂，我看他嘴上说得厉害，还不是先帮世子瞒着了，也就凶在面上，世子很不必怕他，想去就去。”

“也是哈。”

人大概是真的很容易往自己愿意的方向去说服自己，被观棋一劝，沐元瑜没费多大劲就做好了心理建设，走到前院坐车出发了。

就是路上她还是忍不住又纠结了一下。

朱谨深是真的对她……

她现在想起来依旧觉得不敢置信。

他隐藏得太深了，此前从未对她展露过一丝端倪，她现在再怎么用力地去回想，都想不到他曾有任何疑似占她便宜的行径，她甚至在他府上住过一晚，都相安无事。

这也太能忍了。

沐元瑜从不对贵族的操守有过高的期待，事实上所谓规矩，更多的是上位者制定给下位者遵守的，而手握强权或者站在高处的人，从来是跳脱在规矩之外。

对比之下，朱谨深简直就是异类。

当然，他一直都是高傲不群的。

然后，他可能喜欢她……

嘿嘿嘿。

沐元瑜捂了捂脸，感觉她又开始飘飘然了。

她哪里就有这样好，不知道他心里到底是怎样想她的，给她加了几层滤镜。

“世子？到了。”

老宅距十王府不远，马车都停下了，里面还不见动静，刀三奇怪地转头扬声叫道。

“咳，哦。”

沐元瑜收拾了一下表情跟心情，若无其事地下车。

不知道这个点朱谨深下学了没，应该差不多了吧。

她正要往前方朱门的方向走去，后面传来一声叫喊：“瑜弟！”

沐元瑜惊讶地转头：“三哥？”

气喘吁吁地向她跑过来的可不是沐元茂嘛！他日常都在国子监，总是隔一段时间才能见到，她笑着转身迎过去，说道：“三堂哥，有什么急事，怎么追到这里来找我了？”

“瑜弟，你没事吧？！”

沐元茂冲上来上上下下地打量她，嘴上噼里啪啦地道：“我今天才听到信，你怎么不叫人去告诉我一声，真是的，吓死我了。什么不长眼的刺客，怎么偏偏冲你来了！”

“我没大事，”沐元瑜由他打量着，笑道，“只是脑袋撞了一下。”

“伤在头上了还不算事？你看你这几天了还没好。”沐元茂很不放心，到底伸手抱着她的脑袋又看了看——虽然隔着布条，看不出什么来。

“瑜弟，下回你可别乱跑了，再去打猎，你就跟在皇上身边，肯定最安全。”

沐元瑜笑着道：“好。”

“我听说那刺客还没抓着。”沐元茂警惕地打量四周说道，“瑜弟，你怎么还出来呢，该在家待着，一定要出门，护卫也该多带两个。”

“带了，我平常都带的。”沐元瑜耐心地回答他，“那刺客应当就是平时找不着机会，知道围场上我没办法带护卫进去，才选择了那里。”

虽然围场有侍卫，但侍卫首要守护的肯定是皇帝与皇子们，不会挨个贴身保护别的官员。

沐元茂又很操心地嘱咐了她两句，见她一直听话地点头，才道：“那我回去啦，我是临时跑出来的，都没有跟舍官请假，在外耽搁久了不好。”

沐元瑜忙道：“你快去吧，叫刀三哥送你。”

沐元茂摆手道：“不用，不用，我叫了车的，只是停在家门口了。我听说你出了门，等不及才直接追上来了。”

他就往回走，走出一段了好似突然想起什么，一拍脑袋，又“噔噔噔”跑了回来。

“瑜弟，差点忘了，我有件事要拜托你。你记得我大嫂有个娘家侄子也在国子监里读书吗？”

沐元瑜回想了一下，点头道："记得。"

沐二老爷原来也有个荫监的名头，就是以为自家都是武将，要这名额没用，给了沐大奶奶的娘家侄儿，才使得沐元茂后来没有了机会，只能借用滇宁王府的。

沐元茂撇了下嘴，说道："照理他该叫我声叔叔，不过我可不愿意认他，他比我大了快十岁呢。瑜弟，我从前没好意思跟你说，他可不像话了，占了我的名额，早我好些年到国子监来，书不好生读，成天就是瞎混，监里的先生都不喜欢他。我才去时，先生们以为我也跟他一样是个纨绔子弟，连我都受牵累，后来渐渐才好了。他到现在什么也没混出来，倒是把家里的银钱败得差不多了，问我借，我才不借给他，还想叫我引荐你，我更不答应了。他没法子，在京里实在待不下去了，打算回去。"

沐元瑜理解地点点头，沐元茂是个挺要强的人，不是逼不得已了，一般不往外抱怨家里的糟心事。

"那要我做什么？"

"他要走了嘛，本来东西都收拾好了，结果听说京里出了刺客，又吓住了。他原来身边也有两个书童，因没钱花，都卖掉了，身边只剩了一个不中用的老仆，这一吓，就不敢走了，求着我来问你借两个护卫。"沐元茂有点不好意思地道，"我知道，他算哪个牌面上的人，刺客吃饱了撑的也不会去找他。不过他害怕了不走，现在就赖在我的监舍里了，烦得我不行。所以我想，不如就答应他，早点把他送走了也好清净些。"

沐元瑜现在身边的护卫是百人，借两个碍不着什么，不过她犹豫了一下，估摸着这样的纨绔路上肯定走不快，就按下自己也要派人回去送信的事，只道："这好办，我借他两个就是了。三哥，你有什么要捎回家的吗？不如顺便一起带去。"

沐元茂道："倒是没有，不过我想我爹娘了，我写封信吧。"

当下两人又商量了几句。沐大奶奶那侄儿的东西是早就收拾齐备了——实在也没什么可收拾的，该败的都败完了。沐元茂只写封信，也用不了多长时间，沐元瑜就问道："你这么烦他，那就明天早上出发？"

沐元茂连忙点头："好，好，瑜弟，多谢你。"

沐元瑜笑道："跟我还客气什么。"

沐元茂伸手臂嘿嘿笑着抱了下她，转身跑了。

沐元瑜含笑转身，然后定了下。

呃，一身月白儒衫的朱谨深站在朱门前，面无表情，不知往这边看了多久。

沐元瑜一吓之后随即不由得多望了他两眼，朱谨深日常不大穿这样的浅色衣裳，他这样负手一立，真如玉树临风，令人神思一清。

沐元瑜忙蹭过去道："殿下。"

朱谨深不咸不淡地应了一声，道："那个是你堂哥？"

沐元瑜点头："嗯。他听说我遇贼人行刺，跑来看我。"

"他也跟你一样吗？"

沐元瑜愣了一下，得亏她以前跟朱谨深有些默契，才能会意他这句问话，哭笑不得地道："不，不是。"

大门前不便深说，她只能在心里补充：她三堂哥就是长得秀气些而已。

朱谨深仍旧没什么表情，低声道："那你也不知道避嫌。"

他说完不再理她，转身就进门了。

他还是冷，但沐元瑜此刻真见了他，反而不那么怕了，追着他到了屋里，忙把憋了一路的话说出来："我跟我堂哥避什么嫌呀？"

朱谨深瞥她一眼，道："他知不知道你的事？"

"不知道。"沐元瑜老老实实道，旋即又顿了一下，补充了一句，"除了父王母妃和我身边的丫头，就只有殿下知道了。"

朱谨深端了茶，才道："你再跟他不避嫌疑，随便搂抱，我看，离他知道的日子也不远了。"

沐元瑜下意识地低头看了一眼，立即醒悟："殿下说得有理，我是没有反应回来。"

她往哪儿看呢？

朱谨深忍不住呛咳了一下。

沐元瑜原没觉得有什么，她不过低个头，纯下意识的反应，其实没在刻意看什么，但朱谨深少有喝水能把自己喝呛着的不体面的时候，她一下回味过来，好像……这个，嗯。

见他捂着嘴还努力抑制着咳嗽，她讪讪地要去替他拍背。

她该不好意思的，可他反应比她还大，她也就想不起来了。再说，她也没干啥呀。

朱谨深不许她靠近，伸手推开她。

沐元瑜只好转而取下他手中的茶杯，另倒了一杯新茶给他。

朱谨深没看她，但总算伸手接了过来。

“你——”

朱谨深终于平息了呛咳，想说她两句，但转念一想，她要不是这样，也不能把世人都蒙骗得这样真。连同他在内都被蒙在鼓里。

他又有什么可说她的。

于是他就默然了。

三天过去，他现在已然冷静不少。

她骗他欺他要灭他口，可待他好的时候，也是真的好。无论这真心里掺杂了多少假意，她为他带来了李百草，令他摆脱了从出生起就一直纠缠着他的病躯，就凭这一点，他情愿成为共犯，替她一同隐瞒皇帝，恩与仇摆在一起，也算相抵得过。

其实，他不必要恨她。

他的动情与忍性，都只是他自己，她什么也不知道，难道还要为着自己的痴蠢去找她负责不成？

那样只会显得自己更蠢且难堪。

“你过来，是不是还打算劝服我？”朱谨深把玩着手里的空茶杯，语气淡淡地道，“不用了，我已经不生气了。”

沐元瑜惊喜且忐忑：“啊，真的？”

“这还能有什么真假。”

沐元瑜嘀咕：“当然有啊。”

他现在就不像真消气的样子，她给拍个背都不让。

“过往的事，一笔勾销，我不会再提。但你也不要指望我再帮你了。”朱谨深不管她的狐疑，继续跟她道，“你这样有本事，从前是我小瞧了你。我帮不帮你，你本也不在乎。”

沐元瑜略傻眼，她感觉兜头一盆凉水泼了过来。她来的路上还“嘿嘿嘿”

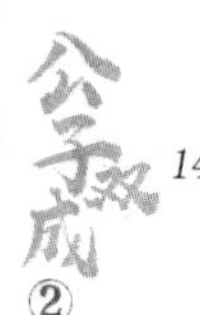

呢，到底在傻乐个什么劲呀，人家转眼就要跟她划清界限了！

她禁不住抱怨：“殿下，怎么有您这样办事的。”

“你还有脸怨我？！”朱谨深一噎，刚平复的怒气差点又要上来，说道，“要不要我替你回忆一下你干的事？我不同你计较就是你的运气了，你换个人这么得罪试试？”

“好，好，我的错。”沐元瑜气短地赔罪，朱谨深从头到尾是没有一点对不起她，都是她在算计他，这个强辩不来。

“但是殿下，您都不理我了，怎么叫不跟我计较呢？”

朱谨深：“……”

他说不上来心里是什么滋味，猫抓也似的，又痛又痒。他本来自觉已经想清楚一切，放过她，也放过自己，但叫她一搅和，不过三两句话工夫，又变得乱七八糟起来。

他所有的理智冷漠遇上她，都要打个折扣。

他是真的不想再理睬她，但听她说得恼人，又忍不住道：“那你还想怎么样？”

他这一问，沐元瑜也说不出什么来，叫她想，最好像从前一样，但这明显得寸进尺，容易再把朱谨深惹毛。

她就退了一步：“怎样都行，只要殿下别不理我。”

朱谨深“呵”了一声：“凭什么？”

“凭……”

沐元瑜皱着脸想起来，想了好一会儿发现想不出来。

朱谨深真没什么需要求着她的。

她没有朱谨深，前途一下就坎坷下去，朱谨深没有她，损失小到忽略不计。她此时才深刻发现，她想跟他交换个条件都交换不来。

她瞄一眼朱谨深，心里想着，总不能说凭他喜欢她吧，事实上她现在对这一点都又不确定了。

她心里开始怀疑是不是自己脸大，自作多情。

要是这样，她感觉自己就更傻了，居然错以为朱谨深这样的人会喜欢她——真是想太多。

朱谨深道：“想不出来？算你还有点自知之明。”

沐元瑜被他讽刺得恶向胆边生，脱口回道："殿下这样不喜欢我，上次我来找殿下，为什么对我那样？"

朱谨深脸黑了，瞬间哑口无言。

那是他再不想提起的黑历史，完全违背他做人的品德，要不是当时气昏了头，他绝不会做。

"你……"他又难以置信地望向沐元瑜，道，"你能不能矜持一点。"

他都不好意思再提，她居然能追着他说。

沐元瑜哼道："殿下从前怎么不叫我矜持？知道我的秘密以后，就瞧不起我了。"

她不知道自己这股怨气是打哪儿冒出来的，但她确实不开心了，怎么这样嘛，不喜欢她还叫她误会。

"殿下说的话，我都听了，殿下又反悔。"

朱谨深握着茶杯顿了一会儿，搁到炕桌上，发出有点大的一声清脆响声。

"你知道自己在说什么吗？"

沐元瑜："呃……"

她一点邪火来得快去得也快，叫一问，发热的头脑马上凉了下来。

"我、我一时糊涂，殿下别生气。"

她是来求饶的，结果一言不合，反而跟朱谨深顶起来，她自己也觉得不对。

朱谨深是真不想再管她，可是见她这个样，也许是西贝货当久了，以为自己混成了真，口无遮拦，什么话都敢跟男人说，她出去要是跟别人也这样……

"你再这样，后面吃不完的亏等着你。"他警告道。

沐元瑜有点感激，他们都搞成这样了，朱谨深还能正容告诫她一句。

唉，她当时干什么要拿刀对着他呢，要是没这一桩，只是骗他性别的话，说不定他们现在已经和好了。

"我知道了，我跟别人本来也不会的。"

沐元瑜在心里补充一句：但是跟他，就是另一回事。她发现了，他越要远离她，摆出不许她侵犯的凛然态度，她越想靠近。

朱谨深心气方才平了些。他觉得世事也是奇妙，他从前把她当作少年的时候，以为她直爽，傻，为此怕她孤身在京受人欺负；可他现在知道她是一

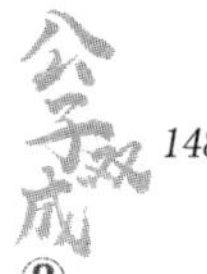

个姑娘了，应当柔弱胆怯受人保护，反而需要换一种全新的，几乎是面对等分量对手的态度来面对她。

怎么会有这样的姑娘？

还偏偏叫他碰上了。

“好了，我都跟你说清楚了。”

沐元瑜不甘心地小声咕哝：“哪里清楚了。”

她心里乱着呢好吗。

朱谨深无语：“你还有什么问题？”

沐元瑜在心里回他：好多。

她最想知道的问题是：他到底，咳，是不是喜欢她啊。

但是她问不出来，脸皮再厚也没厚到这个程度。他要回她一声诧异的冷笑，她得找个地洞钻了。

她只好换个问题：“殿下，我们真的不能回到从前了？”

朱谨深干脆地回答她：“不能。”

“殿下还有气，冲我发出来嘛，打我一顿都可以的。”

“我稀罕打你。”

沐元瑜束手无策地望着他发了一会儿呆，感觉好难沟通，不过他长得真好看啊。

她感觉就算不沟通，坐这儿看他也能看半天。

但朱谨深显然没有让她看半天的兴趣，扫她一眼道：“还有话说？”

这是要逐客了。

说是说不通了，可能她再来一趟两趟三趟都是同样的结果。

可是她不能就这样放弃，一步远，就步步远了。他这样的身份，如今身体又好了，秋猎都能去了，可能将要参与朝事，以后聚拢贴过来的人只会越来越多，她不把自己的位置保护好，不定哪天就被挤下去了。

换个角度说，他已经要跟她切割清楚了，那她再干点什么，也无非是切割得再清楚一点，损失不了多少。

当然，也许以上皆是借口，她就是很想知道他到底是不是喜欢她。

这种迫切的心情排在了她所有情绪的最前面。

她理智上清楚地知道自己那点邪火又上来了，但她不想压抑，也压不下去。

沐元瑜站起身来。

朱谨深以为她要走了，见她神情绷得紧紧的，似在忍耐酝酿什么，眼神倒是亮得出奇，似秋夜天际的寒星。他心下一动，她好像要哭了……

她倒也知道难过。

但别指望他心软，他被骗得够惨了。

心里这么想着，他的目光下意识跟着她。他不知道自己想要什么，他已经不觉得伤害她有多大意思，但假如看见她哭，他好像是能觉得安慰一点。

沐元瑜眼神更亮了，因为她更紧张了。

她走到了朱谨深面前。

她俯身，错开他的眼神，亲，不，应该是撞了他的脸颊一下。

跟她想的不一样，她什么也没有感觉出来，只是全部的感官都沸腾起来，刺激太大，淹没了她的情绪。她的脑子都木掉了，根本也想不起按计划再去看看他的反应，好似一个真的登徒子一般，“撞”完后，就连跌带绊地逃走了。

朱谨深好像有伸手拉她？

她不确定了，什么也拉不住她逃跑的步伐。

她居然真的干了……

她怎么敢这样大胆啊！

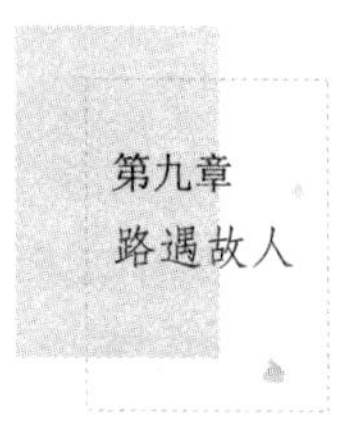

第九章 路遇故人

林安奇怪地走了进来，说道：“殿下，世子爷是有什么急事吗？怎么才来不多一会儿就走了，还急成那样，我看他下台阶时都差点摔了一跤。”

“殿下？”

“殿下，你很热吗？脸怎么红成这样？”

林安转身去找扇子，天气已经转凉，扇子都收起来了，他没找着，只好拿了本薄薄的书替朱谨深扇了两下。

他说了三句话，朱谨深终于道：“哦。”

林安以为他确实热，就又卖力地替他扇起来。

他一边扇一边道：“世子爷是不是着急替他一个什么亲戚安排护卫去了？我听到门房上的小子议论，说世子爷那个堂哥真不愧跟世子爷是一家的，跟世子爷一般样，也是那么秀气。就是跟堂少爷一起上学的那个亲戚不好，来京里只是混日子也还罢了，还败家，钱败光了不算，连使唤人都卖掉了，这样的败家子儿也是少见。”

朱谨深神思恍惚，随口道：“那跟安排护卫有什么关系？”

他当时是恰巧从学堂回来，只看见他们站在一处，并没来得及听见他们都说了什么。

林安道：“那败家子儿穷得要当裤子了，在京里实在待不住，求世子爷借他两个护卫，送他回家，因为他自己的奴才都卖了嘛，还好像是被出现刺客的消息吓住了。这老鼠胆，败家的时候也不见他这样谨慎。”

朱谨深从恍惚中分出一丝注意力来，问道：“回家？他家是哪里的？”

“云南吧？”林安猜道，这他就不清楚了，只能道，“沐家一多半族人都在云南，这亲戚多半也是那里的。”

朱谨深的手指搁在炕桌上，慢慢点了一下。

他的理智已经回来大半。

“郝连英那边，仍是没有刺客的下落？”

“应该是还没抓着。”林安答道，“我们府里的人早上出去采买，见到街上的药铺里还有锦衣卫在查问。”

朱谨深站起来道：“备车，我进宫。不，等一等。”

林安有点糊涂：“啊？”

朱谨深一边整理着自己的思路，一边道：“沐元瑜自打入京只和我来往最多，她没主动招惹过别人，在京里跟别人结不下这么大的仇怨。”

他不能安枕时，考虑过刺客的来路，也曾想过是不是沈皇后，但很快推翻。她真有这份本事并有这份丧心病狂的心，应该直接冲着他来，杀他才是有利，杀沐元瑜有什么用？

“刺客受伤的情况下，全城大搜索几天还搜不到他的踪迹，这个人的藏身之处一定选得巧妙，是锦衣卫就算搜也不会很快便搜到的地方。比如说，国子监。”

林安吃惊地张大了嘴巴，道：“殿下是怀疑……”

“只是怀疑。但此人选在这个时候走，未必全是巧合。”

林安兀自张着嘴巴，他觉得这也太不可思议了，聊两句闲话能聊出个刺客来。

过一会儿，他才紧张地想起什么，问道：“那还要备车吗？殿下是不是要去找郝连指挥使？”

“备。但不去宫里。”

“啊，为什么？不要赶紧告诉锦衣卫吗？”

朱谨深已在匆匆往外走，斥道：“你动动脑子好不好，倘若那个人真跟刺客有关，锦衣卫一去，等于明示了知道他有问题。国子监数千学生，一个人混在里面如水滴入川，一被惊动，还不立刻跑了。”

“哦，哦，还是殿下英明。”

刻有皇家徽记的马车在沐家老宅前停下。

门房上的小子疑惑地飞奔进去报信。

沐元瑜其实也才到家一会儿工夫，她正挣扎着要不要把自己吃错了药般干的好事跟丫头说出来，就接到了这个消息，登时大惊失色。

观棋纳闷地打量她，道："世子，您不是正想跟二殿下修复关系吗？怎么他来了，您不开心，反跟听到债主上门似的。对了，这似乎还是二殿下第一次来呢。"

可不是债主上门吗！

沐元瑜感觉腿软。朱谨深不大出门乱逛，所以从前都是她去找他，他到沐家来，还真是头一回。

她是把他刺激成了什么样，才让他这么快亲自追了过来。

观棋催她："世子，您该出去迎一下吧？"

沐元瑜在堂中团团转了两圈，汗都要急出来了，然后下了决心："我不去，去跟他说我不在家。"

"那你在哪儿？"低沉微凉的声音自屋外廊下传来。

沐元瑜身子一僵，慢慢慢慢转头。

朱谨深站在门槛外，眼神睥睨。

他赶时间，见通传的小厮回来了里面也不见动静，就直接往里走了。

没人阻拦他，若是别人哪怕是皇子护卫们也不会毫无反应地放进来，但是朱谨深，他们都知道他和自家世子爷好。世子爷成天往别人府上跑，人家难得来一回，护卫们不知沐元瑜的秘密，以为都是男人，没多大可避讳的，他要进就让他进了。

"发什么愣？出来。"

沐元瑜蹭着往外挪，抓紧这有限的时间努力安抚着自己——比如"死猪不怕开水烫"之类的。

她就是干啦，能拿她怎么样嘛！

谁一生还没干过点蠢事？

"动作快点，"朱谨深催她，"去把你的护卫叫上几个，要沉稳可靠不太显眼的。"

沐元瑜立时松了口气，方知他不是来找她算账的。

她就正常起来，道："殿下能说要护卫去做什么吗？我好看着安排。"

说来一天之内这是第二次有人跟她借护卫了，她的护卫一下子还受欢迎起来了。

这笨瓜，只有骗他的时候聪明。

朱谨深想完又有些心塞，他叫笨瓜骗了，还不如笨瓜呢。

他三两句把自己的怀疑说了一下。

沐元瑜："……"

她那些浮飘的心思顿时都沉下去了，只觉得后背一阵发凉。

云南，国子监，时间节点，这是能互为印证的，她当时居然毫无觉察。

此人真是胆量奇大，居然还敢凑到她这里来借护卫。是了，城门口必定设了卡，有她的护卫随行，他蒙混过去的可能性当然大大增加。

她很快领悟到了朱谨深的意思，那个地点动用锦衣卫容易打草惊蛇，由她以寻找沐元茂为由进去要低调许多。

虽和沐大奶奶那娘家侄儿约好了是明日早上出发，但谁知这一夜之间会不会生出变数，他现在说不定还赖在沐元茂的监舍里，兵贵神速，要动手就宜早不宜迟。

当下再不废话，她立时去点了十个护卫来，安排好了几个在外守着，几个随她进去，也不坐车了，骑马就走。

临到出发，忽见朱谨深也翻身上了一匹马，她微微惊讶："殿下，您难道也去？"

朱谨深没有回答，直接策马而出。

沐元瑜有点着急地追上去道："殿下，刀剑无眼，那是险地，您不能去！"

朱谨深目不斜视，道："如今不过怀疑，若是错了呢？你无官无职，担得起擅入国子监抓监生的罪责？即便没错，你有什么权力把人带走？"

说到底，沐元瑜不过是一个贵族子弟，她可以跋扈可以纨绔可以败家，但她在官面上没有这个身份可以抓人。

"错了我就领罚好了，如何能叫殿下前去涉险？"

"你想得容易。书生没你以为的那么好招惹，数千人鼓噪起来，会做出什么事，不是你能料想得到的。"

沐元瑜顿住想了一下，懂了他说的是可能引发的群体性事件。她不禁服气，人说书中自有黄金屋，对他来说还真是，明明没予过政事，却是什么都料想得到，讲官教到他这种学生，可是太有成就感了。

“那也无非拦着我不许走，给我些难堪罢了，不会有性命之忧，真不用劳烦殿下前去的。”

朱谨深在马上皱着眉转头看她：“跟你认真动手大约是不会，但拉扯呢？你禁得起人拉扯？”

她又不是瓷做的，她……

她禁不起。

沐元瑜反应过来，顿时闭嘴了。

都不用数千人，聚个上百人就够事态往不可控的方向发展了，到时候上来拉扯她要说法，她带了护卫也不管用，双方一旦推搡起来，情况只会更糟。

朱谨深就不一样，一般没有品级没有职权，他是皇字头，这一点差别就大了。

“不要再废话了，也不用多想。我怀疑的事，不论对错，归我负责。”朱谨深转了回去，以这样一句不容置疑的话做出结论。

沐元瑜道：“哦。”

她望一眼朱谨深英挺的侧脸，知道此时不该分神，努力抑制住思绪，加快了马速。

但她觉得心里快满出来的激荡情绪无处安放，到底忍不住跟他多嘴了一句：“殿下放心，我也会保护您的。”

“把‘也’字去掉，说了叫你不要多想。”

“好嘛。那殿下，我会保护您的。”

国子监位于城北，现有在读监生两千余人。

太祖开国时建国子监，纳贤良，选优才，那时是国子监的全盛时期，人数最多时曾达到八千多人。但随着立朝日久，科举昌盛，监生渐渐被视为杂途，最优秀的监生进入官场后最多升到四品就进入瓶颈，出身不够高贵，六部九卿这些核心职位再非监生所能担任，国子监也随之衰落下来。

但再衰落，作为官方最大规模的教育机构，国子监仍自有其底蕴与端严。

成贤街两旁古槐夹道，快到集贤门时，沐元瑜等一行人下了马，留了一个护卫在外看马，余下人等步行进入。

这个时辰监里已经下学，宽阔的甬道上三三两两地走着一些身着蓝衫的国子监生，监生们不认得他们，便有一个身材高大的出来拦路问道：“尊驾何人？不似我学里监生，此非闲逛处，若无事，还请离去。”

沐元瑜向他点点头道：“我有一个堂兄在此念书，姓沐名元茂，我应承替他捎一封家书回去，兄台可知他监舍在何处吗？不知能否烦劳引个路？再有，这位是二殿下。”

她伸手介绍，监生们表情一怔，忙都躬身行礼，又悄悄向朱谨深偷看。

朱谨深没说话，抬手示意他们免礼。

沐元瑜继续道：“他有事要见一见祭酒，也劳烦诸位指点一下祭酒的所在。”

“这却不巧了，老大人这两日家中有事，诸事委托与了李司业。”先前说话的监生回道，“殿下若见李司业也可，晚生可以引路，若必得寻祭酒老大人，只能去他家中了。”

“可是沐世子？”一声不太确定的问询自监生们身后传来。

沐元瑜循声望去，只见是个年约而立的男子，衣着与众监生不同，乃官员服饰，胸前绣着鸂鶒。沐元瑜心内觉得他有些眼熟，只是一时寻思不起在何处见过。

她正琢磨着的时候，只见面前的监生们立时战战兢兢起来，自发地快速地分立了两边，将中间让出一条道来。

还有人低语：“张监丞来了。”

听见这个姓氏，沐元瑜脑中忽然闪过一道亮光。她想起来了，这不是为给朱谨治争取选妃而倒霉被贬谪到云南去的那个张桢吗？

算算时间，三年一任，他也满任了。沐元瑜还记得他是杨阁老的门生，朝中有人好做官。如今朱谨治妻也娶了，这件事的风头早已过去，他应当是活动活动，重新调回来了。

“是张大人。”她就笑道，“张大人别来无恙？当年你我在云南相见，不想如今重逢在京里。”

张桢表情感慨地道：“下官也是才回来不久，承蒙皇恩浩荡，不计前过。”

大约在云南做官的日子对他这样的天之骄子来说太煎熬，他看上去黑瘦

了不少，这也是沐元瑜没有一眼认出他来的缘故。

“张大人如今在国子监里任职？”

张桢点点头道：“忝居监丞一职，世子来监里是有什么事吗？下官在云南时多蒙王爷照拂，若有下官能帮忙的，世子请尽管说。”

监丞是正七品，在京里算芝麻小官，但在国子监内很可以震慑住一大片人了。因为这个职位掌管的是绳愆厅，掌颁规稽察，凡有犯了错的监生，都需到绳愆厅去受罚。

这就足以解释为什么他是新官上任，监生们也会对他十分畏惧了。

对沐元瑜来说，这算瞌睡碰上了枕头，什么祭酒司业都不必找了，有刺客嫌疑的监生当然算犯事的，张桢直接可以做主调查他。

张桢也不认得朱谨深，他当年在京时品级并不高，没两年就贬出去了。沐元瑜又给他介绍了一下，他连忙行礼。

甬道上不是说话地方，当下兵分了两路，朱谨深去跟张桢说明怀疑的事情，沐元瑜在那个高大监生的指引下，去监舍那边找沐元茂。

国子监生并非全部住监，因个人情形不同，可以自己选择。沐大奶奶那个娘家侄儿选择的是住监，但时常彻夜不归，国子监自衰落以后，各项规矩也渐渐松弛下来，他不在外闹出大事，管着监舍的学正们一般也懒得管他。

沐元瑜一路跟那高大监生走着，一路也有意向他打听两句。

对这些读书人来说，沐元瑜的世子身份还真不怎么能让他们巴结，但她和张桢相识就很管用了，俗话说得好，县官不如现管嘛。

高大监生就很热情，详尽地回答着她的问题。

每个学堂里的坏学生，一般都是比较引人注目的。国子监共有六个堂，分初中高三级，这高大监生与沐大奶奶的娘家侄子不在一个堂里读书，没有过来往，但知道有他这么个人，也知道他的一些情况。

下午在二皇子府前和沐元茂碰面时，沐元瑜没往心里去，没有细问他。而滇宁王府本身早和沐二老爷那边断交多年，除祭祖外再无交集，沐大奶奶的亲戚她当然更没来往。

所以沐元瑜此时才知那娘家侄子名叫卢永志，至于他的所作所为，在高大监生口里大致就是个纨绔子弟，要说顽劣自然是顽劣的，但没什么特别之处——可能因他也只是道听途说的缘故。

往前再走一段，过了监生们平时读书所在的六堂，就是监舍了。

长长的号房挨挤着，一排连着一排，在夕阳下延伸出好长一段，没个人指引着，就算走到此处也无法找到想找的人。

高大监生和沐元茂也不同堂，不知他确切的住所，但大致知道他那一堂的方位，就引着沐元瑜一边走着一边跟路遇的监生打听了一下。

很快问到了，沐元瑜顺着那指路监生的手指望了一下，回头使了眼色。她带了十个护卫来，一个在外面看马，两个分去跟了朱谨深。沐元瑜跟他在路上协商过，他同意了不来参与抓捕，便相对安全一些，剩下的七个护卫都跟在沐元瑜这边。

她眼色使过，护卫们会意，有五个的脚步渐渐慢下来，各自循着那间监舍的方位在外围包抄下来，另两个则继续跟在她后面往前走。

监舍的门掩着，但没有锁，露着一条门缝，此时监生们都下了学，监舍这里人来来往往，吵闹得很，听不出这间监舍里有什么特别的动静。

沐元瑜在门前站定，抬手敲了敲。

敬一亭里。

这是国子监的第三进院落，祭酒和司业的办公厢房都设在此处，此时李司业收拾了东西，正准备下衙回家。

一个学正匆匆走进来，向他道："司业大人，听说二殿下来了监里。"

李司业年纪刚过不惑，生得一副儒雅相貌，闻言一怔："二殿下？"

学正道："下官也觉得十分讶异，不知二殿下大驾前来，所为何事。不过二殿下没有来见司业，直接到张监丞那里去了。下官觉得这可不太妥当，张监丞初来乍到，也太拿大了些，径直把二殿下带到绳愆厅去了，怎么不知引来见大人呢？"

"我并不是国子监的主官，不过代梅老大人暂理两日。"李司业语气淡淡地道，"张监丞不引来见我，也没有什么。皇子殿下的行事，更不是你我可以轻易品评的。"

学正忙道："是，大人教训得是，是下官冒撞了。"

"你来说一声，也不为过。"李司业转而又安抚了一句，"梅老大人不在，这监里的事，正需你我多加用心，免得出了什么岔子，回头不好见老大人。"

学正应答不迭，往前凑了两步，将声音压得极低道："下官只是担心二殿下突然前来，耽误了大人的事。不过既然大人觉得无妨，那自然一切妥当。说到这岔子——下官都已安排好了，明日一早，准时发动，还请大人放心。"

李司业一时不语，学正不知为何，低声追问道："大人？"

李司业在堂中来回踱了几步，蓦然转过身来道："不要到明早，现在就发动！"

学正失声："啊？"

"二殿下在监里，不管他为什么来，将他困住了闹起来，这事想不闹大都不行了！"

天近黄昏，李司业本已要回家了，屋里便没有点灯，他的面色晦暗不明，独一双微浊的眼睛放出炯炯的光来。

学正吃惊地道："这……会不会太行险？"

"富贵险中求。"李司业咬紧了牙关，断然道，"只要不冲撞着二殿下就是了。本官正因从来谨小慎微，才蹉跎在这个位置上多年没有寸进，再上不去，难道要戴着这六品官帽到致仕不成？"

学正犹豫片刻，拱手道："大人既有定见，下官唯大人马首是瞻。"

李司业点头，面露满意之色："好，你一心跟随本官，事成之后，本官不会亏待你，自当举荐你去往上县做个正印官。"

外放出去对李司业这样有志攀升的人是极不利的，给他个四品知府他都算亏。但对学正官来说，上升途径原就有限，能到富饶的上县做个县令，做得好再连上两任，一辈子的家产都攒了出来，算是很好的前程了。

他就忙道："多谢大人抬举，下官必定用心为大人做事。"

李司业向他招了下手，让他再凑近些，然后低声道："二殿下现在绳愆厅里，本官知道他来，自该去拜见一下。过一刻钟后，你叫他们就往那边去……"

监舍内无人应答。

但门既没锁，里面应当是有人的。

沐元瑜伸手轻轻一推，一点残阳的余晖斜照在门槛上，只见里面摆设很简单，两张木床相对而放，靠墙立着箱柜，窗下摆着书桌，桌上散放着笔墨书本等物。

沐元瑜一眼扫过就知是沐元茂的房间。他性情跟长相截然相反，是个不折不扣的糙汉子，在家时有丫头们收拾，屋子里花草瓶罐等才摆设得井然有序，出来自己住，就一概不要那些物件了，能满足日常起居就好。

一个护卫上前低声道："世子，左边那床上好像躺着个人。"

沐元瑜也见着了，那张床上被褥凌乱，中间微微隆起。

这监舍内放着两张床，本身是二人间，但如今监生不比全盛之时，有不少监舍空闲着，有那家境阔绰不缺钱的，不愿跟人合住，便花钱打点一下学正，带上小厮或书童独占上一间，旁人也说不出什么来。

沐元茂就是这样。

而他是不会这个点就上床高卧的。

沐元瑜手放在身侧，向内一挥，两名护卫直扑进去。

"啊——咳、呃——"

床上的人发出短促的三个音节，旋即被护卫死死锁住向下压制，一点动静也发不出了。

其中一个护卫迅捷地出手往他的左臂上捏了一圈，又往下探了一遍他周身筋骨，然后意外地道："世子，不是他。这小子手臂没伤，而且软如散绵，手上别说箭茧了，连个写字的薄茧都没，肯定没练过功夫。"

一个纯书生与一个武人在身体形貌上一定有所差别，沐元瑜自小养尊处优，她手上都有磨出来的茧子。这不是拿草药水泡可以解决的，便一时消去，仍会再生，除非从此后再不高强度地使用生茧的部位，而这也就意味着放弃了这项技能。

沐元瑜见他那么容易被制住，心中已有预料，把门掩上，走过去道："把他翻过来。"

护卫依令行事，拎起那人如烙饼般翻了个面，露出他一张睡眼惺忪又惊恐着还不大回得过神来的面容。

沐元瑜道："你不要叫喊，就松开你。我们还不至于在国子监里伤你的性命，我想你明白！"

那人连连点头。

护卫便略微放松了一点扼住他咽喉的手劲，但仍防备着随时准备勒回去。

那人却十分识趣，果真不曾叫喊，只是哀求道：“你们是哪一路的？勾鱼赌坊？彩绣楼？还是城南斗鸡社？是不是从哪儿听到了我要走的消息？误会，这都是误会！我绝不会赖账跑路的，我在京里耍也不是一两年了，就算你们信不过我，还信不过滇宁王世子吗？我才找了他，他已经答应借我钱了，我很快就可以还给你们，真的，一分不少！”

沐元瑜听完了他这一长串求饶，面无表情地问他：“你是卢永志？”

那人连忙点头，又诧异地道：“不对啊，你们不认得我？”

“你也不见得认识我啊。”沐元瑜叹了口气，道，“我几时答应的借你钱，我怎么不知道？”

卢永志把嘴巴张成了个椭圆，从床上半弹起来，道：“你、你是沐元瑜？！”

沐元瑜没什么心情再搭理他，这很显然是个从里到外不折不扣的败家子，要走了还欠了一屁股债，以至于把她当成了讨债的。

说来倒难怪他要跑，这还不跑，被赌场的逮住了该剁手指了。

她心里只是不甘地仍在思考，要说她对朱谨深判断的深信，那已差不多胜过了她自己的。他说有问题，那就一定会有。

“嘿，吓死我了。”卢永志整个人一下子松弛下来，畏惧神色一扫而空，语气换成了极力讨好，“世子爷，算起来我们也沾亲带故的，不是外人，您跟我玩这一出做什么呢。有什么事使得着我的，直说就是了，我一定没二话！”

沐元瑜不置可否，扫了他两眼，正想着要怎么从这败家子身上打开突破口，外面忽然传来了熟悉的少年叫嚷声。

“快把你们家这大爷弄走，求我的事我也帮忙了，还赖在我这里算怎么一回事？居然还睡着了，太过分了！”

另一个小厮腔调的帮腔道：“就是，少爷都仁至义尽了，你家这爷再不走，我们就直接把他丢出去了！”

说着话人已到了门前，沐元瑜无声地站到门边，忽然一把拉开了门。

她没有看沐元茂，眼神直接跟他旁边的一个穿灰衣的老仆对上，说是老仆，其实也不太准确。他的头发花白，背佝偻着，但精瘦的脸孔上并没有那么多皱纹，度其年纪，像是四十多，但说是五十开外也可以。

说不清瞬间是什么感觉，只见那老仆的腰背仍佝偻着，似乎龙钟模样，但就在沐元瑜出现在门内的一瞬间，他弯曲的腰背如一张满弓，逼人的气势一隐而没，已够给护卫们答案。

不用沐元瑜招呼，护卫自四面围扑而来，老仆见势不妙，下意识反手便要去抓离他最近的沐元茂。沐元瑜袖中匕首滑出，甩手迎面掷出，阻挡了他一下。

就这分毫之差，护卫们已经扑上。他再没有机会接触到沐元茂，被迫陷入激烈的近身缠斗中，并且很快败下阵来，让护卫们反扭住压在墙上，一只臭袜子第一时间塞进了他嘴里。

另一个护卫则直接撕开了他左臂的袖子，看着里面绑着的一圈白布兴奋地叫道：“世子，就是他，我就觉得他动手时这边手臂不太灵活，果然是有伤！”

情况到此已经分明，但为确定起见，沐元瑜仍是让人解去他臂上缠裹的布条，露出里面的伤口来。此人行刺之前应当是做好了可能受伤的准备，提前备好了伤药，所以他伤口上黑乎乎的，散发着药味，看上去情形还不坏。

明显可以认出是箭伤没有错。

这场战斗发生得快，结束得也快，差点做了人质的沐元茂还没怎么回过神来，问道：“瑜弟，你怎么来了？怎么了这是？他、他会功夫？”

沐元瑜来不及跟他详细解释，匆匆道：“三堂哥，这是刺杀我的刺客，我要带他回去审问，个中详情，我回头再跟你说。”

沐元茂怔怔地点头。

沐元瑜之所以抓到了人还这么赶，是因为这是围场上出的案子，这刺客是必要交给锦衣卫的，而她想把人弄回老宅去，先于锦衣卫审一遍。

这就要求她速战速决，赶在锦衣卫知道消息之前就做完这件事。若不是沐氏本身有秘密，她怕万一让别人听见什么不该听见的，她直接就地借沐元茂的监舍开审了。

卢永志不是刺客，但他既然是刺客老仆的主人，那当然也逃不脱干系，同老仆一般被捆成个粽子样，由护卫们拖着往外走。

这趟抓捕刺客如此顺利，己方一个都没受伤，沐元瑜绷紧的心弦松开，脸上显出轻松之意。周围看到这一幕的一些监生上来询问，她也和颜悦色地

解释：“我是捉拿刺客，二殿下与我同来，此刻正在绳衍厅里与张监丞说明，我现在也会前去，没有你们监里大人的同意，我不会私自带人走的。你们若不信，可与我同去见张监丞。”

当下围观人等散去了几个，但仍有好些警惕不信的，好奇想看热闹的，便都围在她左右去往绳衍厅。

沐元瑜也省了问路的工夫，直接跟着他们走。

她脑子没有闲着，一路还在思索着这老仆刺客到底是多年潜伏在卢永志身边，他不知情，还是他本人就是主谋，这人与沐二老爷府牵扯又有多深……

绳衍厅离着敬一亭不远，过了六堂就到，但还隔着好一段距离时，已先见到熙攘的人潮将那门前堵得水泄不通，足有两三百号人。

沐元瑜先还以为是路过了饭堂一类的建筑，但见跟着她走的这些监生都加快了脚步，交头接耳径自往跟前去，再走得几步，她眯眼看清了那门楣上挂着的匾额，正是“绳衍厅”三个大字。

她觉出不对，越过护卫，拉住一个离她最近的监生问：“你们这里出什么事了？”

那监生莫名其妙地道：“我不知道啊，正要去看呢。”

其他七八个原围着她的监生也顾不得她了，都直奔进了人潮，打听询问去了。

一个护卫跟着上前，片刻后回来，有点搞不清楚情况，回报道：“世子，他们好像是嫌监生的待遇太差了？读书人讲话啰里啰唆的，我听不太懂，就听他们抱怨不公，又说学正偏私一些有钱有势的荫监，又说现在监生不值钱，比举人差远了，肄业以后候缺候上多少年也候不到什么的。他们现在把司业和监丞堵在里面不许回家，要说法呢。”

这已足够沐元瑜明白到底发生了什么，她心下一突，手心瞬时出了一层冷汗。

她以为朱谨深在张桢这里怎么也比她安全多了，万没想到她跟刺客正面迎战都没事，他好好来说个话，反而遇上了监生暴动！

这时也运也，真非人力所能算尽。

“你，快出去报信！宫门若关了，九卿内阁不拘哪个大人家，拣最近的去！”

沐元瑜压低声音吩咐护卫，被她望住的那个人飞快向外跑去。

就这说话的片刻工夫，前方聚集的监生更多了，不断有人闻讯前来加入。这些人未必全是要参与，但看热闹是人的天性，学子除了读书别无他事，又比别的群体天真热血，更容易受气氛煽动，这情形再发展下去，就不好说了。

更糟的是，出去报信的护卫很快回来，喘着气道："世子，大门也被堵了，几十个监生在那里看守，不许人出入，我能动手吗？"

"别！"

沐元瑜断然道，监生人太多了，护卫就算能冲破门口的人墙，但这一动手，等于往一口油锅里扔进一粒火星，顷刻间就能引爆。

"你到别的地方看看有没有后门，或是哪里的墙头矮一些，能攀出去。"

"瑜弟，我带他去吧，这里我熟。"

沐元茂打断了她，亲戚忽然成了刺客，朝夕相对的同窗又把师长围了起来，就这一会儿发生的事着实让他的脑袋超负荷运转，以至于他到此刻才终于回神。

然后，他马上提出了要帮忙。

"好。三哥，你注意安全，这时候千万别和人起冲突。"

"放心吧！"沐元茂找着了自己能干的事，这可比琢磨亲戚变刺客这种事容易多了，他紧张又元气满满地领着护卫跑走了。

沐元瑜目送他离去，焦心地转头看回了绳衍厅，监生们鼓噪着，最前方已有人挺身而出在进行宣讲。

"我等一般苦读多年……"

而厅内的人不知是不敢出来陷入监生的围攻之中，还是正在商量对策，并无一丝动静。

暮气沉沉中，只见那为首的监生情绪激昂地挥舞着手臂，醒目无比。

第十章
头角峥嵘

绳衍厅里。

朱谨深端坐在上首左侧主位。

他右手边的座位空着，除此外，下首两边还各分排一溜座椅，张桢与才进门不久的李司业原已被赐了座，但此刻两人俱垂手立着，一个也不敢再沾着椅面。

厅门紧闭着，但关不住外面监生的喧闹声，随侍张桢的两个书吏被一起堵在里面，紧张地站在门边，护住门的同时透过门板上的格缝紧张地向外观望着。

桌上放着青瓷灯台，有一会儿未剪，爆出了个灯花，烛光一阵闪烁，明暗不定，如厅内诸人的心情。

朱谨深抬眼道："说说吧，怎么回事？还等我问吗？"

李司业与张桢忙都躬身，口称"不敢"。

"殿下容禀，监生们心有怨气，不是一两天的事了。"李司业沉思片刻，徐徐道来。

如今的监生大致分为三类。一类贡监与举监，即是来自举国各地的优秀学子，由当地官府选贡上来，在皇子学堂里伴读的两名监生就是此种来历。这类监生家世可能普通，但自身素质过硬，将来都是冲着金榜题名去的，两者有一点差别在于贡监是生员，而举监是以举人入监，离金榜只差一道关卡。

一类荫监，走这条途径入监的必是官宦子弟，如沐元茂这样的。

再有第三类捐监，是既没读书本事也没好家世但是有钱的，花钱来买个出身。

“这怨气的核心，在于前途二字。”李司业道，“请殿下放眼京中，以监生入仕者还有几人？大小九卿中可有一位是监生出身？”

朱谨深语气淡淡地道：“没有。京里空缺本就难寻，考得取进士也不见得能留京中，二甲以下，一样是外放的多，监生有何不平？”

李司业苦笑道：“殿下只知其一，不知其二。便是三甲进士，观政结束后到吏部去立时就能选官做，国子监里修满肄业的监生却只能碰运气，运气不好，候个三五年七八年的都有。下官试举一例，殿下就明白了，前年我监里共有肄业监生两百八十二人，至今全在各分协衙门里历事，无一人入仕。”

“历事监生若不得跟随的主官青眼，一个不慎还会被退回去，殿下可曾听说进士观政会被所分的阁部遣退的吗？下官不是将监生与进士比，二者出身自然相差许多，但监生也是读书人，如此与跑腿小吏无异，斯文扫地，难免令人心生不忿。”

进士观政与监生历事从表面上来说是一档事，国朝选官有一定规制，金榜题名后并非马上就能风光得官，而是先分入六部寺院等部门观政，时间从一年到三年不等；监生也是，这一段时间算是实习期，若是做得好，历事时限内就直接转官身了，不过从“观政”和“历事”这两个名头能看出来差别，一个是学做官去的，一个是学做事去的，其实清浊分明。

朱谨深道：“选官难之事，也不只是监生吧？举人不是一般如此？”

李司业只知道他深居简出，以为他应当不通庶务，不想他还能找出点来反问，一愣之后道：“殿下所言不错，不过举人比监生的待遇，又总好上那么一些。事实上正因为监生被垫在了最底下，怨气才日渐深重。下官等多次训诫安抚，只是不大奏效。”

“诸类监生中，也只有举监才安分一些，其余诸类都有不平，其中又以一部分屡试不第的贡监生为最。荫监与捐监各有各的门道，有好缺，他们总是最先闻声而去，便一时选不到官，耽搁个几年，家中富足，也还耽搁得起。而贡生科考不顺，原已存了郁愤，想走监生出仕，仅有的缺又早叫荫监与捐监提前抢完，这其中的关窍，下官等虽然知道，但实在也无能为力。据下官所听，外面这个领头在宣讲的就正是一个贡生。”

他解释得实在是很详尽了，连荫监与捐监仗着权钱行使的一些潜规则也说得清清楚楚。听上去，这确实也不是他能解决的问题，别说国子监的祭酒都不过从四品官职，就算沈首辅在此，也一样无法给监生们许诺前程。

这不是一日之积，而是多年的国朝机制自然地发展到了这个地步。立国初年时监生之所以吃香，很大的原因是当时许多地方打了个稀巴烂，人才奇缺，所以太祖建国子监不拘一格以求才。

而随着时日流转，科举日渐昌盛，从科举出身的进士渐渐压倒监生，把持住了各个要害官位，从他们的立场说，屁股决定脑袋，自然只会把进士的地位更往高处抬，相对应地，监生一点点失去了高处的话语权，此消彼长，落到今天这个尴尬境地，算是顺理成章之事。

朱谨深一时默然，他站起身来，负手走到门边，侧耳去听外面的动静。

那个贡生大约是早有准备，嗓门洪亮，吐字清晰，一篇不平文做得极富煽动力，他站在绳衍厅前的台阶上说几句，底下就啪啪鼓掌，应和不断。

李司业和张桢也跟着往门边走了几步，听着这过年般的热闹动静，脸色都不好看。

李司业叹道："这成何体统。唉，总是下官等无能，偏偏又赶上梅老大人不在。"

朱谨深没回头，问道："梅祭酒做什么去了？"

"如今天气转凉，老大人的右腿有痹症，支持不住，所以在家休息几日。"李司业忙回道。

他眼皮下垂，掩去了眼中一闪而逝的得意之色。梅祭酒身为国子监的主官，监生发生暴动，他原来就该负责，而在这么要紧的关头，他居然还缺席，除非是死了老子或娘，否则一顶"懈怠"的帽子是妥妥的。

真是天来佑他，还给他降了个二殿下来。二殿下被一起堵在了里面，受了这番惊吓，岂有不恼的？他一向脾性又不好，这一下还不往皇帝那里狠告一状？

而他作为副手，力挽狂澜，喝退监生，解决暴动，有这一番无可辩驳的功绩，犒赏他个连升两级应当没什么问题吧。

"殿下不必忧虑，这些监生是冲着臣等来的，与殿下无关。待臣出去，对他们好生劝解，他们便有气，也都冲着臣来，臣断不会让他们伤及殿下的。殿下？！"

朱谨深伸手抽了门闩，推开了门。

站在台阶上慷慨宣讲的贡生听到门响，神情一振，停下了宣讲，转头大声道："李司业，您总算肯出来见一见了，呃？"

他眼神一转为惊愕，与在门槛里失态地正要伸手去抓朱谨深后背的李司业来了个相映成趣。

"你下去。"

贡生呆愣着，跟朱谨深对视片刻，心内无声呐喊。

这跟说好的不一样！

这种贵人不是应当惜命无比的吗，他怎么敢出来！

他拿到的剧本应该是跟李司业对戏，现在忽然换了人，他没有准备，不知道该怎么办啊。

他见过最大的官就是他们祭酒，也只是见过，还没有荣幸跟他说过一句话，现在忽然一个皇子站他面前，叫他下去……

贡生糊里糊涂的，等他醒过神来的时候，发现自己已经听话地下去了。

朱谨深站到了台阶正中，任由晚风拂过袍角，面对阶下不过几步之遥的熙攘挨挤的各色人头，镇静地开口："尔等嫌弃监生待遇不堪，为何不去考科举？"

追在他后面出来的李司业眼前一黑，差点晕过去：真是深宫皇子，这种"何不食肉糜"的话也问得出来！

能从科举出身，还会聚在这里闹事吗？哪个进士会吃饱了撑的站在这儿？还不是没这个本事吗！

他暗中指挥出来的这场事端，他能控制得了，可叫这不懂事的皇子乱说一通，真激起监生们的愤怒来，那事情可就说不好会往什么方向发展了！

底下已经骚动起来，有人仗着天色昏黑，有人群掩护，大声叫道："殿下这样说话，是瞧不起我等吗？每年金榜不过三百余人，三百人之外的近万学子，皆是无能者吗？学生以为不见得！"

也有客气点的道："科举难于蜀道，学生多年不第，已然认命，不去想了。但监生这条路也越来越窄，学生等苦读多年，难道最终就如小吏般由人呼来喝去吗？"

还有人纯为趁乱发泄嘲笑："殿下说得轻巧，殿下考一个去！"

“都安静些，不得对殿下无礼！”李司业慌忙举手往下压，试图维持着秩序。

张桢也紧张地站到朱谨深身侧，伸手阻拦，防着有情绪激动的监生冲上来，但其实有些徒劳无功。

他是新官上任，监生们寻常时候怕他，赶上这种时候，他还没有真正建立起威信，无法压住场面。

“谁叫我考一个的？站出来。”

渐起的混乱中，朱谨深重新开了口。

可能是他的身份对比监生们毕竟优势太大，也可能是他出奇地沉着，总之，他一说话，底下就安静了一点下来。

但没有人站出来。浑水摸鱼还行，真要第一个站出来挑衅皇子，监生们还是有些犹豫。

李司业总算松了一口气，忙道：“殿下，您快回去吧，下官在这里和他们说。”

他心里憋着一句：可别再添乱了！

坏了他的事还罢，真叫监生们打一顿，惹来锦衣卫彻查，到时把他的布置暴露出去，别说升官了，他这个六品官都别想保住。

早知如此，还不如按原计划明日一早发动了，现在撞上个愣头青，简直把他搞得骑虎难下。

朱谨深并不理他，道：“怎么，我敢考，尔等不敢出题吗？举试无非制艺，你们既然自称苦读多年，考不取还罢了，不见得连个题目都不会出？”

这激将法就太狠了。

被贬成这样，谁咽得下这口气。

何况一个高高在上的皇子，还真能对八比制艺有多大研究不成。他自己跳出来，即使丢了脸，也怪不得谁。

前排当即有人大胆挤出来，高声道：“题曰：民可使由之。请殿下破题！”

朱谨深不假思索道：“论君子之教，有不能尽行于民焉。”

监生再被煽动闹事，本质是读书人，逢着这样场面，不用人再劝，大部分都自发地住了口，听起这番较量来。

当下有人提出异议：“殿下才思虽敏，但学生以为破题不够圆满。难道不当是‘论君子之教，有能行于民者，亦有不能’吗？”

朱谨深向那监生看去，问道：“你何处看到的‘能’？”

“那位同窗所出的题目出自《论语》，‘民可使由之，不可使知之’。”

另一个监生眼前一亮，脱口打断道：“不对，题目中没有后半句！”

这一句是个整句，一般用时是连用，所以很容易让人下意识就联想过去，但科举破题非常讲究，必须紧扣题目来破，多一个字少一个字都为不美，没个对比还好，一对比，就落入下乘。

那个提出异议的监生哑住了，片刻后，恍然大悟般发出一声喟叹，及“啪”的一声拍大腿的动静，说道：“这是我五年前乡试上的一题，我自觉当时都答得很好，却落榜了，我灰心之下，两年前的那次都没有再去考。”

“你落榜就落榜，打我干什么！”

原来他那一巴掌拍到了旁边人，那人不满地还击了他一下。

“殿下，听我的！”又一个踮起了脚叫道，“题曰：我亦欲正人心！”

朱谨深在阶上踱了两步，从容地道：“大贤自发其卫道之心，其所任者重矣。”

这人便懊恼地道：“我当初破的是大贤欲明道以继往圣，而其言不容已矣。太直白了，怪不得不讨考官喜欢。”

原来他出的也是他考过的题目。

“殿下，我这里也有——与人达巷！”

这是个比较古怪的题目了，朱谨深凝神思考了一会儿，阶下的监生们跟着冥思苦想起来，还有人悄悄训那监生：“你从哪儿找出的这种怪题，考场上遇着你这种考官，可算鬼见愁了！”

又过了片刻，还是朱谨深最先答了出来。

那监生抱拳后退，道：“学生受教。”

晚风中，朱谨深静静立在台阶之上，袍角拂动。

沐元瑜要看守刺客，也不敢擅自挤进监生群里引发众怒，她此刻站在监生的最后列，从她的位置，夜色下完全看不清朱谨深的相貌与神色。

但不知为何，她心中莫名激荡，觉得高台上的青年有种惊心动魄的英俊。

眼睁睁地看着局势重心从围攻师长转移到斗文上，李司业的感觉就不很愉快了，他害怕事情闹得不可收拾不错，可他还没捞着出场机会，画风就歪了更不对啊！

他趁梅祭酒不在，冒偌大风险编排出这场戏来，难道是为了给他人做嫁衣吗？

捡着个空当，他试图上前劝说："殿下，此处危险，您快进去，这些作反的监生交与下官即可。"

"李司业此言差矣。"朱谨深此时一说话，底下便已静了下来，他清冷的声音响在晚风中，随风扩散送入每个监生的耳中，"国子监是朝廷之下第一学府，监生纵有郁气不服，并非乱党，有何危险之处？我不认同他们的见解，但他们要说话，就让他们说，我听一听又有何妨？"

李司业心头顿时一沉：他小看了人，这看似愣头青的皇子不是不会说话，他不但会说，还很会掐准了时机说！

他若一出来便如此给监生们戴高帽，那监生只会以为他为求脱身，胆怯服软，不会将他放在眼里。但他反其道行之，先声夺人，将监生们的情绪激起来，再亮一手慑服住人，而后才将这番话说出来，这一套连消带打，说句将人心玩弄于股掌之中也不为过。

而最终效果如何，看一看底下监生们如遇知音般的表情就明白了。

"正是！"人群中当即传出赞同应和之声，"我等学子，读圣贤书，赤手站于此处，难道会行造反之事吗？不过心中不平，欲寻个说法，也一抒胸臆而已！"

"尔等大胆！"李司业面向众人喝道，"你们明知二殿下在此，还不立即知罪离去，狂妄犯上，这难道是圣贤书教给你们的道理吗？"若再不出头，他就彻底沦为陪衬了。

"况且，"他不等监生们回神，紧跟着道，"尔等诸多抱怨，又是二殿下可以解决的吗？将二殿下围困于此，对尔等有何好处？还不速速散开，让二殿下出监，若还有何不满，冲着本官来便是！"

从人群的最后面遥遥传来一道清亮的声音："二殿下解决不了，想来李司业有妙策？何不快说出来，我等洗耳恭听！"

朱谨深眼神微微一动，循声望去，但此时天色已经全黑，刚爬上来的一弯弦月提供不了多少光亮，他什么也瞧不清。

但他当然知道说话的人是谁。

“世子，”沐元瑜身侧的一个护卫小声道，“那官不是叫放人了？我们趁便快走得了，为何还找他碴？”

“监生们若听他的，也不会有今日这一出了。”沐元瑜同样小声回他，“殿下刚才把主动权都握到手里了，这司业脑袋不清楚，又给搅和乱了。他有本事搅和，就叫他自己收拾去。”

李司业的话明面上听去没有任何问题，但出现在这个情形之下，就十分不合时宜，他拦腰打乱了朱谨深的节奏，活脱脱是一个猪队友。

李司业：“……”

他狠狠瞪向前排先前出来宣讲的那个贡生，进一步感觉到了局势的不受控。他站出来揽事，此时应当是这领头的贡生与他对答才对，那时一套套做好的环扣接续下去，才是正理。怎会让一个不知名的“监生”先接了话，反将了他的军！

贡生被瞪得一慌，反应过来，但此时再要说话也晚了。沐元瑜那句话补得很及时，监生们也不辨是谁说的，只以为是己方阵营的猛士，齐刷刷地望向李司业。

这个时候他再要转移话题，只可能把自己暴露了。

按说众人的注意力都回到了李司业身上，他也算得偿所愿，为何会觉得被将军呢？因为监生的诉求本身是无解，官位就那么多，照顾了监生，举人和进士就要吃亏，这是不可调和的利益矛盾，他一个六品官要能把这个解决了，早高升进内阁去了，何至于落在国子监这清水衙门。

倘若及时接话的是那个贡生，当然不会劈头给他这么一句。

文人相争不见刀枪，胜负只在这话术之间。

“要什么妙策？”李司业只能喝道，“尔等领国家禄米，却以为朝廷不公，聚众惑乱，围困皇子，我倒要先问问你们的报国之道！”

贡生想开口，但人群里已先有愤然的声音把他的声音压了下去：“我等倒想报国，奈何朝廷不予机会！”

“就是，我们想报国！但是肄业后只能汲汲营营于各衙门之间做些杂事，朝廷若只是打算将我们当作小吏使用，又何必设立这国子监！”

更多的人牢骚满腹地附和着："可不是，进士一登皇榜便一片坦途，反观我们呢，我看这国子监是一日比一日没用……"

李司业听得脸上很是挂不住。他相当于国子监的二把手，结果学生纷纷说他管辖的衙门没用，这无异于打他老脸。

"既然对监生有诸多不满，尔等学子，前方不止一条道路，为何不去走你们认为的那一条坦途呢？"朱谨深忽然出了声。

他把话题又绕回去，但这回监生们的态度好上许多，前排有人老老实实道："考不过啊，太难了。"

"难在何处？"

"规定太死板了。"

"题出得太偏。"

"摸不到考官的心思。"

众人七嘴八舌地说着。

"也就是说，尔等皆认同，考科举比从监生肄业要难上许多了？"

那不是当然的吗！

众人纷纷点头，就是有的不好意思，有的就很坦荡，点头的幅度不同。

"那科举出身胜过监生，又有何不妥之处呢？"朱谨深问底下众人，"尔等向朝廷要公平，真达成了你们的公平，恐怕才是真正的不公平吧？"

底下顿时静默片刻。

而后有人急道："殿下，话不是这样说。"

再要说理由，这人就说不出来。他们中大部分只是凑热闹来的，逢着对心意的时候跟着喊两声，要说怨气，人人都能吐出一箩筐来，真说到明晰的规划，那是没有的。而有串联的那一部分人，他们的目的是给李司业配戏，也不是真为自己出头。说到底，这是一群临时聚起来的乌合之众，没有真正领军的人物。

他们没话说，朱谨深有话说，继续道："再有，谁说进士就一片坦途？"

这没什么不好承认的，乌压压的人群里就竖起一条胳膊来，高声说道："学生说的，难道不是吗？"

"是与不是，可问一问你们的张监丞。"

朱谨深抬手点了点紧挨着他的张桢，道："二十三岁中进士，二甲第八，第一份官职是都察院监察御史。”

监生们瞪大眼听着。张桢是从外地空降回来的，监生们对他不怎么熟悉，这个当口虽然不是介绍的时候，但能听一听他的来历也挺不错。

听上去，这是一份很典型的少年得志的进士履历，御史是清流官职，能选到这个官职，就是在进士中也是佼佼者了。

“一年之后，触怒君上，贬谪云南，降为九品主簿。”

这个转折太大了，相当于从青云直坠下来，监生们有人发出小小的惊呼声。

监察御史是七品，主簿是九品，看上去只降了两级，似乎还好，但跟前面的“贬谪云南”联系起来，那简直非一个“惨”字所能形容了。

“张监丞在云南待了三年，因在主簿的职位上做出了一些成绩，考绩得了甲等，终于调回京来，来到了你们的国子监。”朱谨深道，“他现在所任何职，不用我再细说了吧？”

这个大家当然都知道，监丞嘛。

“你们可以算一算，张监丞自中榜后，中间耗费过七八年时光，从七品至九品，而到如今的八品，这是尔等以为的坦途吗？”朱谨深向下面问道，“你们一朝选到官职，不一般从八九品做起？他比你们高在哪里？倘若他被贬谪后一蹶不振，那么恐怕至今还在云南蹉跎，甚至有可能一生送在那里，比你们还不如。你们说国子监无用，他的进士，又很有用吗？”

“这……还是很有用的。”底下有人声音小小地回道。

监生再眼红科举出身的人，也不敢将人家一笔勾倒，上过皇榜的就是牛，这一条还是得到公认的。

不过，看到进士这么倒霉，做了这么多年官才只是个八品，大家心里多少也是得到了点安慰。

“再有你们李司业——李司业今年贵庚？”

李司业眼看风头又被抢走，心里油煎似的，但也不敢不答，躬身道：“不敢，下官今年四十有二。”

朱谨深点点头：“李司业也是正经科考出身，今年已过不惑，不过六品，这也算不得是坦途吧？尔等围攻于他，又是何道理？”

李司业：“……”

他、想、吐、血！

他简直不知该怎么形容，朱谨深这番话糊弄糊弄监生倒还罢了，别以为他也是不懂行的！

那张桢至今只是个八品不错，可他背后是有人的，他当年跟着杨阁老一起进谏才被贬出去，出去了三年就回来，一回来就进国子监这样的清流学府。这要不是杨阁老在背后替他使劲，他哪来这接连的好运气？

八品根本制约不了他什么，回都回来了，又年轻，有人扶着，要不了几年就上去了，跟他这个六品监丞可不是一回事！

三十岁的八品，跟四十岁的六品，不用怀疑，在同一起跑线上，前者的前程才更好——何况他们还不站在一条线上，他背后没人啊！

哦，也不全是，但他背后的那个人，身份也许更高，可论在官场的能量，跟杨阁老可差远了，要不然，背后的贵人直接提拔他就是了，哪还用他费劲地自己想辙。

“扑哧。”

“世子，你笑什么？”沐元瑜旁边的护卫好奇地问她。

“殿下太坏了。”沐元瑜想跟他解释，但又觉三言两语解释不清楚，便只是摇摇头罢了。

朱谨深应该是之前过问了一下张桢的履历，这时候就拿出来用了，他用也罢，但同时把李司业也扯上了，看似是顺便，但李司业可不希望被这么说。

大概朱谨深也是不高兴被乱打岔吧，这位殿下可真是招惹不起，谁欠了他的，随手就讨回来了。

“不过，”台阶上，朱谨深话锋一转，“尔等既知进士有用，可见心里仍旧清明。朝为田舍郎，暮登天子堂，科举是对天下所有学子敞开，最公平无欺的一条青云路。而坦途与否，最终取决于人，不在出身。”

有张桢和李司业两个活例子在两旁立着，这话听上去好像也有些道理？

监生们就面面相觑起来，道理他们其实并非不懂，不过没人敢拿师长给他们这么形象地打过比方，这都是眼跟前的人，说服力可比朝堂上那些虚无缥缈的大佬强多了。

监生们正愣怔中带点不甘时，朱谨深话锋再转：“你们将我与李司业等围困在此，可知何罪？”

监生中立时起了一阵慌乱，也有恼火——大家不是谈得好好的吗？也没人动手，这殿下说起话来也肯讲道理，似乎是个好人，可现在这话音听着忽地要翻脸了？

“天色已经这样黑，”朱谨深的语气中却奇异地带上了一丝笑意，“我看不清你们任何一个人，你们现在走，我也记不得有谁曾站在这里，便是过后算账，似乎也不知道该找谁。”

“等什么，还不快走！”

一道清亮的嗓音响起，后面似乎有几个人匆匆跑走。如同聚集起来时的从众效应一般，监生们意识到朱谨深说了什么，再一见有人跑，下意识跟着便向后退。

其间有几道粗豪嗓音“好心”地维持着秩序：“别乱，别踩着人，一个个走，不用急，反正他看不见我们是谁！”

这话说得也是。

监生们就嘻嘻哈哈地，互相搀扶着往各个方向散去。

他们虽然没达成所愿，可居然能把一位皇子堵了这么长时间，跟他斗文，最后还全身而退，这一个夜晚，简直像一个奇遇。

弦月高悬。

乾清宫里灯火通明，皇帝、内阁六阁臣、锦衣卫指挥使，各重臣漏夜齐聚，听沐元瑜讲故事。

不是她想出这个风头，最重要的当事人朱谨深对着众监生时挥洒自如，不等救兵到，已然凭一己之力说退众人，成功脱困。但等到了被惊起的皇帝跟前，他又不肯多话了，干巴巴三言两语就算交代完了。

不得已，沐元瑜接过了话头，从头细说起来。

她的心情还没有从那场横生的动乱中平复下来，说起来便不免带上了一些个人的情绪进去，将整件事说得那是一个惊心动魄，峰回路转，连老于世故、惯常从不对外泄露心绪的汪怀忠都立在一旁听了。

“……最后，那些监生跑了，臣和二殿下脱了身，赶紧出来了。”

“皇爷，这可真是太险了，太险了。”汪怀忠向皇帝感叹，“这些监生好大的胆子，若不是二殿下聪明机变，今日之事，是个什么了局，老奴简直

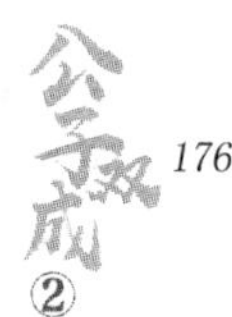

不敢深想。”

阁臣们自持身份，一时没有多说什么，但也由沈首辅作为代表表了态：“二殿下处事极稳妥，换了任何人在场，应当都做不到更好了。此事能如此收场，实在大出老臣意料。”

皇帝深深地注视着朱谨深，缓缓道：“朕也是没有想到。”

没有想到什么？

沐元瑜揣摩了一下圣意，估摸着是朱谨深平常总犯中二，皇帝没想到他真遇上事是靠谱的。

她没来由有点与有荣焉，也是兴奋劲没有过去，得意头上，不觉顺嘴跟着夸道：“可不是呢，皇上没有在场，是不知道二殿下当时多么有气势，又魅力非凡，倾倒一片那是不费吹灰之力。臣若是个姑娘，都一定想尽办法让二殿下来跟我求亲。”

皇帝听她说了半天没想起喝一口茶，此时刚举起茶盅，顿时一口茶险些喷出来。

他虽忍住了，但到底呛了一口，汪怀忠忙上来替他收拾着。

“好，好，”皇帝平了气息，忍不住笑着伸手点她，“你还怪矜持的，还知道要二郎去跟你求亲！”

阁臣们也有些忍俊不禁。

到底是边疆世子，什么异想天开的话都说得出来，但倒也符合他的身份。

沐元瑜：“呵呵……”

她话出口其实就后悔了，从前跟朱谨深直抒胸臆惯了，秘密暴露以后，她平时是很留神了，但激动时就顾不得那么多，故态复萌了。

她只好硬着头皮笑，却是连眼角也不敢去瞄朱谨深，不知他是什么神色。

不料，她听到身边传来一句：“我不要。沐世子这相貌若是女子，委实平常了些。”

沐元瑜：“……”

这话太扎心。

她一下扭过头。

朱谨深先是面无表情，被她望过来，方动了下眉头。

那表情明显是在问：难道不是？

于是，沐元瑜想起来：他从前还说过她又矮又胖来着！

虽然知道她完全没有立场生气什么，但是，还是好生气啊！

她夸他那么多，就换回了一句“相貌平常”！

还不如像之前一样不搭理她呢。

她不高兴，殿里众人听他们这一来一去倒是挺有趣，再见她脸板下来，居然还挺在意，那就更有趣了，都又笑了几声。

玩笑过两句，气氛重新凝重起来。

这不是一件小事，不可能以监生四散作为结局，是一定要有后续追究的。

从哪儿追究，怎么追究，追究到什么程度，就是重臣们连夜赶来商讨的议题了。

“二郎，依你看呢？”

照常理，皇帝应该先征询沈首辅的意见，但朱谨深将此事解决得如此漂亮，此刻先问他，众人也没觉得有什么不对。

朱谨深顿了一下，道：“追查主谋，余者不论。”

他心里很有点奇怪，之前说了那么多狠话，都不见她有多少反应，说一句她相貌，便明眼可见地生气起来了。

这样倒是难得地有了点姑娘样。

众人以为他是思考如何处置才顿住的，都没留心，皇帝跟着问道：“主谋？这样说，你认为这是早有预谋，而非临时起意了？”

“如此大事，怎会是临时起意能兴得起的。”朱谨深语气淡淡地道，“依儿臣看，此事非但有主谋，主谋的目的，还很有些可疑。”

“疑在何处？”

“疑在不纯。”朱谨深答道，“若真为监生前途闹事，怎会选择去围攻李司业？一个六品官，能对朝廷制度起到什么干涉作用？该来宫门外叩阙才是。”

众臣子齐齐哑然。

不是他说得没道理，而是——这说得也太直接了！

所谓叩阙就是叩击宫门。

宫门里住的是谁？皇帝。

他居然说监生们不该去找李司业，而应该来直接堵他亲爹。这种话，就算臣子们心里也是这样想的，可也不好就这么说出来呀。

杨阁老先干咳一声，方提出了异议："也许是监生们胆量不足呢？叩阙的后果，比围困国子监司业要严重得多了。"

监生叩阙这种事史上不是没有发生过，但都是在国有昏君奸臣或世有奇冤忍无可忍的时候，这些人不是随随便便就可以聚起来的。

"若是胆量不足，那在知道连我一起围住的时候，就该退去了，或者至少放我离去。"

确实是这个理。皇子比皇帝的分量虽轻，但将皇子围在国子监里，对比只是在宫门外叩阙又来得不善多了。

朱谨深若伤着一点，这帮监生都得以图谋不轨论处，便算最低限度的惩罚，功名也要统统完蛋。

众人默然认同了他的判断。

皇帝想了想，道："二郎，你也大了，此事是你亲历，朕若交由你处置，你可敢应下吗？"

这有何不敢？

朱谨深躬身道："儿臣尽力为之。"

阁臣看到眼里，心中各有思量。

皇帝听着是随口一句，却是正式地在交付差事给二皇子了。

"戒骄戒躁，若有拿不准之处，多询老臣，不要擅作主张。"皇帝面色仍是寻常，又叮嘱一句。

朱谨深道："是。"

皇帝看向底下众人道："好了，时候这么晚了，今日就先议到此处吧。郝连英，你送先生们出去，刺客那里，加紧讯问。"

"是，臣遵旨。"

阁臣们一一告退，郝连英跟在后面往外走。

沐元瑜准备跟着告退，她才出了国子监门，就遇上了赶来救人的锦衣卫们，直接又被带到了宫里，耽搁到现在，人已有些困倦了。

皇帝忽然道："你们两个，就不要出宫了，免得来来回回地奔波折腾。二郎原来的宫室还空着，让人收拾一下，将就一晚上吧。"

朱谨深一怔。

沐元瑜大惊，脱口道："臣不敢，臣是外臣。"

"你是显道之子，跟朕的子侄辈一般，不需有普通外臣那么些讲究。"皇帝和颜悦色地道，"今日之事，也有亏你之处，就不要推辞了。"

汪怀忠下了金阶，笑道："老奴领着殿下和世子爷过去。"

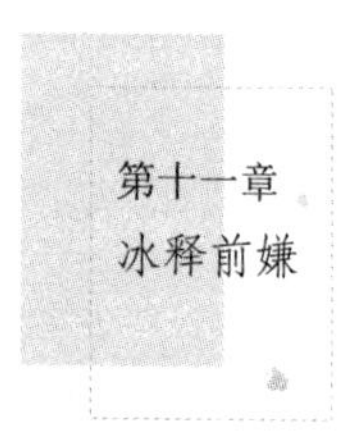

第十一章 冰释前嫌

外面月色正好。

沐元瑜却很头痛。

皇帝把话说到那个份上，她再拒绝就是不识抬举，可谢恩答应了下来，等下怎么办啊？

她偷偷抬眼望向走在她前面的朱谨深，只望得见一个背影，当然什么也看不出来。

他以前的住处总不至于只有一间屋子一张床吧，想来也还好。

她只能在心里这么安慰自己。

汪怀忠陪在旁边笑道："殿下和世子爷放心，殿下原住的端本宫一直有人收拾打理，取副新铺盖来，就可入住了。"

端本宫是外六宫之一，沐元瑜心下胡乱算了算，朱谨深在这里应该住了不短的一段时日。她记得他曾说过，他小时候是和朱谨治一起跟着皇帝住在乾清宫的偏殿里，后来因欺负朱谨治，才被移了出来。

端本宫并不只有一处宫殿，其内依方位还分有四宫，朱谨深住的是其中一处的昭俭宫，看守此处的宫人接到了信，已纷纷忙碌起来。

朱谨深踏入久违的旧居，在门前停顿了片刻，方转头道："有劳公公了，你也回去歇着吧。"

汪怀忠满脸堆笑地应着："殿下说哪里话，不过殿下这是回了家，万事自然自便。若有什么需要，只管吩咐这些奴才。"

他离去了，宫人们拥来门前下跪行礼。

朱谨深没和他们多话，只是命人准备些吃食。

他被困在国子监至今，滴水未进，如今饭点早过，自是饿了。

沐元瑜不好乱走，揣度了一下宫内布局，应当有暖阁之类，再悄悄往能看见的内室里张望了一下，见靠墙砌着炕，窗下则摆着罗汉床，应当怎么都住得开，方松了口气。

一时饭食上来，她也是饿得狠了，便与朱谨深对面坐着，一门心思先吃起来。

用罢饭后，宫人上来问是否要备水沐浴。

朱谨深先摇了摇头，他虽然好洁净，但离宫已久，此处没有他合适的换洗衣裳。别人的他断不会穿，沐浴过后又换回旧衣，一般不舒服，不如忍耐一晚。

“我也不要。”沐元瑜跟着拒绝，“忙到这会儿，太累了，给我打盆水来洗把脸就好。”

宫人应声而去。沐元瑜动作快，也不要人伺候，自己洗过后，忍着哈欠把一直憋着的话问出来：“殿下，让个人领我去暖阁睡吧，我好困。”

她毕竟是外臣，不好直接吩咐宫人。

朱谨深没看她，他洗脸也是一丝不苟，将布巾展得整整齐齐在脸上擦过，方道：“睡什么暖阁，我当年走时，一些不用的东西都堆在了那里头，早成了杂物间。”

沐元瑜傻眼了，那怎么不早说！

这会儿再让宫人去收拾杂物间很显然是没事找事，不合情理，她郁闷过后，只好退而求其次地道：“那我睡罗汉床上去。”

罗汉床上本新换了陈设铺盖，倒是不用麻烦，她就要走过去，朱谨深却道：“那是下人睡的地方。”

沐元瑜这回可不理他了，一般是床，下人睡得，她有什么睡不得，难道还能跟他去抵足而眠不成？

朱谨深终于洗好了脸，宫人换了盆水来，他又接着洗脚。

他招呼她：“你出来。不沐浴倒还罢了，脚都不洗就上床，什么习性？”

“我还能熏着殿下不成？”沐元瑜嘀咕。

但不被人说她还能装个糊涂，都被指出来了，再赖着不洗，她自己也觉得太不讲究，只好出来，慢腾腾坐下，又慢腾腾脱了鞋袜。

负责给她打水的是个小宫女，她在这里守着空殿，不到主子跟前伺候，规矩便也没有那么严，活泼性子仍在，一望之下不由得惊讶地笑道："世子爷的脚……"

沐元瑜向她挑眉一笑："是不是很好看？"

她的脚趾在盆里舒展开来，别说，这水微烫，泡个脚是舒服得很。

小宫女面色微红，咬唇笑道："好、好看。"她见沐元瑜一副很好说话的样子，就大胆跟着说了句实话，"就是小了些。"

沐元瑜叹了口气，道："这没法子，我父王就把我生得这样。他脚也小得很……嘘。"

她一副自知失言的样子，竖一根手指在唇间，说道："你可不要告诉别人，我父王若知道我在外面说他的闲话，要不喜欢了。"

小宫女望着她一张清秀和善的脸庞，面色更红了，连连点头："我不说。"

男人脚这么小，肯定是不愿意别人知道的，小宫女觉得她很理解。

朱谨深坐在旁边，目光在沐元瑜的脚上一掠而过，再向上扫过她的脸，默然无语。

他叫她出来洗脚时，是真出于好洁的念头，他绝不能忍一个跑了一天还不洗脚的人跟他同床，但他没有考虑到她脚的某些问题。

女人的脚是什么样，他其实不太有概念，也许小时候见过，但早已没印象了。

假如知道这么小，这么白，这么细弱……他不会叫她出来。

他压下了心底升上来的一丝热意。

睡前的清洗终于都做完了，朱谨深拒绝了宫人的值夜，走进内室。

沐元瑜磨蹭着跟进来，站在桌边道："殿下，您先去睡吧，我来吹灯。"

朱谨深却没应，而是转了身，走回两步来，到她跟前才道："你跟那小宫女说得火热，看不出来我都不认识她？"

沐元瑜眨眼："啊？"

她哪里说得火热？又要从哪里看出什么呀？

"我的人手，当初出宫时，都带走了。"朱谨深皱眉低头看她，"现在这里的人，我一个都不认识，也控制不了，如果出了什么事，直接就会报到皇爷那里，你还不懂吗？”

她懂了。

沐元瑜恍然大悟地发着愣。

朱谨深嘲笑道：“你还要去睡暖阁，半夜有人殷勤去给你盖个被，发现什么不该发现的，你打算怎么解释？”

沐元瑜：“呃……”

她解释不了，只能把脖子洗洗干净。

她刚刚还暗暗埋怨不早说暖阁的事，现在一想，简直惭愧。

她连忙道歉：“对不起，殿下，是我笨了。”

“你笨也不是一两日的事。”朱谨深不留情地道，“平时还罢了，今晚都累成这样，你能保证睁眼警醒到天亮吗？”

他让开一点，示意墙边的炕床道：“你先过去，睡里面去，老实一点，夜里不许乱动。”

虽然还有罗汉床这个选项，但沐元瑜这回当然不用他再进一步解释，睡罗汉床也保不准有意外，只有睡到大炕上去，由他在外侧挡着，宫人再要碰到她，就难得多了。

这或许过于谨慎，但没有这份谨慎，她的秘密也保存不到今天。

沐元瑜埋了头，有点吞吞吐吐地道：“殿……殿下先去，哪里好使唤殿下灭灯，还是我来吧。”

朱谨深倒是没有坚持，转身往炕边去了，他没脱衣，直接躺下。

沐元瑜咽了口口水，俯身吹熄了烛火。

室内顿时陷入黑暗。

沐元瑜在原地站了片刻，她想抓紧最后一点空余给自己壮壮胆，同时也适应一下这昏黑的环境，免得走过去时被什么绊倒。

忽然，她听到了床那边传来窸窸窣窣的动静。

她此时还看不见什么，有点迟疑地道：“殿下，是您在动？还是有别的动静？”

“没你的事。我脱衣裳。”

这叫没她的事？

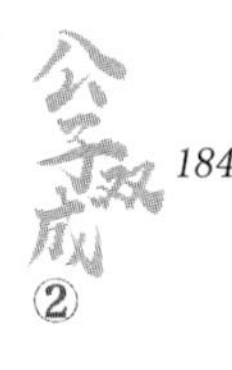

“你、你脱衣裳做甚？”

那边似乎是发出了一声气音般的轻笑：“你害怕，穿着就是了。只是你先想好了，明早宫人来，万一撞见你睡觉还穿这么齐整，你要怎么说？”

沐元瑜脸上一热，但仗着黑夜，现在谁也看不清谁，她也无所谓了，说道：“我有什么怕殿下的。”

她伸直了手，摸索着走过去。

此时她已经影影绰绰地能看见一些陈设的轮廓，一路缓慢而顺利地走了过去。

朱谨深只是将外袍脱下，沐元瑜走到近前的时候，发现他又重新坐了起来，大约是为了方便脱衣，可灯未灭前他已经躺得好好的了。

她忽然明白了点什么。

训她训得那么头头是道，一切尽在掌握的样子，明明他也挺纠结啊。

他脱个外袍要等灭灯才脱，不肯叫她看见。

她有点想笑，又不敢说，犹豫片刻，到底还是决定就这么和衣睡了。只是摸摸腰际，上面悬了一圈玉佩荷包等物，带这么一串上床去就太硌人了，她便又返回桌边去，把腰扣连着上面的一串叮叮当当的东西解下了，在桌上放好。她顺手又放散了头顶的发髻，另换了个不那么勒紧的发式，随意绑好。一通忙活完，她再走回床边去。

朱谨深还没有躺下，语气中带着睡意道：“你来回磨蹭什么，快进去。”

“哦。”

沐元瑜忙从床尾爬进去。

皇子睡的炕，为了方便冬日取暖，也没有多么宽大，两人并排躺下，中间将将剩下一条巴掌宽的缝隙。

但若不是刻意，这距离还算安全，两人不会碰触到一起去。

两人各盖一床被子，朱谨深躺平以后就再不说话了，更不动弹，像是很快已经入睡。

沐元瑜起初也不动，闭上眼。

静夜里，时间一点点流逝。

沐元瑜睁开眼。

她睡意很重，但是睡不着。

因为，咳，她有点喘不上气。

她胸口绑着布条，这压迫感在站立清醒时没什么，但人躺平入睡以后的呼吸会变得悠长而重一点，她就受不了了，明明眼皮直打架，但就是进入不了睡眠。

她小心地侧头望一眼，只望见一片一动不动的黑乎乎的影子。

他应该睡着了吧……

她也真的好困啊。

她忍住打哈欠的冲动，努力把动作放轻，支起一点身子来，手伸进去扯里面的布条，想扯得松一点，让呼吸顺畅起来。

她此时又有点后悔没把外面的衣裳脱了，现在隔着外裳和中衣两层去扯那层层束裹，还要尽量不发出任何声音，很是吃力，扯了好一会儿才终于有一点成效。

“你在干什么？”

沐元瑜瞬间僵直住。

“我、我……殿下，您没睡着？”

朱谨深掀开了被子，半坐起身来，声音中带着不堪其扰的烦恼：“我叫你老实些，不许乱动。你一点也没有听。”

沐元瑜以为自己把他吵醒了，她是知道一些他从前身体弱，睡眠不好，很需要安静，就有点紧张又有点不好意思地道：“我现在不动了，殿下您睡吧。”

“沐世子。”

朱谨深并不要听她说什么，已经向她这边倾身过来，于黑暗中，依据她的声音找准了她的方位，温热的气息吐在她耳边，低而压抑地问：“你是以假乱真乱久了，真错以为自己是个男人，还是以为，我不是个男人？”

什、什么？

“都不是啊……”她糊里糊涂地答。

她对自己的性别认知可准，也当然不可能误解朱谨深的。她其实没在想他的问题，因为他这么忽然凑过来，而她先前被他的出声吓住，手还维持着原来的姿势没有动。她的全副精神都放在自己的手上了，这要被发现可太丢脸了，显得她简直像个变态，大半夜自己摸自己什么的。

“殿下，您不是困了？”她轻声道，“快睡吧。我也很想睡了。”

快移开吧！就算要说话，起码让她先把手抽出来，这样也太尴尬了。

朱谨深脸黑如这夜色。

他觉得他受到了很大的蔑视。

当然，也可能是他的忍耐到了尽头，无论她说什么，他都能找出放任自己的理由。

“你想睡？”他忍耐不住在她耳下咬了一小口，说道，“我不想了。”

沐元瑜发出一丝轻嘶，他确实用了一点力气，咬痛了她。

她尊称也不记得了，直接道：“你干什么呀！”

“嘘。”朱谨深道，“小声一点，右手给我。”

沐元瑜无语：“……”

她似乎明白朱谨深怎么了，但又不敢确信，就算想怎么样……这会儿要她的手干吗？

她心跳如擂鼓，为难又结巴地道：“我不太方便，您……您让开一点。”

朱谨深冷静了一点，问道：“什么不方便？”

他又没要看别的，要一只手也不行？

沐元瑜无法回答他，只能伸出“方便”的左手直接推他，挣出一点空隙，然后把右手抽了出来。

她右手是以一个扭曲的姿势隔着棉被被压着，已经麻了，再不抽出来，她也要撑不住了。

“你……”

朱谨深忽然明白了，他猜到她先前动来动去是在干吗，所以才隐忍不住，但他不知道她的手一直在里面。

沐元瑜甩着麻痒的手递到他面前，一边倒吸着不舒服的凉气一边发出疑问：“嗯？嘶——”

她又被咬了一口。

这次，他直接咬在了唇上。

然后，一只温暖的比她大上一些的手掌覆上了她的手，摸索着，顺着衣袖探进去。

须臾后，一把匕首被摸出来，他塞到她手里，说道：“你不愿意，就像那天一样。”

而后朱谨深像是终于交代完毕，再不含糊，也毫不犹豫地吻了下来。

温软的唇碰到一起，生涩而毫无章法，丝毫不比她那天的一“撞”高明，但隔着棉被，两人都很快互相感觉到了彼此剧烈的心跳。

沐元瑜根本握不住手里的匕首，松松地从她掌缘滑落，难得她还有一点警惕之心，撑着又把它捞回来，朝着匕鞘按回去。不然要是一不留神压上，酿出血案来，那可是冤极了。

朱谨深的唇在她唇上辗转，从嘴角到唇珠，仔仔细细，似有无穷乐趣。

沐元瑜渐渐有些难以自已，下意识去揽住他的肩膀。他还穿着中衣，隔着一层手感柔软的布料，她能分明感觉到他下面肌肤散出的热意。

朱谨深的动作忽然停了一下，然后在她耳边声音低哑地道：“叫你不要乱动。”

他微微直起身来，把她的手拉下来，都笼着塞进她的被子里去，居然还不忘把那把匕首也摸到了一起塞进去，然后又替她把被子往上拽了拽，严严实实地给她盖好。

他这才重新压下来。

沐元瑜：“……”

她不太开心，感觉到了被嫌弃。

“殿下什么意思……”

她一开口不要紧，朱谨深吻进了她唇里。

湿润的唇肉碰触到，打开了新世界的大门。

朱谨深根本管不到她在说什么，像一个优秀学生一样无师自通举一反三地学会了深吻。

舌尖互相碰触到的一刻，一股战栗自脊骨直蹿而上，那是直达灵魂的快乐。

“你怎么这样甜……”他喟叹，这一句可能说出来了，也可能只是在心里闪动了一下，他无暇分辨，也不想分辨。

夜色正静正凉正好，而他沉迷不醒。

时间不知过去多久，他感觉舌尖都已发麻，而乐趣没有丝毫减退。

他耗费了此生中最大的意志力，终于说服自己不能继续，埋首到她颈边平复呼吸。

沐元瑜也借此空当把自己飘到天边去的神智抓回来了一点。

她得坦白跟自己承认：那什么，感觉很好。

非常快活。

只是……有点喘不上气，她今晚好像一直被这事困扰。

想一想，她觉得自己也好像需要说点什么，就红着脸悄声道："殿下，您也很甜。"

"乱夸什么。"

朱谨深呛了一下，轻斥一声，但声音中没有什么斥责之意，倒是又侧脸亲了亲她的脖颈。

他好像有许多话想说，但又似乎不需要再说什么。

沐元瑜倒是找回点怨念，嘀咕道："殿下先前还嫌我相貌平常。"

"你还真的在意？"朱谨深轻笑起来，"我没见过，说的又不一定准。你不服气，哪天让我看看再说。"

他说的是女装。

她这样秀气的眉目，若是复了女装……

他心中陡然又是一阵热意，强迫自己掐断了继续下去的危险想象，翻回了自己的枕头上，拉好被子，再伸手过去摸摸她的脸："睡吧。"

他又忽然想起来什么，轻咳了一声，道："你那个，弄好了没有？"

沐元瑜知道他说的是什么，含含糊糊道："好了。"

"你总这样，对身体没事？"

"我有懂医的丫头，她心里有数。而且我在家睡觉时，也……"沐元瑜的声音更低下去，"不用的。"

跟朱谨深讨论这种话题当然很奇怪，但似乎又没有那么不能启齿，可能也正因为是他，她才能回答。

朱谨深轻"嗯"了一声，不再说话了。

夜，这回真的静了下去。

翌日清晨。

沐元瑜醒得很早。

她长期以来条件反射般的自我保护没有失效，非但没有，还运转得十分灵敏，以至于她迷蒙里翻了个身，感觉到旁边多了个人的时候，差点又拔出匕首扎下去。

所幸在动这个念头的同时，她也反应了过来。

她后怕地轻吐出一口气来，往后退了退。

这要再来上一回可就完了，她换位想想，也觉得要心塞到不行。

旁边并无动静，朱谨深还睡着。

他睡相极佳，整个身体都安稳地掩在被下，被子也很平整，与睡前几乎没有什么差别。

沐元瑜心生狐疑——他昨晚就装睡来着，这会儿到底是睡着了还是已经醒了？

她有点好奇地凑过去一点，此时光线仍是朦胧，但比夜里总是好多了，她能见到朱谨深的眼睛闭合着，眼睑下映出狭长的两条阴影。

她记得他的睫毛挺长的。

不知道哪来的一股心里微痒的感觉，促使她伸出手指去拨了拨。

指尖有茸茸的触感，果然是又密又长。

她又拨了一下，然后有点担心地琢磨着，他现在应该不生气了吧？

昨晚她没想起来问，当时气氛下，也不适合问这种煞风景的问题。

等他醒了，要不要问问看呢？还是自己观察着？

“嗯？”

她的手忽然被抓住，回过神来。

她拨着玩的那眼睫忽然展开，一双明亮的眼睛幽深而无语地望向她，眼神十分清醒。

“殿下，您又装睡。”沐元瑜小声道。

“你好意思说。”朱谨深道，“醒了不下去打理衣裳，在这里闹什么？”

他当然是早就醒了，他本就浅眠，身边一有动静就被惊醒了，恐怕她不方便，才闭着眼没动。他本想让她趁这时间自己去收拾一下，谁知她不去不说，还对他动手动脚起来了。

“哦，我现在去。”

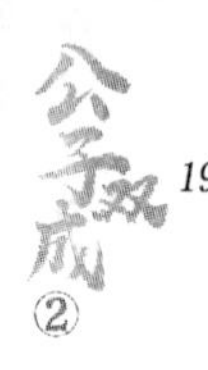

沐元瑜说着话，皱了下眉，她仍有睡意，以至于反应有些钝，说到第二句话，才觉出舌尖有些刺疼来。

朱谨深看见了，问道："怎么了？"

他仍躺在枕上，眉目平和安宁。

沐元瑜有阵子没见他这样，刚才那股心里微痒的劲又来了，凑到他耳边去，小声道："殿下，您好像把我舌尖咬破了。"

朱谨深抓住她手腕的手一紧。

沐元瑜有一种恶作剧得逞的愉快感，偷笑着要退开来，却被他用力一拉，重新倒回他胸前。

他低声道："真的？伸出来给我看看。"

沐元瑜："……"

她顷刻间连脖子都红了，手忙脚乱地按住他胸膛要起来，忙道："不，不用了。"

朱谨深没再拦她，却就势翻身将她压倒在了床铺里侧，自己感受了一下。

他的舌尖温柔地滑过她的唇，一边寻找还一边让开一点问她："哪里？是这里吗？"

沐元瑜心跳得都快蹦出来了，一个字也答不出来。

优秀学生太要命了，学什么都飞快，连这种事也不例外。

他昨晚还只会埋头苦亲呢。

朱谨深没有放过她的意思，仍旧一本正经地问她："还是这里？"

"殿下别……万一有人来……"

"怕了？"朱谨深这么问着，"骗子，你骗我的时候怎么不怕……"

他拥着她深吻下去。

持续不多一会儿，他自己又默默退开去。

他倒回他睡的那半边，顺手还扯了被子把自己盖好。

沐元瑜微喘着气没有说话。

她知道他怎么了，咳，因为她感觉到了。

男人早上血气比较容易盛这件事，似乎是真的。

这很鲜明，也有点吓人。

他从小病秧子到大，但是好像没有影响到他那方面的发育？她知道自己不该看，但还是控制不住地偷瞄了一眼过去。

但马上就被抓住了，他问："看什么？"

沐元瑜秒怂："没。"

她没那胆量再撩了。

朱谨深哼笑了一声，没有说话，算是放过了她。

安静一会儿，她又忍不住了，也是想转移话题，问道："殿下，我们算不算和好了？"

"算是吧。"朱谨深心情不错，便也不吊她的胃口，道，"但是，我要是发现你还有别的骗我的事……"

他的眼神转为冷淡。

"没了没了，就这一件。"沐元瑜忙道。

"你骗也不要紧。"朱谨深却又道，"我想通了，和你计较什么呢。"

沐元瑜心中疑惑：这样大方？

"反正我有的是法子收拾你。"朱谨深接着道，"你不怕，就尽管试试。"

她就知道没这种好事。沐元瑜讨饶："我怕，怕得很。殿下都不用收拾我，只是不理我，我就很难过了。"

朱谨深顿了片刻道："你不想下床了？"

他说着话，眼神又变得压抑起来，沐元瑜这回真是莫名其妙，这样也能撩起他来？

她真不敢再啰唆了，老老实实闷声不语，小心翼翼地从他小腿处爬出去，下了床。

她动作快，三下五除二把自己打理好了，往床铺的方向喊道："殿下，起床了。"

里面应了一声，朱谨深拉开帐子，移身下来。

他是叫人伺候大的，这些穿戴上的事会做，但不太熟练，尤其他要求还高，沐元瑜坐到罗汉床那边等他半晌，他还在低头理着腰间悬挂的一块玉佩的丝绦。

"殿下，您快编出朵花来了。"沐元瑜忍不住调侃。

朱谨深想了想，抬头看她一眼："你过来。"

说着话，他把那块玉佩解了下来。

沐元瑜以为他要帮忙，起身走过去，道：“我不细致，殿下知道的，恐怕还不如殿下自己弄得好。”

她伸出手去想接那块玉佩，朱谨深却没有给她，而是低了头，直接往她腰扣上系去。

那是块水头极好的羊脂白玉，朦胧天光里都能看得出温润晶莹，雕成鹤鹿同春的花样，寓意健康长寿。

沐元瑜忽然有点不知所措，问道：“殿下，这……送给我？”

朱谨深没有吭声，只是专心地打着绳扣。

沐元瑜无措地立着。

过好一会儿，朱谨深弄好了，才退开来，打量了一下。

沐元瑜也低头看，她现在腰上悬了两块玉佩，忽然间福至心灵，道：“我这块送给殿下？”

朱谨深勾了勾嘴角，给了她一个“孺子可教”的眼神。

沐元瑜想捧脸，哎呀，如此一比她好木头。

她忙去解自己的，有点手忙脚乱。

她用的是一块连年如意的玉佩，云南外边政区的好几个藩属邦都盛产玉石，她这块的用料自然也极好，比朱谨深的白玉不差什么。

这玉佩挂在他腰间，也不掉他皇子的身价。

“被人看见了，要寻个什么理由呢？”她忽然问道。

“要什么理由。”朱谨深态度极平常地道，“处得好的，换汗巾子的都有，换块玉佩有什么？”

汗巾子是系裤子用的，一般还是系的里面的小衣，其私密性自然比玉佩这种象征君子之物强多了。

当然，能好到那份上的，关系多半也不怎么寻常。

沐元瑜一想也就坦然道：“也是。”

她是心里有鬼才会如此多想，把面皮放厚点，其实什么事也没有。

门外此时传来轻巧的脚步声，是宫人来叫起了。

朱谨深的手指拂过腰间的新玉佩，若无其事地走到了镜台那边去，等着宫人给他梳发。

一切都收拾妥当，两人去拜见皇帝。

皇帝有事没见，只是传出话来，叫朱谨深用心办差，同时还有一封手谕，上写着拨了两个都察院的御史给他用，他可以凭手谕去都察院要人。

两人便又折回往外走。

正走着，他们在午门处碰上了朱谨渊。

朱谨渊笑着快走两步拱了拱手：“二哥。”

他的婚期已经定下，就在十月里，所以再看朱谨深形单影只，成天只能和少年混着，心里就又有了些优越感。

朱谨深随意地向他点了个头，继续往外走。

朱谨渊倒是愣了一下，问道：“二哥，你不去学堂？”

“不去，我有事做。对了，”朱谨深脚步停了一停，向他道，“正好碰见，就劳你替我跟先生告个假。皇爷给我派了差，这几日我应该都不去了。”

他被监生围堵还是昨晚的事，朱谨渊没这么快得着消息，就更愣住了，问道：“派差？什么差？”

好好的，怎么会从天而降这出？

那他的差呢？

他才生出的优越感忽然又被扑灭了。

“我此刻忙着，回头空闲了同你说。”

朱谨深没什么给他解惑的意思，敷衍了一句就继续往外走了。

他一走动，衣裳下摆处的丝绦随晨风微微荡起，朱谨渊眼角瞄过，忽然又觉得不对。他不记得朱谨深的佩饰，但他认得这块连年如意，因为上面雕有荷花莲叶，他曾以为沐元瑜爱莲，所以才邀她去过荷花荡吃酒赏景，结果却被拒绝了。

现在这什么意思啊这是？

他有些回不过神来，愣着驻足回望朱谨深与沐元瑜的背影，虽然早知这两人好，这块玉佩真是沐元瑜送出去的也没有什么，可他心里怎么这么不舒服呢？

对了，沐元瑜才遇刺没几天，一直在家歇息着，这一大早的，他又是为什么会从宫里出来？

朱谨渊抬头望望天，感觉他可能没选好出门的时辰，不然怎么会迎头遇

上这么多费解之事。

都察院。

宋总宪跪地接了手谕。

朱谨深道："总宪请起吧，此时可有无差的御史随我前去国子监？"

宋总宪站起来，躬身请他进去吃茶："殿下稍候，臣这就去安排。"

都察院的御史众多，但并不都在衙门里，常常是需要出外差的，譬如戏文里常出现的能令贪官闻风丧胆的巡按御史就往往是从都察院里调派。也正因为此，皇帝日理万机，不可能记得那些御史在京哪些又外派，所以手谕上没有指定具体人选，而是由都察院分派。

宋总宪站在庭中的大树下，脑中转悠了一圈，有了主意，叫人道："你去看看华敏在不在。"

他的心腹下属愣了愣，道："华御史？他跟二殿下似乎……总宪，您以往不是挺看好二殿下的吗？怎么他来要人用了，倒给他派个不顺手的？"

"顺不顺手，在乎用的人，不在乎其人本身。"宋总宪有点意味深长地道，"你只管去，别叫二殿下久等。"

下属一头雾水，摸着脑袋转身走了。

华敏正闲着，听说有此事，立时眼冒精光：合格的御史不怕事，不但不怕，没事还要找事，何况这送上门来的！

就是听说跟朱谨深去，他也不惧，皇子又怎么样，他是正经朝廷官员，皇子也不能平白折辱于他。

他整了袍服，欣欣然来了。

这去叫人的下属本身当然也是个御史，一路上琢磨着，只是想不出个所以然来，心生好奇，回来就道："总宪，下官也无事，不如就一同前去。"

宋总宪望了他一眼，道："嗯，你也该出去历练历练。不过华御史的资历比你深厚，你去了不要擅作主张，凡事多听少言，看一看前辈的作为。"

下属拱手应是。

华敏心下飘飘然，也忙谦虚地道："总宪过誉了，下官当和丁御史携手努力，一同襄助二殿下。"

不过想着是不惧，真见到朱谨深从屋里出来时，华敏的心还是晃悠了一下。

这位殿下年纪渐长之后，更加贵气逼人，活脱脱是一个龙子凤孙的最佳模板。

“见过二殿下。”

华丁二御史一齐行礼，又各自报了名姓。

朱谨深没见过华敏，但以他的记性，华敏一报名姓，他当即知道了此人是谁。

沐元瑜进京那一年，这御史参过她，暗戳戳地其实是想给他难看。不想随后被沐元瑜以牙还牙了回去。

就是打那之后，他和她越走越近了。

朱谨深回想着，目光柔和了一点下来，点了点头，道：“事不宜迟，走吧。”

他如果不想要华敏，坚决要把他退回来，宋总宪当然不至于不给他这个面子，但就这么顺其自然地接收下来了，难道里面还真有什么门道？

丁御史更好奇了。

华敏的心则又晃悠了一下：这是怎么个意思？看见他不横眉冷对就罢了，居然还好似心情不错？

这位殿下莫非是忘了他，毕竟是两年多以前的事了，这两年他都没太出头。嗯，也许真的是。

这倒是好了，起码他可以安心办差，监生暴动这等事算是难得的机遇，办得漂亮点，他的官职说不定就可以往上动一动了。

当下诸人出门，一路锦衣卫开道，直往国子监而去。

路上，朱谨深简单给两个御史把昨晚的情形说了一下。

丁御史表示赞同：“殿下分析得极是，若无人居中串联指挥，断断不会无故聚出这个声势来。”

华敏则道：“此事梅祭酒脱不开干系，不知他今日可去监里吗？若不去，我等还需去他家中问话。”

“出这么大的事，便是爬也得爬来。”朱谨深语气淡淡地道，“除非他至今仍然未有闻信。”

那他这个祭酒，也就彻底做到头了。这代表着他对国子监完全失去控制，乃至于连个给他报信的人都没有，由他生生被蒙蔽。

梅祭酒不在监里。

但他也不在家，一大早奔向宫中请罪去了。

朱谨深领着人转而去找李司业。

此事以他为主，但说到具体办事，其实不用他出头，皇帝给他的两个御史就是干这个的，他只需最后拿个主意就行了。

丁御史又被宋总宪嘱咐过多听少言，于是华敏就当仁不让地奋勇在前了。

“李司业，昨晚闹事的监生，你可都看管起来了？”

李司业见到他们来已是心里发虚，闻言更是一愣，道：“看管起来？这，二殿下知道，闹事人等足有数百，本官这里哪有人手看管，再者……”

“那为首的几个呢？”华敏打断他，“为首的几个总该拿下了吧。人在何处，本官奉旨审讯。”

李司业有点发汗，道：“这……也没有，二殿下说了既往不咎，本官就没有理会。”

华敏冷笑一声：“当时情势危急，二殿下难道还能说别的话吗？你身为国子监司业，治下出了这么大乱子，居然还要当作太平无事般轻轻抹过，你怎么想的！”

李司业终是心虚，脸上也挂不住了，沉下心来道：“华御史是打算先把我审一遍吗？”

御史跟司业的品级还真没差在哪里，华敏也没什么可怕他的，当即回道：“要请皇上的手谕与你看一看吗？”

李司业哑口无言，只能转而去望着朱谨深，指望他发个话。

这位殿下昨晚把话放得那么漂亮，不能过个夜就不算了吧？

朱谨深察觉到他的目光，抬眼道：“你们议着。”

他负手出了屋子，闲逛般走了。

李司业傻了眼，还真打算要赖不成？

丁御史左右望望，下了决心：“华御史，这里交给你，我去跟随殿下，看他可有什么吩咐。”

他也闪了人，追着朱谨深去了，屋里便只剩了李司业与华敏及华敏带着的几个小吏。御史办差不是光杆出巡，本身也有配人的。

华敏是无所谓，朱谨深那模样看着也不像好理俗务的，他走了正好，他可以独立决断。他便逼视李司业道："你懈怠没有提前把人看起来便罢，现在领本官去指认。"

李司业犹豫着道："这些监生只是一时冲动，被二殿下劝说之后，也已经迷途知返了，何必……"

华敏见他看上去师道慈心，口气也缓了点，道："本官知道你有心维护监生，但你这些话，可留着去与皇上说，本官现下做不了这个主。"

李司业叹着气，眉头深锁，道："唉，走吧。"

朱谨深与丁御史站在国子监的大门边上。

丁御史一肚子疑问，试探着问道："殿下是不想面对抓捕监生的场面吗？"

朱谨深道："不是，等人。"

丁御史一怔，问道："皇上还派有别的法司协同办案？"

朱谨深仍旧道："不是。"他这回没有进一步解释，只道，"等一等吧，也快见分晓了。"

这做派，真是高人莫测。

丁御史心里虽有疑问，但不便再问，自己伸长脖子往门外望去。

监里要热闹得多。

这个时辰六堂的监生们正在晨诵。

李司业带了个御史来就罢了，可怕的是后面还跟着锦衣卫，挨个堂挨个堂地认人。

他们才认到第二间屋子时，监生们就炸了锅。

众监生互相交头接耳："什么意思？不是说不追究吗？"

"就是，我们也没干什么啊！"

"贵人说话这般不算数！"

监生们又气愤又慌乱，有个被抓出去的喊道："二殿下呢？我要见二殿下！"

华敏冷冷道："二殿下来了。你想见，一会儿有的是机会。"

他只管查案，可不替朱谨深背这个说话不算话的锅。

虽然这种“不算话”是应有之义，这种事本就不可能真不追究。

“为什么抓我，我就站着看了下热闹而已，李司业……”

李司业表情甚是不忍地摇头：“本官也是无法。唉，你们不要过于担心，本官会尽力为你们求情的。”

他们认了有七八个人出来，监生们已经无心上课，全拥到门前来，每个屋门前都探出挨挤着的人头。

在无数人的目光之下，李司业眼露哀求地望向华敏：“华御史，够了吧？监生们真是没有做什么过分之事。”

华敏还没有说话，监生纷纷气不过地嚷道：“司业大人，不要求他，让他抓！”

“就是，有本事把我们全抓走！”

已经被抓出来的监生受此感染，也挺了胸脯道：“我们不怪司业，抓就抓，大不了不要这身功名了！”

跟着就有人附和：“要了也没什么用，不如回家去！”

众怒难犯，华敏皱了皱眉，心道，怪不得二殿下要躲出去，这场面他要在场，能被监生们问得羞死。

倒算他有先见之明。

他也没必要在这里替他顶太多仇恨，就点头道：“先带走，随本官去都察院受过一遍讯问再说。”

他打头，领着被指认的七八个监生往外走，锦衣卫在两旁紧紧护卫着。身后跟着一大帮兔死狐悲出来送行的监生。教授的五经博士与助教们节制不住，也不敢在此时硬行喝止，只好睁一只眼闭一只眼。

他们过了太学门后，迎头遇上了正往里走回来的朱谨深一行人。

朱谨深的衣饰形貌都太显眼了，监生们哪怕是只在傍晚时见过他一面，也立刻把他认了出来，当即大哗。

锦衣卫都顾不得那头被抓的监生，忙跑了过来先护住他。

华敏走过来，心内很有点幸灾乐祸地道：“殿下，快走吧。您在这里可待不住。”

要躲不躲好了，还跑回来，不是等着挨骂吗？

朱谨深扫了他一眼，又扫过被扭手缚住的几个监生，问道：“谁叫你抓的人？”

华敏被问蒙了，疑惑地道：“啊？不是殿下带来的手谕……”

“手谕上叫你查案，叫你抓人了吗？”朱谨深反问他，跟着就道，“把人放了。”

来查案的同一拨人还先内讧起来，监生们都看糊涂了，但朱谨深让放人当然正中他们下怀，都忙应和道：“放人，放人！”

还有人激动地应和道：“学生就知道二殿下说话是算数的！”

“就是，这御史不分青红皂白乱抓人，险令我等误会了二殿下！”

华敏恼怒道：“殿下，您这样，令臣等还怎么做事？您做好人，把这些祸首都放了，臣回去靠自己胡猜办案吗？”

朱谨深问道：“你抓的是祸首？”

华敏道：“李司业指认的，那还有假！”

“我看不见得。”朱谨深回身道，“把人押过来。”

一个灰扑扑像个小厮模样的人被从他身后那一行的尾巴处扭送了上来。

此人垂头丧气，穿得极不显眼，华敏那一边的人只以为他是跟来查案的随从一员，此时见他被推到了最前面，才发现他的双手是捆着的。

押着他的人粗鲁地拎起他的发髻，迫令他露出脸来。

正是昨晚做长篇宣讲的那个贡生。

“我昨晚走时，问沐世子借了护卫，在国子监外守了一夜，守到此人清晨出城，在城门处抓了他回来。”

朱谨深转目向李司业，微笑道：“若说祸首，我以为此人似乎更像。李司业，你说是不是啊？”

李司业万没料到凭空能打下这个霹雳来，他的安排全部作废，也来不及做心理准备，脸色煞白，双腿抖颤，片刻后，居然软倒在了地上。

他这个反应，谁都看得出不对劲。监生们更是震惊哗然。

朱谨深已不再理他，目光从监生们面上一一扫过，伸手往下做了个“噤声”的手势。

监生们虽还不知具体发生了什么，但已对他生出一股敬畏来，皆听话地闭上了嘴。

“此事与尔等学子无关，都回去读书去吧。”朱谨深口气和缓地道，“我说过的话，从来算数，尔等亦不必多生忧虑。”

他又令锦衣卫：“放人。”

比起华敏来，锦衣卫当然更听他的话，也不管华敏什么脸色，跑回去挨个把捆着的监生解开了。

朱谨深转身道：“走吧。”

他飘然而去，身后响起监生们如雷般的激动声音：“多谢二殿下！”

朱谨深没回头，摆摆手，监生们欢呼起来。

当然，他们少不了给下令抓人的华敏几十个白眼，再趁乱给他些“昏官”的评语。

华敏脸色一阵青一阵白，气得只得一跺脚，指着李司业：“把此人给我一并带走！”

第十二章 监生奇案

打开了突破口后，后面的事就好办了。

贡生不是什么铜筋铁骨，正因为此，李司业才想以最快的速度把他弄走。他不是监生，没有那么天真，其实知道朝廷一定会派人下来彻查此事。按他原定的计划里，应当是他解决了监生暴动的危机，那么他在此中的话语权自然大大增加，可以隐没转圜掉他的设计，没想到好好的经文，刚一念出口就歪了，后面的事他再也控制不住。

没跑掉的贡生被御史一审，锦衣卫再从旁一吓唬，夹棍之类的器具往他面前晃悠几下，他就全招了。

原来他就是典型的屡试不第的老贡生，眼瞧着将要从国子监里肄业，他没钱没家世，在国子监里待着还好混一口禄米，吃喝免费，出去了肄业就等于失业，上哪里再找这等美事。

所以，李司业引诱他去串联煽动监生的条件很简单，就是许诺他事成以后，担保他肄业的前程，许他一个现成的外放官做。

审人的时候，宋总宪也在一边旁听，听见了环胸道：“哟，你们李司业这么大能耐，朝廷是他家开的，说给你官做，你就有官做？”

贡生抖索着道：“学生、学生心气不高，有个县丞就很满足了。不，不对，是学生鬼迷心窍，被一个县丞就迷花了眼。”

宋总宪笑道：“那你们李司业也够大方的了，他自己一个六品官，开口就能许你一个八品。”

他是调侃，不过李司业有这个能耐倒不出奇，他作为国子监的二把手，在一些监生入学资格的审核上都说得上话，单这一条，就有和别人达成置换的资本，许个外县的佐官是许得起的。

接着再审。

贡生把那一同串联的学正招了出来。横竖他是倒定霉了，别说什么县丞了，监生资格都肯定保不住，既如此，那还替别人遮掩着做什么。

于是这边的审讯继续着，那头再去抓学正。

学正已经知道不好，李司业是通过他去找了那个贡生，然后再由他引诱贡生去串联众监生，现在李司业和贡生都被带走了，他哪里还能幸免，但因为他没有当场就被一起抓走，毕竟还挣扎到了一点自救的时间。

他跑到了沈国舅府上。

比起纨绔李国舅，当今沈皇后的娘家要低调不少，在京里基本是不大出头的。当然，这主要是叫李国舅对比出来的。

沈国舅不是老来子，年纪比李国舅爷大得多，已经承袭了都督同知的勋职。

是的，沈国舅家没有封爵，本朝有祖制，非军功不得授爵，后来渐渐被打破，皇后娘家一般可以授以公侯，但这个可以不是必须，封不封，还是看皇帝的心意。

沈国舅家没封，官方上的原因，是因为朱谨深的舅家也没有封。皇帝不愿待继后厚此薄彼。

听说这学正来，沈国舅先不知何事，还见了他，待一听见他的求救，登时气了个半死，骂道："滚，你们自家自作聪明惹出的祸，还想拉我填坑不成！"

他当即命下人把他赶走。

说起来，这事确实不是沈国舅的安排，但这学正病急乱投医地跑了这一趟，他就说不太清楚了。

锦衣卫到国子监扑了个空，起先以为学正是畏罪潜逃，再满城搜索把他抓了出来，一查行踪，回头一报，众人的神色都微妙起来。

可惜的是这学正没就此说出个所以然来，只说是知道李司业似乎与沈国舅关系不错，所以才想去找他求救。

又审了半天，只把李司业干的勾当招出了不少，所谓三类监生待遇不平，偏私荫监与捐监之类，就少不了李司业这个带头的其身不正，致使下梁皆歪，风气不正起来。

至于李司业本人那边，起先是徐庶进曹营，一言不发，但等到贡生与学正的供词分别拍在了他面前，他除了再软一遍腿，也没甚好说的了。

此案因为抓到了最关键的人物贡生，底下便势如破竹，审得畅快淋漓起来。

审讯的具体事宜朱谨深基本没怎么出声，与宋总宪一般，只是旁观，不过宋总宪是靠在门边看，他是坐在主位上。

看完了，他向下首右手边的丁御史道："丁御史辛苦一下，将此案写成奏本，皇爷很是关切，正等着后续，明早就能呈上去是最好了。"

这是露脸的差事，丁御史有什么辛苦的，他忙道："是，下官与华御史商量着，今晚就写出来。"

朱谨深点了下头，起身离开。

屋内众人皆起身恭送他。

宋总宪陪着一路送到了都察院的大门前。

等他回来，华敏甚为憋气，已经先回自己屋子去了。丁御史迎上去，向主官把埋了一天的纳闷问出来："总宪，您怎么知道华御史此去要吃亏呢？照理，这应该是个美差才是啊。"

宋总宪看了大半日热闹，悠然道："谁告诉你我知道？我不知道。"

丁御史道："啊？您先不是说，顺不顺手，只在乎用的人。您要都不知道，还这么干，不是存心为难二殿下吗？"

"是啊。"宋总宪很坦然地笑道，"二殿下会用，自然知道该怎么用，不会用，就要被绊了脚。不试一试，怎么知道二殿下是哪一种呢？"

丁御史恍然大悟："哦。"

"本官来考考你，你观今日二殿下所为，有何心得？"

丁御史想了想，道："好像二殿下没有刻意做什么，都是华御史自己在出头。现在总宪问我，我一时还说不出来，事情自然就这样发展下来了。"

"因势利导，借力打力。"宋总宪替他总结了八个字。

"对，对。"丁御史连连点头。

"这件事，二殿下做得是可圈可点，既抓了贡生，拿住了最要紧的功劳，就不再处处争先，以他当年元宵会上的文采，写篇结案陈词很难吗？他不写，交给了你，就是把余下的功劳都分润了底下人，这才是好上官的做法。你当好好写，可别露了怯。”

丁御史又是点头：“是，下官明白。”

宋总宪一通分析完，甩袖子道：“行了，本官回家去了。”

丁御史想起来，追着问了一句：“对了，总宪，提到的沈国舅那边要怎么说？”

“如实奏报就是。”

“是。”

天近黄昏，彩霞红了半边天。

朱谨深离开都察院后，没有回去十王府，而是站在了沐家老宅的门前。

闻讯出来迎接的沐元瑜很惊讶：“殿下怎么来了？”

他奉旨查案，这几日应当都很忙，她以为会见不到。

“许你总到我那里蹭饭，我来一次使不得？”

“使得使得。”沐元瑜弯了眼，忙道，“殿下请进。”

她说着引着他进去。

朱谨深这是第二次来，上回来时有急事太匆忙，基本没有留心什么，这回方顺便打量了一下。

沐元瑜在这里住了近三年，老宅各处已打理得井井有条，是个有主家在的荣盛模样了。

进到春深院里，来上茶的丫头一眼接一眼地打量他。

当然鸣琴和观棋懂规矩，目光是很收敛的，但以朱谨深的敏锐程度，仍是觉出来了一点不对。

不请自来地上门做客，他还是与了沐元瑜面子，没有训人，也没有直接问出来，只是面上带着怀疑的表情以目示意她。

沐元瑜把两个丫头挥退，摸了摸鼻子道：“咳，殿下，她们知道了。”

朱谨深以为是先前她暴露的事，便道：“那也不值得这样看我吧，有什么好看的。怕我卖了你？”

沐元瑜知道他误会了，眼神飘了一下，道：“那个，早就知道了。是昨晚的事。”

朱谨深：“……”

他罕有地说不出话，他当然不把丫头放在眼里，但没来由地仍有一种淡淡的心虚感。

沐元瑜倒不觉得有什么，她诉苦：“唉，我没想说的，但我回来一说话，她们就听出来了。我寻了理由，说在宫里生地方睡了一夜上火，她们又不信我的。”

这种细微的不对处瞒外人容易，瞒身边人难，丫头们把她堵在炕上一通追问，她就只好招了。

“上火？”朱谨深无语地道，“你的丫头们除非是傻，才会信你。”

自家姑娘跟外男混了一晚上，回家唇焦舌破，给这么个理由，怎么说得过去？

“殿下现在会说，早上的时候，怎么不先替我想个理由敷衍过去？”

“敷衍什么？”朱谨深道，“我看如今正好。”他向她伸出修长的手来，“过来。”

他原先是真没有打算做什么，只是单纯地想绕来看看她，但既然私盐已经变成了官盐，倒不需顾虑那许多了。

沐元瑜挣扎片刻，就听话起身跟他坐一边去了。

中间放着炕桌，两个人都挤在了一边坐，自然就挨在了一起，沐元瑜被他拉了手，有点没话找话地道：“殿下，您那边的案子审完了呀？”

“嗯。”朱谨深低头捏她的手指玩，随口应着。

“这么快？”

“嗯。”朱谨深从食指捏到中指。

“那，您不要写结案陈词吗？怎么还有空过来？”

“我不想写，有人写。”

“为什么不想写啊？殿下写这个不是手到擒来？”

“什么我都做了，要他们做什么？”朱谨深终于抬眼看她，“再说，我没空。”

嗯，没空写结案陈词，有空提前晃悠过来看她……

沐元瑜很懂这言外之意，眼睛不禁又弯了起来。

朱谨深仍在有一下没一下地捏着她的手指，还不时划过掌心，沐元瑜有点不自在了，要缩手，说道："殿下，你捏什么嘛，我手其实有点粗的。"

她以往从不觉得有什么，手上的每一处薄茧伤痕都是她苦功的证明，但不知怎的，让他这样细细把玩，她头一回生出种她好像不够好的感觉。

朱谨深的声音中带着笑意："撒什么娇。"他接着又道，"粗就粗吧，我不嫌弃就是了。"

沐元瑜并没有很开心，忍不住纠正道："殿下，您应该说'哪里粗？我一点也没有觉得'。"

"哦。"

朱谨深抓起她的手指看了看，道："哪里粗？我一点也没有觉得。"

难得他的表情居然很正经。

倒是沐元瑜自己窘了，道："殿下，我随口一说，您别当真呀。"

这对话听上去也太无聊了，显得她毫无深度还作。

她打算挽回一下形象，道："殿下，嗯——"

她的嘴忽然被堵住了。

朱谨深亲了她一下之后，还给出了理由："我听了你的话，现在，该你听我的了。"

只是他的话，不是用说，是用做的。

他一只手仍然牵着她的手，另一只则自发自动揽住了她的腰。

但他同时也很克制，只是轻浅地吻她，没有深入。

过一会儿后，反是沐元瑜不太满足，主动去撩他。

朱谨深的喘息重了点，咬了她一下，低声而含糊地道："我看你的舌头是不想好了。"

沐元瑜不甘示弱地挣出点空隙，回道："我不怕，殿下秀色可餐。"

说真的，她现在还有些飘飘然，没怎么回过神来呢，朱谨深这样全身上下从里到外每个细节都闪耀着"男神"两个大字的人物，就这样跟她混到一起去了，她想想都觉得成就感爆棚。

她想把他藏起来，谁也不给看见，又想拉出去，满天下炫耀。

"又胡说。"

朱谨深真是拿她没有办法，他现在不觉得认不出她的女儿身是多愚蠢的事情了，就这副口无遮拦、暴露了都改不过来的模样，谁能想得到呢？

但她这样热情，他也却之不恭。

另一边，差不多的时辰，沈国舅的夫人进了宫。

沈皇后才听说了国子监发生的事，但她不知细节，只知朱谨深进去国子监被围了，又出来了，心情就很不好，跟孙姑姑抱怨着：“偏是病秧子命硬，这样都没伤着他一根毫毛。”

听说沈太太求见，她停了话头，往外看了看天色，说道：“再一个时辰，宫门都要关了，什么急事赶在这时候来？罢了，请进来吧。”

沈太太也知道时间不多，进来行了礼，急匆匆把事说了，道：“娘娘，您看，如今怎么是好？那李司业该是两三年后才发动的一步棋，他沉不住气，提前出了岔子，手底下的人还不晓事，来寻了我们老爷，可如今我们老爷真是清白的！”

沈皇后勃然变色。

学正能去找沈国舅，当然不是无故攀扯，沈皇后是个喜欢提前布局的人，她在宫外最信得过的是自己的娘家人，伸手向外朝的一些事也都是通过娘家人去做。

在沈皇后原先的布局里，国子监现任梅祭酒老而不堪任，但同时因资历深，上是上不去了，不犯大过的话，下一般也不会下来，在祭酒这个位置上还能再坐几年。

她就看准了李司业，李司业在司业的位置上已经待了很久，以他的年纪，再过几年，假如还上不去的话，一辈子差不多也就这样了。他这样的人，官禄之心一定很强盛，拉拢也好拉拢。

国子监里不得志的酸儒监生不少，但优秀人才一样是有，何况，即便全是酸儒，这么一大批人能聚集起来的口碑也是很惊人的。

沈皇后就打算让这批人为己所用。

承平年代，想靠造反逼宫什么的上位是做梦了，文官势大，渐渐生出了他们自己不可动摇的一套规则，有时候连皇权也不得不被牵着走，想抗衡，也得拉拢着来。

“这个……”沈皇后气得一巴掌拍在了炕桌上，“都说了要他少安毋躁，少安毋躁，还是自己乱来了，真是个不堪用的昏官，怪不得在六品的位置上一坐就挪不了窝了！”

是的，沈皇后透过沈国舅之口，含蓄地暗示过李司业，表示将会设法将他推到祭酒的位置上去。但在沈皇后的安排里，这件事并不怎么急，因为一则梅祭酒如今还坐得稳稳的，贸然动他恐怕成功率不高，二则朱瑾洵年纪还小，还未加冠，没有这么快就用得到读书人的口碑去刷名声。

沈皇后为了儿子，算是苦心孤诣了，只是没想到所托非人，她不急，李司业急。

李司业的上进之心远比她想的强烈，在达成了“背后有人”这一项成就后，迫不及待地就争上游去了，结果自己把自己这枚棋子废了。

沈太太愁眉苦脸地附和：“谁说不是呢，他自己瞎胡闹就算了，反而成全了那边的。”

沈太太是在沈皇后进宫成为皇后前就嫁入沈家的，本身出身不高，说出话来有些拎不清的习气，比如这时候，孙姑姑都不敢开腔，她硬还是把沈皇后最不想听见的一句话说出来了。

沈太太还絮叨着：“娘娘，您说这可怎么好。我们老爷原还想着寻个什么时机，把我们家的勋位往上动一动，能得个伯爵也是好的，往子孙身上传也体面了，也不枉娘娘母仪天下一回。如今这算什么呢，您做着皇后，娘家哥哥只是个同知，大殿下一个傻子，他母家还封着个国公呢。”

“你闭嘴！”沈皇后终于忍不住了，斥道，“做个同知太太委屈你了？二郎母家不是一样？那一家子还缩金陵去了，皇上八百年不见得想得起他们。你们总是待在这皇城根下，真有机会，本宫岂有不替你们考虑的，这会儿急的什么！”

孙姑姑也忙劝道：“太太这抱怨实在不公道，先老国丈去了，如今娘娘就只有舅爷这一家至亲，岂会不盼着娘家好呢。只是这富贵若想长长久久的，最重要的，还是得我们四殿下好，您说是不是？”

沈太太不过顺口抱怨一句，哪敢真跟做着皇后的小姑子顶，让皇后一训，就只有赔笑点头了。

她这样，沈皇后看着也不顺气，什么忙都帮不上，让传个话还要顺道给她添个堵，每回开口都忘不了爵位，皇帝不给，她难道能去抢吗？

这样上不得台面的嫂子，还不如也缩金陵去呢，她好歹还能落个清净！

沈皇后皱了皱眉，冷静了一点下来。

她暂时没有说话，沈太太和孙姑姑都不敢打搅她。

过一会儿后，沈皇后开口问道："大哥那边，有没有留什么把柄出去？"

沈太太忙道："没有，老爷只是找他吃过几回酒，有话都是当面说的，一张字纸都没有给过他。若有，我也不敢现在来找娘娘了，那样不是把娘娘也拖下水了吗？"

这句话还算中听，沈皇后的脸色终于缓和些，说道："这就好。既然没有，怕的什么，就算李某那边胡乱攀咬，也很不必怕他。"

她又咬牙冷笑："二郎这回算立了个大功了。"

沈太太及孙姑姑都不敢说话。

沈皇后却又很快回转来道："立了功，自然是该赏的。皇上想不起金陵那一家子，本宫就该提醒提醒他，你们说，是不是？"

沈太太茫然道："想不起不是正好？"

这悟性！

沈皇后鄙夷地白了她一眼。

孙姑姑倒很快领会到了，说道："娘娘的意思，石家的封爵上不去，娘娘家的就也被压着，若是助他一把力，他们封上去了，舅老爷再去求，自然好说话了。"

沈皇后才赞许地点了点头："正是。"

沈太太听得眼前一亮，又有点不甘心，道："只是，白便宜了石家。"

"那一家子废物，当年跑得兔子一般快，给个国公又怎么样？"沈皇后很不看在眼里，冷笑道，"大哥在京里经营这些年，若得封爵，是如虎添翼，石家得封爵，哼，光禄寺不过又多发一份禄米罢了！"

"是，是。"

沈太太想到坏事竟能变成好事，自家封爵有望，顿时坐不住了，紧着奉承了沈皇后几句，就忙忙赶在宫门关闭前回去了。

朱谨深和沐元瑜在用膳。

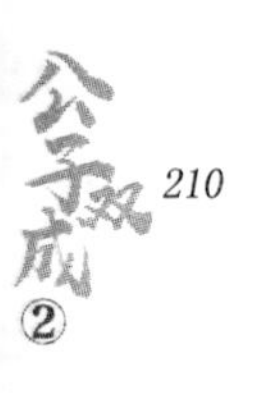

其实，主要是朱谨深吃，沐元瑜看。

桌上的膳食自然是极丰盛的，朱谨深难得来一回，怎么也不能怠慢了他。

但面对着一桌盛宴，沐元瑜只有捧着碗米粥慢慢地喝着，就这样，她也时不时被烫得皱眉，要放下碗缓一会儿。

这一方面是因为她额上的伤疤还未痊愈，要戒掉一些相冲的食物，另一方面则是因为……咳。

她这样，朱谨深也不太吃得安稳，见她把那碗粥喝完放下，也就跟着放下了筷子，漱了口净了手，起身道："快宵禁了，我回去了。"

沐元瑜点点头，跟着起身送他。

他来这一趟，其实都不知道做了什么，两个人话都好像没说几句，往门边走时，才想起来聊一下。

淡淡的月色下，朱谨深轻声道："我这两日，就不过来了。"

沐元瑜心领神会地点头——不能来了，再不缓一缓，她的舌头恐怕是真不想好了。

"你不要乱走，就在家里待着。刺客那边还不知审得怎么样，应当没有这么快出结果，有没有同党，也不知道。"

沐元瑜道："我明白。"

对于这事她有点遗憾，当时从国子监出来就遇着锦衣卫了，只好把刺客交了出去，没来得及带回来先审一审，导致现在还不知道是什么来路。

不过，对她也不会有太大妨碍，她最重要的秘密一定还保留着，不然隐在暗中的人马若想对她不利，直接掀翻就行了，用不着费那么大事翻山潜进围场去刺杀她。

"有什么事，叫人到十王府去找我。"

沐元瑜又点点头。

说着话到了门前，想想暂时没什么好说的了，朱谨深出了门，登车而去。

沐元瑜目送他出了巷子，晃悠着手往回走。

观棋一直憋着的话终于逮着机会说出来了："世子，您这怎么搞的，我先要和那殿下说，您还拦了。他是没有吃过肉吗，就是喜欢，也没有这样不节制的，他快活了，把您弄得饭都吃不好了。"

"你这说的，我们也没有干吗。"沐元瑜干咳一声，道，"再说，也不怎么与他相干，是我招他的。”

观棋将信将疑，她觉得应该是她们家世子挨欺负了，但是吧，就朱谨深那个模样，要说她家世子先招了人，好像也不是不可能。

沐元瑜没什么诚意地安抚她：“我以后会矜持一点的。”

之所以说没诚意，是因为她很快又反悔，道：“不过矜持了，我又觉得有点吃亏。”

美色当前，躲了多亏呀。

“哎，不管啦，真要细想，我背的事可多了，头都能大两圈，先快活两天再说吧。”

这番纠结来得快去得更快，沐元瑜很快自己想开了，背着手，哼着不知名的小调往里走。

鸣琴与观棋在背后无奈又欣慰地相视而笑：世子她，看上去是真的很快活啊！

所以，管那么多做什么呢？

先快活了再说！

丁御史的奏章隔日就递了上去，在皇帝的案头摆了两日后，遇上常朝，皇帝拿了出来，下令群臣就此商议。

朱谨深与审案的两御史、国子监祭酒连同沈国舅在内，都一同上了朝。

其中沈国舅是主动要求来的，那学正虽往他府上跑了一趟，但后续审讯中没有任何证据显示他与李司业有关。丁御史也只是在奏章中提了一笔，凭此一点疑点不足以拿一个国舅怎么样，只是他坚持要来，说是为了表明自家坦荡无私，愿意接受群臣的任何询问，皇帝也就无可无不可地准了。

这一桩案子，说来是很离奇的，学官为了升官，竟自导自演出一回暴乱来，丁御史的奏章一经披露，殿里顿时纷纷议论起来。

许多人义愤填膺，向前请求皇帝务必严惩：“李某丧心病狂，忝居圣贤学府，竟视学子为傀儡，肆意妄为，险些酿出大祸。如此国贼，不施重惩，不足以震慑后来人！”

“正是。”

李司业这个事干得太行险了，没有任何可开脱的余地，也没人敢替他开

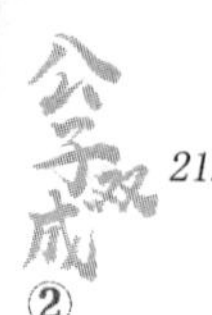

脱，对他的意见几乎是一面倒地要求严惩。

皇帝便目视宋总宪道："按律，李某该当如何？"

都察院里出人审的案子，宋总宪对这个问题自然是有准备的，出列躬身道："李某此行，虽未得逞，然而为私欲，在天子之都煽动监生蛊惑造事，其罪不下于谋反，按律，当处斩刑。"

皇帝点头，又缓缓环视殿中，问道："卿等以为如何？"

无人有异议，李司业从败露的那一刻起就算完了，此刻商量对他的刑罚，都算浪费时间。

至于余者贡生学正这种小人物，那是连拿到朝上说一说的资格都没有，该是何罪，私下也就定了。

接下来的重头戏是，李司业完了，他留下的位置谁接，更重要的，还有梅祭酒的处置。

梅祭酒是从一进殿就已经摘下官帽，跪地请过罪了，此后群臣对李司业的每一声声讨，同时也算是在给他难堪。治下出了这么大的乱子，他难辞其咎，自请去职是必须的。

这样一来，国子监祭酒与司业正职副手都没了，上层权力直接形成了真空，这种情况当然是绝不能长久的，接任者是谁，必须越快定下越好。

朱谨深站在金阶下，群臣的最前面，一直都没有说话。

他主要是在听。

这种最直接的官场生态，他其实还没有接触过。

按理来说，说完了罚，接下来就该是赏。不管是他也好，还是审案的御史也罢，这么快结了案，人证俱全，一桩办得极光亮的差事，怎么也值得赞誉两句。

他前晚刚脱困被带往宫中时，几个阁老重臣都还没少夸呢。

此刻这些人却都顾不得了，因为国子监的那两个空缺，像涂了香油的精致糕点一样，吸引了众人全部的注意力，唯恐慢了一步，就要被别人抢了去。

这是最真实也最赤裸的权力模样，就这样彰显在了他面前。

——跟棋盘街上那些熙攘叫卖的挑夫店家，似乎也没有什么两样。

朱谨深渐渐有点走神。

当然他面上绝看不出来，他那一副淡漠表情，还是很有欺骗性的。

沈国舅不时瞄他一眼，倒是有点着急，因为他根本插不上话。

外戚在正经朝会中的弱势，他是真切体会到了，也因此他对于妹妹的主意有了一点信心，以他在京中这些年都不过如此，石家就算回来，能有什么作为？以石家为垫脚石，把自家的这个爵位争到手里才是真的。

朝臣们的争执在继续着。

皇帝高居宝座，将底下种种生态尽收眼底。

他看出来朱谨深在走神。

自己的儿子，他还是有点谱的。虽然他常常摸不透他在想什么，比如说，这样的权力争锋，也不能有丝毫触动他？

这让他看他不怎么顺眼起来。

做老子的脑袋要被吵破了，儿子在下面神游天外，还有没有天理了。

他就开了口："二郎，臣子们争执不下，你怎么看？"

皇帝一开口，底下顿时为之一静。

旋即目光如无数盏萤火般，都汇集到了朱谨深身上。

什么意思？皇帝忽然说这么一句，是考验一下皇子，还是真的有意听他的意见？

如果是后者——有些城府浅的便生出了微微的后悔来，早知刚才不该将皇子撂在一旁，略夸他几句，此刻还能混个眼熟。

朱谨深虽走神，但大半神思仍在，忽然被问，也没怎么犹豫，就道："选官之事，自有朝廷制度可依，儿臣未经历练，不便轻率插言。"

"朕要你说，你就说。"皇帝缓缓道，"错了也不要紧。"

怎么不要紧，当着这么些人的面，若是说了什么外行话那面子可就丢大了好吗？

"祭酒之职，掌大学之法，儿臣不敢轻言。不过皇爷一定垂询，六品司业，儿臣倒有一人选试为推荐。"

皇帝扬了眉："哦？你说。"

朱谨深道："现任国子监丞张桢，二甲进士出身，历御史、典簿，当年因直言遭贬，其人有担当。升不升他做司业，儿臣不敢妄言，不过令他暂代司业一职，以避免这段时间监生们乏人管束、再生乱子，儿臣以为是可行的。"

群臣争到现在，争的主要是祭酒的位置 ，司业一个六品官职，还不值

得大家这么放下身段。

以至于这个问题忽然被提出来，众人没有准备之际，也觉得：好像是还挺有道理?

论出身，论资历，论现在所处的官职，比张桢更合适的，一时竟还寻不出来。

就是这样算的话，张桢也升得太快了些，他的监丞凳子还没坐热呢。

但非常时期行非常之法，再者张桢当年遭贬职，乃为直言犯上，这种罪名不是黑历史，甚至可以算资历的一种，他现在即使升得快了些，也可以说是资历攒到这个份上了。

沈首辅当先出列拱手道：“臣以为可行。张桢原在国子监里，既比别人熟知情况，而他回京不久，又不至于与监内某些势力勾连过深，正可放开手来整治学风，一肃那些沉疴风气。”

“臣附议。”

“臣附议。”

这个人选可挑剔的地方不多，也不值得为六品多加争执，这一波过去，才好继续推各家心目中的祭酒上位。

“杨卿，你以为呢？”皇帝点了杨阁老的名，同时瞥了朱谨深一眼。

杨阁老躬下身去，道：“臣——附议。”

张桢暂代司业之职就算定了。

接下来众人继续吵祭酒。

一个上午的时光不知不觉就过去了。

沈国舅站得腿都软了，而群臣的争执总算出现了点曙光。

只是只有曙光是不够的，一个代司业张桢不足以运转起国子监，今日祭酒的人选必须择定下来。于是午间时皇帝赐了宴，下午还得接着吵。

皇帝叫朱谨深到乾清宫去用膳。

他没有坐辇，而是跟儿子在秋阳下走着，闲聊般忽然问出了一句：“二郎，你知道你错在何处吗？”

朱谨深走在退后一步的位置，道：“儿臣举荐张桢，得罪了杨阁老。”

皇帝惊异地望他一眼，道：“你居然知道。”

这什么儿子，一点成就感都不给做老子的留。皇帝点他：“你说说，说说，张桢可是杨阅的门生，你举荐了他，怎么会觉得得罪了杨阅？”

“杨阁老也有要举荐的祭酒人选，我推了张桢上来。祭酒与司业不可能出于同一派，他要推的祭酒人选自然就不好再提了。”朱谨深语气淡淡的，因为他觉得皇帝是明知故问。

这也是张桢会从他嘴里说出来的原因，不然，早该由杨阁老替他争取才对。

而后来争执会出现曙光，也与杨阁老默然退出不无关系。

皇帝负手缓步，道：“你明知如此，还是说了。”

“皇爷问我，我难道一问三不知不成？”朱谨深道，“我以公心荐人，并没有任何不可告人之处。他人若有不满，该他扪心自问，不是我该顾虑的事。”

皇帝不置可否，过一时，眼看拐了弯，乾清宫在望，方道：“你是不是因为跟沐家那小孩子混久了，说起话来居然不大噎人了。可见近朱者赤，倒还有那么点道理。”

朱谨深：“……”

沐元瑜是赤？

他觉得，皇帝对她有很大误解。

第十三章
立志在坚

皇帝的话没有说完，话锋一转道："你同沐家那孩子好，朕从来没有管过。不过，你自己心里当有个数。"

朱谨深不着痕迹地垂了眼："皇爷何出此言？"

"异姓藩王，遍观历代，就没有不出事的。"

汪怀忠得了皇帝的眼神，早已领着内侍们停下了脚步。皇帝独自往前走着，乾清宫前一片空旷，并不怕人听到，他的话，也就说得不加掩饰。

这一句来得突然而直接，朱谨深的眼神都不由得为之一闪，道："沐氏一向，似乎还算安稳。"

皇帝点头表示赞同："不但安稳，连钱粮都不怎么找朝廷要，比起你的王叔们，是省心得多了。"

他放缓声音道："但也正因为此，可见其在南疆自有积累。这积累一代胜过一代，保不准到了哪一代，就要养大了心思。所以便如那树苗一般，枝丫多了，就该修剪修剪。"

"皇爷的意思是……削藩？"

皇帝却又笑着摇头："不至于此。沐家老实，朕也不是不能容人之君，没必要去找他的麻烦。但居安思危，思则有备，有备，则无患。沐显道子嗣艰难，却又老而昏庸，冷淡好好的将成年的儿子，以至于沐元瑜这两年都避在京城，这样不必大动干戈的良机，不是什么时候都寻得着的。"

滇宁王为什么冷落长"子"，如今朱谨深是再明白没有的了，但他不能与皇帝吐露，便只是默然听着。

“朕这两年冷眼看着，沐元瑜才干是有，难得的是他年纪不大，还有手腕与分寸。如此，他在京里留的时候是越久越好，他不得与那些边将结交，但以他本身的能力，将来返回南疆，也能勉力镇得住滇宁王府，不致生出大的乱子。”

“那皇爷的意思是……”

皇帝不会无故与他分析这些，但饶是以朱谨深之机敏，一时都未明白皇帝的话外之音。当然，可能也因他做了沐元瑜的共犯，隐瞒了她一项致命秘密，所以多少有些心绪不定之故。

“你跟沐元瑜好，可知他有什么喜欢的姑娘吗？”

朱谨深脚步一顿。

而后他没什么表情地道：“儿臣不知道。”

“你不知道，不能去问问？”皇帝有些不太满意，道，“朕若问他，只怕他不好意思说，你们常在一处，你去问他，肯定一问就知。京里的好姑娘这么多，他又正巧是这个慕少艾的年纪，若有合适的人家，朕替他做了主，岂不比回去南疆娶的好。”

沐元瑜若在京里把婚事解决了，对皇帝来说，自然是比回去再和个什么土司联姻来得好。

沐家和当地的土著势力越是缠得紧，皇帝越是不便轻动。

但对朱谨深来说，这就非常不好了。

他一时失控之后，是从沐元瑜那里得到了远胜过他想象的热情反应，以至于他都有点被闹蒙了，处在那种初尝滋味的不可自拔之中，有一点空闲时间都想着要去找她。

但皇帝这一番天子心术一动，登时把他从那种情热里拉扯了出来。

他一下回到了现实。

现实很麻烦。

“她还小呢，不懂这些。”

“你不懂才对。”皇帝轻嗤，嘲讽了儿子一句，“也不知你整日想些什么，你娶不得亲，就要拦着你的跟班也不许娶？亏你说得出还小。再慢一步，沐显道那边给他定了亲事，朕总不好跟人亲爹对上。”

“她没喜欢的姑娘。”朱谨深很不自在地说着。

他知道了沐元瑜的真身，当然不至于还去吃她跟什么姑娘的醋，但说实话，他内心深处又隐隐觉得沐元瑜根本没怎么拿自己当个姑娘看。哪个姑娘这样能闹，把他闹昏了头，那么大件事都莫名其妙就算了。

现在回想，只剩无奈，凭他怎么冷脸，她根本不怕，只是往上贴。他当初把人惯成了这样，现在也只好受着了。

而他都招架不住，要说她男女通吃，起码就魅力这一点来说，是没有什么问题的。

真给她弄个“夫人”，她恐怕也有本事把人拿下。

这让他决定绝了皇帝的念想，遂道：“里头有一件事，我告诉皇爷，皇爷千万保密，不然，我和她的交情就算完了。”

皇帝从不曾从这个儿子嘴里听到这种话，十分好奇地道：“哦？”

“皇爷总说她是沐家那孩子，她确实是。”朱谨深低声说道，“她还未成人。”

皇帝的眉毛高高耸起：“啊？”

他淡淡地道：“这是晚了些，他们夷人那边，不是据说该比中原人还早些？”

开了这个头，底下也就好编了。朱谨深面不改色地道：“不知皇爷记不记得，传闻里，沐元瑜出生时也是出过事的。”

皇帝现在还有人手在南疆安插着，当然是听过这桩事的，便点头。

“沐元瑜的身体，因此也不大好，外表看不出来，那个要命的地方却虚着。”朱谨深越编越顺，“皇爷不是奇怪她父亲为什么不喜欢她吗？就是为着此事了。小时候还看不出来，渐大一点，她那地方……生得很慢，渐渐行迹就出来了。”

“……”

皇帝真是呆住了，他想套儿子的话，但万没想到会套出这种密探也没查出的秘闻来，简直不知该说什么好。

他花了点时间消化了一下，才道：“竟有这样的事，他也肯告诉你？”

“皇爷知道，我从前身体也弱，成人也晚。她与儿臣有同病相怜之处，所以同我走得才近，也不大避讳我。”朱谨深道，“她跟别人是万不会说的，连亲近都不怎么和别人亲近，皇爷若有留心，其实能注意到一些。”

这一整条逻辑链都是顺得通的，尤其滇宁王为什么不喜欢沐元瑜这一点，皇帝久有疑惑，只是他搞不明白，沐元瑜从性情到能力哪一点都是很合格的继承人苗子，怎么滇宁王就要拿一个还没断奶的娃娃当宝……

如今听儿子这么一说，他是全明白了。

“那，他就是不能人道了？”

“也不是。”朱谨深不敢将话说死，谨慎地道，“她长得慢一些，但不是就……我也说不太清楚。总之，成亲应该是可以的，但要过些年，现在不行，娶了姑娘回来，也只是叫人家守活寡罢了。”

皇帝若有所思地点了点头，不说话了。

朱谨深便也沉默了。

他从前是隐瞒，然而这一遭是主动欺骗了，要说心里一点愧疚没有，是不可能的。

他与皇帝的关系再一般，毕竟也是他的君父。

他只能在心里默想：皇帝希望南疆的局势能平稳过渡，这样也算如他的愿了，沐元瑜的女子身份于此时被揭穿，可以想见南疆将大哗成什么样子，就中搅事取利的人又有多少，那其实不符合皇家的利益。

至多，再有什么差事派给他，他努力去做了，当作为君分忧吧。

小半个时辰之后，朱谨深打消了这个念头。

这时他已经陪着皇帝用完了饭，有点迷茫地听从皇帝的命令进入暖阁，然后，就被堵在了里面。

汪怀忠很为难地赔着笑：“殿下，您这……皇爷就看一眼，您亲父子俩，有什么不行的呢。”

其实他也觉得皇帝的这道命令下得有点不着调，但既然是金口玉言，那他做奴才的只有想方设法办了。

朱谨深脸都黑了，说道：“有什么好看的，我真有这样的问题，内侍还能不报上来给皇爷？”

“那可说不准。”皇帝站在几步外，背着手道，“你自打出宫，翅膀就硬了，你不吃药的事，身边人不就提着脑袋替你瞒得好好的？”

朱谨深被翻了黑历史，无话可答，只能转而道：“我小时候，皇爷又不是没有看过，我哪有什么问题！”

“你十三岁就出了宫，那时不过一个细条团儿，看得出什么来。”皇帝道，“不要啰唆了，朕前殿还有公务。你当朕想看你。”

不想看还叫他脱裤子！

朱谨深生平没遇过这样的窘境，气得额角青筋都蹦出来了，说道：“皇爷，儿臣都这样大了，哪还有您这样办事的！”

早知他替沐元瑜扯的什么谎，这可好，把自己填坑里了！

他简直想回去敲她的脑袋。

他扯出这个谎来，更多的还是从沐元瑜的立场出发，滇宁王是不可能给假儿子娶什么妻的，如此一来，这一条不对之处就跟着掩过去了。

“再大，你就不是朕的儿子了？”皇帝催他，“快点，你不动手，朕叫汪怀忠来，你面子上更不好看了。”

皇帝的意志如此之坚定，那就是不可能被说服了。

朱谨深把自己站成了一块僵直的铁板，终于转眼望向汪怀忠，咬牙道：“你出去。”

汪怀忠知道他不想被围观，忙应了声，轻手轻脚地退出去了，还贴心地把帘子笼得好好的，又站远了点。

一会儿之后，皇帝满意的笑声响起来：“行了，你这样英武，朕也就放心了。”

“英武”的朱谨深走出来，他的衣裳看上去仍旧一丝不乱，但是脸色沉得像结了冰。

皇帝撩开帘子，意思意思地安抚了他一句：“朕也是好意，话是你自己说的，万一你俩真是一对难兄难弟，你叫朕怎么能不多想呢？”

走了几步，他又向守在门边的汪怀忠道：“二郎这脾气，是好了点，朕还以为得把锦衣卫叫来才行。”

汪怀忠仍旧只好赔笑。皇帝敢说，他是万不敢附和的，看看二殿下那脸色，简直不好形容了。

二十岁大的儿子，还要被压着验身，就算是亲爹，这也实在……咳，怨不得二殿下羞愤。

下午开始，群臣继续争吵。

不过这回吵的时间不长，国子监祭酒的缺出比较突然，有资格角逐的不过那几个人，杨阁老又退出了，小半个时辰之后，终于尘埃落定。

皇帝本人并没有什么特别想提拔的人选，所以才会放任群臣争执，见他们差不多争出了个结果，也就从善如流地应了。

沈国舅站到这个时候，真是把两条腿都站成了木棍一般，只是面上掩饰得好，见完了事，忙接了话进去，表白了一下自己跟李司业只是普通交情，与监生闹事不可能有丝毫干系。

他这么说，至少在明面上是站得住脚的，再者朝臣争了这么久也累了，一时便都只是听着。

皇帝道："既然与你无关，你也不必惶恐。"

沈国舅忙道："是，谢皇上。那李司业狼子野心，官迷心窍，竟敢做出这等事来，臣鄙夷他还来不及，怎会与他同流合污呢？"

他说完了话头没有止住，转而夸赞起朱谨深来，说他如何沉着不惧，见微知著，在此案中立下了如何如何的功劳。

夸是当夸的，祭酒这缺不管争没争到手，都已经过去了，群臣空闲出来，也都跟着附和起来。

朱谨深站在最前列，仍是那一副淡漠模样，于是夸他的词里少不得又多了一个宠辱不惊。

皇帝这回心里知道是为着哪桩，往儿子面上一扫，就知道他还憋着气，怎么乐得起来。

但他当然不会点破，朱谨深把写结案陈词的机会让给了丁御史，丁御史投桃报李，在奏章里也没少夸他，把去抓人时的情景写得那叫一个生动。

朱谨深当时的处置举动，堪称完全投对了文官的胃口，兼顾大局与彰显个人风度并举，刷声望还刷得没有一丝烟火气，办案子都能办成这样举重若轻是每个文官的梦想——只是可怜了华敏，不过这时候，再不长眼的也不会提起他来。

自己技不如人做了对照组，那又能怪谁。

一片赞誉声中，气氛烘托得差不多了，沈国舅顺理成章地提出当予奖赏。

这回朱谨深终于出了声："不必，儿臣不过做了分内之事，岂敢就讨起赏来？"

沈国舅笑道："二殿下自然谦逊，不过臣有一个好主意，包管皇上和二殿下听了，都觉得妥当。"

皇帝道："哦？你说来听听。"

"二殿下的母家石家退居金陵多年，如今二殿下康健长成，又能为皇上分忧——"

沈国舅徐徐说着，将为石家请封爵位的事情说了出来。

群臣到了这个时辰，本已十分疲惫了，结果一听沈国舅这话，顿时又都活了过来。

大殿里眼神乱飞，有看皇帝的，有看朱谨深的，有看沈国舅的，还有一派互相使着眼色的。

群臣记性不差，都还记得两年多以前沈皇后深明大义，为前头的三位皇子请求举行冠礼的厚德之举，如今沈国舅又提出来为二皇子的母家请封爵位，沈皇后这位继后做得，真无愧"母仪天下"四个字，十分厚道慈爱。

但能在这时站在大殿里参与廷议的，一大半是人精，各人心里到底是怎么想的就不好说了。

沈首辅一时没有说话，倒是杨阁老站出来道："二殿下查案有功，惠及母家，也有此理。但国之爵位，不可轻予，还请皇上三思。"

众人的目光便又到了杨阁老身上，有人心里嘀咕：二皇子才搅黄了杨阁老提出的祭酒人选，这下好了，转眼杨阁老就要搅和他母家的爵位了。

陆续有人站出来应和。

哪怕是个不世的爵位，那也是公侯伯之流了，石家没有寸功，不当随意封赐。

沈国舅反驳道："当年先皇后为产育二殿下，不幸逝世，连凤命都殇了，怎能说没有寸功？"

杨阁老道："先皇后固然不幸，然而当年已封了石家都督同知，并非毫无所赐，国舅之言，失之偏颇。"

沈国舅道："当年是当年事，如今是二殿下立功，阁老不可将两件事混为一谈。"他转向皇帝拱手道，"臣以为，石家多年来谨言慎行，不曾听闻有一丝恶行，如今酬以爵位，臣以为是可以的。只是不便越过承恩公，定为侯或伯即是。"

他看上去其意甚坚，连具体封什么都替石家考虑好了。

但有意见的大有人在，倒不是跟朱谨深或石家有什么恩怨，只是一来外戚原就为群臣警惕，二来其中相当一部分是看不顺眼外戚没甚本事，只凭婚嫁就改换门庭的。

臣子们站在这殿里可都是凭借十年寒窗苦读而来，就这样，子孙若不争气，这福泽也绵延不下去，凭什么外戚就可以躺着享乐？

当然，若叫他们做外戚，他们也不见得愿意，因为做了外戚，富贵虽不愁，权势是别想了。人生难得两全。

一片喧扰声里，沈国舅坚持己见，舌战群儒，不知皇家内情的人看了，八成还以为他是朱谨深的亲舅舅。

听他们吵了好一阵，皇帝揉了揉眉心道：“卿等各有各的道理，朕一时倒难以抉择。这样吧，今日时辰晚了，择日再议。”

皇帝这话也是其来有自，这一日议的事着实不少，再添一桩，不知将吵到什么时辰。横竖封爵与祭酒出缺不同，国子监里才生过乱象，此时人心未定，急需继任者去安抚，石家这爵位早一日晚一日就无所谓得很，耽误不了什么。

当下便也无人坚持，群臣都应了，预备退下。

皇帝又顺口问了朱谨深一句：“二郎，你以为呢？”

皇帝没有当场就着反对的臣子口声拒绝，其实就是有可活动之处，所以朱谨深最好的选择，是说一句一切以皇帝的意思为准，不用明确表态。

但他道：“儿臣以为，杨阁老所言极是。”

群臣侧目：这……谦逊得过了吧？

当然，作为当事人，他最好是不要出头给母家争爵位，但最多保持沉默也就很够了，赞同反对派图什么？

万一没把握好分寸，一个已经落在半空的爵位可就又飞走了。

但这还没完。

朱谨深接着道：“祖制有云，非军功不得封爵，儿臣不敢违背。”

…………

祖制上确实有这一条。

只是随着时移世易，祖制也不样样管用了，不然元后家怎么封的承恩公。

但再被后人含糊对待的祖制，也是祖制，一旦被抬出来，那就能压得人脊梁一弯。

沈国舅就差点被压趴到了地上。

他觉得朱谨深简直是疯了——抬祖制压他，怎么想的！

就算看出来了他的真实心意，也不用这样两败俱伤吧！

这一句说出来容易，当着这么多大臣的面，再想收回去就不可能了。而石家若封不成，他更别想了，石家没军功，他家难道有？

石家封爵的可能被掐死了，他家也一样。

沈国舅纳闷死了，他想过皇帝不同意，但没想到朱谨深会反对，石家再提不起来，热辣辣的一个爵位，也舍得往外推？

朱谨深这个人本来就够独特了，现在还这样六亲不靠，难道真想把自己整成孤家寡人不成？

他现在很懂沈皇后的感觉了：朱谨渊那真是不足为惧的，他想干什么，都写在脸上了，用不着跟他多费劲；可朱谨深想干什么，那真是一头雾水，怎么都看不出来。

殿里群臣也是一怔。

推辞有真心和假意，说不要的，不见得就是不要，可朱谨深这一句出来，那是不存在任何“受之有愧，却之不恭”的空间，他就是不要。

愣怔过后，便是松了口气，户部尚书尤其高兴，封这些外戚，每年都要白贴一大笔钱出去，能少封一个是一个。都督同知的勋位也很好啊。

当下他第一个站出来，夸赞朱谨深讲规矩知礼仪，是太祖的好儿孙。

沈国舅则是快憋得背过气去：他不争这一回，自家以后逢着对景说不定还有机会，这一争，直接彻底争没戏了。以后再想提，人人都能拿这句把他堵回来。

除非去立个军功。

可军功又岂是好立的？

现在四海都太平，只有北边的瓦剌还贼心不死，时不时犯边。草原蛮子身高两丈，眼如铜铃，还生吃人肉，那都跟恶鬼一般，沈国舅一个靠妹妹起家的普通人，怎么敢去招惹！

现在再想什么都晚了，爵位就是没了。

皇帝道："二郎言之有理，既这样说，爵位一事，倒不必提了。"

散朝。

朱谨深随着人流往外走。

有几个臣子围拥在他左右，试探着跟他搭话，他的态度不冷淡也不热情，很平常地回应着。

斜阳照下，一路出了午门，他见到路边站着个人，抱着书，有点翘首以盼地往里望着。

一时目光跟他对上，沐元瑜脸上绽出笑容来，抬步就向他跑过来。

朱谨深的脚步一顿，跟着不由得加快了点，抛下了几个臣子，等碰到面前，就道："不是叫你在家待着？怎么又出来了？"

"我在家休养好一阵了，没有事情做，实在待不住，今天就又来上学了。"沐元瑜笑道，"赶巧听说殿下在宫里议事，还没有走，我就等了一会儿。"

她又道："殿下放心，我不去别的地方，只在宫里与家之间来往，我路上又带着护卫，不会有事的。"

朱谨深道："哦。"然后他抬手敲了一下她的脑袋，"走吧。"

他回头跟先前那几个臣子点头示意，就重新举步。

沐元瑜挨了一下，倒是有些莫名，跟在他旁边追问道："殿下打我做什么？"她感觉有点痛。

朱谨深垂眼，瞥她一眼道："想知道？"

沐元瑜忙点头。

"不告诉你。"

沐元瑜哭笑不得，打人还有理了啊！她道："殿下，您不告诉我，我要还手的。"

"你还。"

"我真还啊。"

"啰嗦。"

先前跟他搭话的几个臣子离得近些，很是感叹：年轻人，感情真好啊。

说是"不告诉"，等回到了二皇子府，朱谨深还是把替她扯谎的事说了。

毕竟事关沐元瑜本人，不跟她通个气，万一皇帝哪日提起来，她的表现不对就糟了。

当然，某些不需要她知道的就不必说了。

沐元瑜坐在炕上，听得都呆住了。

“殿下，您这是……帮着我去骗皇爷？”

“不然怎么办？”做都做了，朱谨深不会再去纠结，只道，“等皇爷指婚下来，给你娶个世子妃吗？”

“那是不成。”沐元瑜抓了抓脸，又感动又为难。朱谨深默不吭声的，然而连这种事都替她做出来了，她觉得有点承受不住。

怪不得刚才他要敲她一下，替她撒了这么大谎，他心里不可能毫无压力。

“殿下，我觉得我好坏啊，像个祸水一样了。”

她欺骗皇帝没多大感觉，但朱谨深不一样，那毕竟是他亲爹。

林安被撵出去不许进来，屋里没有伺候的人，朱谨深自己伸手倒茶，把其中一盏推给她，道：“怎么这样能往自己脸上贴金？”

就史书上来说，能被称为“祸水”的，怎么也得是绝世红颜一级。

沐元瑜很快意会到了这层意思，脸就板了起来，哼道：“殿下，在我们云南，你这样不会说话的郎君是要被关到大门外面的。”

朱谨深手放在炕桌上，勾了唇，向她示意：“谁让你要想那么多。我做的事，我心里有数，同你没什么相干。”

他话说得简单，但怎么能跟她不相干？

沐元瑜懂，跟去国子监一样，他的决定，他自己负责，他不以为是为了她做的，这层责任就应该转嫁给她。

他从来就是这样骄傲。

于她来说，是更感动了，她乖乖地把手伸出去，跟他牵了一会儿。

她又保证道：“殿下，您放心，我是朝廷的良民，我现在如此，只是为了保住我和我母妃的性命。无论将来如何，我都不会为私人恩怨轻起刀兵，危害朝廷与百姓。”

她说完了仍觉不足，心里还有激荡无处安放，见他手白如玉，透得出底下青色的血管，也好看得很，忍不住低头亲了亲他手背。

柔软的嘴唇触碰到肌肤上，朱谨深只觉一烫，险些把她甩出去。

“你就不能好好跟我说一会儿话？”

沐元瑜抬起头来，脸也有点红，说道：“好的。殿下，您今日在宫里怎么那么长时间？”

“你现在还想好好说话？”朱谨深却又打断了她，放开了她的手，站起来到了她面前，俯身抬起她下巴，先轻咬了她一口，低声道，“你养好了吗？”

沐元瑜知道他问的是什么，不大好意思看他，眼神飘着点点头，就在此时，他已经亲了下来。

这个姿势不是很方便，沐元瑜渐渐被迫得有点后仰，不得不用手往后撑住秋香色的条褥，掌心压在精致的金线绣纹上。

在她感觉手腕发麻，而掌心微痛，那绣纹可能已经印到她掌心的时候，朱谨深终于放开了她。

她发了一会儿晕，才找回了神智，把手拿到面前一看，果然上面横七竖八地印着些印子。

朱谨深也看见了，扳过她的手又细看了一下，道：“就你这样的，还总是嚷嚷手粗。”

沐元瑜弯了眉眼，当夸赞收下了。

各自冷静了一下，他们才真的开始说话。

沐元瑜道：“殿下，成亲这事，其实我原来想过法子的。”

她年纪渐长，亲事总没动静不是个事，看在别人眼里难免要生出疑惑，关于这一点破绽，她当然有过考虑。

“什么法子？”

“我的丫头多，殿下是知道的。我和她们提过，就叫她们给我打个埋伏，我闹着要娶她们，我父王自然不同意，两边隔着山长水远，这官司一时打不完，我再闹得大一点，京里听到我有这个名声，好人家不敢把姑娘许给我，不好的人家，身份又够不上和我结亲。如此拖个几年不难，几年之后，那就再说了。”

朱谨深摇头：“天真。”他反问她，“你以为好人家的姑娘就很值钱吗？”

沐元瑜：“……”

这个，确实不一定。

世情如此，无可奈何。

朱谨深继续道："就算值钱，好人家择婿，也看的是女婿本人的能力作为，至于你风不风流，那是小节。哪怕你身边真环绕上十八个丫头，对许多人家来说，也不算什么。"

文官体系还讲究一些，但沐元瑜又不是，她属那藩王一脉，有的藩王关在封地上穷极无聊，玩女人生孩子就是人生第一等事，有几个宠爱的丫头太正常了，没有才奇怪呢。

沐元瑜无话可说了。

从稳妥度来说，确实是朱谨深的主意更好，皇帝不至于硬要指派她跟谁成亲，但一旦生疑，私下派人那么一查，后果就难料了。

那就不如事先塞给他一个一劳永逸的理由。

她心悦诚服："还是殿下聪明。"

而且从朱谨深的口里说出来，又比从她自己嘴里说出来可信度更高，她要当面跟皇帝这么说，万一皇帝找了太医来给她看看或是验一下什么的，她就完了。现在绕了道弯，皇帝心里"明白"了，但反而不好跟她提了，那也太扫她的颜面，皇帝犯不着。

她问道："殿下，您在宫里耽搁这么久，就是为了这事吗？"

朱谨深道："不是。"

他一边喝着茶，一边随口把沈国舅冒出来以致横生枝节的事说与了她。

沐元瑜听完，第一个反应是："殿下跟石家关系不好？"

前后三个皇后，石家是唯一不在京里的，因为迁居了多年，又没有子弟出仕，以至于已从人们的记忆中淡去，一般人都想不到还有这么一家子。

沐元瑜从前也没想起来要问，平白无故的，也不好问。

"算不上好，也算不上坏。"朱谨深语气淡淡地道，"我其实不记得石家的人。当年大哥的事爆出来，皇爷锁了母后的宫人彻查，石家听到风声，害怕被牵连，就连夜迁走了。后来母后难产，他们也没有回来，直到如今。"

沐元瑜听完非常吃惊。

先皇后的娘家，这都是什么人啊！

心生害怕可以理解，但他们居然怕到抛下最艰难时刻的女儿跑了！

她简直有点哭笑不得，说道："真有牵连，是跑到金陵就可以了事的吗？怎么想的呀这是！"

难怪朱谨深不愿意给他们争取爵位，换她也不愿意。

“沈皇后家不知道此事吗？”

“知道。”朱谨深挑唇讥笑，“大约是以为我如今身体大好，很缺人襄助吧。”

从常理来说，扶起母家来——就算这母家弱了点蠢了点，也总是比外人靠得住些。

沐元瑜一时没有说话，她不知道怎么措辞，只觉得朱谨深也太倒霉了，这命格比天煞孤星都差不了多少。母亲早逝，而母族亲眷竟连一星半点的安慰也吝于给他。

“何必这个表情。”朱谨深望了望她，语气寻常地道，“我没见过石家那些人，他们对我没有感情，我一般也是。谁也不欠谁的，他们喜欢在金陵，那就老老实实在那儿待着吧。”

想到当时沈国舅如被霜打似的表情，他还又愉快了点，说道：“沈家想更上一层，缺人缺势力，便以为我也是……呵。”

以己度人，这愚蠢真是多年不变。

沐元瑜有点小心地问道：“殿下……不想？”

“假使想就要拉帮结派的话，我才是真的不用想了。”

朱谨深没有正面回答她，但似乎也等于回答了她。

沐元瑜心里一跳，满含询问的目光望到他脸上，想进一步确定，又不敢。

朱谨深倒是微笑了一下：“你知道为什么从前皇爷对我多有容忍吗？一般的事，我可以说可以做，老三不敢？”

沐元瑜心跳得更厉害，她意识到朱谨深说话看似天马行空，一时过去一时现在，想到哪儿说到哪儿，但每一句都有其重要的含义在。

她努力定了下神，道：“因为殿下身体不好？”

“而我如今好了。”朱谨深紧接着就继续问，“我还可以怎么做，让皇爷继续保留对我的容忍？”

沐元瑜深吸了口气，不如此不足以抑制住她的激动，问道：“殿下要做孤臣？”

朱谨深身体是好了，可是想想看，他没有一点独立的势力，连至亲母家都仍旧和他分崩离析，除了皇帝，他仍然无可依靠——至少看上去是这样。

朱谨深这么做，看似推开了一切援手，但他保住的是最大最有用的那个。

不论皇子还是臣属，他们殚精竭虑为的是什么，不就是“君心”二字吗？

朱谨深若真的去培养别的所谓势力，才是捡了芝麻丢了西瓜。

这个道理被点出来似乎简单，但在点出之前，他就能于无数纷繁局势中精准地看清，打算好了自己的后路，那是很不简单。

“殿下——”

她简直佩服得五体投地，他至今不过弱冠，怎么就能聪明成这样啊。

朱谨深被她崇拜的眼神看着，神色又温和了些，笑道：“所以，你要是再想骗我，就要小心了。”

沐元瑜：“……”

他说这么一通，把心事都说给她听，就为了最后恐吓她一句？

干吗这样？

好讨厌哦！

虽然挨了一记冷箭，但话点到这个份上，沐元瑜也就没什么不明白的了。

她同时觉得自己也没什么可担心的了。

论出身论个人素质，将来大位所属，几乎没有悬念。

她没有再追问，也没有试图就这个话题再多说什么，前路曙光已现，沿着走就是了，不用操之过急，这也不是急的事。

她内心深处，隐隐地有一层侥幸：她幸亏是早几年前认识了朱谨深，若是她现在才进京，而又在三年后暴露了自己，以他成长的速度之快，心性都将不一样，那时一定不会就这样轻易善了。

他推开她，可能就是真的推开了。他不会再给她道歉和好的机会。

朱谨深见她神色奇怪，倒有一点纳罕：“真害怕了？”

他可不觉得她就这点胆量。

沐元瑜老实承认：“是。”

他刚才表情虽然温和，但又真有一点威严在，她其实有点觉得心头一颤。

朱谨深并不被她迷惑，一针见血地道：“你怕有什么用，怕也不会消停。真有了事，恐怕还是得照你自己的路数来。我同你说的，都是耳旁风。”

沐元瑜被逗笑了，道：“殿下这样了解我，我都不好意思了。”

她还真是这样的。当然，后一句不算啦。

她便又忙着表白："哪有，殿下说的话我都记着呢，不信殿下考考我。"

朱谨深当然不至于这样无聊，没再说话，见她的书丢在桌角，便顺手拿起来翻了翻。

沐元瑜想起来问："殿下，您那边事了了吗？明日去不去学堂？"

"去。后面的事跟我也无干了。"

沐元瑜开心地道："这就好。我从进京，都没和殿下在一个学堂里待过几天。"

朱谨深动不动被关，她这个一起同过窗的成就刷得将就，要不是凑巧跟他投了缘，恐怕至今近他的身都难。

两人又闲扯过几句，就到了晚饭时辰，用过饭后，沐元瑜提出了告辞。

二皇子府当然不缺她一间客房，但朱谨深没有留她，沐元瑜也不打算住下来。彼此身份如此，各自心里有数，在二人关系的处理上，其实互相都保留了最基本的一点克制，只是没有明说，也没必要，算是心照不宣。

于是赶在宵禁之前，沐元瑜返回了老宅。

刚进春深院，鸣琴迎上来道："世子，三堂少爷回来了，在家等了世子好一阵子。"

沐元瑜意外之余，一想也就知道了沐元茂的意思，道："我去找他。"

她又出了院门，到隔壁院子去。

隔着一点距离，正堂里倾泻出暖黄的灯光来，沐元茂看样子正在收拾东西，把各色笔砚文玩等在堂屋的桌上摆得满满当当的。

沐元瑜走进去，笑着道："三哥，你这是做什么呢，怎么大晚上收拾这些？"

沐元茂一抬头见她，露出一点笑容来："瑜弟，你回来了。"

他丢下手里的一个青玉山峰笔架，上前迎她，又问她怎么这样晚回来。

"瑜弟，外面还不一定太平，我以为你还在家休养，怎么你的丫头说你都去上学了？"

"闲着也是闲着。再者，我在家里闷着，什么消息也听不到，去到学堂里，离宫里近，多少还能听到两句。"

两人说着话，走到了桌边，沐元瑜捡起他才放下的那个笔架看。

沐元茂解释道："我有个同窗要走了，我想寻件别礼送他，所以回来找一找有什么合适的。"

沐元瑜点头，轻轻把笔架又放下，道："我还以为三哥跟我生分了，收拾东西要抛下我，回家去呢。"

沐元茂脸上的笑容消失了，郁闷地道："瑜弟，你看出来啦。"

话被挑明，他就不憋着也实在憋不住了，往后颓废地窝到圈椅里，苦着脸抱怨："你说这都是什么事啊，好端端的，怎么我家的亲戚就变成刺客了呢，疯了还来刺杀你，我越想越难过，简直都没脸来见你，唉！"

他重重地叹了口气，一副十分苦恼的样子。

他跟沐大奶奶那边关系再坏，没断绝关系，那就还是打断骨头连着筋的一家子，他再知道自己跟刺客绝无关系，也无法说服自己当没事人般撇得清楚。

沐元瑜在另一边坐下，手指在桌面上找了点空地方敲了敲，说道："三哥，你这可是杞人忧天。要说亲戚，我跟那刺客拐弯抹角也算沾着一点呢，你怎么就不好见我了？"

沐元茂闷闷不乐地道："那一点哪里算数，怎么好和我比。"

"那也不同你相干。你跟你两个哥哥加起来还没有跟我一半好呢，难道我不知道吗？"沐元瑜劝他，"三哥，你再要多想，可是辜负了我们一向的情谊了。"

沐元茂听她说得真切，心里终于松快了些，道："我没有要走，只是觉得不好意思。但想想，我再不好意思，还是该回来和你说一说。我已经又写信给我爹了，让他去问问大嫂，你放心，这事我一定会给你个交代的。"

他是好意，沐元瑜也就点头应了，公允地道："倒不一定跟你大嫂有关，真正行刺的是那个仆从，以卢永志的糊涂劲，恐怕他都未必是知情者，想混到他身边去，实在不是件难事。"

沐元茂关心地问道："锦衣卫那边审出什么了吗？"

"暂时还不知道。假如有消息的话，应该会告诉我一声，到时候我也让人给你送个信。"

沐元茂点点头："好。"

他憋了好一阵的心事没了，一下又活跃起来，跳起来拉着她道："瑜弟，你见识多，来帮我选一选，我送什么做别礼好呢？”

沐元瑜往桌子上打量着，问道：“你那个要走的同窗是什么样的人？”

“他是书香门第出身，你没见过，但我一说，你应该知道他家。”沐元茂道，“就是国子监梅老大人的小公子，他自己也有出息，已经考了秀才了，是贡监进来的。你帮我一下，我自己选，恐怕送错了招他那样门第的人笑话。”

沐元瑜确实知道，她还知道这个梅祭酒的官已经被罢掉了。

不过今日才罢的官，沐元茂这些同窗已经在张罗着送东西，可见他家自己也有预感，应该是李司业的事一出，就做起黯然退场的准备来了。

沐元茂唠叨着：“据说梅老大人要还乡去了，他走还罢了，其实我觉得梅小公子倒不用一起跟着。不过他那样的人家，梅小公子就是不在国子监了，也可以跟着父亲读书，不用像我一样跟家人分隔两地。”

梅老大人能做国子监祭酒，自己自然是正统科举出身，他没了官职，以后手把手教儿子，也许比把儿子放进国子监里还强些。

沐元瑜点着头，她跟梅祭酒毫无交集，见都没见过，她拿起一根彩漆蝠纹管笔，以指尖试了试毫毛，道：“三哥，你是不是跟他不太熟？”

真是至交好友，是不会怕送错了东西就招他笑话的。

沐元茂道：“我们不是一个堂读书，不过我们的学房挨着，他就在我隔壁，有时看见会打个招呼。现在他要走了，别人都在张罗着送礼，我不送似乎不太好，就算是结个善缘吧。”

这种同窗间的离情是很容易互相感染的，沐元瑜明白，就认真替他选起来。

沐元茂送礼的方向是对的，摆出来的都是文房所用之物，这些东西再怎么送也出不了大岔子。她没费多大工夫，便帮着从里面挑了两样式样清雅的出来，说道：“我看够了，你跟他既然不熟，表示个心意便可。若送多了，反而奇怪。”

沐元茂点头：“好，那就这样。”

他叫了小厮把两样别礼包好，明天带走。

这时候天色也晚了，他们各自安歇不提。

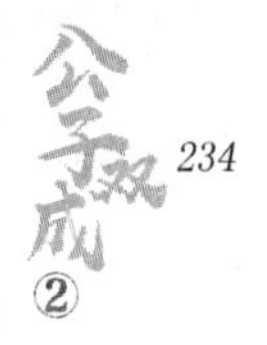

第十四章 大婚秘闻

随着梅祭酒罢官而去，新任祭酒走马上任，国子监一事算是正式尘埃落定。

时令到了十月初，寒风刚起，沐元瑜已很有自我保护意识地换上了轻暖的裘衣。

朱谨深还在吃着固本培元的药，不能受冻，冬衣上身也早，他两人往学堂里一坐，便好似与其他人差着一个季节。

两个人见了面，不由得就相视一笑。

正在这时，外面走进来一个内侍，来到沐元瑜身边道："沐世子，指挥使大人在外面候着，请您出去问两句话。"

沐元瑜心下一动：这指挥使自然是郝连英，她跟特务头子没别的来往，这是刺客的嘴撬开来了？

她就站起来，察觉到朱谨深的目光扫过来，向他笑了笑："殿下，没事，我去去就来。"

她跟在那内侍后面出去。

郝连英站在殿下的台阶那里等她。

他今年三十五岁，正是壮年，穿飞鱼服，配绣春刀，是一身很光耀且标准的堂上官装束。

见到沐元瑜出来，他拱了拱手："沐世子，有两句话相询。"

沐元瑜点头："指挥使请说。"

郝连英先把前情解释了一下，果然是刺客的事。

卢永志与老仆是分开审讯，卢永志作为一个只会败家的纨绔，骨头十分软塌，正经刑罚一样没上，只是抽了几鞭子，就恨不得把祖宗八代全部交代出来。

只是有些遗憾，他吐出了那么多，没一句是真正有用的线索，对那老仆的来历，都只说得出是早就在他家的。当年他上京读书，他父母不放心，才在书童之外特地把那老仆给他，因老仆老实稳重，希望他能约束着一些儿子，不要在外面乱来。

再问他那老仆在他家里还有什么亲眷，他说不明白，只能给出个“似乎没有”的答案。负责问话的番子气得抽他，他还挺委屈：“我管奴才那么多做什么啊。”

至于那老仆，嘴就要严实得多了，这是桩大案，锦衣卫得他如获至宝，怕一时不慎弄死了他，断了线索，所以严密地看守着他，刑罚也用得小心，磨到今日，终于磨得他招了一番话出来。

“据他第一遍所招，此事乃沐王爷的侧室柳夫人所为。”

沐元瑜睁大了眼，柳夫人？

这从动机上确实说得通，但她有这样的能耐？

郝连英接着道：“但再细审下去，他许多话答不上来，柳夫人如何跟他认得，又是如何联络，他说得错漏百出，很不通顺。”

沐元瑜点头。

她很清楚，柳夫人就是只金丝雀，她连滇宁王府的内部事务都插不进手，更不要说把手伸到府外。而在她生育沐元瑱之后，滇宁王也许会对她有所抬举，但滇宁王妃对她的防范只会更为严密。

退一步说，就算她能联络上外面，也不会去联络到沐大奶奶的娘家人，这都拐了几道弯了，更何况，这中间还隔着滇宁王和沐二老爷那一支的决裂问题。

“再度刑讯之下，他重新招出了一个主使，是奉国将军府的沐元德。”

沐元瑜这回一下惊讶起来——沐元德就是沐元茂的长兄，沐大奶奶的丈夫！

而老仆这回的招供，听上去有头有尾，也合情理得多。

据他所说，他原是西南边疆的一名兵丁，后来因伤病从行伍里退出，发的一点饷银很快花完，生计没了着落，也没有家人可以投靠，只好卖身进了沐大奶奶娘家为仆。

他曾当过兵，受过训练，举止便和普通人有细微差别，一般人没有察觉，有一回沐元德陪着沐大奶奶归宁，却是看了出来。沐元德把他叫到一边私下聊了几句，一叙，问出来他还曾跟着沐二老爷上过一回战场，只是他身份低微，连沐二老爷的面都不曾照过。

但有这一点联系在，沐元德为此就照顾了他一些，两人从此有了来往，但一直也没有发生什么特别的事。

直到后来，卢永志进京，他跟着来了，一晃五六年过去，有一天，沐元瑜和沐元茂也跟着来到了京城。

据老仆所招，沐元德从前就很不高兴沐二老爷继娶了一房年轻夫人，心都偏到了那边去。

郝连英说到这里，问沐元瑜："世子，云南太远，我们已经派人去核实，但一时半会儿没有回音，我来请问世子，奉国将军府可有此种情形？"

审案子对所有涉案人等都须询问，经多方印证，其中的对与不对之处，才能出来。沐元瑜猜着恐怕也有人去询问沐元茂了，不过这事牵扯进了奉国将军府，沐元茂的供述，在锦衣卫心里就不那么可靠了，所以还要再来问一问她。

她点头："确有此事。"

她心里觉得此事出于沐元德的主使也是不可思议，但郝连英很显然还有话说，她就没有多嘴先问，只是安静地等着他开口。

她这样配合，郝连英的态度便也很是和缓："沐元德以为，将来奉国将军府的家私很可能都将归幼弟所有，他见幼弟离家到了外面，就动了除去他的心思。"

沐元瑜吃惊地道："大人的意思是，刺客的目标本来是我三哥？"

这思路就有其合理之处了，老仆跟沐元茂同处国子监里，沐元德收买了他，叫他对沐元茂下手，要容易得多。

郝连英道："起初是这样，但很快沐元德又改变了主意。"

他既然已经踏出杀害亲人的这一步，便再也控制不住自己的野心。杀一个沐元茂又能得到多少利益？奉国将军府所有的家私捆在一起，也不敌滇宁王府的百分之一。

在云南的时候滇宁王府只手遮天，不可能动得到沐元瑜，可如今到了京里，沐元瑜身边的防卫再严密，与在云南时不能相比，有心人肯下苦功，总能寻到缝隙。

沐元瑜不知该说什么好，疑惑地道：“可是杀了我又怎样？我还有个庶弟呢。”

若是从前也还罢了，可多了个沐元瑱在，爵位怎么也到不了沐二老爷那一支。

郝连英道：“令弟十分年幼，这个年纪的幼儿，能不能站住尚未可知。何况据刺客说，沐元德似乎有什么办法，能将此事栽到令弟的生母头上。令弟如今养在王妃娘娘膝下，世子一旦在京出事，以王妃娘娘的爱子之心，很有可能做出不计后果的事。”

对于这一点，沐元瑜只有默然，因为她清楚，不是很有可能，是一定如此。

如果滇宁王妃知道她为柳夫人所害，便是将柳夫人所有亲眷挫骨扬灰都不解恨。

老仆第一遍招供是柳夫人，看来就是想把这件事栽给她。但他所知不多，以至于不能自圆其说，很快被锦衣卫看破。

如果当年不是滇宁王使手段把爵位从沐二老爷那边夺了过来，现在的王世子就应当是沐元德。

他一口怨气沉积至今，论动机不下于柳夫人，论能力胜过柳夫人多矣，若说是他，似乎各方面都说得过去。

沐元瑜想过一会儿后道：“大人的意思，可是还想问一问柳夫人的话？我已写信给我父王，如今正等着回信。如果是王府里有什么不对，父王查出来后，我会转告给大人。”

柳夫人于此事只是沾边，或者说是躺枪也不为过，锦衣卫不便就这一点嫌疑对她深加询问，但此刺客的供述里既然提到了她，那她最好是要给一点交代出来，形成一份尽善尽美的文卷，呈到皇帝面前去，这样他们好交差。

郝连英点头，这正是他此来最核心的目的，道：“如此，有劳世子了。”

他还有公务，说完就转身走了。沐元瑜踏着有点沉重的步子往回走，心想刺客若真是沐元德指使的，那事情便不是将沐元德逮捕归案就可以了结的，后续的问题才麻烦，至少，沐家两房之间的仇，是真的要结深到不可化解了。

朱谨深看出了她的情绪，第一节讲读结束后，拉着她到旁边问了问。

沐元瑜没有隐瞒，如实都告诉了他。

要说她跟沐元德，因为岁数相差太多，一年只在祭祖时见上那么一两回面，丝毫感情都没培养出来。得知他要杀她，她并没什么受伤害的感觉，就是觉得有点头疼。

她不可能把世子位还给沐元德，可这么冤冤相报下去，到哪天才是个头呢？

朱谨深揉了她脑袋一把，说道：“依我看，这里面尚有含糊之处，现在不过是听到刺客一面之词，你何必就烦恼起来？若真查实了是他，再说。”

他不那么熟悉沐家两房及两房内部的许多复杂问题，但利字当头，利欲熏心之人，做出什么事来都不奇怪，他对于这可能的凶手沐元德，便也没有太多想法。

沐元瑜只有点头：“嗯。”

又过了几日，云南的消息尚未反馈回来，朱谨渊大婚的日子先到了。

婚者，昏礼也。

三皇子朱谨渊的亲迎礼定在了十月十五这一日，这时候不单是曾经体弱的朱谨深与来自南疆的沐元瑜，一般人也都穿起御寒的厚实衣物了。

穷人穿絮穿棉，富人着裘裹篷，人人都臃肿了一圈。

这一日早间天气很好，朝阳灿烂，过了午时天色却渐渐阴下来，再到黄昏，来参加昏礼的宾客们陆续盈门时，细密的小雪就飘了下来。

这种吉日都是起码提前一两个月算的，人力有限，再算也算不到这许久之后的天气。人们虽都盼着风和日丽，真逢着落了雨雪，也只好认了。

好在这场初雪下得小，再者，毕竟应个“瑞雪兆丰年”的话头，比起哗啦啦的雨来总是让人心情舒适一些。

沐元瑜站在廊下笼着手，尤其很有感触。三年前，她就是这时候到京城来的，来的这一日，恰巧也下着雪。

她感慨了不多一会儿，只见飞雪中出现了一列亲迎队伍，一对新人行在最前面，后面跟着成双成对的宦官宫女喜娘等，捧着各色陈设，无论人还是物，皆是一片喜庆的大红之色。

这是朱谨渊迎到皇子妃，进宫庙见过后，回府来进行合卺礼及招待宾客等事宜了。

礼乐爆竹声大作起来，沐元瑜的注意力没怎么在新人身上，倒是忽然朝着另一个方向眼睛一亮，喊道：“殿下。”

是朱谨深，他正同一个官员走过来，那官员官帽上簪着朵红绒花，这个打扮，应该是负责照管亲事礼仪的官员。

朱谨渊成亲，作为父母的帝后不会如普通人家般在三皇子府替他招呼，诸般事宜由礼部的官员及府里的内官安排。朱谨深作为兄长，也需帮着照看一些，不过不用他具体做什么，只是各处走动一下，官员们如有什么拿不准的事宜，也可以找着他商议。

现在朱谨深微微侧头跟那官员说着什么，那官员不停地点着头，大约是在跟他请示什么事情，朱谨深在回答他。

听到沐元瑜的声音，朱谨深转了头，望她一眼，先颔了下首，然后又跟官员说了两句话，官员再度点头，拱拱手，快步走开去忙了。

朱谨深向她走过来。

沐元瑜笑道：“殿下这样认真做事。”

她还以为朱谨深敷衍一番就行了，但看他雪天黄昏还在外面跟官员议着事，显然是很用心在帮忙了。

朱谨深淡然道：“我也多懂了一些。只当是提前历练了。”

沐元瑜干咳了一声。朱谨深说话的时候，眼睛没从她脸上移过，她有点招架不住。

她其实不太敢深想他这句话及眼神所传达的意思，那对她来说似乎还是挺遥远的事。

她低了头，但觉得发冠旁的鬓发一动，而后微微一坠。

她下意识抬手去摸，摸到一朵绒花样的物事。

朱谨深收回了手，若无其事地道：“他们给我的花，我不喜欢戴。”

负责安排亲仪的官员人人都有这么一朵红绒花，以区别于普通宾客，也方便下人们遇着事时及时找到人回禀。朱谨深没有戴，也不好丢，就塞在袖

子里。

朱谨深袖了手，道："走吧。老三回来了，后面不用我管了，到宾客那里看看。"

花厅里十分热闹，沐元瑜出去的这段时间，四皇子朱谨洵来了，花厅里的人正向着他行礼问候。

等到朱谨深进去，众人又纷纷围拥过来，再向他行礼。

朱谨洵也过来向他拱手："二皇兄辛苦了。"

他是知道朱谨深代为协理朱谨渊成亲事宜的。

朱谨深深为厌恶沈皇后，但朱谨洵跟他年纪相差过大，他对这个幼弟生不出喜爱，但也不至于瞧他有多少不顺眼，面上的关系一向都算和平，就点了个头："四弟来了，跟着我坐吧。"

作为与宴身份最高的两兄弟，他两人的位次本也挨在一起。

朱谨洵听话地应了："是。"

皇子成亲典仪隆重繁多，但究其根本，也无非那几个程序，宾客到齐，到了吉时，开宴。

能跟皇子们这么近距离同坐一堂的时候不多，朱谨深和朱谨洵居于主桌，除本桌之外，不断地还有别桌的官员们过来敬酒。朱谨深从前滴酒不沾，经李百草妙手调理过后，如今是能喝一些了，但是酒量未经训练，很是一般，两拨人来过后，他面上就染了晕红。

沐元瑜坐在另一边，看着不对，悄悄扯他道："殿下，别喝了，我让人取茶来吧。"

以他的身份，要以茶代酒也没人敢说什么。

朱谨深扶着额头，却道："我没醉，不喝茶。"

他不说话还好，一说话语声迟缓，用词排序都显得有一点离奇的幼稚，沐元瑜差点没忍住笑出来，低声道："好，好，殿下没醉。"

她嘴上哄着，却招手叫了侍女来，要了壶茶，趁着朱谨深应付一个新来敬酒的官员，把他杯子里的一点残酒泼了，换成了茶水。

他们这一桌上的原是桂花酿，茶水倒在斗彩高足杯里，乍一看跟酒也没什么差别。

朱谨深跟官员说了两句话，回头来找酒杯，拿到手里喝了一口，忽然皱了眉，一时没说话。等到那官员走了，他方才找沐元瑜算账，问道：“是不是你换的？这不是酒。”

他能说出这一句来，可见是真的醉了。

难得他倒是不撒酒疯，也不乱嚷嚷，居然还保持着完整的思维，知道是哪里出了问题，该要找谁。

沐元瑜手痒痒的，甚想伸手去大胆捏一把他的脸——他醉起酒来怎么是这样啊。

“我没有换，这就是酒。”她一本正经地回道。

“骗子。”

朱谨深皱了皱眉，不知想到了什么，又重复了一遍：“骗子。我现在忙，不和你说，你等着，回了家找你。”

他往后一点，靠在椅背上，目光左右游移了一圈，找到了在他左后方的侍女，指指杯子，吩咐那侍女：“倒酒。”

那侍女犹豫着，她不敢不听命令，但她也看出来了，这位殿下是有点醉了。沐元瑜又在另一边跟她打手势，叫她不要倒，她很为难地捧着执壶上前，却不知该不该倒。

朱谨深向她伸了手：“给我，我自己来。”

他袍袖宽大，面色发红，一伸手意态慵懒又风流，侍女红了脸，不知不觉就要把执壶递出去。

沐元瑜有些无奈，此时也顾不得别人的目光，伸手把他那只手拦下来，直接拉他起来，说道：“殿下，我们出去待一会儿。”

朱谨深醉得不深，外面下着细雪，走一圈，人应该就能清醒过来了。

朱谨洵很懂事地道：“我陪二皇兄出去吧。”

他人小，但酒量反而好一些。

朱谨深道：“不要你陪。”

朱谨洵面上有点尴尬。

许泰嘉从另一边凑过来道：“四殿下，来，我敬您一杯。别管二殿下了，他就这样，你看我都不说要陪他，说了他肯定也不理我。”

有他这一打岔，沐元瑜已经把朱谨深半扶半拉了出去，他不肯喝假酒，但直接把他拉离酒席，他倒是也没有反抗，很乖顺地跟着走了。

朱谨深这个样子，不好叫人看着，恐伤他的面子，沐元瑜就拉着他往暗一点的地方走，走着走着，忽觉脸上一痛。

原来是朱谨深掐了她。

这地方在一个背风处，外面种着一排石榴树，树上扎着红绸，飘扬下来，又遮挡了不少视线，从外面看不进来。但毕竟是在别人府邸上，沐元瑜以为他醉得忘了分寸，就伸手拉他，低声劝道："殿下，这是三殿下府上。"

"我知道。"朱谨深却没有松手，凑到她面前，一开口，微甜微醺的桂花酒的气味和着细雪拂到她脸上，他笑道，"我还知道，老三今日成亲。"

他更往前凑了点，耳鬓都跟她厮磨到了一起，不知是咬还是舔了她耳朵一口，说道："可是，你不想跟我成亲是不是？"

沐元瑜："……"

她僵直站着不敢动，这话怎么就绕到她头上来了？

"殿下，我只是没有想到这么远。"她老实答道。

她要跟朱谨深成亲，这中间得翻越多少重山岭啊，想一想她都头皮发麻，能争取个当下行乐，她觉得就挺好的了。

"哪里远？老三那样的都成亲了。"朱谨深质问她，"我看你是不想对我负责。"

沐元瑜："……"

她很辛苦才把快冲破喉咙的笑意压回去，诚心诚意地道："殿下，我还是再去给您要碗醒酒汤吧。不然等到明日，您会后悔的。"

"我没醉。"朱谨深断然拒绝了她的提议，又捏了一把她的脸，说道，"你笨，不知道该怎么想，那就我来。但是你要听我的，你不听，我才叫你后悔。"

他虽然是在威胁，但是这个状态下说出来，沐元瑜无论如何也严肃不起来，憋着笑道："好好好。"

她又觉得他实在可爱，下一回不知道什么时候能见到他这个状态，踮了脚主动亲了亲他。

而后她去拉他的手："殿下，您冷吗？冷了我们就回去。"

朱谨深这下被安抚好了，翘起了嘴角回答道："不冷，再待一会儿。我头还有些晕。"

他又肯承认自己不太舒服了。

沐元瑜弄不明白他，跟醉酒的人也说不清道理，只有点头：“好。”

她跟他分开了一点站着，防着万一有人来看见。

而她正这么想着，石榴树外忽然传来了沙沙的脚步声。

脚步声在两棵石榴树之外的距离停下来。

沐元瑜侧出一点身子去看了看，一时却见不到什么。这里的石榴树乃丛生灌木样式，此时叶子虽掉光了，但枝条仍然繁密，左一圈右一圈地披挂着红绸，还间错扎着绢花，人站在这后面，固然别人发现不了她，她想看见别人也不容易。

沐元瑜定睛又辨认了一下，才终于从缝隙中见到来人微微晃动着的斗篷下摆，镶着一圈暖和的绒毛，斗篷应该是红色，但是大红还是海棠红，抑或别的深浅就实在辨认不出了。

这是个女子，而且穿着如此，可见家境不错，应当是来赴宴的女客，肯定不是三皇子府上的侍女。

如此沐元瑜就不太好出去了。

她和朱谨深两人忽然从树后冒出来，这地方这样僻静，恐怕生了误会不大好解释清。

况且，她心里也有一丝好奇，前面花厅宴席正酣，女客那一边应该也是，听说还特地请了新乐长公主在照看着，这女子半途离席，连个丫头都不带，恐怕里面多少有事。

她总不会也是跟他们一样出来醒酒的吧。

想及此，她转了头，把手指竖到嘴唇中央，冲朱谨深比了个“噤声”的手势。

朱谨深懒懒地点了下头。

沐元瑜放下心来，又转回头去，她的疑惑没有持续多久，很快，另一个脚步声响起来了。

“五妹妹。”

一个有点急促的男声叫道。

女子小小地惊呼了一声，斗篷下摆回旋着迎过去，因为动作略大，碰到了石榴枝条，拂落了一点枝条上的薄雪。

“梅哥哥，真的是你。”女子开口说了话，声音娇嫩，是明显的少女声气。

“五妹妹，我只是抱着万一的虔心，没想到你能来，我……”

“梅哥哥，我以为你走了，没想到你还能来找我。”

两人先后开了口，声音都饱含着真挚的情感，一听便知是一对小情人。

沐元瑜的兴趣便不大了，她才不会去管别人的私情，随便是谁家的小鸳鸯，都和她没有关系。

只是还不便出去，她站在这里，就只有无聊地听下去。

“梅哥哥，你怎么能进这府里来的？”少女关心地问着，“万一被人发现了，你会受罚吗？”

男声清朗，听上去年纪也不大，他道：“没事，我偷了我爹的请帖，循正途从大门进来的。三殿下大婚，来庆贺的人这样多，他们来不及一个个核对身份，见我请帖是真的，就放我进来了。”

少女松了口气，道：“这就好。”她声音低下去，含着羞涩，“梅哥哥，你是专程为我来的吗？”

男声也低了点，但绵绵情意快从话语里流淌出来：“五妹妹，不是为了你，我来做什么呢？我爹知道我不愿意走，一直让人看着我，我不能和你告别，连一封信也不能捎给你，你不知道我心里多么着急，很怕你怨怪我，以为我是个负心人。”

“我原来是有点怪的，”少女声音低低地说着，“可是现在见了你，知道了你的为难，我什么也不怪了。倒是你，你一家不是都走了吗？你又回来，你爹爹知道吗？他会不会生气？”

“他不知道，我是偷跑回来的。出了京后，我爹以为我没有办法了，就放松了对我的看管。”男声里加了点豪气，“他肯定要生气，但是我不怕。五妹妹，不见你一面，跟你说清楚，我才没法安心。”

少女十分感动地喊：“梅哥哥——”

沐元瑜从缝隙底下看了看，隐约见到少女姿势前倾，两人应当是拥抱到了一起。

她的记性不好也不坏，从这两人交谈透露出的信息里，已差不多猜到了这男子的身份。

“梅”本身不是个很常见的姓氏，再加上一家离京，事发在近期，而“梅哥哥”的父亲还能得到朱谨渊大婚的请帖——虽然他没来参加，综合以上所有信息，这个勇气十足偷溜回来会情人的梅哥哥，九成就是梅祭酒家的小公子了。

只是梅祭酒败了事，所以没来参加喜宴，结果被儿子偷了请帖来。

这倒是挺巧。

几日前沐元茂还曾特地回家找别礼送过他。

就是不知道跟他有情的少女是谁家的闺秀了。

少女轻声夸赞着情郎：“梅哥哥，你真聪明，知道到这里来找我。”

梅小公子却是苦笑了一声，道：“我爹罢了官，如今是我同你般配不起了，我去你家，哪里还能见到你。我想着三殿下大喜，长公主多半会来，她来，应该也会带着你，所以我才来碰碰运气。总算上苍可怜我的一片痴心，叫我猜对了。”

沐元瑜心中一动：什么叫长公主来，这少女就会来？她是新乐长公主的亲眷？

她记得，新乐长公主只有一女，并且早已出嫁了，倒是她的婆家，有好几个姑娘来着……

她就望向朱谨深，试探性地向他做了个“驸马”的口型。

朱谨深点点头。

他的眼神已经清明了不少，从外表看，是看不出有什么醉态来了，奇的是沐元瑜看向他的时候，才发现他好像听人家小情人的情话听得很专注的样子。

他都不觉得无聊？

怎么看他也不是个爱八卦的性子，别人不惹到他，他是从不多管别人闲事的。

沐元瑜心里正纳闷，听那边少女又道：“梅哥哥，你别这样说，你好好读书，总有一日能凭自己的本事出人头地，以后……以后有的是好姑娘来配你。我一个弱女子，只能听凭家人摆布，没有别的法子，这辈子，是只能这样了。”

“五妹妹——”梅小公子十分心疼，道，“我不要别的好姑娘，再好的

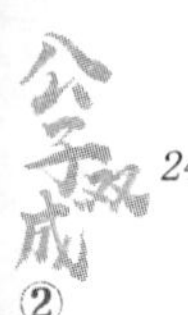

姑娘也不是你，我心里只有你一个。”

少女声音低落：“我也是，可是，你家都已经离开了京城，还能怎么办呢？”

“我爹从前反对我们，说与外戚结亲招人耻笑，可是现在不会了。五妹妹，你若真的舍不得我，你敢不敢……”梅小公子说到这里停顿了一下，听上去也有点犹豫，但终究还是说了出来，“敢不敢同我走？”

少女“啊”了一声：“走？”

梅小公子说出了这一句，好像也就有了勇气，声音热烈起来：“不错，你跟我回家，我爹一见我都把你带回去了，也没有办法了，只能同意我们的亲事。”

少女：“……”

她没了动静，梅小公子紧跟着道：“我一定不会辜负你的，你刚才都说了，我总有一日会出人头地，我不会委屈你的，一定以正妻之礼相待，绝不会让你受丝毫委屈。五妹妹，你是不是不相信我？”

他的声音里含着失望，大约是从少女的表情上没得到想要的回应。

“不，只是梅哥哥，你忽然这么说，我有点害怕。”少女怯怯地道，“你让我想一想，想一想再说。”

她没有一口拒绝，梅小公子大为振奋，说道：“好，五妹妹，我绝不会逼你，我知道是我莽撞了，你就是不愿意，我也不会怪你。”

“嗯，梅哥哥，谢谢你。”

底下一时又没了动静，不知那边在做什么。

…………

虽然本就看不见什么，沐元瑜还是礼貌地把目光移开了。

不多一会儿，那边重新传来了少女的声音，带着微微的催促：“梅哥哥，我不能独自出来太久，你也不要在这里久待，被人看见了，就不好了。”

梅小公子的应声中带着深深的不舍：“好，五妹妹，你回去路上小心。我在离你家不远的泰升客栈里住着，一时半会儿不会走，你想好了，叫人去给我回个话。”

少女应着：“好。”

两人又絮叨了几句，大多是梅小公子在说，少女只是听着。

直到梅小公子忽然冒出一句她听不懂的话来，她才醒神一般，不解地道："梅哥哥，你说什么？"

"说我心里只有你一个。"梅小公子郑重地道，"这是我娘家乡那边的话，我好不容易才辗转问到人学来的。"

少年人情热，说了那么多情话还表白不够，学会了一种他乡的话语，还要换了来说。

这听到旁观人耳中，本该是值得会心一笑的事，但沐元瑜一点都笑不出来。

因为少女听不懂，需要解释，而她不需要，她听得懂。

她心里升起一种说不上来的感觉，瞬间的惊悸击中了她。

对她来说，石榴树那边的剧情毫无预兆地从言情转成了悬疑，她控制不住地去抓了朱谨深的手，试图从他那里汲取一点力量。

朱谨深眼神中带点疑惑望向了她，他不知道怎么了，但也没问，就只是顺势反握住了她的手，把她的手紧紧地包在自己的掌心里。

石榴树的另一边，在少女的催促下，梅小公子终于走了。

少女一时没动，过一会儿，提高了一点声音叫道："绣菊，绣菊？"

"姑娘，我在。"

一阵脚步声从石榴树的另一边传过来。听她说话的语气，应当是少女的丫头，原来少女并不是独自前来，她留了人在不远处，倒是有一些警惕心。

"绣菊，你说我该怎么办？他居然说要带我私奔，可不是疯了吗！他爹都罢了官了，我嫁都不会嫁给他了，怎么可能跟他私奔！"

少女这一句话说出来，声气再不是之前的柔怯，而是变得又气又急，还掺了两分不屑。

"姑娘别急，"后来的绣菊安抚她道，"姑娘不要理他就是了，他等几天没了趣，自然自己就走了。"

"可他手里还有我从前写的一些信和绣帕，不然我今晚何必见他！"少女跺着脚道，"真是的，谁知他家说败便败得这么快，还是姑母说得对，这些文官家，都没个谱，不如勋贵基业扎实。"

绣菊道："姑娘敷衍着，不要得罪他就是了。我在那边听他说话，对姑娘还是很有情义的，想来不至于因为姑娘不肯跟他走，就把那些东西拿出来害姑娘。那样对他又有什么好处呢？”

“只能如此了。”少女仍烦躁着，说道，“这个人也真是不识趣，自家什么样，自家没有数吗，走都走了，还要回来找我！”

她一路抱怨着，声音渐渐远去了。

等到一点动静也听不到的时候，朱谨深开了口：“又是一个骗子。”

沐元瑜原来想得手心都出冷汗了，正打算要问他话，但一听他这句话，脑中不由得一晕——不好，这是还没有醒酒！

但也顾不得许多，她心中的疑问实在急迫，转眼见到自己的斗篷上落了薄薄的一层细雪花，一手抹了，然后捂到朱谨深脸上去。

朱谨深的眉头瞬间被冰得皱起来了，拉她的手道：“冷。你干什么？”

“殿下，您清醒一点，帮我想一个问题。”沐元瑜严肃地盯着他问，“我才进京的那次正旦大朝会上，朝会散去后，其后的赐宴梅祭酒有参与吗？”

那是两年多以前的事情了，她当时进京不久，几乎不认得几个在朝官员，实在留不下多少印象了，只能从常理去推断，梅祭酒是正四品官，有资格参与赐宴。

但她相信朱谨深的记忆力，梅祭酒到底在不在，他一定记得。

若是不在，那就是她联想多了，若是在……

朱谨深眨了眨眼，望着她，不说话。

沐元瑜着急死了——该用着智慧担当的时候他偏偏醉了，怎么就这么倒霉呢！

她简直想晃晃他的脑袋，把答案晃出来。

在她几乎快付诸行动的时候，朱谨深终于说话了：“叫我哥哥。”

沐元瑜：“……哈？”

“叫我哥哥。”朱谨深重复了一遍，“就告诉你。”

“不然，”他口齿清晰，很笃定地威胁她道，“我不说。”

第十五章
梅家惊变

沐元瑜甚是纠结，她不是烦恼朱谨深的要求，而是，就他这重点整个歪掉，完全没有意识到事情严重性的状态，就算他给了答案，这答案到底靠不靠谱啊？

“算了，殿下，我明天再问您吧。”片刻后，她下了决定。

这不是可以草率行之的事，如果弄错了，影响不小，到皇帝跟前也不好看，她虽然着急，但宁可慎而缓之。

“你耍赖。”朱谨深很不满意，指责她，又冷冷地道，“明天我也不会告诉你。”

到底谁耍赖啊……

沐元瑜又无奈又想笑，她绝没想到朱谨深醉起来居然是这个样子，心底的悚然感都差不多叫他搅和没了。

“殿下，我们回去吧，毕竟下着雪，站这么久了，别将您冻着了。”

虽然他的酒还没醒，但她也不敢叫他再在外面待着了。

朱谨深还是听得进道理的，捏了捏她的手道：“你冷？那就回去。”

他拉着她往外走，沐元瑜要把手抽出来，现在可不是她刚进京那会儿了，她还算少年。而朱谨深已是成年男人，她再跟他拉着手在外面走，多少有些奇怪。

但朱谨深不放，察觉到她的动作，还加大了力气。

他不说话，一张脸板着，在细雪里走。

“殿下——”沐元瑜要挣扎，忽然福至心灵，清了清嗓子，酝酿了一下，

但没酝酿出来。

她本来没觉得叫个称呼有什么，但真要出口时，居然卡住了。

她不好意思。

她另一只空着的手抬起来把脸捂着，又努力了一把，才把那两个字挤了出来，声音小而含糊，自己听着气息都很虚弱。

朱谨深停下了脚步。

他放开了她，但转而去扳开她捂脸的手，见到一张晕红的脸，才勉强笑了，说道："算你一半，还有一半，回家补给我。"

"我都叫了，怎么就算一半啊？"

"声音这样小，你都没有诚意。我对你好，才给你算了一半。"朱谨深高冷而精明地跟她算着账，"不然，一半都没有。"

沐元瑜无语了，撇嘴道："殿下，谁要是想占您的便宜，可真不容易。"

他明明醉得都直线幼稚下去了，居然还是一点亏都不吃。

但她总算是暂时把他敷衍了过去。

两人走回花厅之后，沐元瑜有意找寻了一会儿，没见到有什么可疑的陌生少年男子。他们所在的这间花厅是布置规格最高的，以梅小公子的身份，可能是不够资格跟他们在一处吃宴，而在别的偏厅里。

这一时她就不便去找了，没个缘由，把人惊跑了倒麻烦。

横竖已经知道了他的落脚处——沐元瑜想到这里，忙跟朱谨深说了一声，而后走出去，寻到大门外等着的护卫，吩咐了一个到泰升客栈去守着。

而等到她重新回到花厅里时，就发现新郎官朱谨渊来了，他已经在新房里行完了礼，穿着一身大红喜服，神情看上去很是意气风发。

他站在她的位子上，端着杯酒正跟朱谨深说话："愚弟今日大喜，脱不开身，府里一些琐事有劳二哥替我照看着，这头一杯酒，必须敬给二哥。"

朱谨深的酒量那么差，先头喝下去的几杯还没完全清醒呢，哪里还能再喝？

沐元瑜加快了脚步，忙要过去拦阻，可拦不住朱谨深自己痛快，不等她到跟前，毫不推辞，已经直接干了。

"好！"朱谨渊叫了一声，吩咐侍女，"愣什么？还不给二哥满上。"

看到澄黄的酒液倾倒入酒盏中，朱谨渊又笑着道："这婚姻大事，愚弟先行了一步，说来对二哥却是有些歉疚，这第二杯，算是愚弟的赔罪酒，请二哥务必满饮。”

沐元瑜总算到了跟前，插了句话：“三殿下，二殿下不胜酒力，不便再喝了，底下就以茶代酒吧。”

朱谨渊笑了一声，不胜酒力好，要不是一来就听说了朱谨深出去醒过酒，他还不这样左一杯又一杯地敬呢。

他说道：“沐世子多虑了，二哥若不能喝，自然自己就说了，这不是寻常时候，想来二哥不至于不给我这个面子。”

朱谨深很给他面子，第二杯又喝了。

当着一厅的人，沐元瑜劝两句还罢了，不好真的上手去干什么，恼得只好悄悄瞪朱谨深一眼——这酒品，真的太古怪了。

朱谨渊已经又敬上第三杯了，说道：“二哥，这一杯，是愚弟盼望能早日等到二哥的大喜之日，看着二哥娶一个贤惠端庄的二嫂回来，哈哈！”

他这三杯酒，还真的每个都有由头，朱谨深点了头，这回不但喝了，还发了句话：“那就借你吉言了。”

他这样酒到杯干地好摆布，朱谨渊反倒说不出什么来了，这厅里的人身份都不低，他当着众人消遣兄长，做得太明了，对他自己的名声不利。

但就此放弃，他又不甘心，倒了第四杯酒，笑道：“二哥也不要着急，五年过起来，其实也快得很。”

沐元瑜眯了眼——什么意思，在这种日子点出这个期限，不等于是戳朱谨深伤疤？

朱谨深又举起了酒杯，她也不试图去拦了，转而低声问旁边的侍女：“有大一点的杯子吗？”

当然是有的，侍女点头，只是有点疑惑：“您要多大的？”

“拣最大的拿两个来。”

侍女应声去了，她们专侍来客，对许多酒席上可能有的要求都有准备，很快就拿了两个黄地紫彩珐琅杯来。

这杯子比桌上原用的要大上三四倍。

杯子放到桌上，侍女开始倒酒，朱谨渊也看见了，他瞬间意识到了什么。若是他灌人也还罢了，且是自认酒量一定比朱谨深好才去灌他的，让别人来灌他，他可不乐意了。

他不知道沐元瑜的酒量，但敢要这个杯子来，量就不会小，肚子里还憋着的几个理由就有点被吓回去了。

许泰嘉精神头上来了，起哄道："哟，沐世子，你这敬酒的诚意可够足，三殿下一定得满饮才够意思！"

才灌了人，朱谨渊无路可退，硬着头皮受了沐元瑜一敬，桂花酿不大醉人，但这么大一杯一气喝下去，也是够受的。

他心里还很不是滋味，一方面他不大拒绝得了沐元瑜来敬酒，另一方面心中又泛着嫉妒怨恨，这少年是替谁出头，再明显没有了。

好在这煎熬没有持续下去，因为朱谨深醉了。

他眯着眼，直接伏在了案上。

众人吃了一惊，谁都知道这位殿下身体才转好没有多久，他这会不会醉出个好歹来，谁也不能确定，同桌的忙都过来看望。

朱谨深被扶起来，他眯着眼睛，倒是并没有醉晕过去，还能说出一句："我没事。"

但这个样子，谁都不信他没事。

没人敢再留他了，忙着安排送他回府休息。

沐元瑜跟着坐了同一辆车照顾他。

车帘放下，他带着微热的含着酒味的气息靠了过来。

沐元瑜忍不住恼，终于捏了一把他的脸。就这点酒量，还来者不拒，真是叫人不敢恭维。

"你干什么？"

"殿下喝成这样，还好意思问我。"见他醉得深，沐元瑜不客气地数落他。

"生的什么气？"朱谨深闭着眼，慢腾腾地道，"刚才还瞪我。我不喝，怎么能自然地提前离开？"

沐元瑜："呃……"

她好像，估计失误？

她歪了头，仔细去打量他。

"你脾气越来越大，贤惠端庄，我看是一点也不敢指望你能拥有了。"

朱谨深反过来数落她，“还去跟人拼酒，你搭理他做什么，多余。”

“殿下，您真没醉啊？”

他说话条理分明，数落她一点也不落下风，这可真把所有人骗过去了。

“你以为我醉了，所以就要去把老三灌醉？”朱谨深懒懒地道，“笨。你不知道更该躲他远一点？”

“好吧，我笨。”

沐元瑜只有承认，她觉得朱谨深应该还是醉了点。他清醒时两人自有默契，可他头一回醉，她摸不清他的路数，除了顺着，没别的法子。

“不过，你帮我是对的。”朱谨深又转了口风，他还微笑了一下，看上去心情不错，接着道，“就是再有下回，先顾好你自己。你乱帮，要是把自己害苦了，你说，我是不是还亏了？”

这账算得，沐元瑜实在也说不出一个“不”字，只有继续承认：“是。”

朱谨深满意地道：“对了，你先为什么问我那个话？现在有时间了，你从头说明白。”

他倒是想听，可沐元瑜觉得这个状况，实在是说了也是白说。想到跟一个醉鬼还是画风十分清奇的醉鬼商量正事，哪怕他的智商确实还在，她也无法说服自己认真啊。

“殿下，我先送您回去吧，至少等您休息一阵子再说。”

幸而两边府邸离得近，不多一会儿工夫，他们就回到了二皇子府。

林安是跟着朱谨深一起在三皇子府忙活的，他跟在车旁边一起走回来，帮着沐元瑜把自家主子扶到了炕上坐下，就匆匆出去找李百草过来。

朱谨深不过醉酒，但他不放心，心里一边诅咒朱谨渊，一边觉得还是得把神医找来看看才行。

李百草已经睡下了，老大不高兴地被拉起来，披了袍子打着哈欠，顶着一头乱乱的花白头发走到了正房这边。

林安掀了帘子喊着：“殿下——”

他瞬间失了声，眼睛都几乎瞪凸了出来。

里间炕上，朱谨深把沐元瑜压着，扣着她的一只手在吻她。

李百草伸头看了看，一声不吭，掉头就走。

林安周身都是软的，如踩云朵般跟着飘了出来。

李百草在前面闷头走，林安人都是蒙的，脑子里轰隆隆一片响，下意识上前去抓他。

李百草挺不耐烦，道：“还拉扯老头子干吗？你那殿下不是挺精神的吗？不用看。”

林安张着嘴，语无伦次：“这，可是，他，我——”

一串乱七八糟的词冒出来，组不成一个完整的句子。他只是不肯松手。

李百草想甩开他，毕竟年纪大了，挣脱不开，只有白他一眼：“你怕老头子乱说？”

林安点头又摇头，冲击太大了，他实在也不知道自己想表达什么。

李百草问他：“你看老头子，是不是身体很好？”

这个问题林安还是知道答案的，点了头。

“你知道为什么吗？”

林安茫然地道：“会保养？”

不，他说这个干吗，这跟他有什么关系？啊啊啊，他的脑袋要炸了。

李百草又白他一眼：“错了。因为老头子从来不管闲事。”

又挣了一下，这回终于挣脱了，他潇洒地转头快步就走了。

林安：“……”

沐元瑜被压倒的时候其实没怎么反应过来，她回到了温暖的室内，人放松了一点下来，脑海里不由得就又浮上了梅小公子及他背后梅祭酒的事。

在今晚这个意外撞见之前，她从未留意过梅祭酒这个人，一方面，是双方没有交集，另一方面，则是国朝如他这样到了年纪很难再往上攀高，于是就此在现有职位上庸碌无为的官僚不多也不少。这类官员假如一定要说有什么特别之处，那就是面目模糊，存在感低。

他们的做官哲学是不求有功，但求无过，得过且过，能混则混，平安混到致仕就算完。

在梅祭酒来说，如果不是他的副手李司业等不及要上进，在国子监里搅了场风雨的话，他看上去就是奔着这个目标而去了。

而即便是被绊了这一跤，他的人生轨迹似乎也没有太大的转变，无非是少领几年俸禄，不太光彩地提前谢幕了。

在监生暴动以至于使国子监上层一扫而空这桩事件里，他好像就是个倒霉躺枪的庸官，无能是有的，失职也是有的。但要再说别的，比如他跟此事有什么牵扯或是他本人主观上有什么别的恶意，那就一点也没有查出来了。

这样一个人背后，系着的却可能是一个可怕而庞大得多的秘密，以至于李司业跟他比起来，反而只是一个不足为道的小虾米了。

沐元瑜的思绪到此为止，她这里想着正经事，朱谨深却不知怎么了，忽然人就向她倒过来。林安那一嗓子在帘外响起来的时候，其实他们才刚刚碰到一起。

但被看到，就是被看到了。

她一下吓得后背都麻了，猛地将朱谨深推开，不留神使大了劲，直接把他推到了炕桌那边，他后脑勺撞到桌腿，发出“咚”的一声响。

那动静十分大，沐元瑜手忙脚乱地又去扶他：“殿下，您痛不痛？没事吧？”

朱谨深没有说话，被扶起来坐了一会儿，才开口：“没事。”他望她一眼，“不用怕，林安知道把嘴闭好。”

沐元瑜倒不怀疑这点，定了定心神，但犹有余悸。

“殿下，您酒醒了？”

这一句话跟之前那些，明显不一样了。

朱谨深原也不是烂醉，他只是醉了四五分，人有些飘，所以一时放纵。见她在旁边坐着，他没多想就压下去了，他在外面保留着理智，回到自己屋中，这根弦未免就放松了。

现在被林安撞破，他自己也吃了一惊，再狠磕了一下，多大的酒意也弄没了，人一下子清醒了过来。

他揉揉眉心：“嗯。”

沐元瑜发呆片刻，道：“殿下，您没事，那我就回去了。”

她多少有点心虚尴尬，感觉坐立难安。

不过，她倒并不再觉得害怕。林安看见就看见了，从他的视角，无非是以为朱谨深久不能娶妻，总憋着导致有点跑偏了道而已。

她这样一想，就更冷静下来，还主动道：“我出去时跟林安解释一下吧，就说殿下是同我闹着玩的。”

朱谨深："你觉得我会这样同什么人闹着玩？"

沐元瑜哑然。确实，这话糊弄别人还行，林安作为他的心腹内侍，怎么可能不知道他家主子的洁癖及冷傲程度？

"不用你多想，我会跟他说的。"朱谨深理了一下自己的衣裳，道，"你先前有什么事，说了再走吧。我可以告诉你，你问的那年正旦赐宴，梅祭酒确实在。"

他一恢复正常，整个人的状态飞速回来。

她也不提要走的事了，不弄清楚，她回了家也是纳闷。

"殿下确定吗？"沐元瑜慎重地追问了一句，"我不是不信任殿下，但我要说的事，跟这个关节十分要紧。"

朱谨深点头："确定。他有来跟我问安。"

既然都有搭过话，那这个记忆就可靠得多了，因为随后的两年里，朱谨深都被关着，再没有参加过赐宴，不可能是记混了。他最近的一次关于赐宴的印象，就是那次。

"刚才梅小公子最后说的那一番话，不知道殿下还记不记得？"

沐元瑜完整复述了一下，然后道："那句'五妹妹'听不懂的话，是暹罗语。"

朱谨深眉头一动，坐直了身子。

他虽然醉着也记得，但他听说是梅小公子娘亲的家乡话，下意识只当是哪里的方言，就没有往心里去。

十里不同音，百里不同俗，听不懂的话多了，这实在不是一件稀奇事。

但他没想到这所谓的家乡不是十里，也不是百里，而是千里万里之外。

结合沐元瑜起初问他的那个问题，他不用再一句句和她商量核对，已立时明白了她的意思。

"殿下，我只是奇怪，以梅祭酒的身份，他倘若娶的是一个异国女子，锦衣卫怎会至今查不出他来？"

当年正旦的那个意外，看似以乐工被拿下作为结尾，但这只是明面上，暗地里锦衣卫一定在不懈地追查。有资格参与赐宴的都是位高的官员，留这么一个疑点在朝堂中，皇帝怎么可能安心？

朱谨深道："他可能是庶出，生母或者去得很早，或者因为什么原因不在京里，也不为人所知。”

沐元瑜了悟，这猜测很合理，梅小公子的母亲如是嫡妻，那一定有名有姓有来历，即便早亡也不会逃过锦衣卫的耳目，只可能是妾。有名分的妾虽然也需要在衙门上档，但其中可活动之处就多得多了。而假使只是个家中丫头，那许多年前的旧事，人一旦没了，就更不好查了。

“梅祭酒不是京城人，”朱谨深回忆道，“他的家乡，似乎是在江南某个小城。”

江南是人文荟萃之地，梅祭酒从那里读书出身，看上去是件自然而然之事。

“梅祭酒家的那个小儿子，能与人有了私情，而本身尚未定亲，还能给驸马家的五姑娘许诺，年纪应当在十五到十七岁之间。”

再小再大不是不可能，只是可能性要低得多。

“那么他纳这个妾，就至少是在十五六年前。”朱谨深的手指在桌面上点着，说道，“梅祭酒今年五十余岁，倒推回去，就当是四十岁左右，那时候他还不在祭酒位置上。”

沐元瑜眼都不眨，聚精会神地听着。

“但他当时的官职，也不会很低。在我的印象里，他做祭酒应当有十年以上了，他总升不上去，李司业才会着急。也就是说，他大约最晚在四十五岁的时候，已经升任了祭酒。”

跟纳梅小公子的生母隔了五六年的时间差，这是合理的，如果那个妾真是细作，不会马上就暴露，多少该隐瞒一阵，立稳脚跟后才好把梅祭酒拖下水。

“这样的官运，是很不错了。”

国子监祭酒是从中层官员转向上层的一个重要踏板，如果顺利，下一步就是转为六部正堂官或者直入内阁，成为大学士。

这样的官职盯着的人当然不少，不是普通熬资历就可以熬上去的。不然，那日朝会上群臣也不会吵得那么厉害，李司业也不至于要冒风险把自己赔进去了。

也就是说，梅祭酒本身是有一些能力的。一个有出身，有能力，有运气的官员爬到了这个关键节点的正四品官阶之后，却从此止步不前，可能是单

纯的时也命也，但也可能是有别的什么一点缘故。

“去查一查，梅祭酒在升任国子监主官以后，家中有没有亡故过妾室——这个妾室活着的可能性应当是很小了，如果有，就可以请他回来问一问。”

沐元瑜听出了他的话音，道：“殿下的意思是，更怀疑梅祭酒的妾室有问题，而不是梅祭酒本人？”

“他被女色所迷的可能性更大一点。”朱谨深道，“他认得那个乐工，对他提出警告，可见他多少是知情的。而他能认得那个乐工，那个乐工自然也认得他——这本身就是一个把柄，他可能正是因为这个不敢出头，在祭酒的位置上庸碌无为。”

沐元瑜懂了，假如梅祭酒有更大的图谋，他应该不择手段地往上升，或者就算他潜伏在国子监里，打算利用监生做什么，那也应当好好经营现有的资源，而不是给众人留下一个“不行”的印象，以至于李司业敢越级搞他。

朱谨深从她的眼神里看出她联想到了什么，笑了笑，却道：“从李司业最后的结果看，他是个很聪明的人吗？”

“不是。”他自问自答，“但他自己失败的同时，也成功地把比他官职更高资历也更深的梅祭酒拉下了马。”

沐元瑜打了一个激灵。

她忽然意识到，现在倒回去看，这一对正副手到底谁搞谁，恐怕是个未知数。

跟前朝余孽有牵连的乐工混进宫就是两年多前的事，当时低调处置了，别人不知道是怎么回事，但可能是当事者的梅祭酒不可能不知道。

他一定有打听过后来的情况，也一定会害怕，以至于祭酒的位置都坐不安稳了。

李司业要把他搞下来，他是真的不知道，还是顺势而为之？

“殿下，”沐元瑜叹服地吐了一口气，道，“李司业是不是个聪明人，不一定。”

因为朱谨深觉得李司业蠢，但事实上如果不是他在那日误入，李司业的算计是有可能成功的。

“但殿下，一定是。”

都还没有把人抓回来审，他只凭有限的所知已经抽丝剥茧推测得差不多了，留给锦衣卫的唯一一件事，好像只有抓人了。

上报皇帝出动锦衣卫之前，需要查证一下朱谨深提出的问题，也就是梅祭酒这些年死没死过小妾。

要查这个有点麻烦，毕竟是他后院的家事，但换个思路，问一问梅小公子的生母是不是还活着就容易多了。

梅祭酒一家都已出京返乡，他邻居家的门房给了答案："对，他家小公子是庶出不错，他亲娘早没了，他是在大娘梅夫人膝下养大的。梅夫人生了两个儿子，但是命不好，先后都病死了。梅小公子虽然是庶出，但是老大人家的独苗，跟嫡出分毫不差的。"

这门房很大嘴巴，一小块碎银接到手里，问一答十，恨不得把自己知道的全倒出来。

"问他生母模样？我见过一回，不过只见着了个侧脸，记不大清了，应该挺美的吧，不然梅老大人也不会纳她。"

"什么来历？这可没人记得了，梅老大人刚纳这个小妾的时候，还不住这里呢，都是多少年前的事了。别的什么事都行？那你等我想想啊。"

门房很用心地想了一刻，道："唉，还是没什么印象，那小姨娘没了快十年了，骨头都烂完了，也不是什么很有来头的人物，她还在的时候，家里也太太平平的，没听说为她生过什么事。你问怎么死的？好像是病死的吧，得的急病，搬到这里没多久，挺突然就没了。"

"哦，对了！"门房想起了一点什么，说道，"这小姨娘活着的时候是个省事人，她死了以后，大约四年前，倒反而为她闹过一场。他家那小公子渐渐长大了，不知在家里听什么人嚼了舌根，想起来追究自己生母的死因。他疑心梅夫人自己没儿子，为着想养他，害死了他生母，悄悄地还打听到我们家里来了。我们主母听了很生气，觉得梅小公子有点没良心，梅夫人是正房，养他是抬举他，还需要害死他娘才能把他抱来？于是就去告诉给了梅夫人。"

"梅夫人没什么反应，梅老大人知道了，却是把梅小公子一顿狠打。哎哟，那真是往死里打，后来要不是梅夫人毕竟心疼，去拦了一拦，我看真能打死。梅小公子是个倔性子，我听人议论，过后他还是私下里在问别人，不过这回不疑心是梅夫人害死他娘了，就是打听他娘的一些事。嘿，就跟你这么问我差不多，哈哈！”

“你问打听了些什么？这我哪里知道。哦，好像是有一件，就是你先问我的，那小姨娘的来历。我想起来了，她是梅老大人的同乡，也是江南那边的人，家里出了什么事吧，才被逼到了京城来的，运气好，靠上了梅老大人，又生了儿子，一下翻身当了主子。不过我看啊，这儿子，还是从自己肚子里出来的才靠得住，养别人的，终究也是替别人养。梅夫人对梅小公子，那可真是当嫡亲的儿子一样，可到头来，人家心里还是记挂着亲娘，打成那样也要去打听。唉，不过话说回来，这也怨不得梅小公子，他亲娘死的时候，他五六岁了，已经有记性了，怎么能不念着呢。”

…………

门房的这些唠叨，很快以文字形式呈到了朱谨深面前。

“这个妾室，本身不是暹罗血脉。”

沐元瑜坐在一旁，点头表示赞同：“那边的女子长相异于中原人，这个门房见过一回，如果是暹罗人，他不会留不下明确的印象，只说得出长相挺美的。”

这也可以解释为什么锦衣卫查了两年多没查到梅祭酒头上，从外头看，他家没有什么可疑。

“但这个妾室也不会真是江南人氏，一个弱女子，不会平白跟千万里外的异邦扯上关系，下人们再以讹传讹，传不到这份上。”

沐元瑜思考着，一定是有什么才让梅小公子认定了这件事，他思念生母，才会想法去悄悄学了几句暹罗语。

朱谨深道：“不是暹罗血脉才对了。你长于云南，当知道前朝时余孽分为两支，其中一支逃入南疆的事吧？”

当年那个乐工的后续情况，他有关注。这事本是他拉着沐元瑜报上去的，皇帝没有必要隐瞒亲儿子，把乐工熬刑不过吐露出来的一点线索告诉了他，他记性好，被关了两年还记着，所以他此时有此一问。

沐元瑜回神点头：“当然。”

第一代滇宁王镇守南疆，其中相当重要的一项任务就是追剿这些余孽。

逃入南疆的这支虽是前朝末帝的分支，势力远比不上逃入漠北那边的，但南疆地形特殊，一旦进入深山老林后很难抓捕，加上当地势力也杂，余孽在其间肆意作乱。刚立国那一段时日，王师损兵折将，打得非常辛苦，直到她父亲这一代，才渐渐太平下来。自她出生以后，南疆没有再发生过战事，所以也很少有人再提起那些事。

沐元瑜想着，简单把自己所知的情况跟他介绍了一些。

“百足之虫，死而不僵。”朱谨深薄唇轻启，下了定语，“亡了国，旧都待不住，他们逃入南疆，南疆也待不住，他们逃去哪里了呢？”

“暹罗。”

这两个字几乎是不假思索便说了出来，沐元瑜打小受的是王世子的教育，她熟悉南疆及外边政区，以及各藩属国互相之间的地形及政治关系 。

云南是彩云之南，暹罗则在彩云之南更往南去。云南距离暹罗的距离，比京城都近。

余孽若真把残余的势力搬了过去，以暹罗为据点养精蓄锐以图卷土重来，从地理位置上是说得通的，也不是很难办到。

但在朝廷来说，能控制住南疆本土已经不容易，是往那边移了几次民才勉强扎下了根，再外面的藩属国就实在鞭长莫及了，从人力物力上都办不到，跟它们的藩属关系，更多只是名义上，干涉不到别人的内政。

“南疆这些年太平了，暹罗恐怕就未必了。”

朱谨深意味深长地说了这么一句就住口了，毕竟纯是坐在家中猜测，且猜得太远，在没有证据支撑的情况下，暂时没必要发散。

这证据，就要着落在眼下这桩事上。

朱谨深把话题收了回去，道：“妾室的死，有疑。”

梅祭酒对妾室下手时一定非常小心，但他毕竟是个官员，不是专门从事灭口行当的一流杀手，再小心，瞒得过外人，自己家里的人还是觉出了一点奇怪之处，而梅小公子长大了想打听一下自己生母的时候，就听说了。

不过，他没有那么大的脑洞怀疑自己的父亲，而是依常理或者是下人们的胡乱猜测怀疑上了梅夫人。

毕竟作为一个男人，不喜欢纳的小妾了冷落了就是，实在犯不着动手杀她。相比之下，梅夫人就更有动机一点。

沐元瑜仍旧点头："是。"

这一点疑点不算大，也不算确定，但是前后串联起来，够了。

朱谨深带着沐元瑜去见皇帝。

皇帝今天没有上朝，儿子大婚，他给自己放了一天假，不处理公务，等着儿子携新妇来拜。

新妇走了一会儿，皇帝正打算趁着难得的空闲歇一歇，结果老大年纪还不成婚的光棍儿子来了。

皇帝心里叫自己不要着急，要缓缓图之，但才见了一双璧人，再见这个光棍杵在自己面前——哦，不是一个，还是一双，心里到底有那么点不是滋味。

不过再瞄一眼沐元瑜，感觉又好了点，他的儿子不过是再等几年，沐显道家的这个，可是真惨。

人最怕的是比较，但有时候，比较也不全是坏事。

皇帝就咳了一声，坐正了一点，问道："来朕这里干什么呢？"

他清楚这个儿子，是不会懂得没事承欢一下老子的，凡来见，必定是有正事要说。

他想的没错。

随着朱谨深的叙述，他的脸色一点点凝重起来。

"朕知道了。"皇帝说道，"叫郝连英来。"

锦衣卫出动，不需要铁证，有时甚至连证据也不需要，这种东西，是把人抓回来拷打一番以后才有的。

若拷打错了，大不了放人。

在郝连英的指挥下，锦衣卫出动了两路人马，一路去抓梅小公子，另一路去追梅祭酒。

梅小公子极好抓，他在泰升客栈里痴痴守候着情人的回信，锦衣卫进去，喊一声"擒抓盗匪，闲人闪避"，按倒他就带回来了。

从情理上说，作为一个地道的文官，梅祭酒应该也不难抓。

虽然他走得有点快，但那么一家子人，老弱妇孺举家返乡，锅碗瓢盆都收拾上了，一副一去不复返的架势，目标十分明显，锦衣卫很容易就打听到了他沿路的去向。

但他们没能把他带回来。

因为梅祭酒出了通州后，走的水路，单独包了一艘船，一家人都在船上。梅小公子所以被放松了看管，正是因为船进了运河，梅祭酒认为他再也没有办法闹出事来了，才不再管他。

梅家人发现独苗小公子不见了之后，返回来寻他，就在返程的途中，船倾覆在运河里。

除了梅小公子，梅家满门葬身鱼腹。

尸骨无存。

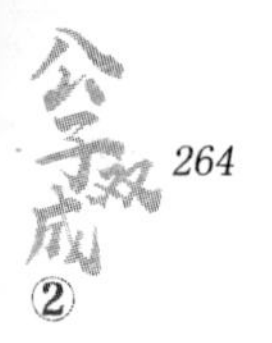

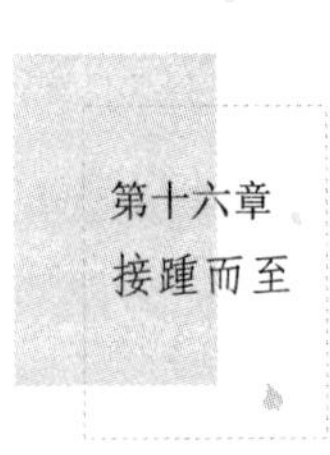

第十六章 接踵而至

“这不是意外。世上没有这样的巧合。”

“两个可能。其一，有人一直在暗中监视梅家，发现梅少诚被抓之后，立刻对梅家下手；其二，如同朝中的梅祭酒一般，锦衣卫里，也掺进了对方的沙子，泄露了信息。”

梅少诚就是梅家的小公子。

跪在金砖上的郝连英手掌握起，抬起头来想要说话：“皇爷——”

皇帝表情漠然地打断了他：“听二郎说完。”

郝连英牙关微紧，重新低下了头。

皇帝这是很不高兴了，他知道。

龙颜发怒是当然的，朗朗青天下，有去职官员被全家遇难，几无幸免，还是在这么关键敏感的时候，皇帝怎么能不生气。

郝连英心下焦躁。

无论如何，这是在他指挥之下的失利。找千百个理由，他就是没有把梅祭酒带到皇帝跟前来，他这件差事就是办砸了。

而更糟的是，锦衣卫查朝中与那乐工有勾连的高级官员查了两年多，一无所获。最终线索是由外人直接呈报给了皇帝，留给锦衣卫的事只有抓人，而就这一件，锦衣卫还没有做好。

这让他就算想找理由都很难找。

“梅祭酒与前朝余孽的牵连究竟有多深，世上恐怕很难有人能回答了。妾室多年前已故，乐工两年前自杀，而他这边如今举家溺亡，这一条线几乎断了个干干净净。尽管留下一个小儿子，但天真无知，从他嘴里能问出来的话……”

朱谨深清冷的声音在大殿里响着，忽然一顿，躬身道：“皇爷，请立即封存梅祭酒为官以来所历衙门留下的所有文书。”

皇帝一愣，揉了揉眉心，道：“你说得不错，朕气急了，一时竟忘了。”

对方卡在这个关口灭了梅祭酒，就算成功，也在相当一部分程度上暴露了自己的存在，而即使如此，也不惜代价一定要伸出这只黑手，可见梅祭酒一定是捏着余孽的什么秘密。这秘密很可能还关乎命门，所以余孽才做出这个选择。

翻船这一招太毒，连梅祭酒所携的全部行李一并沉入浩荡的运河里，就算梅祭酒还算警醒，有给自己留下一点线索作为退路，但这多半是密信字纸一类，往河水里一浸，哪怕不惜人力捞针般捞了上来，也是一团废纸了。

梅祭酒与这个世上最后的联系，只有他做官时留下的各类文书，这类公文存档在各衙门的稿房里，余孽的手一时还伸不进去。

但动作也必须得快，如果余孽丧心病狂，一把火去烧了，那后续断案真的只能靠猜了。

皇帝就看向汪怀忠：“去内阁，让沈卿立即安排。”

汪怀忠答应一声，连忙去了。

“朕年纪大了，”皇帝叹了口气，按着额角道，“一生起气来，这脑子里就有些糊涂。二郎，你还想到些什么，都说说。不必怕说错。”

朱谨深没什么表情地道：“皇爷无须动怒，梅祭酒能杀妾室，能在国子监里庸庸碌碌十年，可见他其实没有背叛朝廷。他应当是被余孽诱骗，为余孽做了一件或者一些事，留下把柄，导致不敢揭穿余孽。但他也不甘心从此屈服，所以压下自己的前程，与余孽拉锯抗争。”

其实梅祭酒到底是出于什么心态这么做，现在已然不可查究了。可能是不甘被余孽越拉越深，有朝一日暴露时祸及满门；可能是舍不得自己唯一的子嗣，所以杀了妾室，却留下了小儿子；也可能是他本人性情不够果断，种种缘由交错，最终让他选择了这种非暴力不合作的态度。

他不揭发余孽，但也压制自己的前程不让余孽有更大的机会利用胁迫他。

皇帝眉头动了动。

梅祭酒只是为余孽所蒙骗或胁迫，跟他投靠了余孽或者本身就是余孽的一员打入朝廷，对皇帝的打击当然是不一样的。

后者要难以接受得多。对朝廷所造成的破坏，也可能要大得多。

他知道，二儿子这是在安慰他。

皇帝有点奇异地想，他此刻确实气得脑袋有些发疼，但还不至于真的气昏头。

朱谨深从这个角度切入进而叙说，他一张脸再似块木板，也掩不住这层似乎是很隐晦的意思。

他头疼忽然就好些了，手指在桌上点点，道："还有什么，继续说。"

"儿臣原来以为，梅祭酒的把柄可能是乐工案，但现在看，他跟乐工即便有关系，这关系也不甚大。否则乐工失手被抓，余孽有能力能做到灭口，当时就该杀他灭口，当时没灭，现在也没有必要为旧事出手。"

"梅祭酒为余孽做的事情，一定是发生在他纳妾跟杀妾之间的这段时日里。他当时不一定意识到自己做了什么，是其后才发现了不对。而他选择杀妾，应当是认为杀掉妾室就消除了自己的隐患。但随后，余孽找上了他，他才发现里面的水比他以为的深得多。"

朱谨深在殿里走了两步，他要从当事人已经死光、留下的这些有限的信息里反复分析推理，找出一条可行的后续查探方案来，所要耗费的脑力也很惊人，一直站着有点腿酸。

"但梅祭酒不是无能之辈，他庸庸碌碌十年不配合，余孽不敢动他，直到梅少诚暴露，余孽才被迫临时冒险去灭了他的口。这漫长的十年间，双方应该是处于一个互相要挟的平衡点上。"

"所以，查探梅祭酒留下公文的重点，应该放在他任职国子监祭酒期间及之前的那个衙门。"

这一句其实是情理之中，朱谨深的最终结论是下一句。

"所有梅祭酒主办过的公务，都该留有记录，包括他为余孽做的事。余孽盯上他，只可能是看上他官员的身份。如果能找出来，很有可能，也就找到了他捏着余孽的那个秘密。"

他停下说话后，大殿里鸦雀无声了片刻。

皇帝缓缓点头："好。二郎，追查梅祭酒身后文书之事，朕就交予你。

朕会交代沈卿，其间需要任何衙门配合，你皆可提出要求。”

朱谨深静立片刻，躬身道：“是。”

“郝连英。”

一直跪着膝盖都发麻了的郝连英连忙应声：“是，臣也会全力配合二殿下。”

“二郎这边的事，不用你管。”皇帝道，“梅家的船还沉在运河里，你去盯着，打捞上来。”

梅家的船当然不至于沉了就没下文了，皇帝闻讯的第一刻，已经下令从附近的河关巡检司里调了好手前去打捞。但这个时节，河水冰凉刺骨，再晚一点都要结冰了，下去捞人捞物哪里是什么好差事，都不知顺着川流不息的河水漂哪儿去了，能不能捞，又能捞上来多少，都实在是个未知数。

郝连英的面色就有点为难了，但也不可能跟皇帝讨价还价，只能应道：“是。”

领了差事，各自出来。

朱谨深直接去内阁找沈首辅，郝连英的脚步就有点慢。

顺着夹道拐出内左门时，在此候着的韦启峰跟了上来，喊道：“指挥使大人。”

郝连英心情很坏，不过韦启峰已经升级成了三皇子的大舅子，他对这个下属的脸色便还是好了点，“嗯”了一声。

韦启峰的品级没有升，仍是个百户，但他毕竟勉强蹭上了皇亲国戚的尊号，在锦衣卫里的分量便也变得不同起来，有什么露脸的差事，他争取一下，一般人不会不给他这个面子。

去抓梅祭酒就有他的份，不过这样的大事，是郝连英亲自带了队去，他只是跟着凑了个数。

“大人怎么了，心里不痛快？”韦启峰跟在旁边走，问道，“可是挨了皇爷的训斥？”

若是别的百户敢问出这么蠢的话戳他的心，郝连英早已转头，一记窝心脚踹上去了。

饶是如此，他的步子也重了，回头瞪他一眼：“办砸了事，自然该挨训了！”

“这事怎么能怪大人呢？”韦启峰道，“船在河中央，说翻就翻了，我们又没长翅膀，可以提前飞过去。”

郝连英垂着眼睛道：“不单是这一件事，梅祭酒在乐工事后仍潜藏了两年多之久，本官忝为天子耳目，不曾有丝毫察觉，差一点就让他成功返乡。如今皇爷要训，本官也只好受着。”

“这也不能怨大人啊！”韦启峰不假思索地道，“皇上不许大动干戈，一味压着大人暗查，暗查，这能查得出什么来？唉，我以为锦衣卫多么威风，才想尽了法子捐了个缺额进来，没想到进来以后才发现，这过得还不如那些到处乱喷乱参人的言官呢。太祖那会儿锦衣卫多威风啊，我听说，有一天晚上，有个官员在家里打马吊，打着打着发现有一张牌不见了，只好散了。隔天太祖在朝上问这个官员，昨晚在家干什么，这个官员如实说了，太祖从龙案上拿起一张牌来，笑着问他，‘是不是这张？’官员又惊恐又佩服，连连磕头。”

“这才是我们锦衣卫应当有的威风啊！”

韦启峰多年浪荡，胸中没有多少墨水，说起话来也浅薄得很，但他这一番话，正正击中了郝连英的心事。

锦衣卫当年如何，现今又如何。

作为锦衣卫的主官，他胸中不能不为此激起一腔闷气。只知道叫他查，却不给相应的权限，他能查得出什么来。

若如当年一般，内阁又如何，六部又如何，刑木之下，想要什么口供没有？！就有十个梅祭酒，也早被揪出来了，哪至于落到现在这个地步。他堂堂一个指挥使，居然被发配去运河上看人捞尸体……

郝连英一语不发，只是脚步忽然加快，闷头向外走。

朱谨深办前一桩国子监李司业的案子时，那是写意如羚羊挂角，无迹可寻，但摊上了一根线头上被扯出来的梅祭酒，因为当事人已经无法开口，他纵然分析出了从何处入手，也没有捷径可走，只能老老实实地去翻那些尘封的如山旧档。

有点凑巧的是，梅祭酒的上一份官职在朱谨深才打过交道的一个衙门——都察院。

十一到十七年前的这段时间，梅祭酒任都察院左佥都御史。

这个职位与国子监祭酒一般是正四品，看上去似乎是平调，其实不然。

国子监祭酒是一方主官，而佥都御史头上还压着副都御使和都御史，不太熟悉国朝官制的人，又可能以为这样的调任是升迁，其实也不然。

国子监是教育机构，哪怕是官办的最高等级，也仍然是个学校。而都察院是法司三巨头之一，在三法司里，它论办案权重比不上刑部，论最终定案权比不上大理寺，但它起到一个极重要的监督作用。

就是说，不论是刑部立案，还是大理寺复核，都察院有疑问，都可以去插一嘴，刑部与大理寺必须予以解释。

不止于此，都察院本身一样拥有办案权，一般话本里传说的常会被百姓拦轿告状口呼“青天大老爷”的钦差巡按，实际上就多是由都察院里派出去各地巡视的监察御史。

所以，这样一个实权部门里的四品官职，当然要比一个学校的校长值钱。祭酒的前程更多的是在将来，能转内阁大学士这份前程才算远大，不能，那当下的权柄是比较边缘的。

那么答案出来了，梅祭酒由佥都御史转迁祭酒，实际上是暗降。

这个状况推翻了朱谨深原有的猜测，他以为梅祭酒四十来岁能任四品官已算前程不错，不想梅祭酒能力更强，他的上一个官职居然是更好的。

但这不是坏事，因为某种程度上，这为他指出了更明确的查探方向。

梅祭酒从都察院被挤去了国子监，可能是得罪了主官，可能是任满了而后台关系不到位，可能是犯了点小错。

——而也可能是，如同他“被”李司业从祭酒位置上搞到丢官一样，他因为某些原因，把自己降到了国子监这个边缘部门去。

想升官难，想遭贬，那办法多得是。

其中原因，则不妨推算一下小妾亡故的时间。梅小公子的确切年纪朱谨深是已经知道了，而他生母亡于他四岁时，也就是说，妾亡于十二年前。

梅祭酒降迁入国子监的准确年份在十一年前。

时间隔得如此之近，几乎就是前后脚的事。

结合朱谨深先前推测的梅祭酒为余孽做事应该发生在他纳妾与杀妾之间，这个情况的出现是让方向变得更明确了。

想象一下，梅祭酒杀妾之后，以为消除了隐患，结果忽然发现危险远超乎自己的想象。而非常糟糕的是，他如果不杀妾，也许还能把妾作为证据交给朝廷，但他杀了，便没法洗清自己了。他惹不起妾背后的人，但又不想为他们卖命，他只能躲。

朱谨深至此松了口气，他之前都是靠猜，如今一步步出现的事实佐证了，他在大方向上是应当没有猜错。

而问题出在都察院里的可能，比国子监更大。

朱谨深由沈首辅亲自陪着去了都察院。

都察院的大佬宋总宪迎接了他们，知道朱谨深的来意后，很配合地将他带去了都察院的后院，其中有一排房屋，是专门封存档案的地方。

他派了丁御史全程陪同他，另外还拨了四个司务跟他一起翻阅档案。

然后，宋总宪就领着沈首辅喝茶去了。

“阁老一向辛苦了，您尝尝我这茶。”

沈首辅端起茶盅来，热气缭绕，茶香悠然，他喝了一小口，点头道：“好茶。这时节了，难为你还弄得到这样的好货色。”

宋总宪哈哈笑了：“哪是我弄来的，前阵子皇上赏的。就办国子监李某人那事，我这里出了两个人去协办，出了点彩，皇上心情不错，就赏了两包。”

沈首辅点头不语，专心品茶。

宋总宪闲不住嘴，又道：“皇上这一阵挺看重二殿下，一件差才完，又给派上第二件了，幸亏二殿下如今身子骨好了，若是从前，恐怕还禁不住这么连番用。”

外头北风渐起，旋起一地落叶，宋总宪邀着沈首辅进来的是他官署旁边隔出来的一小间暖阁，角落里火盆熏笼俱有，十分暖和。

在这样温暖的房间里品着茶，看着窗外乱摆的枝叶，沈首辅很闲适，道：“这算是一条线上扯出来的，来来回回都是二殿下跟总同他在一起的沐世子发现，交给他去查，是情理之中。皇子们渐渐大了，也该历练一番了。”

“二殿下从前不大理事，但是如今做起来，我瞧着倒是一点都不含糊。”

沈首辅笑了笑，道：“有些人，聪明出于天成，不用教。有些人，愚钝出于天成，教也教不出来。”

宋总宪凑近了点道："阁老，您辅奉皇上左右，可知皇上如今这心里到底是怎么想的呢？"

沈首辅瞥他一眼："圣心莫测，我一般是做臣子的怎么知道？"

"阁老，您这话就见外了。"宋总宪笑嘻嘻地道，"您知道下官问的是什么。为着立储闹了这么多年，多多少少，总该见点分晓了吧？皇上若想不起来，阁老也该提醒提醒了。"

"你以为本官不着急吗？"沈首辅也换了自称，道，"如你这样的探问，本官哪一日不曾听闻，只是皇上不吐口，本官有什么法子？"

"唉，下官这里也是，底下这些御史大爷盯着来问。"宋总宪大倒苦水，"不是下官要追问阁老，这哪一日下官不压下两封请立储的奏章，这还是听下官话的，不听的，下官也没有办法，只能由着他去上书，上了皇上又多是留中不理，这些大爷得不到答复，又要来烦下官。"

"这一阵上了当然没用，朝廷多事起来，皇上烦得很，哪里有空理会。"

"阁老的意思是……"宋总宪的眼神炯炯亮起来。

"也还早着。"沈首辅干脆地打破了他的幻想，说道，"就是这事完了，二殿下还有个五年不能有子嗣的限制在，且有的等。"

宋总宪眼中的亮光没有熄灭，问道："阁老的意思是……"

他又重复了一遍。

沈首辅气笑了，搁下茶盅，说道："老夫喝你一杯茶，可真是不容易，变着花样地叫你套话来了！"

宋总宪笑道："阁老言重了，下官不敢，不敢。不过阁老有个话音出来，下官等总是有点底嘛，这一日日往后拖，大家的心也定不下来。"

"皇上都没有给老夫交底，老夫又能跟你们说什么？"

宋总宪不死心地道："就一点都没有说？"

沈首辅没好气地道："原说了，等几位殿下办过几样差事，差不多能定就定下来。这话老夫不是都传给你们了？可不想二殿下身上还有岔子，这往后如何，还得走着看吧。"

宋总宪想起之前的事，扼腕道："这二殿下也太实在了，他就不能瞒一瞒，那样的话都往外倒，他都不要面子的。"

"瞒倒容易，等选了妃，生出的孩子若有问题，那时怎么收拾？才有的大笑话给人看。”沈首辅公允地道，“老夫当时也觉讶异，不过过后回想，二殿下此举倒是稳妥，他实话说出来，也就如此罢了，不能再怎样了。”

而且这种话都能明说，还有什么不可对人言的，潜意识里，其实是能让人对他多一层信任。事实怎样另说，起码看上去，这位殿下实在是个傲骨铮铮光风霁月的人。

宋总宪明白他的意思，他们这样身份的人，看问题的高度本来就不一样。

“听阁老的意思，似乎对二殿下较为看好？”

“哦？难道不是你吗？”沈首辅撩了下深皱的眼皮，反问。

宋总宪讶异地道：“下官说什么了吗？下官可什么也没说。”

两个人对视片刻，沈首辅扶着桌子站起来道：“老夫可没有工夫再跟你闲扯，事还多着呢，走了。”

宋总宪笑着送他出去。

忙的不只是沈首辅一个人。

这个秋冬，确实多事。

朱谨深坐在都察院的陈年旧档中，一份份翻看其中涉及梅祭酒的案卷。

这些案卷里，有梅祭酒主办的，有他协办的，也有他只是挂名的，有他印章签名的档案都要找出来，逐份分析琢磨。

幸存的梅小公子入了刑部，被逼着巨细靡遗地回顾他有限的十六年生平。

从国子监里抓出来的刺客关在诏狱里，由锦衣卫严加看守着，等候着南疆的回信。

锦衣卫的主官郝连英去往通州，上了码头，站在凛冽寒风中，守着打捞队。

他旁边，除了韦启峰，还有朱谨渊，裹着厚厚的皮裘。一阵风吹来，朱谨渊冻得发着抖，打了个大大的喷嚏。

嗯，朱谨渊会出现在这里，是因为他向皇帝讨了差事。

知道朱谨深入都察院之后，他再也坐不住了，都不要贤妃出面，自己主动去找着皇帝，说不能见父兄都这样忙碌，而他悠闲自得，他强烈要求为君分忧。

皇帝见他新婚不久就这样有心，大方地答应了他，给他派了差事。

皇帝叫他到运河上一起看捞尸来了。

韦启峰见妹婿打了喷嚏，忙殷勤地道：“殿下，这里风太大了，我们还是进那边的屋里吧，火盆热乎乎地烧着，一直都没熄过，就预备着给殿下取暖。”

这码头上四面没有遮挡，因为锦衣卫在此公干，这几日把来讨生活的脚夫小贩等也都赶走了，空荡荡的一片，风从河面上吹过来，若不留神站稳了，几乎能将人刮个跟头。

码头边上有渔家搭的能避风的小屋子，但非常简陋，还有一股陈年累积下来的说不出来的怪味。朱谨渊在里面待了一刻就实在待不住了，宁可出来吹风。

韦启峰邀他去的是好一些的屋舍，不过就是离码头比较远了，不能这样近距离地关注到河面上的情况。朱谨渊磨了这个差事来，开始很不满意，跟贤妃去抱怨，贤妃劝他，好歹都是份差，做好了，皇帝满意了，才会给他接着派差。

朱谨渊一想也是，也就雄心勃勃地来了，为了显得自己上心，锦衣卫给他备好歇脚的屋子他都不去，就跟着郝连英。

但这风实在是太吓人了……

朱谨渊抱着个聊胜于无的手炉，感觉牙关都开始打战了，冻得想要骂脏话。

他再也撑不住了，被韦启峰再一劝时，就望向郝连英道：“我看这人一时半会儿回不来，不如我们去喝杯茶，润润喉再过来？”

梅家沉船并不在这码头边上，锦衣卫及巡检司的人要驾船到事发地点去才能开始打捞，他们在这里守着，就是等候打捞船的消息。

韦启峰帮了句腔：“大人，走吧，在这里傻站也看不出什么来。”

一阵猛烈的北风迎面袭来，他踉跄了一下，底下的话都没说得出口，被吹了个透心寒，待这一阵过去，才爆了句粗口：“这鬼风！”

郝连英的身体素质自然比纨绔混混和养尊处优的皇子都强些，但也抗不过天地自然的威力，一般从头到脚冻得冰柱一般，沉默片刻，点了个头。

他转头吩咐下属继续在此好好守候，而后一行三人下了码头，去到备好

的屋子里歇脚。

“梅家这些死鬼死得也算是值了，捞个尸，皇上叫我们大人亲自看着还不够，还把殿下派来了！”

喝过一杯热茶，韦启峰身上回了些暖，就开始按捺不住地抱怨。

郝连英没说话，但也没阻止。屋外有人守着，都是他心腹手下。

朱谨渊心里很看不上这个大舅子，他挺奇怪，韦家算是书香和勋贵的结合，怎么生下来的长子是这副秉性？他起初时很不爱搭理他，但他渐渐发现了，韦启峰这个人粗虽粗，没什么城府，也因为如此，他很敢说别人不敢说的话，这些话还往往合上了他的心事。

此时听韦启峰抱怨，他就道：“不要这么说，皇爷不管派给我什么差事，都是要用我，做儿臣的，岂有挑肥拣瘦的。”

“殿下一片孝心，不觉得什么，我们这些人，却是替殿下不平。”韦启峰道，“如今朝廷多事，刑部里也忙着，派殿下去审那姓梅的小子也比在这里喝西北风强。像二殿下，不就舒舒服服地待在都察院里吗？”

当着郝连英的面，朱谨渊温和地笑了笑：“二哥去查阅旧档，一般繁忙，并不是享福去了。你这个话，可不要出去说，不然容易引起别人误会。”

韦启峰忙道：“我向着殿下，才在殿下面前说，当然不会说到外人那里，给殿下招祸。”

他说着看一眼郝连英，说道：“我们指挥使不算外人，一向都极照顾我的，哈哈。”

郝连英坐在下首端着茶盅，不置可否地笑了笑。

韦启峰想了想，又道：“不过二殿下那身子，纸扎的一样，这一年来才渐渐结实了点，但也挨不住这风吹，只能待在屋子里了。他哪里有三殿下康健，这种差事，也就只有派给三殿下才能做了。”

这就是朱谨渊喜欢这个混混大舅子的原因了，别的人哪敢在他面前直接说朱谨深是纸扎的，怎么也得含蓄点，就不如这种话听着痛快。

他心里痛快了，话更多了：“二哥那里的差事，只怕比我还重些，十来年前的旧档，哪里是那么好查的。唉，也不知道二哥能不能撑得住，差事是小，别累得他旧病复发，那就得不偿失了。”

韦启峰道：“二殿下要干不下来，等三殿下这里完了事，正好回去接手，显得殿下又能干，又尊爱兄长。”

他看上去只是随口一说，不过朱谨渊心中一动，感觉这还真是个不错的主意。

要真能办成，他可是妥妥压他的病秧子兄长一头了。

哦，错了，是前病秧子。

朱谨深怎么就好了呢。

朱谨渊现在想到这件事，都还觉得心里油煎的一般。朱谨深被封门的那两年，他风光得几乎是一枝独秀，若是他聚拢到的势力足够，恐怕都能推他上位东宫了。

然而，朱谨深一出来，立即把他的优势粉碎了一大半。

若不是随后朱谨深自己犯蠢，他借此良机提前娶亲娶到了韦瑶，他已然要丧气认命了。

韦启峰喋喋不休：“那一家人捞上来也不知是个什么模样了，我见过落水死的人，可不成个人样，真是……二殿下那边要是倒下了就好了，殿下便能过去了，我们指挥使也跟着去。论起查案，可是锦衣卫的强项，也不知皇上怎么想的，二殿下门都不大出的一个人，能查得出什么来！”

朱谨渊心下趁愿，没有说话，只是不由得瞥了郝连英一眼。

这鹰犬头目面色平平，看不出他心底想的什么。

韦启峰的祈愿差点成真。

朱谨深看上去确实快倒下了。

连着几日，他吃住都在都察院里，日夜与布满尘灰的档案为伴。林安贴身服侍他，看着他脸色一点点白下去，急得不得了，劝又劝不动，朱谨深只给了他三个字：“我有数。”

这他哪里能放心，看那些档案，泛黄泛灰还是小事，有的塞在太里面的架子上，都察院十年不见得有人去动一动，被鼠虫啃了边都不知道，这些玩意儿摸在他高洁得连衣衫都不会出现一个褶子的殿下手里——他心都痛死了好吗！

林安急得想回去把李百草拉来看一看，又不敢，这老神医脾气和医术一样厉害，万一他觉得朱谨深在糟践身体，气头上能撂挑子不干。

纠结了两天，实在憋不住了，他直奔向了沐家老宅。

他说话殿下当是耳旁风，但有人能把这股风吹进殿下耳朵里。这一点他从前还不是那么肯定，自打那个晚上过后，他是透彻得不能再透彻了。

当时他几乎要把自己吓死。

那一个晚上他都没有睡着，而隔天他鼓足了全部勇气，想要去问一问时，朱谨深进宫找皇帝报信，随后就忙起来了。

一忙到如今，他也没找着机会跟他家殿下聊一聊。

林安无奈，只好努力说服自己，把那股炸裂般的惶恐压下去。

身在皇家，什么稀奇古怪的事没经过听过。

他家殿下没杀人没放火，只是和一个少年发展出了超越友谊的关系，不值得他这样大惊小怪。

李百草都很淡定，提都没再提过，跟没这回事一样。他难道还不如一个乡野老大夫不成？

虽然这么想，但林安此刻决定去见沐元瑜，还是十分心虚。

这两个人谁勾引了谁，太明显了。沐家世子爷身边那八个狐狸精一般的大丫头他是亲眼见过的，而反观他家殿下呢，身边连只母蚊子都稀罕，这年纪渐长，憋不住了，又不能选妃，错乱之下拿长相秀气的世子爷解个火太合理了。

都不知道他家殿下怎么哄骗了人家。

唉。

林安一路心虚着，一路顶着寒风到了沐家老宅。

他等了一刻，才等到了沐元瑜下学。

“世子爷——”

林安惴惴不安地把请求一说，只见沐元瑜的脸色当场就变了。

朱谨深在都察院里是公务，沐元瑜平时和他形影不离，逢着这种时候，很懂分寸地知道不能去打搅，就只是自己无聊地上学下学，等着朱谨深完事的消息。

可她没等来，先等来了这个信。

“上来，我们去都察院。”

林安愣怔着进到车里才反应过来，世子爷这是家门都不进就跟着他走了？

真是个好人啊。他又心虚又眼泪汪汪地想。

沐元瑜赶到的时候，官员们已差不多到了下衙的时辰，三三两两地从大门里出来。

有林安引着，没人拦她，马车停在门旁道上，她一路顺利地走到了后院那一排存放档案的屋舍。

冬日天色暗得早，申末时分，屋里已燃起了灯来。

与外面闲散下衙的景况不同，屋里仍是十分忙碌，五六个人或坐或立，各有职司，还有人走来走去地搬运着文卷。

朱谨深坐在里间书案后，书案两侧皆堆着高耸的案卷，连他的脸面都遮挡住了，沐元瑜一眼没寻得见他，还是林安从她身边直窜出去，才为她指引了目标。

“哎哟，我的殿下，这个时辰了，人都走光了，您还不歇歇！”

朱谨深头也不抬地道：“闭嘴，别吵。”

一只素白手掌按在了他摊开在面前正看着的案卷上。

朱谨深眼神闪了下，抬头。

“殿下，”沐元瑜站在书案后，笑眯眯地和他道，“张弛有度。”

朱谨深的嘴角不由得就勾了起来，他抬头先瞪了林安一眼：“你真是出息了。”

他拖他的后腿烦他还不够，发现烦不动，居然还去搬救兵了。

林安只是嘿嘿赔笑。

“我没怎么样，不要听他胡说。”

沐元瑜打量着他，唇色都有些发白了，还说没有怎么样？她哪里肯相信，道：“我知道殿下勤勉向公，可殿下熬得脸色都不对了，莫非真要等倒下了才罢？那时才真的耽误工夫呢。”

屋里还有别人在，朱谨深不能做什么，只是敲了下她按在案卷上的手背，示意她：“你看一下你的掌心。”

沐元瑜略带疑惑地把手翻过来，只见掌心已然一片灰扑扑的。

她瞠目地望一眼她才摸过的案卷，这什么玩意，也太脏了吧？

朱谨深皱着眉道："你说，我能有什么脸色。"

沐元瑜"扑哧"一声笑了。

洁癖其实不是个可乐的毛病，换个人她也许会觉得很麻烦，但这个毛病体现在朱谨深身上，她一直就只觉得很有意思。

可能是他从头到尾就是个雅致的人，跟这个毛病很相配，也可能是，她滤镜太厚，以致把他的毛病都看成萌点。

沐元瑜转头问林安："你们殿下天天摸这些东西，你怎么不知道给先擦一下？"

林安委屈地道："开始擦的，但是后来殿下嫌我碍事，不要我在旁边了。"

朱谨深不是单纯地在一份份阅读案卷，他需要前后比照对应，聚精会神地分析。林安一直在旁边窸窸窣窣的，多少会对他造成干扰，几次之后，他就把人撵开了。

沐元瑜想了想，毛遂自荐道："那我给殿下来擦？我手脚放得轻些，保证不碍殿下的事。"

朱谨深微有心动，但旋即道："不要了，你只有更碍事。"

沐元瑜一怔，然后意会了过来。她把手背到身后，若无其事地望了望屋顶。

林安略心塞——他感觉到了差别待遇，一样是"碍事"，他家殿下说话的口气怎么可以差这么多？

那个余韵悠长的，他一个没了根不通情事的小内侍都被迫懂了。

"那殿下也该歇歇了，都快晚饭时辰了，再怎么说，也得先去吃个饭，填一填肚子吧？"沐元瑜道。

她不提这茬朱谨深还没有觉得，一提，他就觉得确实有些饿了，低头看看手里的案卷，道："等我这卷看完。"

沐元瑜点头："好，我到外面等殿下。"

她就出去。她倒是想帮忙朱谨深一起看案卷，但不奉皇命，以她的身份不适合插手朝廷部院的公文，瓜田李下，还是避开这个嫌疑比较好。

"叫林安给你找点水，把手洗了。"

朱谨深的声音追了出来。

"好。"

世子爷说话就是管用，一来就劝得殿下提前去用饭了，搁前两日，怎么也得再耗一个时辰才去。

林安又开心起来，很殷勤地把沐元瑜带到西侧的一间厢房里，这里搬了个小炉子来，临时被辟成了茶水房。

沐元瑜洗了手，找了张椅子安稳坐着等候。

过一会儿，她察觉到林安在悄悄打量她。

她一转头，触到林安回避不及的视线，笑道："看什么，忽然不认得我了？"

林安吞了吞口水，道："没、没。"

他堵了满肚子话，也憋了好一段时间，在过来的路上一直担忧着朱谨深的身体，还没有空想那些，此时就又全部回笼了。

世子爷这……怎么就会跟他家殿下那样了啊？

他看上去好正常好自然的。

就算是现在也一样。

连同他家殿下也是，都坦然得不行，倒好像被撞破窥见的人是他了一般。

沐元瑜当然知道他为什么会这样形容，笑着点了他一句："你家殿下心里有数。"

林安呛了一下，吞吞吐吐道："我、我知道。"

这看上去起码世子爷不像被强迫的，他的心虚总算好了点，他家殿下那个模样，京里数一数二的，也、也不算怎么亏待世子爷吧……

就是不知道这两个人怎么算的，他家殿下是肯定不可能屈居人下，那就是……空等着无聊，林安就很费心思地琢磨着，可世子爷这看上去也不像啊。

他家殿下打小身子就弱，这小半年来才开始练练骑射，也不过是练着玩儿，不是正经习学。相比之下，世子爷可是打小的童子功，若论武力，又难说得很了。

但假如是殿下在下面……

林安脸色顿时发白，差点自己把自己吓出一身白毛汗。

好在主屋那边起了一阵动静，打断了他可怕的臆想。

朱谨深的公务暂告一段落，领着丁御史并几个司务走出来。

朱谨深一个皇子这几日都吃住在都察院里，底下跟他办事的人自然更不

好回去，跟着一并煎熬。

但众人心里并无怨言，一个人是做做样子还是实心做事，处几天就显出来了。同朱谨深的冷面与他过往的风评不太一样，真做起事来，他出乎众人意料地并不太训人，也没有架子，只是埋首专注于他自己的那一块，除了吃睡之类基本的需要，不见他休息，话都不见他多说，不知疲倦般没有止歇。

顶头上司的作风很能影响到底下人的士气，众人钦服之余，也都跟着一并认真起来。

此时提前出来，沐元瑜跟林安从厢房出来了，会齐一起往外走。丁御史渐渐发现走的方向不一样，笑道："难道今日殿下要做东吗？"

都察院这样光有品级的官员就有百十号人的大衙门，内里是备有厨房的，一应供给果蔬从光禄寺走账，他们这几天在里面吃的就都是小厨房的饭菜。

朱谨深"嗯"了一声，道："我听你昨日念叨，说离此不远的鸿宴楼名菜荟萃，大家辛苦到现在，也累了，去尝个鲜吧。"

"我不过随口一说，不想殿下记下了。"丁御史乐得合不拢嘴，"这可要殿下破费了。"

自家衙门厨房的饭菜，填个肚子还行，别的就休提了。那鸿宴楼名气大，饭菜价钱便也不菲，丁御史入职没几年，御史职位清贵，俸禄也很清，等闲不会往那里去，几个司务职位更低，更别说了，当下人人笑逐颜开。

鸿宴楼就在都察院斜对面，车都不必坐，走路过去也就半炷香的工夫。

进到宽敞明亮的大堂里，便有搭着白布巾的小二迎上来，见这一拨人大多着官服，态度间更添了两分小心。

朱谨深要了两个雅间，把丁御史跟司务们安排过去，然后领着沐元瑜进了另外一间。

没了外人，坐下来后，他们才有空说起话来。

林安很没眼看地守到门边去了——别以为手放在桌子底下他就不知道，殿下把人拉着进来就没放开好嘛！

"你这几日在学里还好？我不在，老三没寻你事吧？"

沐元瑜捏着他的手指玩，说道："没有，三殿下也有了差事，到通州去了，学里只剩了我和四殿下，无聊得很。"

朱谨深有些意外，他进了都察院后，朱谨渊才得了差事，他昼夜不出，并不知道这件事。

但他也不去多想，点头道："这就对了。皇爷这件事倒是安排得极好。"

沐元瑜忍不住又笑了。她感觉跟朱谨深在一块儿，多无聊的事经他一说都变得有意思了，虽然他本意绝不是如此。

"四殿下不太开心，我听许兄偷偷说，有人上书叫他从宫里搬出来，说当年殿下就是这个年纪出来的，他应该效仿兄长。"

朱谨深对这个消息挺无所谓："哦。"

他对朱谨渊的事还有些意外，对这一件却这样淡定，沐元瑜心中忽然一动，低声道："殿下的手笔？"

会上书啰唆这种事的十有八九是御史，朱谨深这阵又一直在都察院里……

"不算。"朱谨深否认，跟着悠悠道，"不过我日日在这里，有人看见我，联想到了别的什么，那不是我管得了的。"

沐元瑜眨着眼问："殿下就没提醒过人？"

看，宫里还有个好参奏的题材什么的——不怕惹事的御史可多着呢，只愁找不到新鲜的东西参。

朱谨深但笑不语，过片刻才道："我如今忙着正事，不想要人给我拖后腿，寻点事给那边忙一忙，省得闲了再动歪脑筋来烦我。"

沐元瑜不得不服，朱谨深这是顺手也是料敌先机，他一直被派差，朱谨渊坐不住，沈皇后看到眼里又如何安心？赶在她出手之前，朱谨深先戳中了她的七寸，这一招从前还不好使，只有如今才行，赶在朱谨洵恰恰也是这个年纪，他是一点没有浪费工夫。

"殿下——"

"世子爷，"刀三的声音，忽然从门外响起来，"您在里面吗？家里来信了。"

沐元瑜一怔，忙站起来转身应道："在，刀三哥，你进来吧。"

刀三说的信是老宅里的人送来的，他送沐元瑜上学，沐元瑜来都察院又到这里，他一路都跟着，不过没进雅间，坐在楼下大堂里叫了爱吃的菜自己吃着，老宅里的人一路找了来，见着他就交给他了。

"世子前阵子写了信回去问事，如今来了回信，怕是不是里面有什么要紧的话，耽搁了不好，所以家里找到这里来了。”刀三解释着，把信递出去。

沐元瑜接到手里，坐回了桌边，挨在烛灯旁拆开了火漆印，抽出笺纸看着。

片刻后。

她手一抖，笺纸差点落到烛灯上去。

朱谨深看过来，问道：“怎么了？”

“我——”沐元瑜喉咙干涩，其实信里还写了别的，但她一时之间只说得出这一句重点，“我庶弟，没了。”

“还有他生母柳夫人，也一起病亡了。”

她好晕啊，简直像看了一篇黑色幽默。

她父王的心肝宝贝蛋，还在娘胎里的时候就把她逼到了京城来，现在就忽然这样没了？

第十七章
被迫放手

朱谨深也怔住了："没了？"

他脑中忽然闪过些思绪，但是面上没有显出来。

沐元瑜表情空白："啊。"

她连个"是"都说不出来，太意外了，脑子直接停摆，自己茫然地又低头看了眼笺纸，没有错，滇宁王的笔迹，白纸黑字地写着。

她遇刺后很快就写信回去询问了，但一直没有回信过来，她以为滇宁王应该是在云南彻查，便压下心情耐心等着。她万没有想到，滇宁王的回信不及时是因为王府里同时出了事。

朱谨深没有要她的家信，只是问："怎么会同时病亡？你那庶弟不是养在你母妃膝下吗？"

"是。"沐元瑜掐了一把掌心，强迫自己定下神来。这不是发愣的时候，再料想不到的事，已经发生了，那就只有接受。

"但上个月的时候，柳夫人的父亲年老病危，柳夫人去求我父王，说孩子自生下来，她父亲还没有看过，如今人要没了，闭眼前想见外孙一眼。柳夫人毕竟是生母，她父亲人之将死，提出这个请求来也是合理。父王听了，就答应了她。谁知柳夫人带着孩子回了家，用了外面的饮食，结果吃到一味有毒的菌菇，急着把人抬回来已经晚了，费了一夜工夫还是不治。"

云南的菌菇品种非常丰富，即便是住了几十年的当地人也不能全然分辨，每年都少不了一些因为误食有毒菌菇而身亡的莽撞吃货。但柳夫人这个级别的贵人会是这种死法，是很有些不可思议的。

这一对母子说是病亡，事实上是中毒，只是后者听起来太不体面，滇宁王大约是不愿接受，才修饰了一下。

沐元瑜怔怔地发着呆，她这回的呆与之前又不同，她已经回过神来，思绪重新运转起来，只是心里的滋味太过复杂，无法厘清。

这一个平常的冬日夜晚，她接到了最不平常的消息。

滇宁王已是天命开外，这个年纪，再受此重击——字里行间都看得出他泣血般的痛心，他再有子嗣且还那么巧是个男丁的可能性真的不大了。

未来，她的世子位，好像是保住了？

究她本心，其实没有多么大的野心，也没想过要做出多了不起的作为，如果不是滇宁王当年斩断她的后路，她不会奋起走到这一步。如今障碍不战自溃，她似乎应该开心而激动。

但她一时笑不出来，也许是因为这胜利来得太轻易，也许也有一点是因为沐元瑱。她只见过那个奶娃娃一面，她不喜欢他，但没想过把怒气发到一张白纸上，要他去死。

“人有旦夕祸福。”朱谨深淡然道，“你不必太过感伤。”

“我没有……唉！”

沐元瑜叹了口气，她不至于难过，只是有一点郁闷，更多的还是脚踏不到实地的飘忽感。

朱谨深像是随口问道：“柳夫人的父亲呢？也死了吗？”

“说是受了惊吓，当时就断气了。”

要看外孙最后一眼，不想双双都是最后一眼，他的死是太正常了，没什么可追究的。

“他本来是做什么的？”

以朱谨深的身份，他所知再多，也还不至于去关注一个郡王小妾的父亲的出身，这跟他的层次差得太远。

沐元瑜是清楚的，滇宁王本就是个多疑多虑的人，当年那种情况下纳的妾室，更不可能不把来历查清楚，所以她可以一口报出来：“是个犯官，本来在江南做个县令，刮地皮刮得太狠了，被人到京里告了状参了，贬到了云南去。”

朱谨深沉吟片刻，抬了头，眼神扫过左右，道：“你们暂且出去。”

刀三直挺挺站着不动，林安牙酸地上前拉他："哎哟，兵大爷，没听见我们殿下的吩咐吗？"

他酸不是害怕刀三，是以他内侍的心思，立刻知道主子们这是有重要话要说了，他家殿下保不准还得安慰安慰世子爷。怎么个安慰法，那画面，想一想他都头皮发麻。

这样他还立刻听令了，真是很值得为自己的忠心感慨一下。

沐元瑜摆了摆手，道："刀三哥，你饭还没吃完吧？去吃饭吧，我这里没事。"

刀三这才转了身，"噔噔噔"走开了。

林安守到外面去，防着小二进来。

人都出去了，雅间里的画面，其实并不如林安想的那样。

朱谨深只是低声道："你在担心？可是觉得这事有些蹊跷？"

沐元瑜皱着脸点头："但我父王应该也不会拿这种事骗我。"

朱谨深安抚地轻拍了拍她的手背，问道："你觉得不对在何处？"

沐元瑜说不上来，她只觉得柳夫人母子病亡得太突然蹊跷，但这不是一个有说服力的理由。

而撇开这一点不说，从她和滇宁王妃的利益论，这是一个最好的结果。

沐元瑱一死，王位将无可争议地传到她的手里。

"嘶。"

她轻呼一声，因为手背忽然一痛。

朱谨深拧了她手背上不多的细肉一把，眯起眼，长长的眼睫投下阴影，道："你想跑？"

他警觉性怎么这么高啊，就骗他一回，难道给他留下的心理阴影就这样重？沐元瑜哭笑不得，她还没想到那一块儿呢，只刚起了个头。

"殿下误会了，我没有。"

"最好是。"朱谨深并不很信任地斜睨她，"你不要想得太好了，你父王今年多大？没到六十吧？八十老翁尚能纳十八妙女，往后如何，难说得很。"

沐元瑜有点心虚，同时也不大服气，道："殿下都不向着我说话。"

他还想她父王老梅再开，这样坏。

“你老实些，我就向着你。”朱谨深把这当撒娇听了，心绪平复下来，又安抚地摸摸他拧过的那一块。

“殿下单叫我老实，自己呢？八十老翁，可还能纳十八妙女呢。”

朱谨深的嘴角又勾起了，说道：“你都替我操上耄耋之年的心了？你若管我到那时候，我自然只有服你的管了。”

跟他过到八十岁……沐元瑜略傻，她说那句不过是顺口，也有点想转移话题的意思，那么久远以后的事，她哪里会真的去想。

“你不愿意？”朱谨深的声音冷了下来。

沐元瑜有点招架不住，又有点想笑，这几乎可以当作不二色的承诺听了，是她从没有跟他索取过的承诺，而他要硬塞给她。

“哪有殿下这样的，这是逼着我管您不成？”

朱谨深放开了她的手，高冷地道：“你想多了，你爱管不管。”

沐元瑜服软：“我管我管，我这样喜欢殿下，只愁殿下不理会我。”

这话当然是真的，不过沐元瑜摸着良心想了想，在她内心深处，比起给别人做妻子，她应该是对滇宁王的位置要更向往那么一些。

她甚是遗憾地想，要是朱谨深的身份没这么高贵就好了，将来把他拐回云南去，才是两全其美。

朱谨深这回没有看出来她的小心思，因为被那句“喜欢”忽悠晕了。沐元瑜惯常就是很能给他灌迷汤的，但这样直白而毫无掩饰地说出这个词语来，还是头一回。

以至于以他的敏锐，也想不了更多了。

他低声道：“我也是。”

说完了他竟有些羞涩，明明更亲密的事都做过了，但这三个字的表白好像更有魔力一样。

说完了两个人面面相觑，沐元瑜原来没觉得怎样，莫名也被他带了张大红脸。

她忍不住都想抓一抓脸了——这位殿下的脸皮好迷啊，压着她吻的时候都不见这样，还是男人都这样？

剖白心意比实际行动更让他有一种袒露真心的赤裸感。

“咕噜。”

不知是谁的肚子发出了一声微响。

“殿下，先吃饭吧？”沐元瑜问，因为她忽然发现自己是真的饿了，人一饿起来，那这个感受就势必后来居上占据到第一，别的都想不了了。

朱谨深重新垂下了眼睛：“嗯。”

用过晚饭后，沐元瑜揣着信回家，朱谨深重新回到了都察院。

他大方地让丁御史等人去休息，然后自己独自又到了放档案的大屋里。

他在自己书案上的两摞高高的档案里找寻着什么。

小半刻后，他找到了他想要的，缓缓展开。

——南直隶苏州府吴县县令柳长辉，贪赃枉法，强夺民财，引百姓公愤，负朝廷圣恩，夺官去职，流徙云南府。

发黄黯淡的案卷上，大致是这么个意思。

末尾处的印章因时日久远，已经看得不那么清楚，但配合旁边的签名，仍可明确认出这份案卷当时的主判者是谁。

朱谨深长久地凝视着那个印章，目中闪过非常复杂的光芒。

他记得很清楚，两年多前乐工案后，皇帝是把余孽在南疆的残余势力交给了滇宁王去查。

查到现在，他的小妾跟独子忽然都死了。

而小妾的娘家跟梅祭酒挂上了钩。

沐氏在云南经营了几代人，想给滇宁王塞个女人并不是件容易的事，最起码，这个女人的来历必须有证可考。

柳夫人是不是犯官之后不要紧，柳长辉已经被流徙云南，那么就是已经为曾经的罪行付出代价，而由此，得到的是一个无可挑剔的官方身份。

一个官员，想被贬不难，准确地贬到云南府去，就要花费一番心思了。

苏州府归属南直隶，南京刑部其实就可以做到这件事，但那一方的人不怕麻烦地寻到了京城，借了梅祭酒的手，最大限度地拉长了空间，让这件事看上去更显得自然和具有偶然性。

时间渐渐流逝，被嫌碍事一直打发在外间的林安忍不住探进了头来，说道：“殿下，都这个时辰了，该休息了吧？”

朱谨深垂下了眼睛，掩去了其中的诸多情绪，道：“知道了。”

他站起来，把那份案卷揣到了怀里。

林安见他听劝，十分高兴，但见他又揣了案卷，不由得道：“殿下还打算带一份回房去看？给我拿着就是了，这些纸脏得很，别把您衣裳弄脏了。”

朱谨深道：“闭嘴。不要跟任何人提起这件事。”

林安：“……”

他有点惶恐，但还是把嘴捂着，点头如捣蒜。

“我们回府。”

“殿下今晚不在这里住呀……”林安习惯性多嘴，话出口见朱谨深脸色不好，识趣地闭了嘴，“哦哦，好的。”

真怪，难道是世子爷死了弟弟，把他家殿下的心情也带得不好了？

他在心里胡乱想。

都察院的查档陷入僵局，迟迟不曾有进展。

对这一点，最高兴的是朱谨渊。

他在运河边上吹了三四天寒风，把脸都吹皴了之后，打捞船终于出了一点成果，虽然捞到的只是一具家丁服色的尸体，且因为脸面已经泡得不太像样，不好辨认了，终究也是成果不是。

更重要的是，经过验尸，发现了该家丁腋下的一道刀伤，从斜后方入，直刺入心肺，这也证实了梅祭酒一家遇难绝非意外。

皇子与锦衣卫指挥使两尊大佛在岸上站着，打捞船不敢有丝毫懈怠，有了这个好的开始后，陆陆续续地打捞出更多的成果来。

朱谨渊开始觉得这是个好差事了，虽然看捞尸冷了点也恶心了点，但是只要捞上来就算数，人在河里泡了水，渐渐地自然会浮上来。那档案沉睡在都察院里就不一样了，看着都好好地摆着，却要靠人力从浩瀚的数据中分析查辨，一个也不会自己跳出来。

他使人暗暗在都察院那边打听着，知道那边毫无进展之后，连寒风吹在脸上都不觉得刺痛了。

韦启峰还怂恿他：“殿下，叫我说准了，二殿下那里真查不出东西来，我们这里再耗两天，该捞的都捞上来，捞不上来的也沉底下去没指望了。殿下不如就去找皇爷，把都察院的差事夺过来。”

朱谨渊有点跃跃欲试，但真要去这么干，他也有点担心："不瞒你说，二哥还是有那么些聪明的，他都查不出来，我恐怕也……"

"那也不丢人。"韦启峰大大咧咧地道，"二殿下是兄长，兄长办不到的事，弟弟办不到又怎么了？您把这差事抢过来，就够给他难看了，过后的事，再说。"

朱谨渊一想也是，他从前总被朱谨深毒舌打击，几乎没从朱谨深那里讨过好，虽然总想力压他一头，真对上他却不自禁要发怵。

韦启峰这主意顾头不顾尾，不算好点子，却让朱谨渊心动，他就默默下了决心。

他一边吹着冷风一边祈祷，最好再过两天都察院还是什么都查不出来。

按下都察院先不提，刑部里，梅小公子的供述也出来了。

审他本身不费多大劲，主要是梅家只剩了他一个活口，那旧事只能寄望于从他嘴里尽可能多地说出来，所以才多审了一阵子。

但所得也不多。

最重要的一个问题是，梅小公子何以会误会他的生母是暹罗人。是因为那个乐工来找过梅祭酒——当然，他不知道那个人是乐工，是刑部费尽力气逼他回想出那个人的形貌，然后跟乐工生前对照了一下，才对照出来的。

当时乐工和梅祭酒起初说的是汉话，忽然梅祭酒就冒出一句暹罗语来，然后乐工脸色就变了，梅祭酒转回了汉话，威胁那乐工说"别以为我不知道你们的来历"，然后……就没有然后了。

偷听的梅小公子被发现了。

梅祭酒赶走乐工后，回来哄儿子闭好嘴，说那是个坏人，刚才的事，千万不要告诉别人，也不要再提起。梅小公子好奇，问父亲那句他听不懂的话是哪里的，梅祭酒只哄他说是骂人的。梅小公子当时年纪不大，只有九岁，本来是听了，只是在心里存下这一段疑惑。

但事情过去两三年以后，那个乐工寻到机会悄悄来找了他。

乐工居然自称是他的舅舅。

乐工告诉他，他的生母祖辈是从中原迁居过去的暹罗人，到上一辈才又迁回来，因为暹罗是边陲小邦，不如中华正统，所以一般都不对外提起。乐工还告诉他，因为怀疑他的生母死因有疑，而梅祭酒一直不肯承认，所以才会和梅祭酒发生了争执。

梅小公子当时听见的话不多，无法分辨父亲和乐工谁的话是真的，但乐工的话令他心里留下的那一点疑惑扩大，于是他在家里偷偷调查起来。

他的段数跟梅祭酒还是差远了，很快被梅祭酒发现，痛打了他一顿。梅祭酒暴怒非常，几乎将他打死，对于他说的他生母是暹罗人这一点，却没有怎么回应，只是冷冷地和他道："你若想把一家人害死，就出去说去吧。"

梅小公子打出生起就没有受过这么大的罪，被吓住了，不敢再追问梅祭酒什么。

但他对生母的死因疑惑更深，且因为觉得生母可能确实为人害死，却不能为她报仇，而思念之心更切，他再长大一些，考取了秀才，出门不再受限制之后，就想方设法去学了几句暹罗语。

对于梅祭酒何以也会暹罗语这个缘由，他则说不上来。

不过，这其实不需多问。

从梅小公子听到的那句话来看，梅祭酒此前应该不知道小妾的暹罗出身，不会是从小妾处学来的。而他说出那句话，乐工便脸色大变，那么很有可能梅祭酒只是学来震骇住乐工，以表明已查出他们的跟脚。

梅祭酒作为一个官员想不为人所知地学暹罗语是有些难度的，但非常凑巧，他当时任职的是国子监祭酒，国子监全盛时期，万邦来朝，许多小国番邦都遣使来习学上国文化，暹罗自然也包括在内。至今国子监里还存有一些相关书籍，真要细扒，恐怕现在从国子监里扒出两个暹罗人也不是难事，梅祭酒作无意般去学几句，最容易不过了。

同时，很重要的一点是，暹罗本身是合法邻邦，暹罗语是不会吓到人的，乐工会变色，只可能是梅祭酒同时追究出了他们的余孽身份。梅小公子听见的那句暹罗语就是在警告他们。

至于乐工是梅小公子舅舅这一点，则恐怕只是乐工的随口胡诌。若是真的，梅祭酒跟他牵扯这么深，他混进宫被抓当时梅祭酒就该举家逃跑了，不会有胆量留到如今，借李司业的手搞个罢官。

刑部再审，就审不出什么来了，梅小公子也是尽力了，他知道全家亡没于运河上之后，人都快疯了，在牢里连着几天不吃不喝，还要撞墙，被劝说拦下之后死命回想。他把头发都快抓完了，就想多回想一点事情出来，只是没有办法。

儿子如今也不过十来岁，年幼而天真，梅祭酒怕他坏事，揣着大秘密一点也不敢告诉他，导致被灭口之后，幸存的梅小公子难以派得上多少用场。

为了方便朱谨深从浩瀚档案里锁定目标，梅小公子有限的这份供述皇帝阅过之后，批示进了都察院，交到了朱谨深手上。

丁御史等也一同看了，看完很失望，道："这对我们没什么帮助啊，连个方向都确定不下来。"

各自摇头叹气，回位子上继续忙。

只有朱谨深坐在书案后，他变得灰扑扑的手捏着供状，垂眼注视着，仿佛仍试图想从这份供状里看出些什么来。

过了好一会儿之后，他闭了闭眼，像是下了决定。

运河上的打捞渐入尾声。

朱谨渊终于按捺不住了，想进宫去邀个功，顺便也探听一下皇帝的口风，看能不能把朱谨深的差事夺过来。

他去打听皇帝有没有下朝，结果却听说，皇帝今日就没上朝。

"怎么了？今日不是有大朝吗？"

汪怀忠出来见他，叹着气道："那些余孽一直没有下文，皇爷不知他们的势力到底有多大，又在朝里搅起了哪些风雨，烦得不得了，犯了头疼，这两日就都罢了朝。"

皇帝向来勤政，罢朝这事是很少发生的，可见是真的不舒服了。朱谨渊忙道："我进去看看皇爷。"

汪怀忠拦住道："三殿下，皇爷不适，不愿意见人。您那边的差事办得怎么样了？若是好，我替三殿下回个话，皇爷一听，高兴起来，您再进去就有彩头了。"

他含着句话没说——若是一般没进展，就不要进去触霉头了。

朱谨渊挺有把握地道："捞上来五六个了，包括梅祭酒在内！"

汪怀忠夸了一句"殿下办差真是用心"，跟着就问："可验出什么线索来了吗？"

朱谨渊一怔："这，倒还没有。"

汪怀忠无奈了，打捞船的进展是每日都在向皇帝禀报的，梅祭酒被捞上来这事，皇帝昨天就知道了，关键在有没有什么证据线索，不然光是一个死人有什么好看的？

“殿下还是再加把劲，有了线索，皇爷的龙体就指定康泰起来了。”

朱谨渊听出来了，这就是不要他进去。他不是死缠烂打的人，不给进，他也不好勉强，只好忍着笑意道：“好吧，我一定努力为皇爷分忧。”

汪怀忠笑道：“老奴等着殿下的好消息，皇爷知道殿下这样肯用心，也要欣慰的。”

朱谨渊点着头，不大甘心地去了。

汪怀忠重新进去殿里，见皇帝歪在炕上，一个宫女在旁立着，替他捏着头，但他的眉头仍是紧皱着，显得很不安适。

他上前轻声劝道：“皇爷，老奴还是去把李百草叫来吧？”

皇帝闭着眼道：“不用。朕这头疼纯是气恼出来的，朕自登基以来，从不懈怠，为此家事都疏忽了，弄得一团乱。不想耗力至此，居然也是无用之功。这前朝，一般不清净，这些余孽，在朕眼皮子底下祸乱朝纲，朕都没有察觉。梅祭酒背后的这个根没有揪出来，什么神医来都治不好朕的头疼。”

“皇爷对自己太求全责备了，”汪怀忠劝道，“哪一朝哪一代，能太平得一点乱子都没有呢？如今这余孽虽不消停，然而天下百姓仍然安居乐业，皇爷已算少有的明君了。”

皇帝只是道：“你不必说好话糊弄朕。”

他脸色变了一下，一阵猛烈起来的抽疼打断了他接下来的话语。

汪怀忠吓到了，忙道：“太医院的这些废物！老奴这就去叫李百草！皇爷若生气，老奴回来领罚！”

他说着忙退出去叫人。皇帝年纪渐渐上来，从前疲惫起来时偶尔犯过，但都没有这回这么严重。他挥开了按捏的宫女，捂着额头，疼得受不了，就终究还是没有出言阻止汪怀忠。

事实证明，皇帝所言错了，神医跟一般名医，那还是有区别的。

李百草臭着脸从二皇子府被叫进了宫，几针下去，皇帝的头疼就好多了。

李百草是个极不藏私的人，替皇帝把过脉，说了没有大碍后，还主动让把太医院正和他师弟王太医叫了来，用了个小内侍做例子，手把手地教了皇帝头疼再犯时，应该针灸哪些穴位。

有鉴于此，皇帝连他看上去不太想来诊治圣病的臭脸都忍了。

教完后，李百草就提出要出宫。

汪怀忠还想再扣他几天，好好给皇帝诊治一下，不过二皇子府离皇宫也没多远，皇帝头疼好了许多，人也大方，就还是把他放行了。

李百草回去时已经傍晚，他不休息，仍打算去都察院找朱谨深，但倒是省了他一遭麻烦，因为朱谨深这晚自己回来了。

李百草是要找朱谨深算账的。

“二殿下，你说年底就放老头子走的话，还作数不作数？”

朱谨深才进门就被他堵着，一边由林安服侍着脱下大氅，一边道：“作数。”

他用字十分简洁，吐音低沉，可见心情不佳。

但李百草敢给皇帝看臭脸，更无惧于看皇帝的儿子脸色，仍旧直接把自己想说的话说出来：“可是今天宫里来人，拉老头子去给皇帝看病。”

朱谨深脱了大氅，正理衣袖的手一顿，幽深的目光望向他：“皇爷怎么了？”

“没什么大事。这个年纪了，又操劳多了，难免有点小毛病。”李百草见惯百病，不以为头疼症发生在皇帝身上就需要如临大敌般地对待，口气寻常地道，“我下了两针，现在已经好了。但是，恐怕宫里的贵人不这么想，不是老头子往自己脸上贴金，这要从此就扣住老头子不许走了，殿下可违背了当初的承诺。”

朱谨深皱了眉，先没理他的话，跟他确认了一句：“皇爷真的没事？”

李百草瞪了眼：“殿下在想什么，难道天下就剩了老头子一个大夫吗？若真有大碍，岂是老头子瞒得住的！”

李百草这个人有再多不逊的毛病，他从来对得起自己大夫的身份，朱谨深与他在府里关过两年，十分亲近地接触过，对这点，还是并不怀疑的。

他便道：“离年底还有大约一个月的时间，到时候了我会放先生走，先生不需担忧。”

李百草这才点了点头：“殿下有这话，老头子就放心了。”

他说完了事，干脆利落地就走了。

候他脚步声远去了，林安叨咕道：“这老爷子，都七十好几了，还不在这里养养老算了，殿下怎么也不能亏待了他。他还要满天下去跑，万一倒在哪儿过去了，都没人知道……”

“人各有志。”

朱谨深打断了他。

他自己的性情就与世人不同，多年饱受异样眼光，虽然他并不在乎，但他因此而能理解那些同样不为世俗赞同的奇人异士。

“你让人去把沐世子叫来。”

林安微愣：“这个时辰？”

朱谨深加重了一点语气道：“去叫。”

林安就不敢多说什么了，抓着头出去，心里有一点唏嘘地想着，他家殿下女色见得少，真是素惨了，逮着个清秀少年当了宝，这几日没见，天都黑了还要让把人叫过来，这算怎么一回事嘛！

想是这么想，他还是不敢耽误地传话去了。

小半个时辰后，沐元瑜来了。

她进了屋，歪着头取下兜帽，露出被风吹得微红的脸庞来，呼出口白气，笑道：“殿下找我有事？”

朱谨深先向林安道：“你出去，把周围的人也全遣走，一个不许停留。”

林安的心肝顿时就颤悠了——哎哟，这是打算干什么？！

“殿、殿下，”他开始结巴了，“时辰还早呢，您还没用饭呢，世子爷应该也没呢，您要不缓缓？”

有这么急吗！

他家殿下不是这样的人啊！

他都不知该说什么好了，忍不住又去瞄沐元瑜，真不像个狐狸精啊，怎么就把殿下迷昏了头？

朱谨深知道他误会了，但没心情跟他解释，冷冷道：“你需要我重复一遍？”

“……不，不。”

林安怂怂地收了嗓门，出去安排去了。

周围的人都要遣走，里面那二位爷这可是要……天哪，遣走，必须远远地遣走，不然这听到点动静要怎么给人解释！

外面各处一阵脚步声响过，重新安静下来。

只听得见隐隐的风声。

沐元瑜很不见外地落了座，自己给自己倒了杯茶，然后等待朱谨深发话。

她感觉出来了，朱谨深的情绪有点压抑。

难道是都察院那边的查档很不顺利？她胡乱猜想了一下。

“你回云南去吧。”

沐元瑜：“……”

她手一抖，茶水溅出来一两滴，泼在她手上。她一边被烫得甩手不迭，一边忙道：“我才不回去！我陪着殿下。”

几天前才怀疑她想跑，这会儿就主动要她回去？哪有这种好事，她才不会上当，一定是想考验她，她要禁得住考验。

朱谨深：“……”

他无语片刻，感觉心里灼烧了一下，不知道拿她怎么办好，只能道：“我是说真的。”

沐元瑜的态度可坚决：“真的我也不回去，殿下撵不走我。”

她虽然挺向往做滇宁王，不过这会儿形势都还没明朗，她回去做什么呀。

朱谨深凝视着她，声音低低地道：“若留在京里有性命之忧，也不回去吗？”

“啊？”沐元瑜睁大了眼，“这……”

这她就得考虑考虑了。

不过，为什么这么说？

她的表情变得谨慎起来，问道：“殿下，出什么事了？”

她首先想到是不是她的女儿身露馅儿了，但看朱谨深的表现，似乎又不像。

朱谨深没有说话，只是转身从靠着炕尾墙边放着的紫檀立柜最底下一格里取出一份文卷来。

这文卷放得应该是很小心，因为沐元瑜留意到他拿出来前还有个开锁的动作。

发黄的文卷放到了她面前。

沐元瑜打开来，发现其实是一份档案。

她起先纳闷地往下看着，但很快，她的表情变成了惊惧。

怎么会！

巨大的惶然如屋外呼呼作响的北风从她心里席卷而过，让她才被茶盏焐热的手变得冰凉。

这凉意几乎彻骨。

两年多前无意间听见的一句话，丝丝缕缕地牵拖了这么久，最终的落剑点，居然到了她自己身上。

哪怕是她第二次听到梅小公子口里冒出来的暹罗语，她都绝没想到能和自己有多大关系。

不需要朱谨深注解，她已经知道他为何这么说。

柳夫人与沐元瑱的突然病亡，忽然就有了最充足的理由。

滇宁王的手脚不可谓不快，动作不可谓不狠，但这不够。沐氏居然被余孽渗透到了这个地步，她这个世子，又可靠不可靠？

朱谨深这份档案一交上去，下一刻她就要迎来锦衣卫毫不留情的讯问。

而她都不用审，她本身就是个巨大的漏洞。

性命之忧？呵呵，能给她一个痛快一点的死法，已算皇帝仁慈了。

“余孽埋线之深，已危及社稷，你明白吗？”

沐元瑜摸着档案，怔怔地点头。

明白，她怎么不明白？埋在滇宁王府的这步棋，都能生下她父王的独子了，不论其间有多少阴错阳差，这一点已成事实。若不是滇宁王下手快，下一步，余孽就该透过滇宁王府掌控南疆，连纵暹罗了。

朝廷对南疆的控制本来就只是勉强，南疆一旦落入敌手，或者只是被乱政弄到糜烂，都足够将朝廷拖入泥潭。

朝廷去管，那就要砸兵砸粮，花费不可计数，那地方地势人文都特殊，当年立国收复时就有过很大牺牲。

朝廷不管，那就等于将南疆拱手让与余孽发展势力，做大威胁中央是指日可待的事。

“所以，我不能不禀报皇爷。”朱谨深的声音听上去冷静得没有什么感情。

沐元瑜的眼圈忽然红了。

以天下之大，却似乎没有她的容身之处，云南，待不住，京城，还是不行。

然而，这冷漠不仁的世情中，却终究还有人始终在向她伸出一只护佑的手。

能瞒的事，他都替她瞒了，不能瞒的事，他叫她先走。

他尽了最大的努力在保护她。

朱谨深看见她通红的眼圈，微微别过了眼，道："你要骂我几句就骂吧，但这件事，我真的不能瞒。我只能提前告诉你一声，梅少诚的供词已经出来，他没供出什么来，皇爷暂时不知道有你家的事。你趁着安全，明日就去跟皇爷辞行，这档案，我会过几日再去跟皇爷禀报。你路上务必要快，不要拖延，也不要乱走，你就回去云南。"

他说着说着忽然停住了，因为沐元瑜忽然挤过来冲到了他怀里，紧紧地抱着他，还把脑袋一个劲往他怀里蹭。

因为被冲得太急，他往后踉跄了一下，靠到了身后的立柜上。

"殿下，你不用说，我都懂的。"

这种事情怎么可以瞒，瞒下来，皇帝不知道余孽暗地里已经做大到了什么地步，错误估计形势，可能祸及的是天下苍生。

朱谨深再喜欢她，她也不敢要他做出这种决定，一着不慎，他们都将成为罪人。

"呜——"她哭了出来，不管不顾地把眼泪全抹到他整洁的衣襟上去，说道，"殿下对我很好了，我知道，我都知道。"

朱谨深不说话了，他低垂着的眼睛中，忽然也出现了一点血丝。

这是个超出他人生经验的姑娘，他怕她跑，再情热的时候，也总有点觉得抓不住她的心，所以时不时忍不住要敲打一下她。比如几日之前的那次，他当时已经预感留不下她，正因为如此，格外要她许诺不许走。

但是现在，他要亲手送她走。

他没有足够的力量，不能在京中护住她。

他只能选择放手。

就算是暂时，他也是心痛难忍。

第十八章 情深意浓

朱谨深慢慢抬了手，抚摸着她的头发。她看上去伪装得再好，然而真的近距离接触到这个地步，全是破绽。她的发丝这样细软，身段这样娇柔，脖颈间有淡淡的少女芬芳。

这一切只有他知道。

他心头掠过隐秘的满足与锐痛，这样的沐元瑜，他怎么放心让她去到暗无天日的诏狱里，面对残戾的锦衣卫？

“你不要耽搁了，现在就回去收拾行装。”朱谨深压制着心里翻涌的情绪，抬起她埋在他胸口的脸庞，对她道，“你父王给你写了信，你能拿给皇爷看最好，若有些话不便拿出来，那就只去和皇爷说你父王老来丧子，悲痛过度，病倒在了云南。你为人子的放心不下，要回去侍疾，这是人伦孝道，皇爷不会阻拦你的。”

沐元瑱一死，沐元瑜又成了独苗苗，如果滇宁王真的病到不治的地步，那沐元瑜必须随侍在旁，以保证能完整接收到滇宁王府遗留下的权势，出于这一点考虑，皇帝也不会不放她回去看看。

沐元瑜知道这不是哭的时候，她本来也不是爱哭的人，情绪发泄过一轮，很快逼着自己冷静下来。但她没有点头应下，而是红着眼，一针见血地道：“我走容易，那殿下呢？殿下随后就会把档案递上去。我走得这样巧，皇爷不傻，如果疑心是殿下故意放走了我，殿下要怎么办？”

“这不要你操心。”朱谨深道。

沐元瑜急了："我怎么能不管！倘若因我的缘故害了殿下，我怎么能安心！"

她大半眼泪都蹭在了朱谨深衣襟上，不过脸上仍残余着泪痕，看上去有点狼狈。朱谨深忽而心平气和了，从袖子里掏出一方素白帕子，替她擦着脸，嘴上道："至于这样发急吗？最坏，皇爷不过再关我几年。"

"你听话，回云南去。现在你庶弟没了，至少几年之内，云南对你是安全的。你只要能回去，为了南疆着想，皇爷也不会强行动你。"

朱谨深放人是担了风险的。但从沐元瑜的角度说，皇帝刚发现了余孽在滇宁王府里搞的事，这时候的南疆形势已经算是不稳，沐元瑜若在京，皇帝命人对她进行讯问是顺理成章。可一旦她回到云南，那里是沐家的地盘，作为一个头脑清醒的天子，维持稳定是第一要素，即便知道她跑得蹊跷，也不会在不确定的情况下再动她。

那样自乱阵脚，很可能反而帮了余孽一把。

这说来有些荒谬，不过三年工夫，险地与避难地，就掉了个个儿。

也许真正的黑色幽默，是这件事才对。

沐元瑜陷入紧张专注的思索中，她在想能不能想个法子把朱谨深摘出来，不让他因为放走她而受牵连。

朱谨深捏了她脸颊一把，说道："不要瞎琢磨了，你能平安回到云南去，就是对我最好的事了。"

沐元瑜不肯放弃，皱着眉头只是冥思苦想。

她想了好一会儿，也想不出来。

她很不甘心，甚而把自己又想得心浮气躁起来，她很想为朱谨深也做点什么，却无能为力。

朱谨深再催了她一次："你走吧。"

虽然这么说，但他的手也一直没有放开。

双方都明白，这一别，再相见不知要到何时了。

"殿下——"沐元瑜心里鼓噪着，叫了他一声。

"嗯。"

朱谨深应着，与她渐渐又起了薄雾的眼睛对视着，心头也生出了离别的

感伤。

但是……等一等，这个眼神好像有点熟悉？

“殿下，”沐元瑜很紧张，为自己才生出的念头绷紧了脸，掐着他的手道，“大恩无以为报，我、我……”

“我以身相许吧！”

她有一点点尴尬，然而还是十分勇敢地把下文说了出来。

朱谨深顿时头脑“嗡”的一声响。

他脸一下子热了，低声斥了一句：“胡说什么。”

他想起来了，她头回亲他时就是这个样子，莽莽撞撞地把他的脸都撞痛了，那回也罢了，可现在这种话……她怎么什么都敢！

他头都疼起来了，感觉也很需要李百草来给他扎两针。

“我没胡说，我是认真的，不然殿下许给我也行。”

沐元瑜一张脸也是红得不像样了，她自己都感觉要疯了，但又奇异地从疯狂里拽出一丝冷静与坚持：“我这一走，不知道哪天才能再与殿下相见，也许十年八年都未必能得再见。我不会再喜欢别的人了，因为不会有人比殿下更好，可是殿下也许会遇到别的更好的姑娘。我想一想都很生气。我要先跟殿下在一起，不然我可亏了。”

这连篇歪理……

朱谨深头更痛了，她要继续说为了报恩他还知道回应，可这都是些什么乱七八糟的。

他费尽力气凭着自己的自制力道：“你我尚未成亲，我不能坏你的清白。”

“我愿意的，怎么叫坏。”沐元瑜十分不以为然地道，“再说，我跟殿下好了，我就不清白了？我可不觉得。”

朱谨深头痛欲裂：“你还小，又是当男孩子养大，有些事你不懂……”

他想让她不要冲动，想告诉她姑娘家的贞洁十分重要，可是他说不出来。

他拒绝到现在，已经觉得自己是个圣人了。

就是可以上神台受供奉香火的那种。

“我懂。”沐元瑜心脏乱跳，飞快地道，“殿下不要误会我是不珍重自己，正因为珍重，我才只愿意跟殿下。”

她语速一直很快，不快的话，她恐怕自己的勇气也就飞逝了，那等她回去云南了一定会后悔。

她站起来，索性闷着头直接去拉朱谨深。

朱谨深是可以挣扎的，但他只是昏头昏脑地被她拉进了里间的卧房。

里面只点了一盏灯，不如外间明亮，孤灯搁在桌角上，昏昏地亮着。

沐元瑜已经凭一股不管不顾的悍勇把他拉到了床铺前，然后就顿住了。

下一步怎么办好？

想象是一回事，实际程序走起来，好像不太对味，她感觉自己怎么像个强抢民女的恶霸！

没什么不对的，她就是抢了。这么一想，她又豪气并坦然起来，把朱谨深往帐子里推。

冬日里，床上垫着厚厚柔软的垫褥，“民女”倒下去，很受不了地哑声道：“你……等一等。”

“我不。”

沐元瑜毫不犹豫地拒绝他，她知道自己这么干是胡作非为，但是她偏偏敢，大概是因为她同时知道自己不管干什么，都可以从他那里得到容忍。

他不能拿她怎么样。

所以，她就很敢拿他怎么样了。

“……至少让我把鞋脱了。”朱谨深闷闷地说了一句，“外面走了一天，踩到被子上像什么样子。”

沐元瑜卡壳了一下，道：“哦，哦。”

朱谨深坐起来，低下头去脱靴。

他非常言不由衷地又说道：“你现在后悔，还来得及。”

然而他周身沸腾的血液同时在告诉他：来不及了。

他怎么会不想？

再装，他就是个伪君子了。

“有什么可后悔的。”沐元瑜嘀咕，“遇到殿下这样的，到底算谁占谁的便宜还不一定呢。”

反正她看一眼朱谨深的脸，就很肯定自己是赚了。

朱谨深已经懒得再说她“胡说”了，她就是有自己那套歪理，他与其反驳，不如直接堵住她的嘴让她再也说不出话来。

两个人倒在床铺上的姿态很是歪七扭八，朱谨深顾不得再修正，他能记得脱个鞋，已经是作为洁癖者的最后倔强。

两层帐幕落下来，床铺里自成了一个小空间，私密的，灼热的。

彼此的气息交融着，沐元瑜不是不感觉羞涩，但她一想到她天一亮就要走，勇气便立即压过了别的所有情绪，她不能带走他，那带走点回忆也好。

他们的进度并不顺利，因为很快遇到了障碍。

“你……怎么会这么多层？”

朱谨深出了一层薄汗，低声抱怨。

沐元瑜推他：“你转过去不要看，我自己来。”

“我为什么不能看？”

朱谨深这回可不会再由她摆布，不要他看？他一眼也不舍得错过。

沐元瑜无法再坚持，她手脚都是软的，感觉自己瘫在柔软的被褥上快成一摊水了。她不知道是不是男女生理构造上的不同，进入这个阶段后，朱谨深从起初的全然被动，变得越来越强硬。

他英挺的面容悬在上方，完全接过了主导权。

沐元瑜不时跟他对上一眼，见到他的眼睛亮得出奇，也好看得出奇，好像里面落进了星星。

她真的是赚了啊。

她满足而肯定地想。

后悔？

傻子才后悔呢。

林安把正院的人都找理由遣走之后，去向李百草讨教。

李百草正吃着饭，喝两口自己炮制的药酒，咂咂嘴，道：“补肾？”

林安连连点头。

“瞎胡闹。”李百草一口拒绝了他的要求，道，“老头子这个年纪才要补一补，二殿下年当青壮，火气壮得牛犊一样，泄一泄还差不多，补什么。”

林安赔笑道："我们殿下从前那不是身子一直弱嘛。"

"那是从前。"李百草翻了个骄傲的白眼，说道，"你当老头子这两年在这里是干吃白饭的？"

虽然被拿眼白藐视了，林安反而高兴起来，笑眯眯地道："老神医这么说，我就放心了。"

他又追着问道："就算泄了点……也不用？"

李百草的白眼翻得更大了，斥道："阴阳调和是天地造人的至理，没事乱补才是没病找病，你什么都不懂，瞎操心什么！"

他为了方便给朱谨深诊治，一直是住在正院的东厢房里，现在被请到了别处，就算原还不知为什么，但林安跑来问他这种问题，他还有什么猜不出的。

林安点着头："哦，哦。"

这阴阳调和都不用补，阳阳调和阳气更重，应该更不用了？

他认真地揣摩着，嘿嘿笑着道："老神医，那你喝着，我不打扰了。"

他出了门一溜小跑回正院，专心守门去了。

卧房昏黄。

皱巴巴的素白布条被人随手抛却，委屈地团在枕头旁的角落里。

少女的曲线如世间最美的盛景，初夏亭亭新发的嫩荷尖上那一点柔粉，是再绝妙的圣手都调染不出的绝色。

这秀色能在瞬间摧毁他的全部理智，却又奇迹般抚平他所有由此而生的焦躁，似乎直接柔软进他的灵魂。

而她还像只小兽一样，不停地往他身上拱。

朱谨深觉得自己快要被磨死了，吐息里带出的热意几乎要灼烧起来，嘴里道："别闹，你就这么想自讨苦吃？"

他的自制力再强，毕竟也是有尽头。

沐元瑜不听，坚持着把自己贴到他身上，这才抱着他不肯动了，说道："我没闹，是殿下一直看我。"

此时已经经过了一番纠缠，沐元瑜在实战上毕竟要怂些，朱谨深身上便还余了一件中衣，是柔软的松江细布裁制而成，这薄薄一层贴肤的布料抵得什么用，叫她一贴，他所有的反应都顿时停摆了好一下，心跳快得他怀疑自己旧病复发。

而后他才理会了她的话中意思，忍不住失笑："所以你拿我来挡？被子就在旁边，你为什么不去拿？"

沐元瑜的心跳跟他呼应着，也快把自己跳出心脏病来了，但坚持赖着不动，说道："我拿被子遮，殿下一定不许，我拿也白拿。"

她居然说得出道理。

但朱谨深被她黏着，很费解地低头看了一眼两人的姿势，而后捏了捏她的耳朵——她埋在他肩里，他捏不到脸，只能捏捏耳朵。

"所以，这样可以，我看看不行？"

他当然知道她是害羞，就是这害羞的点，未免有点古怪。

沐元瑜下巴戳在他肩上点头："对。"

她脑子里其实已是一片糨糊，做事全凭本能，所以才很是理直气壮。

朱谨深热烫的手掌安抚地抚摸了一下她光洁的脊背，似乎十分体谅而合作地道："好吧。"

然后，他手往下滑了滑。

沐元瑜的背脊瞬间绷紧又蜷缩起。她常年习武，身形比一般娇柔的姑娘更有柔韧及力度，这一缩便如一张优美的弓，就是她怂得不怎么优美："不要……"

朱谨深倒也没有勉强，只是抬起了头，表情很正经地问她："不给看，也不给亲，难道是我会错了意？"

沐元瑜："……"

朱谨深重新上来亲她的唇。

他改变了节奏，好像很温柔，很从容，唇舌间都是慢条斯理的，一点点舔吻她。

但沐元瑜渐渐抱不住他，一方面是因为她身子更发软了，另一方面则是因为……咳，她被硌到了。

这种感觉她之前就有了，但都没有现在这么鲜明，以至于再也忽视不了。

她下意识地，悄悄往后缩了缩。

但朱谨深这次不许了，揽着她的腰把她拖回来，逼她重新贴紧，咬着她的耳朵道："还要躲……想躲到哪里去？"

沐元瑜嘴上是绝不会服输，她也是发自内心地觉得这个指控很冤枉，哼道："我哪里有躲？都是我主动的。"

她又勇敢又威风好吗！

她不承认，朱谨深也不逼迫她，因为他现在不太有兴趣也不太有空跟她分辩什么道理。

要做的事情那么多。

…………

"不，停，停，你出去，我不要了……"

威风又勇敢的少女终于连嘴上的硬挺都保持不住了，呜呜地哭。

太疼了，她快被劈成了两半，怎么会这么疼啊，他太坏了，呜呜呜。

青年压抑到极致的叹息从帐子里传出。

过了一刻后。

"……您真停了？"她小心翼翼地问。

"你快把我淹了，我不停能怎么办？"

沐元瑜小口小口地倒吸着冷气——因为真的疼，感觉呼吸大一点都会增加这痛楚。但她别过脸，捂着眼睛，小声哼唧着道："我疼我的，殿下不一定要理我嘛。"

她出了一层汗，乌发尽散，散在枕间，有几缕被汗湿黏在白腻的脖颈间。

朱谨深深锁眉头，一条修长光裸的手臂撑在枕边，另一只手去将她的发丝勾开，而后向上坚持着扯开她的手，望着她的眼睛跟她确认："真的不用我管？"

他没有见她这么哭过，好像真的成了水做的姑娘，他觉得自己心里住了一头猛兽，很想叫她哭得更凶。但是他又怕真的下重了手，弄坏了她。

沐元瑜很有觉悟地抽噎着道："长痛不如短痛……"

她就是疼，他动不动都疼，那还不如快点了。

朱谨深："……"

不能说她没有道理，但是他很想咬她一口。

他这么想，也就这么做了。

就是咬的地方不那么对。

沐元瑜又弓起身子来了，她一动，自己又痛，呜呜呜又哭了。

朱谨深叫她治得一点办法也没有，心疼又好笑地去吻她。

而他的忍耐也用尽了最后一点额度。

孤灯在桌角默默地燃着，烛泪无声地滴落下来，烛火偶尔飘摇一下，爆出一个灯花。

又一个灯花爆开之际，一直晃动着的床帐终于安静下来。

…………

"殿下，您为什么不说话啊？"

沉默。

沐元瑜闭着眼睛躺着，她很疲惫，但是嘴角抽动，时不时漏出一点偷笑。

朱谨深忍不了了，翻身威胁她："不许笑。"

"我没想笑，哈哈哈……哎哟。"沐元瑜扯到了痛处，但她身残志坚地坚持着解释道，"我真的没想笑，哈……咳，是殿下您先这样，我才笑的。"

不知道朱谨深是哄她哄太长时间还是第一次过于激动的原因，没多久就结束了，她觉得是挺正常的，也很为此松了口气。但他自己好像很接受不了这个打击，在她身上愣了好一会儿，然后默默翻到了一旁，一个字也不说了。

如果不是要强撑着最后的体面，她觉得他能扯被子把自己埋进去。

她还有理了！

朱谨深简直想拧她一把，转头见她瘫在那里，又下不了手，只好很凶地亲她脸颊一下，道："不许说了。"

"殿下，这事怪我，都怪我。"沐元瑜很宽容地跟他做检讨，"都是我跟殿下胡搅蛮缠，殿下心疼我，才耽误了。"

这不能安慰到朱谨深，他仍然觉得自己的自尊心受到了很大打击，又不甘心，闷了一会儿后道："你把刚才忘了，我明天会找李先生看看。"

他不是讳疾忌医的人，尤其事关终身幸福，更加不能马虎。

沐元瑜愣了下，问："看什么？殿下不会是觉得自己……"

她没敢把下面的词说出来，因为她觉得朱谨深好像是真的觉得自己不行，小心地问道：“殿下，您是不是误会了什么？”

朱谨深不说话，闷闷的。

沐元瑜觉得匪夷所思，他可是个男人，她都知道的知识，他难道会对自身有误解？

“殿下，您在想什么啊，刚才那样真的正常。”她挨过去贴着他的手臂安慰他，“殿下起初那些……也不是不会，那些是听谁说的？许兄？”

朱谨深虽然握着主导权，但他并不粗鲁，他控制中带着温柔，动作虽然生涩，但也是有步骤的，不是没头没脑地只凭本能乱来一气。

“是不是许兄后面瞎吹牛误导殿下了？”

朱谨深终于说话了：“不是许泰嘉，我不至于全信他。是你。”

沐元瑜更吃惊了——她梦游也不可能跟朱谨深聊这个啊！

她的疑问没有持续很长时间，因为朱谨深忽然坐起来，披衣下床去转悠了一下，然后拿着本书重新回来。

沐元瑜起不来，就把书放在枕头上，歪着头翻开看。

内容非常劲爆，图文并茂。

帐子里光线不好，她只看得见图，第一眼感觉就是不可描述，关键道具秋千架。

她眼都睁圆了：“……”

“你给我的。”

沐元瑜惊呆了，反驳：“殿下说什么，我可是个正经人！”

她怎么可能送他这种书？呃，等等，书？

“还有十本，都是你那两年间隔着墙丢进来的，要不要我都去找来给你看？”朱谨深淡定地垂着眼睛问她。

他已经意识到自己受书本毒害，可能真的产生了某种认知偏差，所以此刻镇定多了。

沐元瑜张口结舌，摆着手道：“书不是我选的，是我的护卫……我是清白的！”

她只叫护卫尽量去挑新书，万没想到里面还掺了这种东西！

“殿下瞒得好，一直都不说。”她不由得抱怨。

“我怎么说？说你别给我送艳书了？”朱谨深哼笑着，但到底是松了口，“我知道不是你选的。”

所以，他才闭口不言。这是一点他自以为的暧昧，他从中收获一点隐秘欢喜，好像她给他送这种书，就真的和他产生了一点友情之外的情愫，所以他怎样也不会挑破。

当时的情境下，说穿了，也就没了。

沐元瑜无语了，自己人的锅，只好自己背。她把书丢到旁边，努力解释道：“殿下别信这个，都是书生夸张乱写的，没那么神。”

她不用看都知道这种书里是怎么写的。

朱谨深的表情不大相信：“可是每本都这么说。”

“那也全是假的。”

“真的？”

沐元瑜严肃点头。

他真误以为他应该跟小黄书里那么猛——真要如此，她以后的日子还怎么过！

朱谨深好像总算放心了，表情舒缓下来，趴下来问她：“你好像好一点了？”

他才闹了这么大个笑话，沐元瑜觉得他实在可爱得不得了，有意思极了，毫无防备心地道：“嗯。”

“那你陪我再验证一次。”

沐元瑜：“……”

哪有这么套路人的！

“不，不，殿下我还疼得厉害……”

朱谨深温柔地吻她：“那你哭吧。”

“哭了我不用理你。”

“你说的。”

朱谨深嘴上说得厉害，实际顾虑着沐元瑜就要远走，怕闹凶了耽误她的行程，还是留了情面。

五更三点宵禁开，晨钟响后，沐元瑜揉着眼睛，还能挣扎着爬起来赶回去。

朱谨深一起起来送她，见她还不大睁得开眼，系个衣带结系半天，自觉地过来帮忙。不过他也不是惯做这样的事的人，加上沐元瑜脑袋一点一点的，颓在那里一动不动由着他摆布，模样可怜又可爱，他免不了再捏捏她的脸亲两口，导致最终动作没比沐元瑜快到哪里去。

林安在外面等着要收拾战场，脑海里浮想联翩。这二位爷晚膳都没出来用，从傍晚到现在一直待在屋里，这战况得激烈成什么样啊？

他这么想着，谁知过了好一会儿了，把自己都从激动想到了平静，里面还是没多大动静，也没人叫他，只听到一点窸窸窣窣的声音。他竖直了耳朵，总算听见他家殿下低声说了一句：“袖子，手抬起来。”

什么意思啊？

不……不会又来一次吧？

他眼睛放光，但不敢进去，只是把耳朵竖得更直了。

但里面没有传来什么他想象之中的暧昧声响，再过得一会儿，他倒是听见朱谨深出声了：“林安，去要点吃的来。”

“哦哦，都是备好了的，马上就送来。”

林安答应着，忙出去指使了个小内侍到厨房传话，他自己又回来，这回见到朱谨深拉着沐元瑜一起掀帘走了出来。

就算知道可能要挨骂，他也是实在控制不住好奇心，大胆地往两个人脸上打量了一下。

好像看不出什么来？

就是被拉着的世子爷形容有一点憔悴，而他家一向冷清的殿下则忽然变得殷勤了一百倍，一路手没松开不说，到了次间里待客坐卧的炕前还把人扶着坐下，见人睡眼惺忪的，似乎不太舒服地挪动了一下，用手撑了下腰，又主动抱了个大迎枕来让靠着。

林安大逆不道地想：他家殿下好像也挺有服侍人的天分嘛，看这照顾周到的，事事不用世子爷吭声就全做了。

“去打水。”朱谨深微蹙眉，扫了他一眼，“你是算盘珠子，拨一下才知道动？”

“是。”

林安吐了吐舌头，他脑补了不知多少个画面，只是不敢说出来，匆忙跑走了。

他一时捧了盥洗的青盐热水布巾等物来，朱谨深倒是不需要他手把手伺候洗漱，用过青盐后，自己把毛巾浸得半湿，往沐元瑜脸上擦去。

沐元瑜刚漱了口，正等待洗脸呢，一下被热乎乎的布巾糊到脸上，被糊愣住了，甚是不好意思，含糊地道：“殿下，我自己来就好了。”

她也没残到这个地步。

朱谨深没理她，把布巾拧干了，又给她仔仔细细擦了一遍。

端着盆的林安眼都瞪直了——他不觉得自己大逆不道了，他觉得自己想得一点都没错，殿下就是很能伺候人嘛！

外面堂屋有内侍禀报道：“殿下，饭食送来了。”

林安代为答道：“知道了，先放在外面。”

里面这个情景，只他一个人的眼看到就算了。

而让他更瞠目结舌的还在后面，沐元瑜洗过了，他打算去换水，朱谨深听说饭食已经送来，就道：“别动。”

他就着同一盆水把自己的脸洗了。

当然沐元瑜这样的贵族少年绝对不脏，她也不用脂粉，跟她同洗一盆水完全没有什么，但这发生在朱谨深身上，就极是不可思议了。

他这好洁的毛病居然还能挑人发作？

林安脚步飘着出去泼水了，因为精神太过恍惚，还差点把水泼到自己脚面上。

他定了定神，才放下盆，重新走回屋里，把搁在堂屋的食盒拎到里间去，一样样取出来。

朱谨深和沐元瑜对坐着用膳。

厨房下的鸡汤细面，卧了蛋，飘着青绿的细蒜叶，还配了笋丝等几样小菜，一放到炕桌上，热气混着香气缭绕扑鼻而来，顿时把沐元瑜的困意都赶走了。

她是真饿了，把一碗面吃得干干净净才觉得饱了。

朱谨深也是一般，这膳便都用得很快。

用膳罢，撤下碗盘，重换了清茶来，两个人才开始说话，就着天亮之后进宫的说辞商议了一下。

朱谨深认真嘱咐道："你不要拖，回去就先叫人把东西收拾起来，万一皇爷没有允准，你就直接走。"

沐元瑜点点头，这当然冒险，但她懂他的意思，现在她要紧的就是打个时间差，柳夫人和沐元瑱"病亡"可以告诉给皇帝，但不能与梅祭酒案同时出现。朱谨深这里替她暂时按下了档案，可不能保证别人无法从别的渠道将这两件事联系起来。梅小公子是说不出个什么来，郝连英和朱谨渊可还在运河边上捞着呢，万一捞上点什么，她想走也走不掉了。

两人又商议过几句，朱谨深沉默了一会儿，站起来，低声道："走吧，我送你。"

沐元瑜昨晚发了回疯，做了她人生中最大胆的一次决定，此刻虽然累，但心中少了不少挂碍，爽快地跟着起身。

快走到门边时，朱谨深想起来什么，补充道："你跟皇爷说一声，把李百草一起带回去，既是以你父王病重为由，明知京里有神医，当年还是你找寻来的，那皇爷允不允是一回事，你不提一声，不合情理。"

这一提醒，沐元瑜也想起了一事，下意识地道："对了，我得找老先生去开个方子。"

她说着要走，朱谨深拉住了她问道："你哪里不舒服？怎么不早点说？"

"不是，那个……"沐元瑜眼神飘了一下，踮了脚凑到他耳边道，"殿下不是还养着嘛，五年以后才能……我怕不好。"

她时间紧，现在外面天还黑乎乎的，店铺都没有开门，这时候到外面找药堂，然后"咚咚咚"敲门把大夫敲起来让开药就太折腾了 府里现成一个，不如就近用了。

朱谨深拉着她手臂的手霎时一紧。

他第一时间领悟到的重点是……

“李百草知道你是……”

沐元瑜：“……”

她瞬间也是一张震惊脸，完了，掉智商了。

她还觉得自己考虑周全补漏及时呢，这下好，把另一件事漏出去了。

她待要想说辞糊弄，朱谨深根本不给她机会，直接捏着她的手臂又把她拉回了西次间里，逼问道：“他是什么时候知道的？早就知道是不是？”

沐元瑜可怜兮兮地快被逼得贴到了墙壁上，说道：“也……也没有多早。”

“那是什么时候？！”朱谨深毫不放松，沉声道，“他到我身边之前，是不是就知道了？”

“差、差不多吧。”

沐元瑜好心虚，朱谨深问过她，知道她秘密的有哪些人，她当时没有说李百草，没想到走都要走了，却穿了帮。

“你当时是跟我怎么说的？”朱谨深比她记性好，果然立刻跟她翻起旧账来，“你说再不会骗我，还是骗了，你这个骗子！”

他恼得额角青筋都跳起来，原来顾虑她今日要面圣，他几乎没在她脸面上留什么痕迹，此时心里激荡得几乎要满出来，却是再也忍耐不住，咬她的唇，说道：“为什么不告诉我？你当时说了，我自然就消气了，你不说，假如我气急了，真报复你伤了你，你说你是不是自找！”

“是，是，”沐元瑜在间隙里讨饶，“殿下消消气，都是我的错。”

朱谨深深吸了口气，压制住情绪，才让开了点，再度问她：“为什么不说？”

“我说了，怕殿下就不放老先生走了。”见已经瞒不住，沐元瑜也就老实交代，“我答应过老先生，等他治好了殿下就仍旧放他云游天下去，倘若殿下为我着想，扣下了他，我就失信于人了。”

神医谁都想在家里养一个，然而李百草是个活生生的人，他有自己的意志与自由，生死自有天命，不应太过强求。

说句不好听的，不放李百草走，他这种级别的神医能救人就能杀人，实在没必要把事搞到这个地步，这不符合她的为人。

朱谨深握着她的手臂，不知该说什么好。他训她“自找”，是情绪一下激动过头之后的应激反应，实则他怎么可能是对她生气，她没道理把自己的秘密主动告知李百草，只可能是李百草自己窥知。李百草知道了这件事，等于捏住了她的命门，而她没有选择灭李百草的口，仍是把这线生机带给了他。

她早已把自己的命门暴露给他，而他还埋怨她骗他。

她宁肯受他的埋怨，乃至可能来自他的威胁，也没有把李百草说出来，和他谈判。

只因她要守诺。

他早已意识到，但此刻再一次更深刻地想：这样的姑娘，不会有第二个了。

爱上她很麻烦，但同时，也很让人骄傲。

“你倒是会想，”他终于冷静下来，而后就有点好气又好笑起来，“我当时还生着气，你就知道我还会为了你扣人？”

“殿下当时已经说了不会告诉人，”沐元瑜干咳一声道，“我觉得以殿下的睿智，明白我的苦衷也是迟早的事，应该不会和我计较的。”

朱谨深忍不住敲她的额头，说道：“你就是觉得拿定了我。”

沐元瑜傻笑一下。她可没敢这么觉得，不过她面对他的时候，确实不知怎么就是比对别人多了一份勇气跟任性。

“不要去乱开什么方子，那种药也是随便吃的吗？”虽然这是个很震动他的新发现，但卡在这个关口，没时间聊多了，朱谨深只能接起之前的话题道，“我听说，多少都有些伤身。你不要吃，不至于就这么巧。”

“万一呢？”沐元瑜表示怀疑，她伤一次身，总比真孕育出一个不健康的孩子来让他（她）遭罪好吧。

对于她这么看得起他，朱谨深还是欣然受之的，微微笑了一下，道：“那也没事。”

沐元瑜睁大了眼，她领悟到了什么，只是有点不敢置信，又一下飘得好像踩在云端。

“殿下先前是为了我？”

朱谨深笑了笑：“你不是对自己很有自信？又怀疑什么？”

天哪……要不是此刻的身体状况不允许，沐元瑜简直想出去翻两个跟头！

朱谨深重新拉起了她的手："走吧。"

沐元瑜晕晕地跟他出去，扑面而来的晨风都没把她吹清醒。

朱谨深一直把她送到了大门口。

门前道旁已经有早起的下人们在"唰唰"地扫着地。

当着人，不能再亲近，也不好多说什么，朱谨深只能深深地凝视着她，将这张独一无二的面容镌刻收藏入心底。

他只最后说了一句："你在云南等着我。"

总有一日，他会正大光明地接她回来。